Марина СЕРОВА

По закону подлости

ЭКСМО-ПРЕСС

Москва, 2001

УДК 882
ББК 84(2Рос-Рус)6-4
С 32

Оформление художника *А. Старикова*

Серова М. С.
С 32 По закону подлости. Кирпич на голову. Умей вертеться: Повести. — М.: Изд-во ЭКСМО-Пресс, 2001. — 416 с.

ISBN 5-04-007820-X

По закону подлости частному детективу Татьяне Ивановой не удается отдохнуть даже в отпуске... В день приезда в кемпинг на берегу моря она подружилась с молодоженами Валерией и Валерием и провела с ними вечер в шашлычной. А поздно ночью к ней прибежала Валерия и сообщила, что пропал ее муж. На следующий день Татьяна решила отправиться в Сочи за покупками, но по дороге ее остановил милицейский патруль, предъявив обвинение в убийстве. Главная улика — записная книжка Татьяны, найденная рядом с трупом на территории кемпинга...

УДК 882
ББК 84(2Рос-Рус)6-4

ISBN 5-04-007820-X   © ЗАО «Издательство «ЭКСМО», 2001

По закону подлости

ПОВЕСТЬ

Глава 1

— Ты — не-го-дяй! — со вкусом произнесла я так, что даже самой понравилось.

— Увы, да, мне нет прощения! — Володька Степанов, мой бывший сокурсник по юрфаку, а сейчас заметный чин в ГУВД, состроил скорбную рожу и развел руками.

Это меня раззадорило: получалось, что он еще и издевается!

— Мерзавец! Мелкий пакостный засранец! — выпалила я и, поняв, что заговорила стихами, стушевалась: весь пафос пошел коту под хвост, а так хотелось продемонстрировать, что я рассердилась по-настоящему.

Тут очень вовремя на кухне отщелкнулся электрический чайник, и я получила возможность скрыть свое поражение гордой походкой с независимым покачиванием бедрами — влево раз-два, вправо раз-два.

Если делать это чаще, получается не так выразительно, как задумывается.

Пусть посмотрит и пооблизывается, недостойный опер, поймет, чего он лишается на все время своего отпуска!

Пока я готовила кофе — две чашки, я не мелочная! — из комнаты не донеслось ни единого звука.

Меня это устраивало.

Приятно было думать, что Володька так сильно переживает, что даже дышит через раз.

Нужно будет еще с полчаса посохранять на личике ритуальную маску индейской недоступности, потом с презрительным выражением на вышеупомянутом личике нехотя уступить пошлым домогательствам, ну а затем выгнать Володьку к чертовой матери, принять душ и лечь спать.

В конце концов, то, что Володька женат давно и, как он постоянно врет — женат счастливо, — удобно по существу, надо быть справедливой, обоим.

Я взяла чашки в руки, напомнила себе выработанный план действий и посмотрела на стрелки настенных часов.

«Стоять смирно! — молча рявкнула я. — Если потратить полчаса на разборку, времени остается совсем ничего. Этот затюканный женатик сваливает от меня с омерзительной пунктуальностью, а быть дважды пострадавшей в один день — это уже перебор!»

Я помедлила, прикинув, что пятнадцати минут на ссору вполне хватит, если провести ее достаточно агрессивно и насыщенно.

Главное — не переборщить, а то Володька испугается всерьез, и я получу жалкое подобие, а не полноценное излияние... мгм... чувств.

В полном соответствии с продуманным тактическим планом я натянула на физиономию растерянное выражение и, скорбно глядя поверх всего, вошла в комнату.

То, что я увидела, заставило меня замереть на месте и сделать над собою гипнотическое усилие, чтобы не расплескать кофе.

Этот недостойный одевался! Причем делал он это быстро, суетливо, словно я его выгоняла!

— Стоять смирно! — скомандовала я теперь уже вслух и более мягко спросила: — Вы куда это собрались, юноша, можно узнать?

— Ну-у... — Володька разглядел, что в моих руках два кофе, а не два топора, и, смутившись, покраснел.

— Извини, Татьяна, — забормотал он, не зная, как себя вести.

Его форменные брюки, которые он не успел застегнуть, воспользовались паузой и свалились с него, сложившись гармошкой на полу.

Мужчина в трусах и носках — жалкое зрелище, кто в этом усомнится!

— Я думал, что ты... что мы... поругались и... — Володька продолжал нести какую-то ахинею, но я его не слушала.

Отвернувшись, я поставила чашки на журнальный столик и, не поворачиваясь, объявила, что мы с ним еще не доругались, что он еще не до конца выслушал мое мнение о своей жалкой персоне и что вообще, в конце концов...

В этот момент я повернулась и чуть не плюнула с досады: он опять разделся и уже залез под простыню.

Ну, что это такое?! Никакого понимания момента и сплошной прагматизм! Ну, как можно поругаться с таким дураком? Вот и я не знаю!

Я села в кресло, заложила ногу на ногу, закурила и привела чувства в норму.

Увидев, что я страдаю молча и в одиночестве, Володька тоже закурил и начал бубнить что-то успокаивающее, но я его прервала.

— Ну и куда вы едете со своей благоверной? — жестко спросила я, беря чашку в руку.

— К северным оленям, — печально ответил Володька и вздохнул два с половиной раза. — В город Архангельск, у нее там родители живут.

— А ты себе на уме, майор! — съехидничала я. — Нашел себе жену из такой далекой Тмутаракани, чтобы тещу реже видеть? Стратег, блин!

Видя, что гроза пронеслась мимо, Володька привычно закатил глазки и затянул свою любимую песню.

— Я ее нашел, скажешь тоже! — хмыкнул он и вытер пальцем под носом. — Я еще не совсем сбрендил, Тань. Это она меня нашла, а я вовремя и не понял этого.

— Перестань хныкать, опер! — прервала я его разглагольствования. — Ты виноват во всем! Я обижена, и тебе нет прощения. Ты спер, похитил, тиснул, умыкнул — короче, стибрил — у меня возможность полноценного отдыха. В тот самый момент, когда я собралась наконец-то по-человечески отдохнуть от забот, ты выдернул у меня мужчину, себя то есть, и жизнь стала пресной и бессодержательной. О, горе мне, несчастной!

— А-а-а, — робко заблеял Володька и начал быстро дотягивать свою сигарету.

Я с интересом посмотрела на него.

— Что вам еще, юноша? — равнодушно спросила я. — Какое еще горе вы хотите мне причинить?

— А не могу ли я хоть как-то загладить свою вину? — спросил Володька и загасил окурок в пепельнице.

— Полностью исключено! — отрезала я, допила свой кофе и посмотрела на часы. — Прошло всего пять минут, а я подумала, что уже все двадцать.

Володька посмотрел на свою потушенную сигарету, потом на пачку, лежащую на полу.

— Что ты имеешь в виду, говоря про загладить? — с трагической горечью в голосе спросила я и со стуком поставила свою чашку на столик. — Можно ли загладить обиду от такого оскорбления?

— Я попробую, Тань, — проникновенно сказал Володька и честно заморгал глазами.

Грустно усмехнувшись, я безнадежно махнула рукой, встала, подошла и легла с ним рядом, отвернувшись носом в сторону.

— Не мешай мне страдать, мерзавец, — тихо сказала я, хотя он еще и не начинал пытаться, и тяжело вздохнула.

Володька тоже вздохнул и начал заниматься заглаживанием своей вины.

У него это получилось, как всегда, неплохо, и через полтора часа я уже полусонно смотрела, как он снова начал одеваться, а мои мысли потекли уже совсем в ином русле и в более хорошем настроении.

— Ты разве не проводишь меня до машины? — спросил Володька, застегивая пуговицы на рубашке.

— Ни-ко-гда! — отчеканила я, гордо вскинув голову. — Никогда больше этого не будет! По крайней мере сегодня! И не надейся.

— Как скажешь, Татьяна, — печально отозвался Володька и грустно продолжил застегивание.

Я перевернулась на спину.

— Тоже, что ли, мне уехать? — подумала я вслух, обращаясь к потолку. — Умотать бы куда-нибудь в сторону, противоположную от тебя.

— В Мурманск? — попытался неуклюже догадаться Володька, но я уже увлеклась новой идеей.

— А идите вы куда подальше со своим северным сиянием! Я поеду на юг. В Сочи или в Туапсе! А почему бы и нет?

Я села на диване и вспушила волосы.

— Действительно, а почему бы и нет? — повторила я еще раз и поняла, что мне понравилась идея!

Блин! Точно: еду дикарем в жаркие страны, отдыхаю на полную катушку и громко смеюсь над пошлыми женатиками, гостящими у тещи! Чтоб тебе, Вовочка, пирогами обожраться у нее и растолстеть!

Я вскочила с дивана и подошла к зеркалу, чтобы оценить свои внешние данные.

А что зря бегать-то? И так ясно: фигура — отличная, лицо — слов нет, рост и тонус — высокие, и пока Володька отдыхает, мне самой нет смысла грустить в Тарасове.

Я так увлеклась героическими планами, что даже притопнула несколько раз пяткой об пол.

Завтра совершаю марш-бросок на своей «девятке» до...

Я вспомнила, что прежде чем оговорить конечный пункт, нужно хотя бы взглянуть на карту и узнать, какие вообще существуют на свете пункты, кроме Сочи и Туапсе, Антальи и Канаров.

Володька в это время надвинул на затылок фуражку, взял в руки пустой «дипломат» и робко откашлялся.

— Ну, мне пора, Тань, — сказал он, — уже очень поздно. Я... того... спешу.

Мой взгляд был полон негодования.

— И ты не хочешь, чтобы я тебя проводила?! — вполне искренне воскликнула я, потрясенная столь неслыханной человеческой черствостью, и почувствовала, как у меня повлажнели глаза.

Я подошла к Володьке, клюнула его в щечку и тихонько проговорила, что через пять минуточек буду готова. Мы расстаемся надолго, нужно все обставить прилично.

Не чужие же люди, честное слово!

Ровно через тридцать восемь с половиной минут мы выходили из моей квартиры, и я старалась расшевелить Володьку, надувшегося словно индюк.

Он никак не сдувался, и я опять принялась негодовать.

Да видано ли такое?! — Не предупредив меня заранее, не подготовив, не подсластив тошнотворную пилюлю, вдруг объявляет, что завтра он, мол, уматывает на деревню к тещеньке, а потом еще вдруг преподносит, что и проститься не может по-людски!

Я проводила его до машины, махнула вслед, медленно зашагала домой, глубоко засунув руки в карманы шорт и подумав, классная у меня появилась идея — поехать в жаркие страны на Черноморское побережье моего Отечества! И Володька так кстати тоже уезжает.

...На следующее утро, ну не то чтобы очень уж утро, а так, нормально — часикам к пятнадцати, — я закончила свои спартанские сборы, взгромоздила на себя пару сумок и, похлопав по согревшемуся под тарасовским солнцем крылышку своей «девятки», выехала прочь — прочь из опостылевшего мне города по трассе Тарасов — Ставрополь.

Впереди были две недели, полные солнечных шашлычно-соусных, винно-личностных впечатлений и удовольствий. Ну а если уж очень понравится, то две недели запросто растянутся до трех.

Легко!

Когда стольный град Тарасов скрылся за горизонтом, я остановила машину, вынула свой замшевый мешочек с гадальными косточками и, потряся их в ладонях, высыпала кости на правое сиденье.

Эти паршивцы решили, что я как-то слишком привольно живу, и вежливо какнули мне в душу: 17+25+10.

Это означало: «Эйфория счастья и успеха пройдет быстро».

Я вздохнула, закурила и подумала о том, как хорошо, что эта эйфория еще и не думала наступать. Значит, у меня все впереди!

Я мчалась резво и быстро, обдуманно нарушая правила дорожного движения только тогда, когда без этого было трудно обойтись, и почти без остановок к самому утру следующего дня добралась до аппетитного указателя, возвестившего, что на Туапсе — сюда, на город Сочи — туда.

Здесь я остановила свою «девятку» и задумалась о перспективах. Выйдя из машины, надела темные очки и закурила, решая, куда направить протекторы своей «девятки».

Выбор, конечно же, был небольшим — направо или налево, — но его нужно было сделать. А я никак не решалась: требовался какой-то толчок или даже пинок, и я задумчиво поискала, кто бы это мог сделать — сначала на небе, закатив глазки, потом на земле, опустив их.

Однако ожидаемый «толчок» появился с третьей стороны и выглядел он совсем не так, как мечталось — из-за ближайшего ко мне поворота на Сочи вывернулась небольшая колонна мотоциклистов самого неформального вида, с ревом и грохотом помчалась прямо на меня, громко сигналя и рыча движками мотоциклов.

Судя по всему, это были заблудившиеся во времени байкеры. Обычно они разъезжают по ночам, но у этих, как видно, что-то перепуталось в головушках.

Возглавлял колонну длинноволосый коренастый парень в темных очках, сидевший на огромном черном мотоцикле, который он вел на два корпуса впереди всех.

Пять или шесть его спутников отставали, и, помимо сигналов, кто-то из них махнул мне рукой, будто глядя на меня можно было подумать, что я сейчас же прыгну за руль «девятки» и помчусь им наперерез в лобовую атаку.

Максимум, что от меня можно было ожидать в такой ситуации, так это прижаться поплотнее к борту «девятки», что я и сделала.

Вожак стаи приблизился ко мне на опасно маленькое расстояние, резко, по-пижонски затормозив, подкатил ко мне и почти наехал передним колесом своего мотоцикла.

Он, не оглядываясь, махнул рукой, и его ребятки промчались мимо, остановившись метрах в десяти позади моей машины.

Парень, наехавший на меня, не слез с мотоцикла, он

только поднял свои затемненные очки на лоб, и его бегающие глазки остановились на моем лице.

Парнишке оказалось навскидку лет сорок; нервно подергиваясь, он обшарил меня глазами и, глотая окончания слов, спросил:

— Ты типа из Тарасова, что ли, мамочка?

Я ничего не ответила, но немного удивилась его манере обращения и информированности: не каждый по номеру определит, из какого региона машина.

Пауза затягивалась, я кивнула, подождала продолжения странной беседы, и оно не замедлило появиться.

— Я — Мандибуля! Ты меня хочешь! — на полном серьезе заявил байкер и вопросительно посмотрел на меня.

Если он ожидал, что после этого признания я раз и навсегда упаду в обморок, то прорва его разочарования была бездонной: я всего лишь пожала плечами и спросила:

— Кто над тобой так пошутил, сынок?

Мандибуля нахмурился и удивленно, с подозрением посмотрел на меня, потом повертел головой в разные стороны.

— Слышь, а ты мамочка веселая, — заговорил он уже совсем другим тоном. — Где ж твой мужик шляется? Поссать, что ли, побежал?

Я решила не нарываться на приключения и — не соврала, нет, это для меня совершенно нехарактерно, — я применила военную хитрость.

Полуотвернувшись, я пристально посмотрела направо и задумчиво произнесла:

— А мои мужчины — оба, кстати, офицеры РУБОПа — сейчас подойдут, и вы с ними познакомитесь. Подождите минутку, пожалуйста.

Мандибуля ухмыльнулся и, протянув вперед лапу, попытался хлопнуть меня по щеке, показывая этим, что он паренек смелый и горячий.

Я рефлекторно отклонилась, отбила его руку и, не выпуская ее, дернула этого обнаглевшего байкера на себя, вывернув его руку вверх.

Мандибуля взвизгнул, головка его нагнулась вперед

и вниз, и он резко приложился физиономией прямо об руль своего мотоцикла, носом нажав на кнопку сигнала.

Теперь уже завизжали оба: и мотоцикл, и его не в меру резвый хозяин.

Не выпуская руку байкера, я наклонилась к самому его уху, чтобы не перекрикивать звуковой сигнал, и спокойно проговорила:

— Если ты, козел, сейчас же не уберешься, я сделаю так, что при виде женщины ты будешь каждый раз писать в штанишки. Пошел вон!

Отпустив своего пленника, я подалась назад и выдернула из машины свою сумку. Не доставая полностью, я показала Мандибуле свой пистолет.

Секундная пауза пролетела мгновенно, и он принял единственно правильное решение: дернулся назад, вытаращил глазки, смерил меня презрительным взглядом, сплюнул себе под ноги; задрав переднее колесо мотоцикла, повернул его и, не сказав больше ни слова, покатил к своим товарищам.

Я усмехнулась про себя, удивляясь местечковой помпезности сочинских неформалов.

Было похоже, что их мания величия даже не предполагает, что за пределами этого микрорайона их может хоть кто-то не знать и не хотеть.

Я не оборачивалась до тех пор, пока не услышала надвигающийся на меня сзади грохот мотоциклетных двигателей.

Звук был настолько угрожающ, что сначала я нырнула в машину, захлопнула за собою дверцу и только потом оглянулась.

Вся масса байкеров, за исключением Мандибули, который остался стоять в отдалении, неслась на меня с явным желанием протаранить мою «девятку», ну и меня, разумеется, вместе с нею.

Собрав в кулак всю свою волю, я сделала вид, что ничего не заметила.

Эти несколько секунд протянулись в минуты, и вскоре бешеная группа рокеров или байкеров — не знаю, как правильно обозвать этих доморощенных придурков, —

пронеслась по дороге дальше моей машины, свернув влево, и исчезла из поля зрения.

Последним, не торопясь и не обращая на меня никакого внимания, прокатил Мандибуля.

Трасса опустела, но ехать я никуда была не в состоянии — предпочла покурить еще с полчасика и привести в порядок растрепанные чувства.

Курила, стоя рядом со своей машиной, и шепотом материлась в пространство, и, когда немного успокоилась, на горизонте показалась темно-красная машина.

Я просто из любопытства посмотрела в ее сторону и подумала, что, куда та повернет, туда, значит, и мне суждено.

Машина, оказавшаяся тоже «жигуленком» девятой модели, как и моя жестянка, однако, никуда не поехала, а, мягко сбросив скорость, затормозила рядом со мною.

С места водителя выглянул рыжеватый стильный мальчик и, улыбнувшись мне, спросил:

— У вас проблемы, девушка?

— Ментального характера, — рассеянно ответила я, оглядывая его и машину.

Рядом с парнем сидела девушка, силуэт которой плохо просматривался через тонированные стекла.

Получалось, что парень не фат и не хлыщ, а просто хороший человек, что, впрочем, не исключало и первого предположения.

— Моментального характера? Это как же так? — радостно переспросил парень, открывая дверь «девятки» и выходя из нее.

— А я вижу — землячка наша загорает, ну как, думаю, не остановиться! — сказал парень, подходя ко мне.

Я бросила взгляд на номер его машины, тоже оказавшийся тарасовским, потом через распахнутую переднюю дверцу разглядела его спутницу — хрупкую женщину с великолепными пепельными волосами — и кивнула ей.

Она дружелюбно взглянула на меня, тоже кивнула и закурила сигарету в длинном мундштуке.

— Да вот, знаете ли, решаю, куда мне поехать отдохнуть, — объяснила я парню, делая шаг к нему. — Честно говоря, в городе жить не хочется, а ничего другого я здесь пока не знаю.

— Вас как зовут, девушка? Меня — Валерий, а мою жену — Валерия, — еще раз улыбнулся парень.

— А меня Татьяна, — представилась я.

— У вас проблем, слава богу, нет, но, к сожалению, они появились у меня, — развел руками Валерий и открыл капот своей машины. — Свечи, что ли, барахлят или еще какая-то ерунда приключилась... — пробормотал он и залез в двигатель.

Признаться, я в этом ничего не понимаю и понимать не желаю, поэтому и не заинтересовалась его деятельностью, продолжая стоять около своей «девятки». Валерий копошился в своей, и наконец через десять или пятнадцать минут первой не выдержала Валерия.

— Боже мой! Ну почему так долго?! — С этими словами она вышла из машины и, не обращая внимания на начавшего было оправдываться мужа, подошла ко мне.

— Скучно здесь, — сказала она, становясь рядом, — хоть бы проехал кто-нибудь.

— Вы знаете, — доверительно ответила я, — пусть уж лучше никто не проедет. Как я поняла, на этой трассе нормальные люди встречаются через раз. После вашего приезда опять, видно, подошла очередь придурков.

— Не поняла, о чем это вы? — Валерия удивленно посмотрела на меня.

— За несколько минут до вашего приезда на меня налетела банда байкеров, — объяснила я. — Во главе с явным психопатом по кличке Мандибуля. Представляете, какое имечко?

Валерия нахмурилась и оглянулась на Валерия, вынырнувшего из-под капота.

— Мандибуля? — переспросил тот. — Мандибуля... Бред какой-то!

— И я так же сначала подумала, — ответила я, — хорошо еще, что все кончилось без кровопролития. Эти ребятки тут пошумели немного, но пока укатили. А могут ведь и вернуться, — меланхолически вырвалось у меня.

Валерий пожал плечами, улыбнулся и спрятался под крышку капота.

Мы покурили с Валерией, поболтали еще о какой-то ерунде, и через полчаса, когда перешли с ней на «ты», Валерий сказал, что стоять больше нет смысла: он все сделал.

— Ты уверен? — переспросила Валерия.

— Ну, вроде так получается, — ответил он и подошел ко мне.

— Вы говорили, что не знаете, куда бы вам отправиться, чтобы нормально отдохнуть? — спросил он.

Я кивнула.

— Есть отличное предложение, Татьяна. Поедемте с нами, — пригласил Валерий. — Здесь недалеко, примерно в двадцати километрах, есть кемпинг. Уютное местечко на берегу моря. Что еще нужно для отдыха? Тепло и тихо. Два моря: одно соленое, другое с градусами. Устраивает?

— Еще как! — обрадовалась я неразумной возможности переложить решение на чужие плечи, и мы договорились, что я пристраиваюсь в хвост «девятке» и еду за ними следом.

Вот так и решаются наши судьбы на неизвестных поворотах. Нужно только вовремя остановиться и обратить на себя внимание.

Кемпинг «Большой ручей» располагался вовсе не на берегу ручья, как можно было предположить по его названию, и даже не вокруг этого самого ручья, а просто невдалеке от устья узкой речушки слева и широкого синего моря справа.

Где ручей, какой ручей — я до сих пор так и не знаю и как-то не жалею об этом.

На территории кемпинга, огороженной легкой оградой из сетки-рабицы, стояли четыре ряда деревянных домиков, летняя шашлычная под черепичной крышей на въезде и домик начальства — на выезде.

Летнее кафе на трассе перед кемпингом и три небольшие деревни, выглядывающие из-за холмов в обозримом пространстве, но на приличном расстоянии от домиков, составляли пейзаж кемпинга.

Оставив машины на местной стоянке, мы с Валерием и Валерией направились к домику с флюгером, на ступеньках которого сидели и смотрели на нас трое — полосатый жирный кот, нечесаный седой кабыздох с потертым ошейником и толстый потный мужчина лет сорока или около того, бултыхающий в толстой лапе полупустую бутылку пива.

Это оказался директор кемпинга, представившийся нам как Петрович.

Мы с ним зашли в домик.

О формальностях договорились быстро.

Мне даже показалось, что дело вовсе и не в них, а в наличности, но так как мои спутники дружно полезли за документами, пришлось и мне поддержать компанию.

Валерий первым достал своей паспорт и протянул его усевшемуся за стол директору.

Одного паспорта на двоих для семьи хватило, и после их оформления подошла и так же быстро прошла моя очередь.

Мы с Валериями оказались соседями.

Я согласилась на предложение потного Петровича подселить ко мне какую-нибудь девушку, если такая вдруг объявится, и отмахнулась на его шутку подселить ко мне мулата, сказав, что сижу на строгой патриотической диете и мулаты в нее не входят.

Когда мы выходили от Петровича, то седой кабыздох уже сонно выглядывал из своей маленькой перекошенной будки, стоящей под домом. Он даже не дернулся в нашу сторону, только проворчал что-то невразумительное.

Домик, доставшийся мне по административному жребию, был небольшим и миленьким.

В нем я нашла все необходимое для нормальной жизни. Точнее, почти все: душа не обнаружила, это, очевидно, считалось пошлым излишеством.

Зато стояли холодильник, телевизор, кровать, ну и стол с парой раскачанных стульев.

Я принялась устраиваться и даже, задумчиво почесав голову, приняла — как бы это поизящнее выразиться — мини-душ под краном.

Ничего не могу с собою поделать: перед тем, как переодеваться, всегда испытываю желание вымыться. Такая вот за мной водится дурная привычка.

Ну да она не единственная.

Глава 2

Как только я закончила с вечерним туалетом и задумчиво примерила новую широкую юбку, которая еще не видела ни света, ни полусвета, в мою дверь постучали.

— Татьяна, ты дома? — послышался женский голос.

— Кажется, дома, — ответила я, уже успев забыть обо всем, кроме покроя и цвета юбки, и удивленно открыла дверь.

Пришла моя новая знакомая, Валерия, тоже успевшая переодеться: теперь на ней было прямое платье, расцвеченное гавайскими мотивами.

Мой костюмчик, кстати, был ничуть не хуже, что она и поняла с первого же взгляда.

Валерия пригласила меня составить компанию ей с мужем и сходить на пляж, пока не слишком жарко.

Нужно ли говорить, что я сразу же согласилась. И, заметавшись по домику, быстренько сотворила все, что нужно; одевшись полегче, захватив с собою только пакетик с полотенцем и разными мелочами, я направилась к морю.

Мои Валерии почему-то задерживались, и я пошла одна, рассчитывая, что они меня догонят.

По дороге на пляж я нос к носу столкнулась с огромным подвыпившим парнем, который никак не хотел уступать мне дорогу и все спрашивал, как пройти в библиотеку. При этом он раскатисто смеялся и, очевидно, ожидал от меня того же, но почему-то так и не дождался.

Как я поняла, начались южные будни: стал клевать косяком ходящий мужчинка, и мое настроение, честно признаться, не могло не улучшиться. Чуть-чуть.

Я добралась до каменистого пляжа, разделась, расстелила полотенце, легла и стала настраивать себя на первый опыт знакомства с соленой водой.

Она почему-то показалась прохладнее, чем должна была быть, и я решила пока посмотреть, как ведут себя другие люди.

На пляже народу было немного, знакомых — никого. Да у меня их, можно сказать, что и не было, кроме Валерок да здоровенного парня, увиденного мною только что. Если его можно, конечно же, назвать знакомым.

Но у меня было странное ощущение, что я обязательно должна вот-вот увидеть Володьку Степанова.

Этот глюк навалился на меня, наверное, потому, что я слишком быстро рассталась с Володькой и слишком резко сменила обстановку: мозги уже привыкли к этому, а чувства еще нет.

Я осмотрела пляж и поняла, что смотреть особенно не на кого.

Две скучные супружеские пары средних лет возлежали на некотором расстоянии от меня. Да еще один парень на отдаленном бугорке — высокий, сутулый, противный, с прямыми нечесаными патлами, свисающими ниже плеч, и с мерзкими усиками застыл в позе, пародирующей Шварценеггера.

Рядом с парнем на каменистой поверхности пляжа примостилась на полотенчике абсолютно невзрачная девушка самой дешевой и несерьезной внешности. Всем своим видом она демонстрировала принадлежность данной особи мужского пола и готовность выполнить любое его желание.

Бросив на пару равнодушный взгляд и поняв, что это, скорее всего, неформальный искатель экзистенциальной истины, поклонник тантрической йоги и местной наркоты, приехавший сюда с миниатюрной группой поддержки, подобранной у ближайшего же ларька, я нацепила на нос темные очки и глубоко задумалась до такой степени, что даже, кажется, задремала.

Говорят, Эдисон с Менделеевым решали самые сложные научные вопросы в полудреме, так что и я решила не отставать от корифеев.

Мне было тепло и хорошо, но очнулась я внезапно, словно от толчка.

Давно уже приученная не дергаться в непонятных ситуациях, да и лень было честно-то говоря, я медленно приоткрыла правый глаз и покосилась в сторону возникшего ощущения неуютности.

Рядом со мною на расстоянии шага сидел на корточках уже замеченный мною худющий неформал, не мигая, уставившийся на меня своими круглыми совиными глазками.

Я перевернулась на живот, подставив солнцу спину, и подумала, что заявленное мною равнодушие должно объяснить кретину, что дама не желает с ним знакомиться.

Я закрыла глаза, но прислушивалась на всякий случай.

Сопение, обозначающее присутствие неформала, продолжалось. Больше никаких признаков его существования не ощущалось, и я попыталась смириться с происходящим.

А что, может быть, этот йог-твою-мать почувствовал какие-то положительные флюиды, исходившие от меня, и сейчас подзаряжается? Вампи́рит, так сказать, на астральном плане?

Да ради бога, лишь бы руками не трогал!

Через несколько минут я все-таки не выдержала, и первая, приоткрыв глаза, покосилась на этого придурка.

Он продолжал посматривать на меня, причем так откровенно, что мне стало не по себе и очень сильно захотелось встать, протянуть руку, приподнять его за лохмы и дать по морде.

А что? Метод простой и действенный. Мало кто может предотвратить прямой удар кулаком в харю, особенно, если имеет великолепное телосложение египетской мумии.

Пока я концентрировала свои разложенные по теплому песку силы, этот визуальный насильник подкрался сам, преодолев разделяющие нас дюймы просто и решительно.

Он лег рядом, и его рожа оказалась совсем близко от моего лица.

Пришлось сделать вид, что я его не сразу заметила, а когда заметила, то не обратила внимания.

Но и это не помогло: рамзесообразный хам оказался настырным.

— Привет, подруга, — процедил он и ощерился в широкой улыбке, показав не только недостаток в воспитании, но и еще больший недостаток в зубах.

Вместо ответа я отвернулась в другую сторону и посмотрела на подъехавших на пляж дружным строем уже виденных мною сегодня байкеров во главе с Мандибулей.

Сейчас они были почему-то относительно спокойны — ни бурных припадков, ни нападок на людей, — зато в руках у каждого по бутылке сухого вина.

Байкеры шумно расположились справа от меня и начали играть в нарды, запивая азарт винищем.

Беззубый донжуан не поленился и в какой-то момент, встав и перешагнув через меня, прилег с правой стороны.

— Ну, не надо хамить, малышка, — с обидой сказал он мне, хотя обижаться должна была бы я: он просто ловко спер мою реплику.

Поэтому я промолчала и решила подождать продолжения речи.

— Меня зовут Витя, я здесь бригадир. Даю постоянную работу, детка. Даже без обеда если протянешь, никто не тронет, забираю половину, — вдруг забормотал очевидную чушь неформальный донжуан, и я напряглась, переваривая его слова.

Пристроившись ближе, он дыхнул на меня гнилью из пасти и продолжил:

— Идет, что ли, или как? И учти — без меня здесь работать не удастся. Опасно будет для ливера.

— Какого еще ливера? — не поняла я окончания его бреда, но, в общем, сообразив, что мне предлагается поработать проституткой.

И это как раз во время моего отпуска! Да еще про ливер какой-то этот гад бормочет...

— Какой там ливер? — еще раз переспросила я, хорошо понимая, что дать по морде ему все-таки придется.

— Твоего, красавица, твоего ливера! Сисек, писек и прочего! — просто ответил Витя и снова улыбнулся.

Я зажмурилась, потому что падать было некуда — уже лежала.

— А зубы ты, лапочка, потерял в трудовых подвигах? — вежливо поинтересовалась я и залюбовалась изменением цвета его мерзкой рожи.

— А шутить ты не умеешь, — Витя нес явную чушь и уже более нервно спросил: — Ну, как тебе мое предложение? Согласна или как?

Я покачала головой.

— Днем я не работаю в такую жару, — зевнула я, расслабляясь и снова растекаясь по полотенцу, — и ночью тоже, — тут же добавила, чтобы он отстал, — я отдыхаю. Отвали, малыш.

Витя ошеломленно посопел и хмуро добавил:

— Я тебя предупредил, кошелка. Короче: начнешь пахать по индивидуальному проекту, будет больно об этом вспоминать. Ясно?

— А пошел ты, — лениво отозвалась я и снова отвернулась.

Витя полежал рядом со мною еще несколько минут и на самом деле поднялся и отправился, а я даже и не посмотрела куда.

Чуть позже подошли мои знакомые молодожены, и мы довольно интересно провели время до обеда в общем трепе, а потом разошлись по домикам.

Начинавшаяся жара требовала сиесты. Иными словами, это не приспособленное для жизни время нужно было переспать.

Моя сиеста затянусь, и когда я протерла глазки, уже стемнело.

Было так обидно из-за бездарно пропавшего целого дня, и я немножко даже расстроилась, решив посоветоваться с косточками. Может быть, хоть они меня успокоят?

Выложив их на диване перед собой, я только вздохнула:

25+11+17! «Предельно обидное разочарование».

Сложив аккуратно моих паршивцев в мешочек, я засунула этот мешочек на самое дно сумки и поклялась самой себе больше не доставать их никогда-никогда, по крайней мере до завтрашнего утра.

Я вышла из домика и, увидев, что у Валерок нет света, искренне пожелала им успехов, направившись в шашлычную.

Там я еще не побывала, да и немного уже хотелось есть, если честно признаться.

Проходя мимо зарослей местных кустов-переростков, я заметила две тени и, приглядевшись, почти сразу узнала Валерия с Витей-сутенером. Они о чем-то совещались!

Мне как-то сразу стало обидно за весь наш женский род. Ну, сволочь же он, этот Валерий, честное слово! Обязательно, что ли, во время путешествия с женой надо начинать заниматься этой гадостью?

Можно было бы потерпеть и до возвращения: здесь же, в кемпинге, все равно что в мешке, где ни фига не утаишь — никакого шила.

Не собираясь больше скрываться, чтобы этот мерзавец-кобель, изменяющий жене, понял, что я его вижу, я прошла, намеренно производя больше шума.

— Татьяна! — внезапно окликнул меня Валерий. — Ты по шашлычкам решила приударить?

— Ну да, как же без этого?! — ответила я, немного озадаченная тем, что Валерий, оказывается, и не думал скрываться.

— Мы сейчас тоже подойдем с женой, — сказал Валерий, пожал Вите руку и побежал к себе.

Я посмотрела ему вслед немного удивленная: создавалось впечатление, что я ошиблась в своих предположениях, а это всегда переживать неприятно.

Валерки догнали меня уже около самого входа в шашлычную, так что зашли мы вместе, весело обсуждая, что провести первый же вечер отдыха на юге без шашлыков и без вина было бы непростительным извращением.

С этим согласились все.

Так как сегодня мы уже испытали прелести морского купания, а кое-кто только позагорал и на большее не решился, мы рискнули попробовать плоды местной кухни.

Нас встретили три мангала, бар с великолепным набором напитков от местной минералки до грузинского коньяка «Варцихе» и несколько чернявых продавцов.

Прямо при входе в шашлычную Валерий подал руку своей супруге, и она радостно потянулась к нему, и они снова поцеловались.

На моей памяти это случилось по крайней мере уже в десятый раз. Одно слово — молодожены, смотреть противно.

Этих придурков-молодоженов в любой толпе сразу заметно. Они все почему-то думают, что стоит им только расписаться в госучреждении — и все трудности окажутся позади, а впереди только прямая дорога к счастью. Ну да это не у всех даже и сказочных персонажей бывает.

А в жизни мне еще никто не признавался, что с регистрацией что-то в жизни начинается. Вот что-то кончается — это точно, причем довольно-таки быстро.

Мы зашли в шашлычную, заняли крайний столик, и Валерий побежал делать заказы.

Он предложил взять по порции шашлыка и две бутылки красного вина, хотя по такой жаре я предпочла бы белое, но, снова решив не отставать от компании, я и здесь поддержала ее, предложив взять три бутылки.

А какой смысл мелочиться? Отдыхать, так с размахом!

Пока Валерий бегал с шампурами, мы с Валерией закурили и, успев обсудить погоду и настроение, осмотрелись.

Народу набралось предостаточно.

Несколько молодых пар сидели за столиками справа, две мужские компании расположились слева от нас.

Одной из них оказались уже порядком поднадоевшие мне сегодня рокеры-байкеры; зато за другим столиком сидели «чисто» наши простецкие гоблинские ребятки:

от них и мата слышалось больше, чем от патлатых байкеров, и рюмки их звякали чаще.

Среди гоблинов возвышался и здоровяк, которого я сегодня уже встречала, снова полупьяный, и было заметно, что чувствовал он себя в этом состоянии очень уютно.

Громкий голос Блендамеда, наверное, был слышен в каждом углу шашлычной. Сейчас он замысловато жаловался одному из своих дружков на то, какое гадкое место этот кемпинг, и что даже если захочешь, то все равно не найдешь здесь ни «герыча», ни «лошадки», ни вообще никакой полезной «дури». А без этого и праздник не в праздник. Товарищи его дружно поддерживали и активнее звенели стаканами.

Я тихонько, стараясь не привлекать внимания, вынула из сумочки гадальные косточки и с некоторым злорадством спросила у них — молча, разумеется, я же не дура, — ну где же, где же «накарканное» ими разочарование или какую они там мне чушь предсказали, не помню уж точно.

Кости мне выдали свой очередной милый прогнозец: 15+33+8! — «Предвестье украденной у вас радости». Увидев расклад, я едва не сплюнула на пол, честное слово.

Глумятся, заразы! Глумятся, чтоб им всю жизнь самим себе такие предсказания давать!

— А что это такое, Таня? — спросила меня Валерия, наклонившись и заглядывая мне в руки.

Я убрала кости обратно в сумочку и рассмеялась:

— Это подарок одного индийского факира, он мне их подарил, когда я была проездом в Джайпуре на конгрессе нетрадиционных астрологов.

— А факира звали Остап-Сулейман-Берта-Мария-Бендер-бей? — улыбаясь, спросила Валерия.

Я рассмеялась и ответила, что это страшный секрет и пока еще не пришло время его открывать. А тут и Валерий наконец подскочил с шампурами и стаканами.

Пока я расставляла на столе посуду, моя супружеская парочка снова начала целоваться и не только.

Ну, не в том смысле, конечно, что дело уже дошло до дела, но на полпути к нему оно было точно. Уж мне ли этого не знать!

— Слышь, Татьяна, — обратился ко мне Валерий после второго тоста, — а твой знакомый Мандибуля есть среди тех волосатых кадров?

Он кивнул на компанию байкеров.

Мне лень и неохота было снова разглядывать этих ребят, поэтому я пожала полечами.

— Кажется, — ответила я, не собираясь портить себе настроение воспоминаниями.

— А который из них? — спросила вступившая в разговор Валерия, вытягивая шею и отклоняясь чуть вправо, чтобы ей было видно весь байкерский столик.

— Да ну вас, ребята, честное слово! — рассмеялась я.— Нашли о ком вспомнить! Давайте лучше выпьем за вашу удачу!

От такого тоста, как я заметила, еще никто никогда не отказывался. Суеверный у нас народ, хоть и воображает себя просвещенным.

Следующие полчаса прошли просто замечательно в тостах и в дегустации. А затем подошла наконец и развлекательная часть.

К нашему столику внезапно подвалил Витя-сутенер, давно ошивающийся в шашлычной.

Я уже приметила его. Он по очереди пристраивался к каждому столику. Подходя, быстро тасовал в руках колоду карт и, как видно, предлагал испытать судьбу.

Пока еще на его предложение никто не клюнул, и вот очередь дошла до нас.

— Мальчики-девочки, в картишки не желаете перекинуться? — тихо спросил он, глядя почему-то только на меня.

— Меня зовут Витя, если кто не знает, — ласковой скороговоркой продолжил картежник, — мы по маленькой, по маленькой.

Я покачала головой: азартные игры нужны только тем, у кого уже ничто другое азарта не вызывает. Ну а я этой болезнью не страдаю. Пока еще.

Валерия повела себя совершенно естественно.

Внезапно обнаружив, что как раз в тот момент, когда подошел Витя, рука ее мужа углубилась чересчур уж глубоко, куда не следовало, и это стало заметно, она ударила его по плечу и резко отстранилась.

Валерий покачнулся на стуле и, чтобы соблюсти равновесие, даже схватился за край стола.

Звякнули бутылки, брякнули тарелки, но, слава богу, ничего не упало и не разбилось.

Чувствуя себя немного неловко, Валерий встал и, в упор глядя на подошедшего к нам Витю, произнес медленно и четко:

— Я не играю, ты понял, да? Иди вон с байкерами поиграй!

— Конечно, конечно, я понятливый, — с готовностью ответил тот и, усмехнувшись, отошел.

Я удивилась: Валерий повел себя так, словно с Витей он не был знаком и это не они буквально только что секретничали в кустиках.

Подумав, что этот спектакль он разыграл исключительно для Валерии, я опустила глаза и выругалась про себя. Мое молчание Валерий мог принять за согласие с ним, что было бы омерзительно.

А мою парочку словно подменили.

Теперь они решили поиграть в тихих паинек, которым все, что уже другим можно, строгие родители еще не разрешили.

Валерий, нервно подергиваясь, достал из кармана брюк пачку сигарет и закурил.

— Дай и мне тоже, — резко попросила Валерия, протягивая руку.

— Ты много куришь, девочка, — удивленно произнес Валерий, но выбил сигарету и протянул жене.

«Уже пошли первые открытия на супружеском поле, — грустно констатировала я. — И почему вам так просто не живется, ребята? Жениться-то зачем?»

Валерия закурила и сидела с отстраненным видом, опустив глаза на стол, и выбивала пальчиками по столешнице какой-то марш.

Валерий же, наоборот, не спускал напряженного взгляда с удалившегося Вити, который нашел-таки желающих сыграть с ним по маленькой за соседним столиком, но не с байкерами, а с братками, и губы Валерия презрительно вздрагивали, однако он ничего не говорил, хотя, как было заметно, с удовольствием выругался бы несколько раз.

«Одно из двух, — подумала я, слушая громкие разговоры из-за соседнего стола с громогласными гоблинами, где пристроился картежник, — одно из двух: или наш мальчонка-молодожен — заядлый картежник и Валерия заранее страшится его игорного загула, или...»

Додумать мысль до конца я не успела.

Валерия, вдруг словно решив сбросить с себя навалившееся напряжение, обратилась ко мне:

— Что же вы погрустнели, Татьяна? Может быть, еще выпьем по одной, если уж такая жизнь пошла, что...

Она не договорила, а зря.

Я почему-то ни фига не поняла, что такого нехорошего внезапно случилось с ее жизнью, но выпить согласилась.

Пришлось, чтобы не отставать от нее, от жизни то есть, спросить у Валерия:

— А что интересного ты увидел в этом карточном шулере? У меня такое впечатление, что он на вас обоих подействовал как тень папы Гамлета?

Я вообще-то пошутила, но оказалось, что, сама не зная, нажала на какакую-то запретную кнопку.

Валерия выронила из пальчиков сигарету и испуганно взглянула на меня.

Она, правда, тут же постаралась спрятать взгляд, но я его уже поймала: в нем был самый настоящий испуг, причем сильнейший и искренний.

— Да нет, какой там Гамлет, — процедил сквозь зубы Валерий, осторожно кося на свою жену, — просто рожа этого гада показалась мне знакомой, но, кажется, я ошибся.

— А ты суеверен и неуверен, Валерка-дубинка, — с неожиданной горечью проговорила Валерия и потянула его к себе.

Удивительно, но Валерий приблизился к ней с видимой неохотой.

— Давайте лучше поговорим о чем-нибудь веселом! — предложила Валерия.

— О Мандибуле, например! — улыбнулась я.

— Точно! — воскликнул Валерий.

Он подмигнул Валерии и, хитро улыбаясь, погрозил мне пальцем.

— Признайтесь, Татьяна, вам так глубоко запал в душу этот байкер, что вы поэтому и показывать нам его не хотите: бережете себе на отпуск!

Они с Валерией весело рассмеялись.

Я ничего не ответила, решив не портить людям их легко меняющегося настроения.

Видя, что я ничего не отвечаю, Валерий пошептал что-то жене, встал и пошел к мангалам.

Там он перебросился словами с местными джигитами и барменом, а вернувшись, объявил, что завтра они едут на другой пляж.

— Мне рассказали про одно замечательное местечко, — сообщил он, — вы составите нам компанию, Таня?

— А что там такого особенного?

— Сюрприз! — загадочно ответил Валерий, склонившись к Валерии и опять что-то нашептывая ей на ухо.

Валерия закусила губку и пробормотала:

— Пошли отсюда, мне что-то нехорошо.

Они, попрощавшись со мной, ушли, а я решила еще немного посидеть. Может быть, и зря так решила...

Оставшись в одиночестве, я вдобавок еще и обнаружила, что и мой столик тоже опустел. Так как в этом, пардон, свинском баре-шашлычной за всем приходилось ходить лично, то я встала и повлачилась к стойке.

Усатый веселый бармен выставил передо мною стакан и лихо набулькал в него коктейль под названием «Дамские мечты». Я понятия не имела, что это такое, и заказала, прельстившись лишь названием. По нынешнему настроению меня больше привлек бы коктейль «Тарзан», но такого в прейскуранте не оказалось.

Вспомнив о сюрпризе, подготовленном на завтра Валерием, я поманила бармена пальчиком и спросила, что собой представляет пляж, о котором он только что разговаривал с моим знакомым.

Улыбка бармена получилась чуть ли не шире собственного лица.

— Хороший пляж, свободный пляж, — нараспев поведал он, опуская голос до заговорщицкого. — Там бывают только байкеры Мандибули, и все очень свободно.

Я промолчала и вернулась за свой столик, размышляя о чувстве юмора Валерия. Вот уж действительно сюрпризец, и нехилый! Оставалось только решить — а нужно ли мне участвовать в этом спектакле.

Между тем за соседним столиком разыгрывалась вполне предсказуемая сцена.

Скорее всего, Витя пожадничал и начал слишком быстро обыгрывать подпивших ребят, и им это почему-то не понравилось.

Один из компании, уже знакомый мне пыхтящий монстр, откликающийся на дурацкую кличку Блендамед, вдруг подскочил на своем стуле и, перегнувшись вперед через стол, схватил Витю за майку на груди.

— Ты мне мозги не греби, козел! — рявкнул он и дернул Витю к себе. — Я все видел, Витек, я все видел, бля буду — да!

Витя резко шарахнулся назад.

Основной пострадавшей оказалась его майка. Но это только поначалу. Послышался треск, и упирающийся Витя свалился на пол вместе со стулом.

Взмахнув руками в жалкой попытке сохранить равновесие, он случайно умудрился зацепить и меня за совершенно новую юбку, хотя я сидела отнюдь не рядом с ним.

Посмотрев на надорванный шов и сброшенную на пол сумку, я вскочила на ноги и сказала двустворчатому шкафу по имени Блендамед несколько энергичных фраз.

Я не набитая дура, конечно же, и понимаю, что красивой девушке больше к лицу скромность, застенчивость и прочая никчемная лабуда, но иногда не мешает объяснить придурку, что он хоть и придурок, но нужно рассчитывать длину своих мослов. К тому же и винишко красненькое сыграло свою провокационную роль...

Но все равно же я оказалась права, а как может быть иначе?

— Что ты сказала, кошелка драная?! — проорал Блендамед, надвигаясь на меня, как ледокол, всеми своими ста килограммами перенакачанного мяса.

— Да все они одна компашка, гадом буду! — тявкнул у него из-за спины какой-то шакал, и гордый Блендамед пробубнил:

— Ага, и я это сразу понял!

Удивительно, что эти ребятки твердо знали обо мне то, о чем я сама даже не догадывалась, но спорить с ними было бесполезно — слишком уж они гордились своими умозаключениями.

Мне сразу стало скучно в этой шумной шашлычной, и я решилась скромно, по-английски, удалиться, тем более что мои Валерки уже успели это сделать.

И я уже было деликатно шагнула в сторону, но жесткий хват за руку остановил мой благоразумный порыв.

Дыхнув на меня тяжкой смесью алкогольно-табачной гадости, Блендамед протянул вторую лапу, явно собираясь измерить объем моей груди.

Меня это не устроило.

Пришлось резко вывернуться и врезать ему коленом в одно бугристое место.

Блендамед на секунду замер, ослабил хватку, потом издал рев раненого испанского быка, словно я перед ним собиралась тут изображать тореодора.

На этом пока активные действия Блендамеда закончились. Он почему-то предпочел поклониться мне, сложив ладошки под животиком: фильмов, наверное, насмотрелся про вежливых китайцев.

Витя в этот момент очухался, продрал глазки и очень вовремя и благородно ухватился за ногу Блендамеда.

Он ничего не хотел сделать ему плохого. Просто эта ножища стала подниматься вверх, и, очевидно, Витя решил подняться с пола вместе с нею.

Толпа волосатых байкеров, сидевшая до этого момента тихо, решила вдруг вмешаться: на одного из них случайно опрокинулась открытая бутылка с кетчупом со стола братков-гоблинов.

Байкеры выскочили из-за стола и бросились нас всех разнимать с помощью рук и громкого крика и с желанием, разумеется, произвести на меня впечатление — я девушка скромная, но что правда, то правда: умею произвести впечатление на мужчин. Но толчком для рокеров-байкеров послужило, конечно, поведение кетчупа со стола товарищей Блендамеда. До этого они только азартно подпрыгивали на своих местах и посмеивались.

Пока Блендамед обижал слабую девушку, его братки не вмешивались, наверное, думая, что силы единоборцев равны, но когда на горизонте появились боевые дружины местного рок-фестиваля, они отшвырнули стол в сторону и, издав великолепный вопль, бросились им наперерез.

Оставленная в покое, я в несколько прыжков перебазировалась ближе к мангалу, потому что здесь лежал приличный запасец шампуров, а я с детства была неравнодушна к колюще-режущему оружию, и осмотрелась.

К сожалению, ситуация сложилась так, что на меня уже никто не обращал внимания.

Блендамед со своими дружками гонял байкеров, шашлычники гоняли всех, появившийся на авансцене сонный мужик в драных джинсах кричал, что он участковый, и не гонял никого. С тяжелым вздохом, подходя то к одному бойцу, то к другому, он отбирал у них шампуры и ножки от стульев и резво отпрыгивал в сторону, не мешая больше ничем. Участкового никто не трогал, как, впрочем, и он.

Представитель порядка только уравнивал шансы обеих команд и не посягал на конечный результат матча.

Постояв еще немного и понаблюдав за событиями, я дождалась, когда под ударами четырех облепивших его кавказцев упал на пол Блендамед, и решила покинуть место ристалищ.

Уходя, я медленно перешагнула через лицо поверженного Геракла с хамской кличкой Блендамед.

Смотря на меня снизу вверх замутнившимися глазками, он прохрипел, что никогда мне этого не забудет.

Я не стала конкретизировать и молча ушла.

«Пожалуй, развлечений на сегодня хватит», — подумала я и, сориентировавшись в поглотившей кемпинг темноте, спотыкаясь о корешки и вершки, торчащие из утоптанной почвы, побрела в свой домик.

Проходя мимо жилища директора, я сначала услыхала недовольное тявканье седого кабыздоха, а потом неожиданно для себя увидела Валерия, отходящего от домика.

Заглядевшись на чужого мужчину, я споткнулась о корень, очень некстати выглянувший из земли на моем пути, и растянулась совсем в неэротичной позиции. Хорошо еще, что, когда я вскочила, придерживаясь за ветки кустарника, Валерий уже ушел.

Позор остался незамеченным, следовательно, его и не было вовсе.

Я немного постояла, ориентируясь в пространстве и удивляясь действию местного вина, которое только сейчас стало накрывать меня с неожиданным упорством, потом закурила и решила передохнуть перед продолжением долгого путешествия к своей кровати.

Неожиданно из темноты, откуда-то справа от меня, послышались два глухих щелчка.

Я мгновенно присела и метнулась к ближайшему дереву.

Пусть я злостно ошиблась, пусть эти звуки были только похожи на выстрелы, но в подобной ситуации я предпочитаю два раза перестраховаться, чем один раз подставить лоб.

Скорее всего это были выстрелы. Но раз я не видела вспышек, это могло означать только одно: стреляли не в прямой видимости от меня, а скорее всего где-то за одним из ближайших домиков.

А если стреляли за домиком, то, значит, и не по мне! Сообразив это, я еще помедлила на всякий случай и, вскочив на ноги, уже гораздо быстрее, чем раньше, пошла к себе.

Вечерняя прогулка окончательно перестала привлекать меня.

По дороге я неожиданно столкнулась с тенью, которую можно было бы признать за привидение, если бы оно не шмыгало носом и не попахивало винным перегаром.

Невысокого росточка девушка в темной, мешковато сидевшей майке и в таких же шортах, натолкнувшись на меня, остановилась, пошатываясь, поморгала, посмотрела и попросила закурить.

Я узнала в ней ту самую спутницу Вити, которая с собачьей преданностью сворачивалась клубочком у его ног на пляже.

Я дала ей сигарету, потом протянула зажигалку, и она побрела дальше, подтрясывая в руках нетяжелый полиэтиленовый пакет.

Добредя до домика, я устало присела на крыльцо и вынула сигарету. Захотелось просто отдохнуть и ни о чем больше не думать. Все равно пока это и не получалось.

Пока курила, пряча огонек сигареты в кулак, я внимательно осматривалась и прислушивалась, однако вокруг было все тихо.

Выстрелы ли прозвучали или не выстрелы, подумала я, но, имея таких славных соседей, как байкеры и гоблины, скорее всего, было бы странным, если бы все ограничилось только выстрелами.

Эти мальчики могут и парочку взрывов устроить для веселухи, им это ничего не стоит.

Докурив, я решила, что пора идти спать.

Но едва я встала со ступенек и наклонилась к своей двери, чтобы открыть ее, как меня окликнула Валерия.

Она внезапно появилась из темноты и пришла ко мне в гости, похоже, с плохими новостями.

— Танька, у меня Валерка пропал, — пробормотала она и всхлипнула, — ты же слышала какие-то звуки, да? Я боюсь за него.

Я на какое-то мгновение растерялась и довольно-таки глупо переспросила:

— Как это пропал? Когда же он успел?

Валерия всхлипнула, пожала плечами, потом всхлипнула еще раз. Ну а потом разревелась в полную силу, громко и со вкусом.

Я подхватила ее и потащила к себе в домик. Усадив на диванчик, бросилась в кухню и принесла оттуда стакан воды.

Валерия, продолжая плакать, еле-еле отхлебнула глоток воды, стуча зубами о край стакана. На нее почему-то напала икота, и она, испуганно прикрыв рот рукой, заплакала еще громче.

Лучше бы я не бегала с этим стаканом! Без него было б лучше!

— Рассказывай все, — потребовала я, а у самой в голове крутилась подсмотренная вечером сцена под деревом.

Судя по всему, Валера оказался парнишей увлекающимся: если гулять, то со вкусом и долго.

Свинья, а не мужик, прости господи!

— Валерка пропал, — повторила Валерия и снова всхлипнула.

Мне, судя по всему, грозило повторение явления Ниагары, и я, воспользовавшись тем, что Валерия сидела передо мной, слегка приоткрыв рот, сунула ей туда сигарету.

— Ой, я не курю так часто! — тут же отреагировала она, замотав головой.

— Беременная, — понимающе констатировала я, — обычное дело. Поздравляю!

— Еще чего не хватало, типун тебе на язык! — неожиданно резко ответила Валерия, взяла у меня зажигалку и прикурила почти не дрогнувшей рукой.

Как человек, не окончательно еще привычный, Валерия немного морщилась от дыма, потом немного опьянела, и хотя ей, видно, было противно курить, настроение у нее переменилось.

— Когда он ушел и куда?.. Мы же вышли почти одновременно? — спросила я, думая, что самое умное сейчас было бы — поймать Витю-сутенера, если его гоблины не затоптали насмерть, завести его в укромное место, надавать ему по шее и по другим местам и вытрясти информацию о том, где и с кем загорает наш счастливый молодожен. Но для этого пришлось бы оставить без присмотра Валерию, что малореально, да и опасно.

— Мы еще вчера с ним поссорились, — сказала Валерия, и глаза ее покраснели. — А сегодня он ушел и две-ерью хлопну-ул, — простонала она, — полтора часа назад.

— И до сих пор его нет? — нудновато уточнила я, стараясь не улыбнуться, хотя все это и было достаточно смешно.

Валерия покачала головой и заявила, что уже начала собирать вещи, чтобы уезжать отсюда к чертовой матери.

Если Валерка не приходит, значит, он ее не любит, если он ее не любит, значит, не имеет смысла переживать. Она поразительно быстро перешла от приступа переживаний к приступу ненависти, словно была замужем уже не один год.

Я в ответ только качала головой.

— Это ты зря! — я постаралась объяснить ей глубинную сущность семейной политики, будто сама была чересчур опытна. — Ты совсем не оставляешь ему возможности для примирения, а это неправильно, не по-женски, а по-детски получается. Подожди, пусть придет, выскажется, а потом, в зависимости от ситуации, и будешь решать.

Валерия в ответ на мой совет впала в самую пошлую истерику. Ей начало казаться, что Валерка прохлаждается где-то у другой женщины.

Мысль была вполне здравой, но я постаралась убить ее в зародыше, приговаривая всякую чушь вроде того, что не стоит думать о самом худшем, может быть, он просто попал под машину.

Я, конечно же, пошутила, однако Валерка завелась пуще прежнего, к счастью, по новому поводу: теперь ей стало Валерия очень жалко и она обязательно решила его дождаться.

Что и требовалось доказать.

Я снова успокаивала ее как могла, но потом, честно признаться, мне этот процесс поднадоел: стало ясно, что человек упивается собственными ощущениями.

Кончилось все дело тем, что Валерия попросила у меня таблетку от головной боли, и я с облегчением выдала ей целую упаковку анальгина: кушай, дочка, если другие методы лечения недоступны!

Придет время, научишься.

После чего мы договорились, что каждый идет по своим делам: Валерия — страдать дальше и ждать своего беглого супруга, раз уезжать ей уже расхотелось, ну а я наконец-то получила возможность остаться дома одна.

Точнее говоря, мне так показалось, потому что у Валерии тут же возникла новая идея.

— Ты не проводишь меня до домика? Мне почему-то страшно, — дрожащим голосом попросила она.

— Оставайся у меня, — предложила я, хотя мне самой эта мысль ни фига не улыбалась.

— А если Валерка вернется и увидит, что меня нет?! — вскричала Валерия. — Ты знаешь, что он может подумать? Он может подумать, что я, что я...

Она не досказала, видимо, не хватило фантазии.

Я поморщилась, но скрепя сердце все же решила ее проводить.

Выйдя из домика, я заперла дверь, и мы с Валерией прошли притихшим кемпингом до ее домика, и тут началось все сначала в который уже раз.

Устроившись перед входом, мы продолжили наши замечательные разговоры.

Валерия приставала ко мне с дурацкими вопросами: «Ты-правда-думаешь-что-он-меня-любит?» и «Куда-же-он-мог-пойти?»

Я все понимала, не понимая только одного: как она сама не поймет, что я уже давно хочу спать и что все это меня не касается.

Наконец, через полчаса, Валерия, вздрогнув, вспомнила, что ей нужно привести себя в порядок, а то вернувшийся Валерий заметит ее распухшие веки и вообще перестанет ее любить.

Мы попрощались, и она побежала к себе наводить красоту перед встречей загулявшего мужа.

Я проводила ее до крыльца, сказала напоследок еще что-то успокаивающее, помахала рукой, дождалась, пока она уйдет, и вернулась к себе.

Тут же на подходе к двери моего домика меня постигло несчастье, сравнимое только с аварией на дороге: у моей туфли сломался каблук. Выдержав все перипетии сегодняшнего дня, в самом его конце каблук, как видно, решил, что с него хватит.

У меня появилось спонтанное желание съездить в город Сочи для знакомства с ним и его магазинами. Не для одной только эрудиции, конечно. Но так как сегодня было уже поздно, то пришлось смириться и отложить путешествие на завтра.

Я собралась после вечернего туалета спокойно лечь спать, но кое-что заставило меня встревожиться.

В моем домике, на первый взгляд, все оказалось без изменений, и слава богу.

Правда, как я тут же внезапно вспомнила, почему-то была не заперта входная дверь, ведь я ее открыла без ключа, и это навело на некие неприятные мысли.

Валерия своим приходом как-то заставила меня в тот момент не обратить на этот факт должного внимания, но сейчас он мне показался, конечно же, очень важным.

Я внимательно осмотрелась и бросила взгляд на свою дорожную сумку, стоящую на полу. Она теперь стояла не так и не там, где я ее оставила, и к тому же была раскрыта.

Все это поселило во мне какие-то подозрения, но, откровенно говоря, то ли я устала после долгой дороги, то ли была переполнена впечатлениями, но я не стала слишком волноваться, а просто присела на корточки перед сумкой и вынула из нее все, что там лежало.

На первый взгляд, не пропало ничего, но чувствовалось, что она побывала в чужих руках: все было перерыто и переложено по-другому, не так, как я обычно накидываю свои вещички, и это наблюдение заставило мысль работать более энергично.

Мои документы и «финансовые транши», отведенные на эту поездку, лежали вовсе не здесь, а в другом месте — не скажу, где именно, этот секрет мне еще самой не раз пригодится, — и я не особенно волновалась. Но получалось, что кто-то пожелал со мною близко познакомиться без моего на то согласия, причем втайне от меня.

Обдумав все это, я зацепилась в своем слегка утомленном сознании за некую мысль, заперла дверь и упала на кровать: мысль эта касалась здорового сна.

Ну и хорошо!

Глава 3

Следующее утро началось просто замечательно.

Давно я не просыпалась с улыбкой на лице, пожалуй, что целые сутки уже прошли.

Все было отлично, и вчерашние события, совершенно потерявшие свою остроту, казались сущей ерундой.

Я потянулась, лежа на диване, и повернула голову к окну, расположенному рядом. И тут мое внимание привлекли какие-то странные звуки: какие-то щелчки и поскрипывания, что ли, доносившиеся с улицы.

Лежа на спине, я опять постаралась задремать, но идиотская периодичность этих звуков уже начала раздражать. Я не выдержала и решила высунуть нос на свежий воздух или по крайней мере в окно и узнать, что же происходит в этом дурдоме, на который по ошибке навесили не ту вывеску.

Вскочив с диванчика, на котором так замечательно выспалась, я выглянула в окно.

Сцена, открывшаяся передо мной во всей своей прелести, не могла не заинтересовать: чуть в отдалении от домика Витя-сутенер без тени смущения методично и со вкусом бил по лицу ту самую девушку, которая вечером просила у меня сигарету.

Витя, похоже, наводил порядок в своем дружном коллективе и делал это одним доступным ему способом — рукоприкладством.

Девушка же не возмущалась и не звала на помощь. Я поняла, что наказание последовало за дело, но все-таки быстренько влезла в свой легкий костюмчик и решила мчаться на помощь. Дело принципа — женщину бить подло, даже если она и проститутка.

Однако, когда я выскочила на крыльцо, ситуация обернулась своей лирической стороной: девушка тихо хныкала, а Витя, прижав ее голову к своей груди, нежно поглаживал ее по спине.

Я едва не плюнула и вернулась обратно, начав сборы к экскурсии в Сочи.

Как оказалось, спешно отъезжая из Тарасова, я забыла захватить с собою не только лишнюю пару туфель, оставшись, по существу, в тапочках, но и некоторые необходимые мелочи, о которых говорить не принято, ну а вот сейчас подошло время их вспомнить.

Соединять познавательную поездку с необходимыми делами — значит очень неглупо проводить время.

Я заперла свой домик, отметила это, чтобы потом, если снова обнаружу его незапертым, не сомневаться в своей неаккуратности, и бодрым шагом пошла к стоянке, стараясь выдержать быстрый темп до конца, и вовсе не потому, что я такая активная в такое хмурое утро. Честно говоря, мне очень не хотелось, чтобы Валерии пришло на ум повторить вчерашний сериал страданий в своем исполнении, пожелав вернуть себе уже однажды испытанную аудиторию.

Свернув на дорожку, ведущую в нужном направлении, я натолкнулась на небольшую компанию.

Это были уже знакомые мне байкерные братья, неизвестно какого черта разгуливающие по утрам, причем опять все вместе.

Мандибуля был с ними, и мы обменялись взглядами, отнюдь не содержащими взаимную симпатию.

Байкеры меня не только увидели, но, как видно, решили встряхнуть свои немного помятые с вечера нервы.

Я это поняла по их мерзким взглядам и, не желая связываться с дураками, опустила голову, стремясь спокойно пройти мимо, но тотчас была задержана.

— Девушка! — приблизился ко мне один из них, делегируемый вперед, очевидно, за хорошие манеры. — Куда вы так торопитесь? Уж не на встречу ли с нами?

Я огорченно покачала головой и коротко ответила:

— Нет, ребята. У меня дела.

Нараспев повторив мою фразу, этот недомерок, согнув руку коромыслом, попытался обнять меня за плечи.

Оставшиеся трое его собратьев, сделав стойку, молча начали обходить нас с флангов.

Простота и прямота маневра байкеров заставила меня принять адекватные меры.

— Нет, так дело не пойдет! — твердо заявила я и, поняв, что, очевидно, придется проводить сеанс мануальной терапии, развернувшись, плотно прижалась спиной к стволу корявого дерева. Так у меня было больше шансов отгонять противников по одному.

Байкеры опешили: наверное, такое поведение не вписывалось в их привычную модель.

Не было ни криков, ни визгов, ни погони, а доказывать женщине один на один, что ты мужчина, скорее всего, не позволяли светлые байкерские принципы.

Стоявший до этого в отдалении Мандибуля прошел вперед, растолкав свою команду.

— Я не пойму, почему ты от нас бегаешь? — негромко сказал он. — Что тебя не устраивает?

— Ваше общество, — призналась я.

Мандибуля нахмурил лобик и, покусав губы, еще тише спросил:

— Ты хочешь пообщаться со мной наедине? Я — не против!

На секунду потеряв дар речи от такой откровенности, я поманила пальчиком Мандибулю, и, когда он приблизил ко мне свое ухо, думая, очевидно, что я из девичьей скромности сейчас горячо прошепчу ему «да», то вместо этого услышал нечто совсем другое. А потому Мандибуля отпрянул и, выругавшись, замахнулся на меня кулаком.

Авторитет вождя для байкеров непререкаем, поэтому, когда, так и не опустив свою лапку, Мандибуля плашмя рухнул на землю от моих превентивных действий, его ребятки, взвыв, бросились на меня одновременно.

Это было самое неумное, что они могли избрать.

Толкаясь и мешая друг другу, они сами себя затормозили, поэтому, когда очень удачным ударом ноги в живот я уронила первого же, остальные, наткнувшись на него, закрутились на месте как бараны.

Мне бежать было некуда, да и не следовало этого делать. Наоборот, я сделала полшага вперед и весело хлопнула ближайшего устоявшего на ногах мальчонку ладошкой по носу. Нос его сразу же покраснел, а байкер потерял последнюю возможность соображанса, и так весьма скудную от рождения.

Теперь моя задача состояла в том, чтобы не дать им возможности разобраться между собой и самой удалиться с минимальными потерями.

И все-таки один из байкеров, самый маленький и самый юркий, оказался наиболее удачливым. Оттолкнув своих собратьев, он бросился на меня, широко расставив руки, словно решив показать мне прием греко-римской борьбы.

Быстро присев, я провела прямой удар рукой ему в пах и снова выпрямилась, а он согнулся.

Тут откуда-то со стороны послышался крик.

Переведя взгляд, я увидела мчащуюся к нашей группе человеческую глыбу. Это был мой вчерашний чудный знакомый по имени Блендамед. Я немного удивилась, увидев его, подбегающего к нам ближе.

Эти мужики, как истинно стадные животные, при нападении на женщину будто сразу заключают между собой некий молчаливый пакт, вмиг забывая об элементарных понятиях, действовавших еще вчера.

Байкеры, как видно, решили разрубить конфликт сугубо традиционным методом. Они наконец разобрались между собой, и у двоих в руках мелькнули ножи.

Однако подскочивший Блендамед меня огорчил, точнее, обрадовал. А еще точнее, он сделал и то и другое одновременно. Он показал мне, что я не права, и молча отшвырнул ближайшего из байкеров в сторону, зацепив его руками за плечи.

Поняв, что они окружены гигантски превосходящими силами противника, байкеры во главе с очухавшимся Мандибулей попытались, выкрикивая ругательства, броситься врассыпную.

Блендамед же продолжал работать, как на тренажерах.

По его повадкам сразу же было видно настоящего спортсмена: он начал с малого веса, вышвырнув его с поля и постепенно увеличивая подходы.

Самого крупного противника мы погасили вместе, причем я как слабая женщина позволила основную работу сделать за себя.

Когда мы остались вдвоем, отдуваясь и смахивая пот со лба, Блендамед остановился передо мной и сказал:

— Привет, подруга!

Это было не оригинально, но мне понравилось.

— Сам привет, — ответила я и улыбнулась. Сегодня Блендамед выглядел более симпатичным, чем вчера: это, наверное, потому, что я явно не собиралась обыгрывать его в карты, не иначе.

Мой путь до этого развлеченьица пролегал к стоянке, и я не видела причин отказываться от своих планов.

Мы пошли вместе с Блендамедом, и, чтобы начать нейтральный разговор, я спросила, почему у такого видного парня такая гадкая кличка.

Он довольно рассмеялся и, отирая пот ладонью со лба, пустился в объяснения:

— Фамилия моя Зубов, вот и назвали пацаны Блендамедом, да я не обижаюсь, а вы, извините, замужем? — сделал Зубов-Блендамед еще один неоригинальный заход, и я чуть не прослезилась от такой непосредственности.

Моя машинка отдыхала там же, где я ее оставила, и на подходе к ней я обнаружила еще одного страдающего субъекта нашего пола — ту самую девушку, которая уже привиделась мне сегодня с утра.

Она сидела на корточках около дерева и курила сигаретку, зажимая ее в кулачке.

Увидев нас с Блендамедом, она с независимым видом отвела свои блудливые глазки и стала затягиваться еще сильнее.

Все было ясно: девочка готовится словить кайф, и не мне было ей мешать: все равно не поймет, что это были бы добрые побуждения.

— Анечка! — вдруг подал голос Блендамед. — Ты чем это тут занимаешься?

Анечка тихо захихикала и не ответила.

Блендамед вздохнул и, посмотрев на меня, пробурчал что-то среднее между словами сострадания и ругательством.

— Такая молодая и уже наркошка, — пояснил он, словно я в этом нуждалась.

Я молча кивнула и, бегло на ходу осмотрев Анечкино лицо, отдала должное профессионализму Вити-сутенера: на лице у Анечки не было видно никаких следов недавней экзекуции.

Подойдя к «девятке», я достала из сумочки пульт дистанционки, нажала на кнопочку, а услышала в ответ только обидный пшик: моя машина была открыта.

Я едва не выкрикнула нехорошее ругательство в пространство: создавалось крепкое впечатление, что заведение под названием «Большой ручей» просто-напросто не выносит запертых дверей.

Я открыла левую переднюю дверцу «девятки» и осторожно заглянула в салон, тут же быстро оглянувшись на Анечку.

Она или умело делала вид, или на самом деле уже не интересовалась окружающим.

Блендамед же смотрел на меня с явно непонимающим видом, очевидно, тоже начиная подозревать во мне наркошку.

Наученная неоднократным прошлым опытом, я внимательно обследовала весь салон.

Не заметив ничего подозрительного, села за руль и попробовала завести машину.

Это у меня получилось с первого же раза.

Мне стало совсем нехорошо: если моя капризная жигулевская зараза заводилась с первого же толчка, однозначно следовало ждать неприятностей.

Я махнула рукой Блендамеду, улыбнулась ему, выехала со стоянки и покатила по трассе, сверяясь с указателями: их в здешних местах понатыкано столько, что заехать не туда, куда нужно, можно было бы, только имея на то очень сильное желание.

Я такого желания не имела.

Я имела желание доехать до города тихо и мирно, купить, что мне было нужно, и так же тихо мирно вернуться.

Честно говоря, я уже начала сомневаться в перспективе своего отдыха: стоило уезжать из Тарасова, когда сумасшедший дом я могла вполне иметь и там и даже в сочетании с привычным комфортом.

После первых пяти километров я приняла почти окончательное решение: вернуться из города, схватить свои вещички в охапку и свалить из этого непутевого кемпинга в любом направлении.

Более точно, куда бежать, я должна была узнать в городе, или купив карту, или спросив у кого-нибудь.

Решив перед путешествием подготовиться к тому, что меня ожидает, я остановила «девятку», выключила мотор, вынула из сумочки привычный уже даже на ощупь замшевый мешочек и, вынув кости, напрямик спросила у них, что меня ожидает.

С редким душевным трепетом я потрясла в ладони косточки и высыпала их себе на колени.

30+14+2! — «У вас могут быть серьезные неприятности».

Я только покачала головой: это уж мне и самой было ясно по целому набору нехороших примет с утра, и приходилось надеяться, что я ни во что не врежусь, это была слишком простая неприятность, но с самыми непростыми последствиями.

Обещанные мне неприятности начались через десять километров после кемпинга.

Я заметила вдали на дороге притаившуюся машину ГИБДД и, моргнув на спидометр, увидела, что еду с вполне нормальной скоростью, но на всякий случай — ведь обещаны же неприятности — еще сбросила ее.

Не помогло.

Недомерок в мышиной форме лениво повел полосатой палчонкой, и я, тяжко вздохнув, так же лениво подрулила к его машине, но встала чуть в отдалении: пусть пройдется малыш, а то устал, наверное, стоять на одном месте.

Местный страж порядка помялся на своем пятачке, потом, кривясь и покусывая губы, побрел ко мне, я же в это время, наблюдая за изменением выражения его лица с неприятного до очень противного, достала из сумочки сигарету и закурила.

Гаишник подошел и аффектированно поднес руку к кепке. В ответ на этот жест я протянула ему свои документы.

Он их проверял так долго, что я заподозрила, что недомерок оказался еще и недоумком, и мне захотелось спросить, умеет ли он вообще читать или только притворяется.

Наконец, подняв голову от бумажек, гаишник предложил мне выйти из машины.

В это время его напарник — такого же росточка, между прочим, — подошел ко мне более резвой походкой, козырять не стал, а сразу же попросил открыть багажник «девятки», словно я ему напомнила то ли Шамиля Басаева, то ли покойную принцессу Диану, сразу вспомнить он не мог.

Вертикальная складка на его узковатом служебном лбу явно выдавала напряженнейшую работу мысли.

После осмотра багажника подошла очередь салона, и я чуть было не поспорила сама с собой на рубль, дойдет ли дело до осмотра личного; но на это они почему-то не решились и стали развлекать меня разговорами, выясняя мои маршруты и цели поездки.

Одним словом, не стану описывать все скучные гадости, которые мне пришлось пережить, но штраф я все-таки заплатила и поехала дальше, выкинув квитанцию сразу же, как отъехала от места гаишной кормежки.

Я была довольна: неприятность произошла, и можно было бы вздохнуть спокойнее.

Но на въезде в город на КП меня остановили снова, и предыдущая процедура повторилась.

На этот раз меня штрафовать не стали, но долго и нудно объясняли, что в разгар туристического бума в городе движение на дорогах стало насыщенным, более опасным и необходимо быть такой внимательной, такой внимательной, что...

— Что лучше вообще к вам не приезжать, что ли? — не выдержала я, и бубнивший мне эту чушь сержант заткнулся, задумчиво осмотрел меня снизу вверх, потом в обратном направлении и молча козырнул.

Я была свободна.

По городу я помоталась полчаса, не дольше. По нему ездить действительно было невозможно из-за тесноты и подпорченного настроения.

Не съезжая с прямой улицы Пластунской, по которой я въехала в Сочи, я сумела купить все, что мне было нужно, плюс еще пару сувениров в виде блока сигарет и бутылки минеральной воды и собралась покинуть эти места навсегда.

Мне они не понравились, да, похоже, и я им тоже.

Я нашла удачное место, развернула «девятку» в обратном направлении и была практически сразу же снова остановлена.

Поняв, что здесь таковы славные местные традиции, я, уже не удивляясь, протянула в окошко дверки свои документы, и взявший их милиционер, даже не раскрывая, спросил:

— Иванова Татьяна Александровна?

— Вы экстрасенс-телепат? — спросила я его. — Вы даже не успели прочитать, что написано в моих документах. А вдруг там написано Иванопуло?

Милиционер улыбнулся и, полуотвернувшись от меня, махнул рукой.

Я продолжала сидеть и ждать, когда закончится эта клоунада и я смогу спокойно отсюда уехать, но, как видно, местные власти решили продлить мое пребывание в своем замечательном городке.

К моему гаишнику подошли еще двое — на этот раз оба были в форме ППС — и, взяв мои документы, попросили меня выйти из машины.

Я не вышла из «девятки» — я вылетела из нее и высказала им всем в физиономии все, что думала об их хорошей радиосвязи, замечательной работе и симпатичных лицах.

Три раза подряд открывать и закрывать багажник было бы уже перебором даже для кретинов, но только не для сочинских гаишников.

В ответ я услышала очень знаменательную фразу, сразу же обозначившую мои перспективы на ближайшее время: правда, в тот момент я этого еще не поняла.

— Разрешите посмотреть, что у вас в сумке?

Я раздраженно сунула ему в руки сумку и только тогда сообразила, что может произойти, но было уже поздно.

Обнаружив и сразу отобрав мой пистолет, хоть и со всеми необходимыми документами, сержант весь преисполнился значимостью происшествия, словно выловил всемирно известного террориста, и обратился ко мне с любезной фразой:

— Вам, Татьяна Александровна, придется проследовать с нами в отделение.

Я уже открыла было рот, чтобы возразить, но мне тут же привели правильные номера статей кодекса, и один из сержантов попросил разрешения сесть за руль моей машины, пока я буду кататься в их «жигуленке».

— А если я откажусь? — с безнадежностью спросила я.

— Тогда придется вашу машину эвакуировать, — объяснил он.

— Бульдозером, что ли? — мрачно поинтересовалась я. — Или, может быть, сразу же гексогеном, чего уж церемониться?

Я вытащила из салона свою сумку и повесила ее на плечо.

— Ключи торчат там, где им положено быть, — брюзгливо сказала я и тут же проявила любопытство к сунувшемуся в «девятку» сержанту:

— А у вас права есть, молодой человек?

Насладившись возникшей паузой, я поправила сумочку и, развернувшись, гордо пошла к милицейскому «жигуленку», уже не надеясь ни на что хорошее.

Глава 4

Меня покатали по центру города, подвезли к трехэтажному дому со стеклянной дверью, возвышающейся на высоком крыльце, и предложили выйти, словно я не понимала, что на машине мне в эту дверь ни за что не въехать.

Если верить блестящим табличкам, висящим по бокам двери, это было районное УВД.

Войдя в самую обычную прихожую, тесную и душную, я уже приготовилась к обычному хамству наших госучреждений — это когда вас оставляют сидеть на жестком стуле и на каждый порыв говорят: ждите у моря погоды — и была удивлена, когда меня сразу же повели на второй этаж и запустили в кабинет с обнадеживающим номером тринадцать, нарисованным через трафарет.

В небольшом кабинете стояли стол, несколько стульев и у единственного окошка промятый диванчик.

Створки окошка были распахнуты, поэтому замечательно четко просматривалась решетка из толстых металлических прутьев, прикрывавшая окно снаружи.

За столом в кабинете сидел маленький черненький паренек в форме капитана и листал какие-то сшитые вместе бумажки.

Он предложил мне сесть и, счастливо улыбнувшись, сказал, что он рад меня видеть.

— И давно это у вас? — хмуро поинтересовалась я, свободно усаживаясь и закидывая ногу на ногу.

Череда свалившихся на меня мелких сюрпризов отнюдь не располагала к веселому щебетанию.

— Что именно? — не понял капитан, удивленно глядя на меня.

— Я про вашу радость, — пояснила я и спросила,

нужно ли мне вызывать своего адвоката из Тарасова, или это будет лишним.

— Это зависит от вас, уважаемая Татьяна Александровна, только от вас одной, — сказал капитан, просматривая мои права, паспорт, лицензию и прочее содержимое сумочки, на что он спросил разрешения.

Осмотр содержимого сумки много времени не занял, и она вернулась ко мне.

Капитан еще раз улыбнулся и наконец сообразил, что не мешало бы ему представиться.

— Меня зовут Василий Иванович Азизбегян, и я буду вести ваше дело, — обрадовал он меня, и я едва не зевнула на его слова.

Создавалось впечатление, что сочинским гаишникам откровенно скучно живется на белом свете, если они позволяют себе тратить время на таких злостных преступников, как я.

— Дело об абсолютнейшем бессовестном ненарушении правил дорожного движения на территории города Сочи? — наивным голосом поинтересовалась я, доставая из сумки пачку сигарет. — Курить-то у вас можно, товарищ капитан?

— Конечно, сколько угодно! — замахал ручками мой следователь и, еще раз улыбнувшись, произнес: — Мне действительно приятно вас видеть.

Я поморщилась и ничего не ответила, решив не сотрясать зря воздух, прохладнее от этого уж точно не станет.

Капитан же продолжал улыбаться, и можно было подумать, что он тренировал мышцы лица, постоянно держа их в необходимом тонусе.

Помолчав и видя, что я не собираюсь заговорить с ним первая, капитан вздохнул и начал работать.

— У меня пока есть к вам превентивный вопрос, Татьяна Александровна. Где находился вчера ваш пистолет системы «макаров» за номером... — капитан положил пистолет на ладонь и быстрой скороговоркой произнес номер моего оружия.

Я почувствовала, что сиденье стула на самом деле довольно-таки жесткое и сидеть на нем неудобно.

Ситуация, мне не нравившаяся с самого начала, теперь уже разонравилась окончательно.

Торжественно объявив Азизбегяну, что «макаров» безотлучно, всегда и постоянно, находится при мне, что я даже сплю с ним как дама незамужняя и свободная, постоянно опасаясь покушений, то есть поступаю как того требуют положение об оружии и служебные инструкции, я затаилась. Ждала проповеди о том, что, приняв решение ехать отдыхать на этот неинтересный юг, поступила неосмотрительно.

— Постоянно был при вас, говорите?.. — задумчиво протянул Азизбегян, пряча пистолет в ящик стола. — А я вот даже и не знаю, хорошо это или плохо.

— Не поняла, — удивилась я, — не хотите ли вы мне объяснить, в чем, собственно, дело?

— Я хотел бы задать вам несколько вопросов, — продолжил капитан Азизбегян. — И от того, как вы на них ответите, зависит очень многое. Постарайтесь все вспомнить и не волнуйтесь, мы вам здесь не враги, — обрадовал меня капитан и спросил: — Вопрос первый. Когда в последний раз вы видели Скорочкина Валерия Ивановича?

— А кто это такой? — небрежно спросила я, у самой же даже пальчики на ногах вздрогнули.

Фамилия мне была точно незнакома, а вот из всех моих полузнакомых Валериев только один мог, наверное, напомнить сейчас о себе в столь дурацкой ситуации: молодожен Валерий!

«Е-мое, — подумала я, — вернулся парнишка с блядок, женушка его поругала и он ее... побил», — осторожно закончила я свою мысль, чтобы не накаркать, хотя понимала: все, что могло случиться, уже случилось, иначе мне не устроили бы такой концерт с экскурсией.

Теперь, судя по всему, мне предстоит грустно-гнусная роль свидетельницы. Я быстро прикинула и решила не говорить, что видела Валерия вместе с Витей.

Пока по крайней мере.

А сейчас еще раз заявила, что такого не знаю, и попросила объяснений. Они не задержались.

— Валерий Скорочкин жил в соседнем от вас доме в кемпинге «Большой ручей», — вежливо улыбаясь, объяснил Азизбегян, — и, согласно показаниям многочисленных свидетелей, вы с ним были знакомы.

— Если вы говорите про мужа Валерии, — понимающе ответила я, — то я его знаю, это верно, но фамилию никогда не слыхала. Сейчас услышала ее в первый раз.

— Про него, про Валерия Скорочкина, я и говорю, — согласился Азизбегян. — Так когда же вы его видели в последний раз?

— Вчера вечером, — ответила я, затягиваясь сигаретой и делая вид, что вспоминаю время. — Может быть, около восьми или девяти часов. Не помню точно. Они с женой были в шашлычной, потом оттуда ушли, а я осталась. И больше я Валерия не видела.

Я нарочно не стала говорить, что видела его мельком и гораздо позже. Во-первых, этого подтвердить никто не мог, а во-вторых, весь мой опыт, в том числе и грустный, даже не говорил, а настоятельно твердил о том, что чем дальше по времени и по расстоянию вы были от места преступления, тем лучше вам потом дышится.

— Странно, что забыли, — укоризненно покачал головой Азизбегян. — Ведь при вашей работе помнить такие детали является признаком профессионализма, а, Татьяна Александровна, разве не так?

Капитан опять улыбнулся, а я еле сдержалась, чтобы не нахамить ему.

— Я нахожусь в законном отпуске, и мой профессионализм тоже отдыхает. Я его не взяла с собой, — огрызнулась я.

— Напрасно вы нервничаете, Татьяна Александровна, — скорбно вздохнул Азизбегян. — Значит, не можете вспомнить точное время?

— Нет, не могу, а примерное я вам уже сообщила.

Тогда Азизбегян вынул из ящика стола маленькую записную книжку в зеленой коже и показал ее мне.

— Ну а эту вещь вы узнаете, или и тут память тоже отдыхает? — мило улыбаясь, спросил он.

— Похожа на мою записную книжку, — сказала я, понимая, что сейчас услышу что-то настолько нежелательное, что лучше бы мне вообще не понимать русского языка.

— Откройте первую страницу, пожалуйста, — попросила я. — Если там написаны мои фамилия-имя-отчество и адрес, то я признаю книжку своей.

Говоря это, я быстро соображала, где же я могла ее потерять.

Вариантов было несколько, и каждый последующий реальнее предыдущего.

Начиная от заправки недалеко от Ростова, где я непонятно по какому бзику проверяла, записан ли у меня домашний адрес Володькиной тещи, и заканчивая открытой дверью «девятки» сегодня утром — ведь ее могли вытащить из бардачка, если, конечно, я оставляла ее там.

Азизбегян открыл первую страницу книжки и показал мне. Сомнений не оставалось: книжка была моя, и я тут же сообщила об этом капитану.

— Вы пригласили меня, чтобы вернуть пропажу? — поинтересовалась я. — Не знала, что милиция оказывает такие услуги. Надеюсь, они не очень дорогие?

— Шутить будете в другом месте, Татьяна Александровна, и в другое время, — неожиданно окрысился Азизбегян, — а не здесь и не сейчас. Не буду долго ходить вокруг да около. Вы человек... мгм... — Азизбегян замялся, но быстро подыскал эпитет, — квалифицированный, и поэтому скажу вам прямо. Сегодня в девять часов утра участковым инспектором Убдусаламовым на территории кемпинга «Большой ручей» был обнаружен труп гражданина Скорочкина Валерия Ивановича с двумя огнестрельными ранами в области головы. В двух шагах от него лежала ваша записная книжка. Вы понимаете, что это означает?

Я прекрасно понимала не то, что это означает, а то, что этот Василий Иванович собирается из этого факта высосать. Я понимала, и мне это ни фига не нравилось.

— Как хорошо, что в книжке я записала свою фамилию на первой же странице, — задумчиво произнесла я. — Вот если бы вместо книжки участковый обнаружил использованный презерватив, вы бы столкнулись с действительными трудностями. А тут такой подарок: и лежит рядом, и написано чья. Вас можно поздравить, гражданин капитан, — закончила я энергичным кивком и с удовольствием посмотрела, как потемнело и без того смуглое лицо Азизбегяна.

Он, однако, сдержался и, помолчав, стал говорить тише, но столь же напористо:

— Кроме того, сразу два свидетеля показывают, что вы имели с гражданином Скорочкиным какую-то конфиденциальную беседу. Это так?

— Впервые слышу, — отрезала я, — но это может быть трехсекундный разговор перед посещением шашлычной вчера вечером около шести часов. А что говорят судмедэксперты про время убийства? — наконец-то задала я вопрос, которого, очевидно, давно ожидал Азизбегян, но, понимая это, нарочно не торопилась.

Капитан помолчал и, задумчиво глядя на меня, медленно произнес:

— Есть свидетель, слышавший звуки двух выстрелов около одиннадцати вечера. Это время не противоречит предварительному заключению специалистов. Кто может подтвердить ваше алиби на одиннадцать часов, Татьяна Александровна, если оно у вас, конечно, есть?

Я сказала, что тоже слышала выстрелы, потом описала свою встречу с Валерией, но добавила, что не засекла по часам, во сколько это точно произошло. Что и признала, чувствуя себя если не полной дурой, то весьма близкой к этому.

— Кроме того, по показаниям, у Скорочкина были с собою деньги. Сумма небольшая, но значительная. — Азизбегян, прищурившись, посмотрел на меня и радостно пробарабанил по столу маршик.

— Это как же понимать: сумма небольшая, но значительная? — попыталась понять я его фразу, но не сумела. — И что это означает?

— А то, уважаемая Татьяна Александровна, и означает. Не кажется ли вам странным, что вы не выбрали никакой другой день, а только этот для того, чтобы поехать за покупками, хотя, по вашим собственным словам, денег по приезде у вас было немного?

Я так и приоткрыла рот, услышав эту ахинею: получалось, что я не только убила Валерия, но еще и ограбила его!

Наверное, помимо моей воли у меня в глазах мелькнуло что-то такое многообещающее, что Азизбегян весь подался назад и нажал кнопку вызова под крышкой стола.

Мгновенно отворилась дверь, и я услышала бодрый топот копыт за спиной.

— Мне придется вас задержать, Татьяна Александровна, — печально улыбнувшись, подвел итог нашей беседе Азизбегян, — но хочется надеяться, что ваше пребывание у нас... мгм... — капитан снова затруднился со словом и на секунду задумался, — у нас в гостях окажется недолгим.

Кроме того, — продолжил Азизбегян, — несмотря на ваши заверения о том, что вы не выпускали из виду или из рук пистолет, — Азизбегян добродушно улыбнулся своей ненавязчивой шуточке, — а возможно, и по этой причине, я обязан отправить ваше оружие на экспертизу, и до тех пор, пока она не даст того или иного результата, вам все-таки будет лучше не покидать наших пенатов.

Азизбегян внимательно посмотрел на меня, я — на него. Молчание затянулось где-то на полминуты, после чего Василий Иванович жестом отпустил конвойного и поднялся со своего стула.

Я терпеливо ждала продолжения разговора, понимая, что терпение мое находится на грани.

Я уже точно решила про себя, что если этот Пинкертонян сейчас решится на что-нибудь двусмысленное, то уйдет на бюллетень минимум на две недели.

Я напряглась и приготовилась.

Померив кабинет шагами, Азизбегян с тяжелым вздохом вернулся на свой стул и добродушно произнес:

— Мы же с вами коллеги, Татьяна Александровна. В некотором роде, конечно.

Я продолжала молчать, не вдохновившись этими словами.

Азизбегян снова побарабанил пальцами по столешнице и выдал:

— У меня есть достаточно веские основания задержать вас для выяснения всех обстоятельств происшествия. Но я могу и не делать этого.

— Что вам от меня нужно? — прямо спросила я Азизбегяна. — Или решайтесь — или будем расставаться. В СИЗО, наверное, скоро обед, боюсь опоздать.

Азизбегян весело рассмеялся.

— Этого можно будет избежать, если вы проявите некоторое понимание ситуации и мы с вами кое о чем договоримся. Однако я должен вас ввести в курс дела и прошу учесть: все, что я скажу, должно остаться между нами. Хорошо?

Я пожала плечами:

— Откуда я знаю, что именно вы мне сейчас скажете? Пока интересного было мало, и об этом действительно не стоит никому рассказывать. Могут подумать, что в этом райотделе работают любители.

— Вы не забывайтесь, Иванова! — прикрикнул Азизбегян, сверкая очами.

Я, однако, не испугалась и только пожала плечами.

Он посопел, немного успокоился и постарался снова разулыбаться, но получилось это у него плоховато.

— Я сейчас вас проинформирую кое о чем, и вам останется только два выхода: или принять мое предложение, или действительно, извините, сесть. Третьего не дано.

— Ладно, валяйте, — согласилась я, — пока не знаю, что лучше, поэтому и выбирать не могу.

Азизбегян еще немного понервничал и помялся, потом, решившись окончательно, запустил руку в нижний ящик стола и вынул оттуда папку с рукописной пометкой в правом верхнем углу «Секретно».

— Сами писали? — уважительно поинтересовалась я, состроив понимающую физиономию.

— Вы не в цирке и не на посиделках, — отрезал Азизбегян, раскрывая папку и выкладывая из нее документы.

— Что не на посиделках, это точно, — подтвердила я. — Что у вас там, программа борьбы с обладателями записных книжек? Вы правы: всеобщая грамотность не довела до добра нашу страну. Начитались и развалились.

— Что вы ко мне пристали с этой книжкой? — не выдержал наконец Азизбегян. — Да я вообще этим не занимаюсь! Я следователь по особо важным делам!

— Понимаю, понимаю, — потрясенно сказала я, — вы излагайте, а я послушаю.

Азизбегян пробормотал что-то неразборчивое, листая содержимое папки.

Я закурила следующую сигарету и села на стуле поудобнее, думая только о своих новых туфлях, в которые была обута: кажется, левая стала натирать ногу.

Азизбегян разложил перед собой бумаги в понятном ему одному порядке и начал говорить:

— Вы, конечно же, в курсе, что после второго штурма Грозного город лежит практически в развалинах. До этого в течение нескольких лет он был под властью бандитов...

Я откровенно схватилась за голову от неожиданного начала лекции.

— Василий Иванович! Я никогда не была в Грозном! И не собираюсь в ближайшее время! — воскликнула я.

— Надеюсь, — ответил Азизбегян. — То, что я сказал, было необходимо как вступление. Теперь я подхожу к сути. В Грозном находился краеведческий музей с очень неплохой экспозицией. В свое время по линии помощи братским народам Эрмитаж, Третьяковка и прочие музеи помельче передали в Грозный много ценных экспонатов, в основном звезд второй величины.

— Как это — «звезд второй величины»? — не поняла я.

— Вы про художника Брюллова слышали? — спросил меня Азизбегян.

— «Последний день Помпеи», — снисходительно блеснула я несомненной эрудицией. — Ну и что дальше? Я правильно понимаю, что какую-то картину в Грозном сперли и следы ее нашлись здесь?

Азизбегян хмыкнул и занудно пробормотал:

— Брюллов — звезда первой величины, поэтому его и не дали, а вот, например, Тропинина передали, и Захарова-Чеченца тоже. Но вы почти правы. Кроме музея, были еще источники художественных и ювелирных ценностей. Это личный дом Эсамбаева, известного танцора. Дом сгорел в первую чеченскую кампанию, и до сих пор подозревали, что его коллекция бриллиантов сгорела тоже. Были еще православные храмы с предметами культа, выполненными из драгметаллов и мелкого жемчуга. Одним словом, по нашим оперативным данным, партия золотого лома, бриллиантов и жемчуга приблизительной стоимостью около ста тысяч долларов пришла из Чечни в наш город. Упоминаются и две картины Тропинина со штампами краеведческого музея на подрамниках и сзади на холсте. Собственно, исходя из информации о штампах, мы сделали предварительный вывод о чеченском происхождении ценностей. Вам интересно? — Азизбегян с любопытством взглянул на меня.

— Мне интересно, но при чем тут я? — Сбросив с сигареты пепел в пепельницу, я спросила напрямик: — Вы мне хотите все это предложить купить? Увы, не потяну, Василий Иванович. Нет свободных средств, я только что туфли купила и целый блок «Русского стиля». Если бы вы сказали на часик пораньше!

Азизбегян пропустил мои слова мимо ушей — сразу видно, что он не джентльмен, — и продолжил:

— По тем же оперативным сведениям нам стало известно, что продажа вышеперечисленных предметов ориентировочно должна состояться либо в кемпинге «Большой ручей», либо где-то рядом с ним. Все, что мы знаем, это то, что продавец приедет туда и что покупатель тоже будет там. Мы не знаем только их в лицо.

— Действительно, это мелочь, — согласилась я, — а объявления не собирались развешивать? Или как там насчет телевизора? Представляете: Марьяна по НТВ объявляет, что в кемпинге «Большой ручей» состоится купля-продажа брюликов, всех заинтересованных лиц просят обращаться в домик администрации рядом с шашлычной. Очень удобно...

— Ну, хватит вы... выпендриваться! — рявкнул Азизбегян и стукнул кулаком по столу так, что пепельница подпрыгнула и перевернулась, рассыпав свое содержимое по всей поверхности стола. — Этот балаган мне надоел! Я вам говорю серьезные вещи, а вы ерничаете!

— Именно это я и вам хотела сказать, — заявила я, отклоняясь от стола дальше, чтобы случайно не испачкаться пеплом. — Сначала вы мне вешаете лапшу на уши, обвиняя в убийстве... как его... Скорочкина, причем мотивируете это моим желанием его ограбить! Это же ваши слова, что у меня после убийства внезапно появилась такая прорва денег, что я сразу же помчалась их тратить. Туфли себе купила, например! А теперь вы мне говорите, что денег могло быть столько, что я на них могла бы себе купить целый обувной магазинчик! Балаган, вы абсолютно правы!

— У меня было подозрение насчет вас, — высказался Азизбегян, — но досье из Тарасова поступило буквально перед вашим появлением. Оно произвело на меня хорошее впечатление, и я решил попробовать использовать ваши возможности, соединив их с нашими. Вы согласны?

— На что?! — воскликнула я. — Вы же так ничего толком и не объяснили!

Азизбегян внезапно вспомнил, что ему нужно улыбаться, и растянул губы; и хотя улыбочка у него получилась с перекосом в гримасу, но тем не менее он произнес почти нормальным голосом:

— Я хочу предложить вам, Татьяна Александровна, вернуться в кемпинг и как бы изнутри попытаться пробить ситуацию. Связью мы вас обеспечим... Исходя из происшедших событий, вы зарекомендовали себя в кемпинге как обыкновенная отдыхающая, а ваши конфликты с некоторыми из отдыхающих не подразумевают вашего сотрудничества с органами. Следовательно, вы остаетесь не под подозрением у заинтересованных лиц, и вам с этой точки зрения будет проще проводить оперативную работу. Согласны?

Я молчала, наверное, секунд двадцать, а потом высказала этому хитроумному следователю все, что о нем думаю.

Вместо того чтобы сразу поступить по-человечески и попросить у меня помощи, он предпочел сначала помариновать меня, как первую встречную бродяжку. Натравил каких-то глупых гаишников, потом сам здесь издевался, помахивая моей записной книжкой, говоря, что это чуть ли не доказательство против меня!..

Я высказалась сочно, смачно и вкусно.

Даже самой понравилось.

Азизбегян сперва несколько раз пытался что-то сказать, но кроме открывания и закрывания рта, у него ничего не получилось.

Так и сидел, шлепая губами, пока я не закончила. Потом потер почему-то вспотевшую шею и, вздохнув, пробормотал:

— Очень жаль, Татьяна Александровна, а хотелось сделать как лучше.

Он снова вызвал дежурного сержанта и, слабо махнув рукой, попросил:

— Уведите задержанную.

Глава 5

Вот так, поехав на юг в поисках пляжа и приятного отдыха, я нашла здесь длинный коридор с дверями, открытыми в дневное время и запираемыми на замок по вечерам.

Классно, правда?

А я считаю, что это все Володька Степанов виноват: загорелось ему, видите ли, съездить с женой к теще в гости, а мне за эту дурость приходится расплачиваться!..

Я вышла в казенный коридор РОВД, сопровождаемая бравым сержантом Швейком — очень уж был похож этот служака на известный персонаж, — и в его сопровождении совершила еще одно автомобильное путешествие, но уже, к сожалению, с известным заранее финишем.

Меня подвезли к скучному обшарпанному домику и препроводили по скользкой лестнице вниз, в длинный, ярко освещенный подвал, выложенный по всем периметрам белой кафельной плиткой.

Когда я подошла к открытой двери слева, то даже слегка обалдела от романтической картинки, распахнувшейся передо мной: за низким столиком сидели двое: толстый старшина, задумчиво трущий свою необъятную лысину, и под стать ему, почти такая же толстая, сержант-контролер.

Оба они играли в шашки, и, казалось, ничто не может их отвлечь от этого милого занятия. Однако отвлечься пришлось.

Нехотя прочитав сопроводительные документы и сделав необходимые отметки, старшина передал их напарнице и, покосившись на мою сумку с уже изученным в РОВД содержанием, просипел:

— У нас есть сейф для ценных вещей и денег... если желаете сдать на хранение под расписку... я тут вижу, в списке у вас значится...

— Благодарю вас, — вежливо улыбнулась я, — я предпочитаю иметь все при себе.

— Ну как знаете, девушка... — Старшина вздохнул и передал меня сержанту.

Тетка, опершись кулаками в колени, приподнялась со второй попытки и, бросив на ходу своему партнеру «ход за мной», ледоколом двинулась на меня.

Мне пришлось прижаться к косяку, но столкновение состоялось.

Тетка-контролерша вбила меня своими габаритами в косяк и, не заметив этого, проследовала дальше.

Дыша с приостановками, я повлачилась следом за ней, чувствуя, что меня, помимо моей воли, заносит то влево, то вправо.

Подойдя к первой открытой камере, тетка, величественно кивнув головой на дверь, скомандовала:
— Располагайся. Обед через два часа.

После чего развернулась и двинулась в обратном направлении.

Наученная опытом, я шарахнулась в сторону и растеклась по стене, чем заработала одобрительный взгляд контролерши.

Как видно, я имею неплохие способности к карьеризму. Только до сих пор все это мне не пригодилось.

Войдя в камеру, я поздоровалась с тремя своими соседями, подошла к свободной кровати и присела на нее.

Так сидела я с закрытыми глазами и быстро вспоминала все события прошедшего дня. Мне нужно было что-то решить, а это «что-то» пока не решалось.

Раскрыв сумку, я достала свои косточки и спросила у них совета.

Они надолго не задумались и мрачно успокоили меня: 15+26+12 — «Недостатка в напитках и пище в доме не будет».

Я едва удержалась, чтобы не вбить их в стену за такой черный юмор. И так душа не на месте, словно ее пометила стая бешеных котов, а костяшкам еще и поюморить захотелось!

Кое-как справившись с нервами и мимикой, я поставила вопрос ребром, и на этот раз мои маленькие гаденыши меня не подвели.

Они выдали мне то, что я никак не хотела бы от них услышать, но, честно говоря, надеялась: 29+4+19 — «Вы осознаете, что вам остается только один выход, но он слишком рискованный».

Хорошо им лежать постоянно в уютном и теплом замшевом мешочке и время от времени разрождаться каким-нибудь афоризмом, а ты тут хватай голову в руки и соображай, на что они намекают!

Я сгребла косточки в мешочек и осмотрелась еще раз в своих новых апартаментах.

«Мой дом» — если пользоваться терминологией гадальных костей и воровской фени, тут они говорили на одном языке, — состоял из комнаты площадью примерно метров в двадцать или не намного больше.

Комната была вытянута, и по обеим сторонам ее стояли четыре панцирные койки, накрытые потертыми синими одеялами. Над нижними койками — еще четыре. Итого восемь мест на четыре человека.

Жить можно, да только вот как?

Я взглянула на свои наручные часы, они показали половину первого. Следовательно, я находилась в СИЗО полчаса, и мне здесь уже надоело.

Решив долго не огорчаться, я познакомилась со своими соседками и, слегка переговорив с ними, снова вернулась на кровать.

Мои соседки представляли собой два разных типа арестованных.

Себя я относила, разумеется, к третьему типу, самому нестандартному и не от мира сего — полусвободному.

Первая девчонка, которая, единственная из остальных, мне сразу понравилась, была блондинкой и попала сюда за гнусное хулиганство, о чем она мне и поведала, едва я начала с ней разговаривать.

Ее звали Ольгой, ей было двадцать два года, и весь последний год она тусовалась среди байкеров.

Эта спортивно-разгильдяйская жизнь наложила на Олю свои отпечатки в виде маленьких татуировок на плечах и больших металлических перстней на пальцах и шипованных браслетов на запястьях рук.

Браслеты, правда, я знала только по описанию — их у Ольги забрали как колющие предметы и обещали выдать только по освобождении.

Одежда Ольги тоже была под стать байкерскому имиджу: короткие кожаные штанишки и такая же куртка на заклепках.

Прошлой ночью, катаясь с приятелями по окраине города, они встретили одинокого, здорово подвыпившего милиционера, и так как им показалось, что он слишком грубо с ними поговорил, байкерские добры молодцы его быстренько раздели, лишили даже фигового листика на причинном месте, и привязали к фонарному столбу, а Ольга разрисовала всего уставшего от службы блюстителя порядка своими губнушками.

Все было весело и закончилось бы хорошо, но внезапно появились пэпээсники.

Ольгины друзья умчались на своих рычащих лошадиных силах, а она не успела.

В результате девушка провела две ночи в СИЗО, и сегодня ее должны были отвезти в суд.

— За мелкое хулиганство много не дают, — смеялась Ольга, — ментик оказался мелким, суток на пятнадцать потянет. Не больше!

Две остальные мои соседки были, увы, из мира уголовниц и примкнувших к ним.

Одну из них — постарше, повыше ростом и пострашнее на мордашку, одетую в черную прямую юбку и черную водолазку и саму всю какую-то чумазую — звали Светиком, а вторую, совершенно серенькую птичку, но замечательно костлявую и неприятную, — Ниной.

Эти две постоянно о чем-то шушукались между собою и как-то незамысловато сами себя развлекали.

Оля шепотом предупредила меня, что с ними лучше не связываться, потому что у Светика, видите ли, на воле много друзей среди бандитов, а Нина просто похожа на бандитку.

Сама же Ольга этот принцип «не связываться» проводила в жизнь четко и аккуратно.

Как я поняла, она вообще этим двум неприличным шмарам ни в чем не противоречила, а они вели себя просто нагло.

Достаточно сказать, что Ольга отдала Светику все свои наличные деньги и теперь жила спокойно.

Я легла на кровать и задумалась о своем грустном будущем, и постепенно у меня созрел план для его коренного улучшения.

Но для этого мне нужно было договориться с Ольгой и обеспечить по крайней мере нейтралитет со стороны двух других, прошу прощения за выражение, «девочек».

Время близилось к обеду, девчонки уже начали позевывать и нервничать; обе шмары, скучковавшись в углу, о чем-то перешептывались, искоса поглядывая на меня и Ольгу.

Меня все это волновало мало, но я тоже смотрела на Ольгу.

Мне нравился цвет ее волос и их длина, да и Ольгин рост тоже устраивал.

Только ее дурацкий прикид меня немного раздражал, но и в нем были свои плюсы, что я не преминула отметить.

Внезапно чумазая Света и костлявая Нина поднялись из своего закутка и неторопливо направились в мою сторону.

Нина встала слева у края моей кровати и сделала вид, что задумалась о чем-то высоком, словно ей очень нужно было в туалет, но она дала себе обет воздержания.

В руках у нее мелькнул металлическим блеском какой-то предмет. Но она его пока старалась прятать в ладони.

Светик же, выдержав паузу и состроив свою физию еще противней, чем она была от природы, подошла ко мне и, уперев руки в боки, стала нагло меня рассматривать.

Было ясно, что надвигается местная разборочка и все будет зависеть от моей тактики и быстроты движений.

В камере повисла напряженная тишина.

Ольга-байкерша сделала вид, что очень занята своими делами, спрятав и глазки и голову.

— Ну ты, чувырла, чего лежим, отрывай задницу, базарчик есть! — сказала Светик и пнула ногой мой пружинный матрас снизу вверх.

— Правил, что ли, не знаешь, развалилась здесь, как у себя в блядовнике! — развязно произнесла она. — Днем на койках сидеть нельзя.

Я села на кровати и взглянула на нее, краем глаза держа во внимании стоящую слева Нину.

Все становилось ясно, как банан.

Пока я ругаюсь со Светиком, Нина нападает на меня сзади — просто, подло, но действенно.

Однако я решила сыграть по своим правилам.

Для начала нужно было дать возможность Светику подумать о своих перспективах.

Поднырнув под ее поднятую руку, я обошла Светика сзади и выпрямилась уже у нее за спиной.

Неловко повернувшись, Светик оказалась со мною один на один.

Нина, уже явно показав острозаточенную маникюрную пилочку, выругалась и бросилась в обход, низко пригибаясь и скалясь от перевозбуждения.

— Резкая ты, однако, — процедила Светик и без замаха попыталась ударить меня ногой в живот.

Поймав ее копыто на лету, я дернула за него снизу вверх, как на тренировке, но о страховке для спарринг-партнера даже не задумалась, и в результате Светик, взмахнув ручками и распахнув пасть, рухнула плашмя на пол, очень удачно приложившись затылком к бетонному полу.

Мне показалось, что временная анестезия ей никак не помешает.

Завизжав, как гиена, Нина бросилась на выручку подруге, выставив впереди себя шпильку.

Полуотвернувшись и отступив, я разрешила ей продолжить движение, но, сделав маленькую подсечку и дернув Нину за руку вперед, я только придала ей большее ускорение.

Нелепо размахивая руками, словно пытаясь спланировать помягче, Нина закончила свой эквилибр в кровати, стоящей напротив, очень качественно приложившись лобиком к металлической спинке, и затихла там.

Наверное, решила передохнуть.

Я осмотрела поле боя, оставшееся за мной, и, вернувшись на свою койку, села на нее, поигрывая мешочком для гадальных костей.

Я ждала продолжения, а оно не наступало.

Чтобы не так скучно было ждать у моря погоды, я закурила.

Но, как видно, этот фильм был короткометражным и односерийным.

Светик пришла в себя минут через пять и села на полу, мотая головушкой и держась за затылок. Пока она не очнулась, Нина вообще очень старательно изображала, что ее здесь нет и никогда не было.

Я курила и продолжала задумчиво смотреть на Светика до тех пор, пока она после некоторых попыток спрятать глаза все-таки была вынуждена ответить на мой взгляд.

— Ну, ты чего вылупилась? — пропыхтела она. — Крутая, что ли? Смотри, не попади на весло, сука.

«Весло» на собачьей фене означает заточенную алюминиевую ложку, я это знала, но знала и еще кое-что.

Я постучала ладонью по кровати рядом с собою.

— Пойдем перетрем малеха, мымра, — предложила я ей, слегка переходя на ее язык, чтобы было понятнее.

«Мымра» в данном случае не было оскорблением ни в коей мере. «Мымра» — это условный термин, означающий свою деваху в «доме».

Светик удивленно потаращилась на меня, потом оглянулась на Нинку, которая пожала плечами и помотала головой, показывая, что сама не знает, как поступить.

Подумав или просто потянув время для солидности, Светик, стараясь не морщиться, поднялась с пола и, подойдя, села на краешек моей кровати.

— Ну, че надо-то? — осторожно спросила она.

Наклонившись к ней, я прошептала несколько слов по фене, и Светик чуть ли не прониклась ко мне сразу же «чисто» сестринской любовью.

Благодаря своему опыту я знала кое-что и слышала кое о ком. И после первых десяти минут разговора я так качественно забила мозги Светику своим якобы существующим авторитетом в уголовном мире, что этого тумана, которого я напустила, должно было хватить как минимум на сутки.

Ну а на большее мне просто было и не надо.

Через десять минут мы договорились, как мне кажется, к обоюдному удовольствию.

Мне был обещан даже не просто нейтралитет, а нейтралитет дружественный, как великой державе во время локального конфликта.

После чего я вплотную занялась переговорами с Ольгой. Здесь пришлось действовать не только обаянием, но и деньгами.

Отойдя в дальний правый угол комнаты, откуда нас нельзя было разглядеть со стороны двери, мы с Ольгой обменялись одеждой.

Я с отвращением нацепила ее кожаные причиндалы, в которых, как мне показалось, я стала похожа на стрип-герл, а не на байкершу, но пришлось с этим смириться.

А Ольга, между прочим, в моем костюмчике оказалась довольно-таки милой девочкой.

В приступе великодушия я даже подарила Ольге свою замечательную сумочку, вынув из нее все содержимое.

Байкерша с сумочкой от Гуччи смотрелась бы, конечно, не стильно, надо признать.

После краткого совещания с Ольгой я уже имела минимум необходимых мне познаний и о мире байкеров, и о процедуре раскрашивания пьяных милиционеров.

Теперь оставалось только смыть макияж, испоганить прическу и надеяться на удачу, потому что все, что я могла сделать сама, я уже сделала.

Мы успели организоваться почти вовремя, и минут через пятнадцать резко растворилась дверь и толстая тетка-контролер — то ли та, которая очень любит шашки, то ли ее коллега, я и не разобрала, — заглянув в камеру, сипло объявила:

— Обед, девчонки, а Ярченко — на выход с вещами!

Опустив голову, я взяла потертый полиэтиленовый пакетик с вещичками и, опустив голову еще ниже, вышла в коридор.

Дверь закрылась, но я продолжала вслушиваться в звуки, доносившиеся из камеры.

Было бы очень некстати, если бы вдруг Светик, например, передумала и решила устроить мне масенькую подлость — просто из любви к искусству.

Но все было тихо.

Мы миновали коридор и зашли в дежурку.

— Административно задержанная Ярченко Ольга Ивановна, — прочитал по бумажке скучающий старшина и с сожалением взглянул на меня.

— Ну, что же ты, дочка, так себя ведешь, как... Эх!

Значение этого «эх» я не поняла и с любопытством посмотрела на старшину. Оказалось, что он в ответ с любопытством пялится на меня.

Заметив мой взгляд, он нахмурился, опустил голову и махнул рукой.

— В машину иди и больше так не хулигань! Лучше найди себе нормального парня, ну и... сама знаешь, в общем...

Не закончив своей чудной речи, он снова махнул рукой, и меня в сопровождении уже двух толстых теток, похожих друг на друга, словно они были близняшками, вывели на улицу, во внутренний двор. Здесь стоял зеленый «уазик», и рядом с ним два милиционера с автоматами.

«Ой, блин, Танька, — подумала я, — а не сменила ли ты шило на мыло?»

Ближайший ко мне милиционер подошел, надел мне на руки наручники и похлопал меня по плечу, что, наверное, должно было означать пожелание не рыпаться и тогда хуже не будет.

Однако рыпаться уже было поздно, и я покорно зашла в машину.

Дверь со стуком закрылась за мной, и я оказалась в малюсеньком помещении, отделенном от кабины небольшим окошком с двойной металлической сеткой на нем.

Машина вздрогнула, и мы поехали.

Я протряслась в этой душегубке не очень долго; вскоре машина остановилась, и меня выпустили перед белым двухэтажным зданием.

Это было здание суда, по крайней мере, не верить целым двум красным застекленным табличкам слева и справа от двери не было никакого смысла.

Меня ввели внутрь здания, сняли наручники и посадили в деревянное кресло, одно из многих пустующих в длинном коридоре.

Слева от меня сел один из моих милиционеров, справа уже сидел другой, да не один. У его ног напрягалась во все стороны немецкая овчарка — рыжая с подпалинами, и, если судить по характеру, подлая сука, даже если это и был кобель.

Овчарка сидела молча до тех пор, пока мимо нее не проводили кого-нибудь в сопровождении милиционеров. Тогда эта милая собачка начинала кидаться и буквально рвать поводок.

Так же она бросалась и на меня, пока я не присела с ней рядом. После этого я потеряла для собачки всякий интерес, и она начала высматривать новую жертву для облаивания.

Одним словом, сука.

Ожидание затянулось, и в судейскую комнату меня пригласили только к трем часам.

Так как мое дело — пардон, дело Ярченко — квалифицировалось как самое обыкновенное хулиганство, в котором не оставалось никаких сомнений, то и проводить целое заседание не имело смысла.

Состроив покаянно-скорбящую физиономию, я предстала перед пожилой уставшей женщиной, только что с удовольствием освободившейся от своей мантии и вкусно пообедавшей, и она скороговоркой прочитала мне лекцию о примерном поведении.

Я согласилась с нею полностью.

На самом деле: раздевать на темной улице чужого мужчину — это действительно предосудительно, что и говорить. Тем более если не имеешь желания выйти за него замуж.

Я прямо так и сказала.

Тетка хлопнула глазами и стала зачитывать приговор.

Мне на выбор было предложено два вида наказания: или пятнадцать суток, или штраф и извинения.

Я скромно согласилась на штраф и извинения.

Мне еще повезло, что милиционера, подвергшегося таким неслыханным надругательствам, не было сегодня в суде. Он, наверное, сейчас проходил курс реабилитации в местной психлечебнице.

Я подписала все необходимые бумажки, в том числе обязательство трудоустроиться в ближайшие же десять дней: Ольга Ярченко оказалась еще и нигде не работающей тунеядкой. Мне за нее было очень стыдно, честное слово.

После приговора снова была прочитана совсем уж коротенькая лекция, и мы с судьей очень дружелюбно распрощались, довольные друг другом.

Она перестала наблюдать перед собой кожаную байкершу и смогла отдохнуть, а я получила свободу, по крайней мере на какое-то ближайшее время.

Зная условия и практику работы наших органов, я могла быть уверена, что если даже подмена будет обнаружена сегодня, что было весьма маловероятным, то ориентировки разошлют не раньше завтрашнего дня, а я за это время сумею так раствориться в окружающей среде, что меня и днем с фонарем не найдешь, не то что с какой-то дурацкой ориентировкой.

Хотя находиться в бегах и было унизительно для меня, но я посчитала это необходимостью.

Азизбегяну до сего момента жилось почти замечательно: он почти сразу же нашел убийцу и избавился от классического висяка — как ему казалось. Потом чуть было не нашел в кемпинге спецагента-засланца.

Теперь ему будет житься все хуже и хуже, а потом совсем плохо, потому что убийцу я решила найти сама, и это было моей единственной целью на все ближайшее время.

Глава 6

Я вышла из здания суда, сощурилась на свет божий, но опьяняться воздухом свободы не собиралась.

Начиналась работа, будь она неладна, и я должна была сделать ее, как всегда, неплохо. То есть на «отлично», тем более, как показывали обстоятельства, — от результатов этой работы зависело кое-что покруче, чем мои гонорары.

Первым делом для большей полноты образа мне нужно было дополнить мой видный байкерский имидж, который даже мне самой понравился, еще некоторыми штришками. Причем поправить имидж нужно было самым кардинальным образом. Точнее, почти самым.

Я, разумеется, даже понарошку не собиралась менять пол и тем самым хотя бы зрительно увеличивать количество недоумков на свете.

Хотя, если посмотреть с другой стороны, с моим приходом в их ряды они резко бы поумнели.

Но я все равно не собиралась делать такой подарок враждебной половине мира и прямо направила свои грешные стопы в парикмахерскую.

Там я произвела фурор своим заказом, что было некстати, но пришлось вытерпеть.

Через два часа я выходила и не только щурилась на белый свет и яркое солнышко, но еще и отражала это солнышко новым цветом своих замечательных длинных волос.

Цвет я выбрала довольно-таки прихотливый, условно его можно описать так: старое красное дерево — это как фон — с мелированием в несколько красок — желтенькую, зелененькую, ну и так далее.

Правда, здорово?

Увы, я еще не сошла с ума — я всего лишь маскировалась. А самая лучшая маскировка — это вовсе не закапываться под куст дикой сирени и кричать оттуда «куку», прикрываясь саперной лопаткой, а оставаться на виду у противника.

Тогда вас точно не заметят, потому что будут смотреть именно под куст.

Следующим пунктом моего путешествия стал магазинчик «Роковые яйца».

Название было интеллектуальным, с претензией на нестандартность, но от Булгакова в нем осталось одно только название, и магазинчик вовсе не торговал продуктами питания секонд-хенд, как можно было подумать.

Это был магазин придурковатых полудурков от рока и иже с ними.

Ну вот тут-то я и оторвалась!

Долго объяснять не стану, скажу одной фразой: через час я сама себя не узнавала в зеркале и с пять минут привыкала к своему новому образу. А привыкать было к чему.

Я, в натуре, нацепила клевый прикид крутых байкеров в виде всяких побрякушек на запястья, темные очки на мордашку, не забыв и несколько цветных, долго не смывающихся татуировок на предплечья и одну на... короче, на бедро сзади, но повыше. С коротенькими шортиками это смотрелось очень, очень... стильно.

Оставалась мелочь: найти мотоцикл.

Столько денег у меня не было, чтобы я могла его купить, поэтому приходилось отрабатывать другие методы.

Поймав мотор, я поехала по адресу, сообщенному мне настоящей Олей Ярченко.

Байкеры и рокеры и прочая шелупонь тусовались вокруг и внутри ржавого металлического ангара на севере Нового Сочи в районе Виноградной улицы.

Выйдя из такси, я сразу же попала под перекрестный обстрел десятков взглядов.

Не все они были заинтересованными, некоторые глазки таращились на меня с явной антипатией.

Стоит ли говорить, что они принадлежали нашему брату?

Я про девчонок.

Байкеры уже разложились и расселись по поляне, необъяснимым архитектурным умыслом образованной между домами новостроек.

Тут же валялись, отдыхая или ремонтируясь, их мотоциклы. Всего же людей вокруг меня тусовалось под три десятка, но с ними всеми я знакомиться не желала.

Моей целью был некий байкер по кличке Геноцид. Как мне объяснила Оля, байкера в нормальной жизни звали просто Геной Цидманом, но, переходя на ночной образ жизни, Гена решил переименоваться, что и сделал после долгих и напряженных раздумий.

Пока я думала о Геноциде, мне рисовался в моих мечтах образ великолепного агрессивного самца, на километры испускающего мощные волны мужских флюидов. Но когда я столкнулась нос к носу с сутулым мальчиком с шейкой гвоздиком и кругленькой лопоухой головкой на ней, я поняла, что рухнула еще одна мечта.

Все больше и больше убеждаюсь, что великолепные самцы обитают только в телевизорах и только в определенное время. В жизни, похоже, они поперевелись навсегда.

К тому же в Геноциде я узнала одного из примелькавшихся мне байкеров Мандибули.

Единственным приятным моментом было то, что участвовавший в наезде на меня на перекрестке и в драке в шашлычной Геноцид меня не узнал, что подтверждало надежность моей маскировки.

Пока по крайней мере.

Под одобрительные выкрики и взгляды товарищей покрасневший от неожиданности Геноцид согласился поговорить со мною и суетливо подвел к своему мотоциклу.

Спев мне раз сто песенку на классический мотивчик про «поедем, красотка, кататься», он сумел-таки уговорить меня устроиться на сиденье позади него и отъехать от общей массы его коллег.

Мы, сделав круг почета, вырулили на пустырь, заросший лебедой или чем-то подобным, и тут я взяла Геноцида в оборот.

Все, что я о нем знала, так это то, что он был одним из тех разгильдяев, которые так весело покатались с Олей поздним вечером, а потом занялись живописью на живой натуре.

Кроме Геноцида и Азизбегяна, больше у меня в этом неудачном турпоходе и в неприветливом городе знакомых не было, а мне нужен был транспорт.

Я не надеялась, что Азизбегян подарит мне мотоцикл, поэтому собиралась реквизировать мотоцикл у Геноцида по-плохому, если он не догадается предоставить мне его по-хорошему, но тут словно сама судьба немного подмогла мне.

Узнав, что мне нужно в «Большой ручей» и непременно на двух колесах и с ветерком — не могла же я показаться вблизи кемпинга в дурацкой байкеровской униформе и пешком! — Геноцид смерил задумчивым взглядом мою личность пониже талии и сказал, что они —

группа Мандибули — как раз сегодня выезжают в том направлении.

Я вздрогнула, услышав эту поднадоевшую мне уже кличку, но постаралась взять себя в руки.

Я успела уже пять, даже шесть раз забыть про существование вождя байкеров и вспомнила о нем, только увидев Геноцида, и, уж конечно, никак не надеялась увидеть самого Мандибулю так скоро.

— Зачем это вам? — спросила я, удивившись такому совпадению.

Геноцид пожал плечиками и предложил мне не загоняться, а продолжить путь на заднем сиденье его «урагана». С Мандибулей он пообещал договориться.

Так я и получила транспорт для работы и даже компанию для настроения, что и требовалось доказать.

А между прочим, местные гаишники-гадюшники должны быть мне еще и благодарными. Не отобрав у Геноцида руль, я избавила их от острых приступов головной боли.

Ну да от них дождешься...

Как только начало темнеть, банда Мандибули рванула в направлении моего кемпинга на предельных скоростях, совершенно не заботясь ни о чем. Возможно, что даже о собственной жизни, слишком уж рисковым ездоком оказался Мандибуля, и его братки от него не отставали.

Мы с ревом примчались к кемпингу почти уже в полнейшей темноте и, резко остановив мотоциклы перед кафе на выезде, в ожидании замерли.

Мандибуля с двумя своими дружками медленно выписывал круги перед входом в кафе, а остальные четыре мотоколяски, в том числе и наша с Геноцидом, стояли и ждали у моря погоды.

Нравы байкеров просты и свободны: пока не объявлен выезд, каждый может отправляться к любой чертовой матери и даже дальше; но как только группа сформировалась, то все приказы исходят только от вожака, и его приказы не обсуждаются.

О том, что нужно было Мандибуле и ради чего он жег

бензин перед распахнутой дверью дорожной забегаловки, ни я, ни Геноцид не имели ни малейшего понятия и ожидали хоть каких-нибудь разъяснений.

Я решила не отсиживать свой персик на кожаном седле мотоцикла и, спрыгнув на землю, спокойно села на нее, вынула косточки из мешочка.

Я хотела понять, что мне лучше выбрать: оставаться в компании, переставшей мне быть необходимой, или все-таки отделиться от нее.

Косточки, освещенные огоньком моей зажигалки, предупредили однозначно: 30+14+2 — «У вас могут быть серьезные неприятности».

Я быстро взглянула на Геноцида и не почувствовала, что он может доставить мне неприятности.

— Ты о чем задумалась, Тань? — Он сошел с мотоцикла и присел рядом, не переставая поглядывать на руководство, продолжающее кататься явно в ожидании каких-то событий.

— Давай, колись, что здесь будет? — прямо спросила я. — Никогда не поверю, что ты как попка-дурак приехал, не спросив о цели мероприятия.

— Я хотел сделать тебе приятное, Тань, — признался Геноцид, начиная мягко протягивать лапки туда, где его не ждали никогда. — А теперь ты должна сказать, что тебе здесь нужно.

— Ладно. — Я закурила и насмешливо посмотрела на моего шофера со странной кликухой Геноцид.

Тот стушевался и убрал руку.

— Будем считать, что удовольствие доставил, но я тебе ничего не должна, поимей это в виду. Это ты у меня в должниках по гроб жизни, потому что больше тебе не придется возить девушек такого уровня, как я: все прочие будут попроще.

Геноцид вздохнул и кивнул.

— Это я и сам понимаю, — промямлил он.

— Ну, так делай выводы, а то я могу и исчезнуть из твоей жизни так же внезапно, как и появилось. Что здесь делает Мандибуля? — Я настаивала вовсе не из приступа дурацкого любопытства.

Расклад гадальных костей показал однозначно, что ситуация в любой момент может повернуться таким уродливым боком, что как бы мне не пришлось еще спасать свою шкуру.

Я толкнула Геноцида локтем в бок:

— Ну?

Воровато оглянувшись, он наклонился ко мне ближе, не забыв при этом и ручонки пустить впереди себя, и прошептал мне в ухо:

— Мандибуля должен сдать товар клиентам. Но только это... — Геноцид сделал пальцем жест, означающий, наверное, самую тайную тайну на свете.

— Какой еще товар? — переспросила я, начиная понимать, что, пожалуй, я точно засиделась на этой травке и нужно сваливать отсюда, и побыстрее.

Геноцид вздохнул и, понимая, что все равно уже проболтался, выдохнул:

— Героин!

Выговорив основное слово, Геноцид не смог молчать и дальше. Всего он не знал, но по его рассказу получалось, что в операции по продаже товара что-то нарушилось и вот уже второй день Мандибуля пытается выправить ситуацию. Что же конкретно произошло, Геноцид не знал.

В этот момент внезапно смолкло рычание мотоциклов, выписывающих геометрические фигуры перед кафе, и я увидела, как к вставшим вплотную друг к другу трем мотоциклистам вышла прекрасно знакомая мне компания братков во главе с Блендамедом.

Сойдясь вместе, обе бригады начали о чем-то переговариваться.

Я встала с земли и осмотрелась.

Вокруг было темно, и видимость оставляла желать всего самого наилучшего. То, что мы с Геноцидом сошли с мотоцикла, никто и не заметил.

Не было видно нас, но это, к сожалению, и означало, что и мы не видели опасность, если она где-то пряталась.

— Ты кого-то ищешь? — спросил меня мой байкер, но я махнула рукой.

— Вон, видишь заросли? — показала я ему на подобие леска, расположенного невдалеке от нас.

— И что же? — сразу заинтересовался Геноцид, воровато оглянувшись.

— А вот то же, — передразнила я его, — мы сейчас тихо бредем туда, а что будем делать дальше, я тебе потом объясню.

— А я знаю! — со смешной горячностью встрепенулся Геноцид и без дальнейших размышлений вцепился в руль мотоцикла, развернув его на сто восемьдесят градусов. — Я знаю, знаю, Таня, ты не волнуйся, — солидно повторил он, — все будет чики-чики.

Я даже не стала выяснять, что ему там привиделось в его душе, еще не отошедшей от юношеских прыщей, и просто кивнула.

В это время со стороны кафе послышались какие-то звуки.

Мы с Геноцидом обернулись.

На площадке, где встретились две договаривающиеся группы, закончилось время переговоров и началось времечко разборок.

Блендамед, отойдя в сторону от всех на пару шагов, громко выкрикнул заплетающимся языком несколько простеньких оскорблений.

Я вспомнила, что имею по отношению к нему как бы долг чести, и остановилась, всматриваясь и ожидая продолжения событий.

Байкеры повели себя неадекватно.

Они неохотно вступали в перепалку с Блендамедом, и было заметно, что к решительным действиям они прибегать не хотят.

Так считали все байкеры, кроме Мандибули.

Он соскочил со своего мотоцикла, держа в правой руке спортивную сумку, и, махнув рукой, ударил Блендамеда по лицу.

Это послужило как бы сигналом.

Двое его байкеров тоже бросили на землю мотоциклы и кинулись на Блендамеда.

При свете нескольких фонарей, болтающихся под крышей кафе, было хорошо видно, как сошлись в рукопашной битве две группы.

Оставшиеся около нас байкеры бросились на помощь к своим. Геноцид заметался и, махнув рукой, обратился ко мне:

— Пошли, Тань! — потянул меня он за руку. — Мы же собирались...

Я поняла, что здесь, похоже, была организована засада на продавцов и мой маленький знакомый Блендамед замечательно сыграл свою провокационную роль.

Сейчас должна будет начаться перестрелка, и я по своей доброте сердечной едва не угодила в самый ее эпицентр.

— Извини, Гена, — проговорила я, оттолкнула своего ушастого парнишку и вскочила на его мотоцикл.

Геноцид сел на землю и открыл рот, но ничего сказать не успел.

Я развернула мотоцикл, ударила по его педали и рванула в степь по прямой к кемпингу. За спиной я услышала несколько выстрелов, но только увеличила скорость. Не знаю, как здесь, а у нас в Тарасове каждая перестрелка заканчивается встречами выживших с РУБОПом. Не вижу оснований думать, что в Сочи РУБОП работает по-другому.

Вторая встреча с милицией на сегодня мне была противопоказана — я рисковала получить аллергию на погоны.

Невдалеке за деревьями зажглись фары, и три милицейских «уазика» выскочили мне навстречу.

К сожалению, я оказалась права: на продавцов была организована засада. Только вот зараза Азизбегян так красиво свистнул мне в уши про картинки и бриллиантики, а я на это купилась!

Выругавшись шепотом, я резко свернула вправо, чтобы уйти от «уазиков», и, едва не уронив мотоцикл, запрыгала по кочкам в направлении кемпинга.

Позади меня снова раздались выстрелы.

Глава 7

Может быть, мне и повезло.

Сама я так не считала, а просто очень быстро ехала и знала — куда.

Подкатив к дырке в заборе, ограждающем кемпинг, и выключив движок, я втащила туда мотоцикл.

Погони за мной вроде еще не было, но полагаться на удачу не стоило.

Теперь нужно было где-нибудь спрятаться, и по крайней мере до утра. Так как я собиралась заняться личной реабилитацией, то транспорт мне очень может пригодиться, поэтому нужно было сохранить мотоцикл.

Для базы, как я подумала, неплохо подошел бы домик Валерии.

Скорее всего, сама она или переехала в город, или вообще покинула эти места, если ей разрешили, а домик ее милиция должна была запретить заселять еще несколько дней. Бюрократическая машина следствия быстро не движется.

Ведя мотоцикл за руль, я пробралась к домику, стоящему с темными окнами, поставила мотоцикл к крыльцу, осмотрелась и поднялась по его ступенькам.

Дверь оказалась запертой на врезной замок, но что значит такое смешное препятствие для опытного человека, у которого в кармашке нож и ему некуда идти?! Кстати, нож был приобретен мною все в том же магазине «Роковые яйца» вместе с другими байкеровскими причиндалами.

Замок, очевидно, решил, что сопротивление бесполезно, и открылся, едва почувствовав прикосновение лезвия к своим внутренностям.

Совсем как человек, честное слово!

Создавалось впечатление, что мне продолжало везти. Наверное, Валерия переехала из домика куда-то в другое место, а то, что сюда еще несколько дней точно никто не войдет, было очевидно.

Оставив дверь распахнутой, я спрыгнула со ступенек и, глубоко вдохнув, втащила на эти ступеньки мотоцикл. Он оказался не очень тяжелым, только немного неудобным: при переноске корма постоянно перевешивала назад.

Вкатив мотоцикл в домик, я аккуратно прикрыла за собой дверь и расслабилась, придерживая эту железяку бедром, чтобы она не рухнула на пол. И тут только услышала какое-то легкое шевеление внутри домика.

Оружия у меня не было, кроме бесполезного для серьезного дела ножа, но я не испугалась: бояться не имело смысла, мне некуда было уходить.

В домике включился свет, и я с удивлением увидела Валерию в черном шелковом халате с вышитыми на нем драконами, щурящуюся на меня.

Она смотрела испуганно, губы ее дрожали, руки были крепко прижаты к груди.

— Вы кто? — крикнула она. — Что вам здесь нужно? Уходите немедленно!

— Привет, Валерия! — весело ответила я. — Ты что, разве не узнаешь меня?

— Нет! Я вас не знаю, вы кто? — тут же опять крикнула она, только после этого взглянув на меня внимательней, и в глазах у нее мелькнуло удивление.

— Или да? — спросила я, улыбаясь.

— Я вас где-то видела, — неуверенно проговорила Валерия, — кажется...

Почти не обращая внимания на нее, я поставила у стены мотоцикл, надежно прислонив его, и, пройдя мимо ошалевшей женщины в комнату, упала в кресло.

— Устала Таня, — объяснила я и, расстегнув сумку, вынула замшевый мешочек с косточками.

Нахмурившись, Валерия внимательно наблюдала за мной, но молчала, чего я, собственно, и добивалась. Ничто так сильно не ставит нас в тупик, как нарушение людьми ожидаемых от них стереотипов поведения.

Мне даже показалось, что все мысли, мелькающие сейчас в голове у Валерии, отпечатываются на ее лбу. Если я была грабительницей, то почему не убегала или не грабила? А если пришла с другой целью, то почему ничего не говорю?

Выкатив косточки на ладонь, я с благодарностью посмотрела на расклад: 23+31+10 — «Магические кости советуют вам не ожидать большего».

Прекрасно, большего мне и не нужно: спокойно переночевать здесь, если получится, ну а дальше видно будет.

Валерия с удивлением посматривала на все мои манипуляции с мотоциклом, наморщив лобик, явно припоминая что-то. Когда я закончила, она взглянула на меня уже более спокойно и даже как-то задумчиво.

— Вы мне напоминаете... — неуверенно начала она, всматриваясь мне в лицо, и я закончила ее фразу:

— ...одну вашу случайную знакомую по имени Татьяна. Вы встретили меня по дороге, и Валерий пригласил меня поехать с вами в этот кемпинг.

— Это вы... то есть ты?! — воскликнула Валерия и расплакалась.

Это произошло так неожиданно, что даже я растерялась, хотя уж, казалось, не должна была бы.

— А куда ты пропала так внезапно? Ко мне приходил следователь и спрашивал про тебя, а я ничего не могла ему сказать! — выплакивала из себя Валерия всякую чушь, а я старалась сделать лицо посострадательней и спокойно говорила:

— К сожалению, были срочные дела, но теперь я вернулась, — бодренько ответила я. — А что спрашивал у тебя следователь?

Валерия, шмыгая носом, успокоилась, прошла в комнату и плюхнулась на разобранную постель.

— Ну-у... — протянула она, вспоминая, — он спрашивал, знаю ли я, что ты тайный детектив...

— Не тайный, а частный, — поправила я ее, — я ни от кого не скрываюсь. Я просто в отпуске, отдыхаю, так сказать, чего и всем желаю.

Валерия задумалась, потом потянулась за пачкой сигарет, лежащей на прикроватной тумбочке.

— Как с Валеркой это произошло, — пробормотала она, — я стала дымить как паровоз.

— А я думала, что ты уехала отсюда, — сказала я, чтобы

перевести разговор на другую тему да кстати выяснить и этот вопрос.

— Я и собиралась, как только все закончится, но сначала следователь сказал, что я ему буду нужна, а теперь сюда приезжает мой папик, и он мне сказал по телефону, чтобы я не дергалась и дождалась его, — ответила Валерия, и голос у нее снова дрогнул. — Мой папик крутой. Он не даст ментам меня в обиду, — последний раз шмыгнув носом, объявила Валерия.

В ее голосе появились капризные нотки:
— С ним приезжает целая бригада охраны, они все классные специалисты.

— Ну и прекрасно, — порадовалась я за нее. — По крайней мере сможешь ходить спокойно и не вздрагивать. Будешь под охраной.

— А я и так... не вздрагиваю, — возразила Валерия, прикуривая и разгоняя дым рукой. — Я, между прочим, смелая. А вот почему ты полностью сменила имидж, Тань? Считаешь, тебе это больше идет? Или ты на самом деле байкерша? Ни в жизнь бы не узнала тебя, честное слово! Только вот этот смешной мешочек с игрушками напомнил мне тот вечер, когда мы вместе...

Тут Валерия заплакала опять, и все пошло по новой.

После окончания этого захода я попросила у нее разрешения оставить мотоцикл в домике.

— А... — начала она, но осеклась и подозрительно взглянула на меня. — Что-то случилось, да?

Я была немного удивлена, что мой замечательный следователь с не менее замечательной фамилией Азизбегян не поставил ее в известность о поимке опасной преступницы, и вообще, кажется, Валерия даже мысли не допускала о моей причастности к этому делу. Ну и слава богу!

— Ты знаешь, Валерия, — осторожно начала я подходить к нужной теме, — я же была с вами все это время и теперь даже чувствую за собой какой-то долг, что ли, перед памятью Валерия: мне кажется, я должна заняться расследованием этого дела.

— Папик приедет и все сделает. Он все может!

Валерия просто отмахнулась от меня и, встав с кровати, предложила мне выпить. Я не посчитала для себя возможным отказаться; она достала из стоящего здесь же холодильника бутылку коньяка «Курвуазье» и поставила ее на стол.

До сего момента я как-то упускала из вида финансовую сторону дела, хотя неоднократно слышала про богатого «папика», но сейчас бутылка дорогого коньяка заставила меня задуматься.

Азизбегян говорил об убийстве Валерия с целью ограбления, и эту версию исключать было нельзя. За неимением всех прочих она становилась основной.

Однако хочу сразу сказать, что по личным причинам мне она совершенно не нравилась.

Мы выпили, и тут Валерия наконец-то разговорилась. Ее словно прорвало, да это было и понятно: ведь за время, прошедшее с того вечера, она, кроме оперативников и следователя, не разговаривала больше ни с кем.

— Как только мы вернулись домой после шашлычной, Валерий сразу ушел и сказал, что вернется через двадцать минут. Он хотел мне сделать какой-то сюрпри-из, — всплакнула Валерия и вытерла нос пальцем. — Я ждала, ждала, а потом раздались выстрелы, я испугалась и пошла к тебе, помнишь, да?

— Конечно, помню! — энергично кивнула я, стараясь и ее зарядить этой энергетикой, а то хныканье начало мне уже поднадоедать.

— А утром ко мне прибежал толстый Петрович и позвал, — всхлипывая, рассказывала Валерия. — Он меня позвал в самый конец этой улицы, а там Валерий лежи-ит!

Женщина опять разрыдалась.

Разговор понемногу настроился на нужную волну, Валерия рассказала про встречу с Азизбегяном, но ничего нового, увы, я не узнала.

— А твой папик как относился к твоему пропавшему мужу? — спросила я.

Валерия вздрогнула, подняла на меня глаза и, очень старательно изображая честность, ответила:

— Очень хорошо. Он его уважал.

Я понимающе покивала и на всякий случай уточнила, когда же появится ожидаемый папочка. Но тут Валерия снова захныкала, и разговорить ее больше не удалось. Да и надоело заниматься этим делом, если честно признаться.

Ночь уже давно стояла на дворе, когда мы обе наконец стали позевывать и посматривать друг на друга, ожидая, кто первой скажет о необходимости ложиться спать.

Я вышла на кухню, чтобы налить в бокал холодной воды, и не стала там зажигать света: его достаточно попадало из окна, да и не сумела я сразу найти на стене выключатель.

Найдя стакан, я, проходя мимо окна, выглянула в него и уже совсем было отвернулась к крану, как остановилась и снова вернулась к окну.

Мне показались подозрительными ближайшие к стене домика кусты: показалось, что там кто-то есть.

Я подкралась к окну совсем близко и прижалась лицом к стеклу.

Так и есть: после нескольких минут наблюдения я заметила человека, неподвижно сидевшего на земле в кустах и наблюдавшего за одним из освещенных окон Валериного домика.

Я призадумалась.

Это мог оказаться кто угодно: и оперативник, обещанный мне Азизбегяном и сидевший сейчас на холодной земле по приказу умного руководства, отдыхающего у себя дома, и просто какой-нибудь сексуальный маньяк.

В задумчивости я вернулась в комнату к Валерии.

— Что-то ты долго там бродила и свет не зажигала. Заблудилась, что ли, Тань? — спросила меня Валерия, зевая уже с нескрываемой откровенностью.

— Есть немного, — улыбнувшись, призналась я и сказала, что мне, пожалуй, пора.

— Ты в свой домик? — спросила Валерия, испытывая явное облегчение от того, что я ухожу.

— Ну, как бы, — неопределенно ответила я. — Мотоцикл пусть пока постоит, ты не против?

— Нет, конечно, — искренне обрадовавшись моему

уходу, ответила Валерия, и я, повесив на плечо сумку, попрощалась с гостеприимной хозяйкой.

Не задерживаясь на крыльце, я быстро сошла с него и по скудно освещенной лунным светом дорожке отправилась к месту стоянки.

О возвращении в свой домик не могло быть и речи!

Возвращаться туда я просто не могла, а вот вернуться к домику Валерии и познакомиться хотя бы визуально с тем, кто следит за ней, у меня желание было.

Не оборачиваясь, я шла до тех пор, пока, по моим расчетам, меня не стало ни видно, ни слышно с того места, где находился незнакомый мне наблюдатель, и, завернув вместе с дорожкой к зарослям, среди которых у меня произошло близкое знакомство с байкерами и Блендамедом, я нырнула в эти самые заросли и в обход, пригибаясь, вернулась к домику.

Человек, так упорно следивший за Валерией, не мог не заинтересовать меня.

Я притаилась среди зарослей напротив домика, соблюдая почти предельное расстояние, и закурила, пряча огонек сигареты в кулачке.

Наконец у Валерии потух свет, но сидевший в кустах человек оказался опытным конспиратором: он пробыл в своем убежище еще не меньше получаса, прежде чем решил пошевелиться, и замаскировался так хорошо, что если бы я точно не знала о том, что в кустах кто-то прячется, то никогда бы его и не заметила.

На самом деле он был опытным специалистом в этом деле, и именно как профессионала его нельзя было не уважать, но и не опасаться.

И вот, очевидно, решив, что Валерия больше не выйдет, этот профи позволил себе расслабиться и переместиться из кустов ближе к двери.

Мне хорошо был виден его силуэт, но я не могла точно разглядеть, мужчина это или женщина.

Подумав, что он может попытаться войти в дом, я тоже постаралась оказаться как можно ближе к нему.

Ночью малейший звук разносится далеко, и после того, как у меня два или три раза хрустнула под ногами ветка, я больше не рискнула никуда двигаться.

Но наблюдатель, судя по его поведению, должно быть, уже решил, что Валерия уснула и его миссия закончена.

Он вышел из кустов, немного размялся и, в последний раз осмотрев темные окна ее домика, деловой походкой направился в сторону шашлычной, а я, пропустив его вперед шагов на тридцать, осторожно последовала за ним.

Мы миновали пару поворотов. И теперь стало ясно, что путь незнакомца лежал или к последнему ряду домиков, или вообще за пределы кемпинга.

Впереди на деревянном столбе с легким скрипом замаячил фонарь освещения.

Низко склонив голову и ссутулившись, преследуемый мной человек быстро прошел под ним, но, как ни осторожничал, я сразу узнала его и, честно говоря, удивилась: это был Витя-сутенер.

Один из тех людей, встречи с которым я ждала, но никак не могла предположить, что именно он будет следить за Валерией.

Этот шулер мог оказаться еще и просто маньяком, и я решила не дать ему возможности скрыться, решив разобраться с ним в ближайшие же минуты, как только представится для этого удобный момент.

Идя по дороге, Витя несколько раз останавливался, оглядывался и, как мне казалось, прислушивался к чему-то.

Кемпинг жил ночной жизнью.

То тут, то там слышались звуки музыки, приглушенные голоса, звон посуды, чьи-то выкрики. Словом, гуляла веселая компания.

Витя в последний раз оглянулся, сошел с дорожки, остановился перед предпоследним домиком и, быстро вынув из заднего кармана брюк ключ, вставил его в замочную скважину, потом распахнул дверь и скрылся за ней.

Теперь уже предстояло набраться терпения мне.

Подождав, когда в домике зажжется свет, я, выкурив сигарету, чтобы не проявлять непохвальной торопливости, осторожно пошла вдоль стены домика и заглянула в первое же окошко.

Оно было прикрыто занавеской, но с правого края ткань неплотно прилегала к оконной раме и можно было хоть на чуть-чуть сунуть туда нос.

Витя кушал бутербродик с колбаской, лежа на кровати, и смотрел телевизор, стоящий у него в ногах.

В домике, кроме него, никого не было.

Рассмотрев все, что можно было рассмотреть, я отошла от стены, поднялась на крыльцо и, потянув за ручку двери, обнаружила, что она заперта.

Это не явилось для меня препятствием, и в считанные секунды с помощью ножа, шпильки и одной неформальной фразы, повторенной восемь раз, я распахнула эту дверь.

Звук телевизора заглушал все остальные звуки, поэтому, не рискуя почти ничем, я подошла достаточно незаметно к двери комнаты, где Витя культурно протягивал ножки после неудобного сидения в кустиках.

Увидев меня, он сел на кровати, раскрыл рот, потом сунул руку под подушку.

Все эти манипуляции, на мой взгляд, заняли слишком много секунд, к тому же сработал фактор внезапности, да и я хорошо знала, что мне было нужно.

В два с половиной прыжка я успела преодолеть разделяющее нас расстояние, и в тот самый миг, когда рука Вити, держащая за рукоятку пистолет, уже высовывалась из-под подушки, он получил от меня такой классный удар в горло левой рукой и коленом в свою правую руку, что, захлебнувшись в собственном крике, он уже не был в состоянии думать ни о чем.

Когда он откашлялся, для него уже не существовало шансов.

— Расслабься, малыш, — мягко попросила я, переставляя с предохранителя его собственный пистолет, теперь уже ставший моим. Бросив на меня затравленный взгляд, Витя медленно притянул к себе правую руку и сел на кровати.

— Блин, ты мне руку сломала, — простонал он, поглаживая себя по бицепсу.

Как ломаются руки, я откуда-то уже знала и поэтому только сделала вид, что очень ему верю.

— А теперь встань! Невежливо сидеть в присутствии дамы. Я же стою, — сказала я, помогая Вите резким ударом ногой в живот подняться.

Витя согнулся и, всхлипнув, начал медленно отлипать от кровати и вдруг, неожиданно рванувшись вперед, попытался ударить меня ногой в живот, а руками — по пистолету.

Я отскочила и, пнув его в бок, выстрелила в пол.

Мне совершенно не хотелось выяснять на ночь глядя, кто из нас круче и резче. И я это сразу продемонстрировала.

Витя оказался понятливым.

Получив еще один совсем легкий тычок по ноге, он рухнул на пол около кровати и свернулся калачиком.

Уже на правах хозяйки территории, завоеванной в почти честном бою, я откинула в сторону подушку и присела на кровать, в самый дальний ее угол: упорство Вити показало мне, что осторожность здесь не будет излишней.

— Тебе что от меня нужно? — заплетающимся языком спросил Витя, попеременно поглаживая себя по всем возможным местам, словно проверяя, на месте ли, пардон, его члены. — Деньги в брюках лежат. Бери их и вали отсюда.

— Да вы просто хам, молодой человек! — удивилась я и села поудобнее. — Невоспитанный хам, а еще картами промышляете. Вас поэтому, наверное, так часто и бьют за это.

Наморщив лобик, Витя покосился на меня, но промолчал.

Мне его молчание не понравилось, и, не испытывая желания еще разок выяснить рукопашным методом, кто из нас умнее, и не желая его убивать, я предложила ему очень аккуратно и без резких движений перебазироваться в другой конец комнаты.

Витя понимающе кивнул, пожал плечами и, кряхтя, начал приподниматься с пола.

Встав, он пошатнулся и, схватившись руками за горло, наклонился вперед, надрывно закашлялся.

Я, не шевелясь, смотрела на него, ожидая, чем же закончится этот спектакль одного актера.

Витя, не подавая признаков чувства юмора, покашлял-покашлял, сделал полшага в моем направлении да и бросился на меня.

Это не явилось для меня неожиданностью, тем более фатальной. Как здесь уже упоминалось, я была не расположена к бою, поэтому избрала самый простой и надежный метод защиты: плотно уперлась спиной в стену и, сжав колени, притянула их к груди.

Когда этот придурок, разогнавшись, прыгнул на меня, он получил такой полновесный удар обеими ногами в грудь, что мне показалось, будто у него внутри теперь уж точно что-то хрустнуло.

Закатив глазки, Витя рухнул на пол, очевидно, без всякого желания испытать меня на прочность еще раз.

Осторожно приблизившись к поверженному, я присела рядом и приподняла его веко.

Витя не притворялся: если до этого момента я выигрывала по очкам, то сейчас он действительно был в нокауте.

Глава 8

Закурив, я стала ждать, когда же этот непризнанный Брюс Ли сутенерского пошиба придет в себя.

Мне этого очень хотелось, потому что единственной моей целью было поговорить с ним.

Но если мужчина желает, чтобы его перед этим немножко побили, что же я могу поделать, как только не уступить его желаниям?

Когда Витя наконец стал подавать признаки жизни, от моей сигареты остался маленький окурочек.

Я культурно затушила его о подоконник и взяла следующую.

Сигареты помогали бороться со сном, что для меня

было важно: сутки выпали слишком уж содержательными и нервными. Мне даже показалось, что в них гораздо больше двадцати четырех часов.

А возможно, так оно и было.

— Ты проснулся, попрыгунчик мой? — ласково спросила я, стараясь сильно не напугать Витю, чтобы он не начал еще и заикаться.

Он с трудом повернул головку в мою сторону и ничего не ответил, невежа такой. Похоже, что если он и не начал заикаться вербально, то мыслительно эти проблемы у него точно начались. Будем надеяться, что все это явления временного порядка.

— Ну вот и славненько, — одобрила я его поведение. — А теперь мне можно задать несколько вопросов? Только без прыжков, пожалуйста, ладно? А то придется прострелить тебе ножку, и ты не сможешь больше прыгать никогда, а ответы я все равно получу.

Витя молча рассматривал меня, и соображение в его глазках загоралось на удивление медленно.

— Меня интересует, почему ты следишь за Валерией? — деликатно спросила я.

Витя вытаращил глаза и посмотрел на меня уже более внимательно.

Я не ошиблась в нем, он действительно был профессионалом, как это ни удивительно. Это я поняла еще и потому, как он оценивал мое лицо: сначала внимательно посмотрел на лоб, потом на следующую треть лица, потом на подбородок. На секунду закрыв глаза, Витя вновь открыл их и взглянул на меня уже веселее.

— Нравлюсь? — спросила я.

— Да, Татьяна Александровна, если не ошибаюсь, нравитесь, — ответил он, и теперь уже я не смогла сдержать удивления.

— Тогда мой предыдущий вопрос объявляется вторым, а первым будет вот какой: откуда ты знаешь, как меня зовут? Кто-то подсказал или просто угадал?

Я села поудобнее и собралась вытрясти из Вити наиполнейший объем информации. Без этого мне уходить отсюда было бы слишком обидно.

— Ваш портрет, мадам Иванова, уже есть у нашего

участкового, — просто ответил он, — там я его и видел. Кстати, а вы-то что тут делаете? Вас, как я понимаю, ждут в Тарасове с наручниками наготове?

— Удачи им всем, пусть ищут долго и тщательно, — пожелала я. — Значит, участковый, говоришь... А что ты делал у участкового? Докладывал ему свежую информацию о Валерии Скорочкиной?

Бровь у Вити дернулась, и я не поняла значение этого жеста.

— Ну-ну, не стесняйся, — энергично поторопила я его. — Не собираюсь у тебя здесь оставаться до утра, я девушка одинокая, мне еще замуж выходить, и я не хочу себе портить репутацию, оставаясь на ночь у сутенера и шулера. Так что мы делали у участкового, а, Вить?

— А ничего я не делал, просто так зашел, на лапу ему дать. Налог заплатить, — нехотя проговорил Витя. — А вы, Татьяна Александровна, как я понимаю, не просто так сегодня заходили к Валерии, да? Расспрашивали о расследовании?

Я пожала плечами:

— А кто кого здесь интервьюирует? Отвечай, засранец, на второй вопрос: какова цель твоих подглядываний? Захотел посмотреть, как девушка раздевается перед сном? Признавайся, Витенька, я дама просвещенная и все пойму!

Витя хмыкнул и, потирая ушибленные руку и ногу, кряхтя, приподнялся и сел удобнее, прислонясь спиной к стене.

Я не мешала ему: даже жесткость воздействия должна иметь свои разумные пределы, я же показала ему, что его ждет в случае несогласия общаться со мною.

— Я не подглядывал, — недовольно морщась, пробормотал Витя, пряча глаза.

— О-паньки! — воскликнула я. — А что же мы там делали, в кустиках под окошечком? Вы меня интригуете, юноша, рассказывайте, рассказывайте!

Я рассмеялась, слишком уж уморительной была физиономия Вити и его смущение, так не вяжущееся со всей его деятельностью: оно было на удивление естественным.

— Я не подглядывал, — упорно повторил он и теперь уже смело взглянул мне в глаза, — я смотрел! Наблюдал, вот!

— Велика разница! И почему же мы это делали? — поторопила я его, начиная скучать.

Витя потер лоб, покусал губы и признался:

— Она мне нравится. Вот почему. А сейчас у нее случилось несчастье. Я, если хочешь...

— Не хочу! — отрезала я и сплюнула, не выдержав, на пол. — Не хочу даже слышать эту чушь! Мы не дети, и незачем мне вешать лапшу на уши. Про любовь я что-то слышала, конечно, но сейчас не то время, чтобы торчать под окном и мечтать о даме сердца. Придумайте, Ромео, еще что-нибудь поубедительнее! Давайте попытайтесь еще разок!

— Не хочешь — не верь! — обозлился Витя. — Мне-то что?! Я преступлений не совершал, ни на кого не нападал и от ментов не скрываюсь. Тебе самой-то что нужно?

— А где ты был, Ромео, когда убили Валерия? — спросила я, переходя на «ты», окончательно понимая, что этот субъект культурного обхождения не приемлет.

— С тем же участковым и был. Я с ним в нарды играл. Он потом все подтвердил операм, — хмуро признался Витя. — Тебе-то все-таки что нужно? — уже наглым тоном переспросил он. — Ты сама в розыске, а пытаешься здесь еще расследования какие-то учинять. Тебя менты взяли, не меня. У меня-то с алиби все в порядке, иначе я сейчас бы на нарах спал, а не... — Витя поморщился и со вздохом добавил: — А не сидел бы на полу в своей комнате.

Я задумалась.

Версия Вити меня не устраивала, но другой я пока не имела. Проводить расследование в таких условиях, в каких я пребывала сейчас, было действительно лакомством для детектива, черт бы подрал этого Азизбегяна и его дурацкую идею об оперативной разработке каких-то мифических продавцов картин, оказавшихся всего лишь наркодельцами.

— Ты когда в первый раз увидел Валерия Скорочкина? — спросила я Витю.

— Да когда и тебя, — неохотно ответил он, — в тот вечер около шашлычной. Да ты же нас видела! Неудачно прошел вечерок, надо признаться.

— Да-да, — покивала я, вспоминая странную реакцию Валерия на появление Вити. — А вот Валерка сказал, что вы с ним знакомы. Зачем ты мне врешь? Может быть, ты рано радуешься, что не на нарах сидишь, может быть, у тебя все еще впереди?

Валерий, разумеется, ничего такого не говорил, но почему же мне было не блефануть, тем более что сидеть на чужой кровати было удобно и мягко и уходить не хотелось?

Витя на мои слова отреагировал с удивлением, но не с чрезмерным.

Он покачал головой и сказал, что я ошибаюсь.

— Не мог он этого говорить, потому что он этого не говорил, — выдал Витя афоризм и поинтересовался: — А ты долго еще будешь мне мешать? Я вообще-то спать хочу. Или тебе идти некуда?

— Не хочешь ты, Витя, по-хорошему с девушкой разговаривать, — огорченно сказала я, — врешь ведь на каждом слове, как сивый мерин. Я же сама видела, как вы с Валерием в кустиках мило беседовали как раз за час или за два до его убийства. Или этого не было? Так и все твое алиби может накрыться медным тазиком.

Витя поерзал на полу, усаживаясь поудобнее, почесал затылок и нехотя признался:

— Ну было это. Ну и что? Я просто спросил у него, как у нормального пацана, кем ему приходится та девчонка. Он ответил, что она его жена. Я извинился и тут же отвалил. Это все!

— А ты думал, что он с собою на юг мамочку привез, что ли? — спросила я.

— Это могла быть его сеструха, — объяснил Витя свои предположения, — вот я подошел и выяснил. Он ответил, и вопрос был решен. Чужая жена — для меня святое, если хочешь знать!

— Пока жив ее муж, — задумчиво закончила я его фразу и встала.

— Ты куда собралась? — спросил Витя. — Оставайся здесь! Валерия уже давно спит. Ты же в бегах, и каждый твой шаг на свежем воздухе может стать последним!

Он был прав, но признаваться в этом мне не хотелось.

Не хватало еще, чтобы он предложил мне ночлег и половину своей кровати! Это было бы пошлым перебором.

Я взглянула на свои наручные часы: было почти два часа ночи, а я все еще не знала, где голову приклоню. Давненько я не пребывала в таких неинтересных обстоятельствах!..

Не говоря больше ни слова, я встала, подошла к Виктору, нагнулась и дернула его за больную руку.

Он взвыл и потерял интерес ко всему на свете, кроме себя, любимого.

Я сняла с Вити брючный ремень; закинув ему руки за спину, связала их и, подтолкнув, уронила Витю на пол, носом к стене, чтобы не подглядывал по своей привычке. А то еще ему примерещится, что он и в меня влюблен!

В таких условиях можно было попытаться хоть как-то уснуть. Хочется надеяться, что Витя не храпит.

Что же еще оставалось делать бедной девушке, если ей негде спать, а понятие о девичьей чести имеет для нее значение?

Я наконец-то скинула туфли и умылась на чужой кухне, вытеревшись чужим полотенцем. Противно, конечно, да никуда не денешься.

Очень надежно перевязанный и аккуратно положенный на бочок, Витя не подавал признаков жизни, но, разумеется, он и не умер: я проверила четкое биение его пульса и, перестелив постель, спокойно улеглась на нее.

Бесконечный день наконец заканчивался, и, надо сказать, не в самом худшем своем варианте.

Я задвинула на окошке занавески, но все равно они

не закрывали окно полностью: сверху оставалась еще полоска, через которую при желании можно было подсмотреть за одинокой девушкой, но я решила не давать поводов и выключила свет.

В темноте стащив с себя кожаную сбрую, я завернулась в простынь, снова включила свет и завалилась на кровать читать подобранную в сумке у Вити книжку Бунина.

Честно говоря, я больше перелистывала, чем читала, потому что мысли мои были вовсе не рядом с Буниным.

Перед сном я решила на всякий случай поинтересоваться у гадальных косточек своим ближайшим будущим.

Мне вдруг подумалось, что они могут мне сказать что-то приятное, а то уже надоело слышать сплошные гадости.

Надежды оказались тщетными.

Расклад вышел следующий: 15+5+36 — «Сохраняйте юмор! Что бы ни случилось, только вам решать».

Я задумчиво почесала кончик носа и отмахнулась от привязчивого комара.

К сожалению, и так ясно, что решать только мне, и ничего уже с этим не поделаешь.

Давненько я не попадала в такую пиковую ситуацию и сейчас подумала почему-то о Володьке Степанове. Интересно, он уже знает новости о некой своей знакомой или, будучи в северном отпуске, совершенно оторван от мира?

Внезапно тишину кемпинга прорезал женский крик. Это был крик ужаса, скорее даже какой-то страшный вопль.

Я вздрогнула, и у меня мгновенно выступила на лбу испарина.

Вскочив с кровати, я подбежала к окну: ничего не было видно, но почти сразу же послышались мужские крики и топот множества ног.

Витя пришел в себя и заворочался на полу.

— Что это было, как ты думаешь? — громко спросил

он, пытаясь посмотреть на меня через плечо, но у него это не получилось.

— Ты пока не шуми, ладно? — попросила я его. — И так на улице слишком шумно.

Он бестолково повел глазками и уронил голову на грудь: наверное, решил уснуть.

Я продолжала смотреть в окно, но вся информация снаружи была лишь слышна, но не видна.

Несколько человек пробежали рядом с домиком, где находилась я, но пробежали они с другой стороны, и я никого не сумела разглядеть.

Решив во что бы ни стало узнать, что же происходит за стенами домика, я быстренько снова облачилась в шорты с безрукавкой, поморщившись, влезла в туфли, осторожно, на цыпочках, подкралась к входной двери и, прислушиваясь, оттянула ручку замка и приоткрыла дверь.

Тут-то меня и поджидал очередной сюрпризец: на крыльце домика стоял Мандибуля, из-за его плеча выглядывали две волосатые рожи. Третьим был Геноцид.

Резким ударом ноги Мандибуля распахнул дверь, а я, отлетев к стене, не успела сгруппироваться и ударилась затылком о водопроводную трубу, за каким-то чертом проведенную именно в этом месте.

Однако не растерялась и, перескочив необходимые два шага до двери в комнату в одном прыжке, бросилась туда — здесь у меня лежал не только Витя, но и его пистолет рядом с книжкой Бунина.

Наклонив по-бычьи голову, Мандибуля бросился вперед. В раскрытую дверь домика вбежали оставшиеся его байкерские братки и захлопнули за собой дверь.

Я влетела в комнату и успела бы схватить пистолет, но тут Витя, приободренный шумом и понадеявшийся на помощь, неизвестно вдруг откуда появившуюся, оттолкнулся от стены то ли коленями, то ли толоконным лбом и выкатился прямо в проход.

Не ожидая подобного маневра, я споткнулась об него и грохнулась на пол, не дотянувшись до кровати, где лежал пистолет, каких-то несколько поганых сантиметров.

Опершись руками об пол, я собиралась вскочить на ноги, но тут на меня сверху навалилась неподъемная человеческая масса.

Я рванулась было влево, потом вправо, однако, получив качественный удар по голове, потеряла одновременно и резвость, и координацию.

Ноги и руки мои были придавлены к полу, и я поняла, что просто задавлена многократно превосходящими силами противника.

Перестав сопротивляться, я решила сберечь остатки сил в ожидании других возможностей освобождения.

Ничего смешного не было в мелькнувшей мысли о том, что, приехав на юг отдохнуть, я столкнулась тут не только с идиотским обвинением в убийстве, но могу еще вдобавок быть изнасилована толпой немытых байкеров.

Тяжело дыша, Мандибуля сел на кровать и, покосившись на раскрытую книгу Бунина, небрежно смахнул ее на пол.

Хватка, сжимавшая меня, ослабла, и меня подняли с пола.

Я стряхнула с себя руки двух придурков, с риском для жизни справившихся со слабой девушкой, и спросила, чем, собственно, обязана?

Мандибуля, поигрывая пистолетом, показал на кровать рядом с собою.

— Клади задницу, мамочка, — пробурчал он.

Я осмотрелась.

Двое его байкеров стояли по бокам и были готовы броситься на меня по первому же приказу своего предводителя.

Геноцид мелькал где-то сзади и, похоже, в расчет не принимался ни одной из сторон.

Витя лежал на спине, смотрел на происходящее, как на действие незнакомого фильма, и молчал. Так же молча на него посматривал и криво усмехался Мандибуля.

— Это она тебя спеленала, младенец? — спросил он, сплевывая на пол.

Витя кивнул и попытался дружески улыбнуться.

Второй байкер, подойдя к Вите, ногой перевернул его на животик и осмотрел мои узлы.

— А молодец девочка, — проговорил он, — хрен вылезешь из такой перевязки.

Я подошла и села на кровать, стараясь прижаться к самому ее дальнему от Мандибули краю.

— Что с ним не поделили? — спросил меня Мандибуля, но я не намерена была отвечать и отвернулась.

Голова звенела как колокол, и я не чувствовала еще себя в своей тарелке, чтобы вести какие-то переговоры.

— Говорить не хочешь? — покачал головой Мандибуля. — Некультурная ты. Из деревни, что ли?

Я опять промолчала, и тогда Мандибуля, толкнув ногой Витю в голову, спросил у него:

— Кто она такая? Из ментовки, что ли?

Витя, лежа на животе, через силу покосился, не в состоянии повернуть голову, сглотнул слюну и облизал губы.

Может быть, он и хотел что-то сказать, но пока не мог.

Тот же байкер, который переворачивал его, помог и на этот раз: он поддел его ступней и, ударив по груди, заставил перекатиться ближе к кровати, к самым ногам Мандибули.

Мандибуля еще раз хмыкнул и поставил свои ноги в кроссовках Вите на тощий живот.

— Так я не понял: она ментовая или как? — повторил он, мелко выстукивая подошвами какую-то маршевую мелодию по Витиным костям.

Мне стало интересно, что скажет Витя.

Ситуация складывалась непонятная: неформальные братки демонстрируют отсутствие союзнических отношений с таким же неформальным торговцем белым товаром и хотят еще что-то выяснить про меня.

— Ее саму менты ищут, — хрипло сказал Витя, морщась и моргая в такт выбиваемому Мандибулей ритму.

— За что же ей такие радости? — сразу заинтересовался Мандибуля. — Она сексуальная маньячка, что ли?

Трахает связанных мужиков, а потом высасывает из них кровушку?

Он засмеялся собственному остроумию, заржали и его ребята.

Даже ничтожный Геноцид усмехнулся и тут же спрятал свою физиономию, чтобы я не заметила его реакции.

Мандибуля резко прервал свой квакающий смех и, быстро нагнувшись с кровати, схватил Витю за майку

— Давай колись, баклан, на хера она нужна ментам? Ну? Я жду!

Витя боязливо забегал глазами в разные стороны и тихо ответил:

— За убийство Валерки.

Все сразу замолчали.

Байкеры с удивлением разглядывали меня, а я, не привыкшая к таким бесцеремонным взглядам, просто закрыла глаза и еще больше вжалась в спинку кровати.

Расслабившись, я сказала себе, что нужно быть готовой ко всему и тогда мы еще попрыгаем.

Кровать качнулась, и чья-то рука похлопала меня по коленке.

Я открыла глаза и увидела перед собою волосатую рожу Мандибули:

— Значит, ты пригодишься нам, подруга, — внимательно разглядывая мое лицо, сказал он. — Откуда ты приехала? Судя по загару, ты ни хрена не наша. Издалека?

Я кивнула.

— Откуда точно? — требовательно повторил Мандибуля, и я нехотя ответила:

— Из Тарасова.

Полуотвернувшись, Мандибуля ударил Витю ногой в бок.

— Она из Тарасова, баклан?

Витя кивнул.

— И на чем она сюда приехала? На поезде?

Витя молчал, поэтому Мандибуля, чтобы побудить его к активности, пнул еще раз, уже по лицу.

Витина голова дернулась, он весь как-то поджался и засучил ножками.

— Я жду! — напомнил Мандибуля.

— На машине какой-то, не знаю больше ничего! — закричал Витя, стараясь отползти в сторону.— Правда, не знаю! Развяжите меня! Я-то вам точно не нужен!

— А что ты орешь? — удивился Мандибуля. — Я же с тобой спокойно разговариваю. Ты хочешь меня оскорбить или думаешь, я глухой?

Витя затравленно посмотрел на него и промолчал.

— А если ты нам не нужен, то не хера тебя и развязывать, — рассудительно добавил Мандибуля и повернулся ко мне.

— Какая у тебя машинешка, мамочка, «жопер», что ли, или «мерин»?

— «Девятка» у меня, — обиженно произнесла я, — я на «жоперах» не катаюсь.

— Это она, пацаны! При любом раскладе это она! — оживился Мандибуля и, вставая с кровати, несколько раз радостно похлопал меня по плечу.

— Слышь, Витек, а я ведь верно рассек, что это она, да?

Витя зажмурился, словно ему было очень трудно произнести ожидаемые от него слова, но решился. Прямо взглянув на Мандибулю, он неожиданно четким голосом ответил:

— Да, это она! — и после этого опять зажмурился.

Я кашлянула.

— А можно узнать, о чем идет речь? — спросила я, оглядывая всю компанию.

Не обращая внимания на мой вопрос, Мандибуля отдал команду своей банде:

— Значит, так: телку забираем, этого пуделя оставляем здесь. Он нам не нужен, сам сказал.

— А может, я тоже вам не нужна? — с надеждой спросила я. — Так я бы тут удобно устроилась с Витей.

Мандибуля присел передо мною на корточки, похлопал меня по щеке и ласково произнес:

— Я тебя уже целую неделю жду, мамочка. Я — Мандибуля!

Я застонала от идиотизма ситуации и закрыла глаза.

Мания величия этого полудурка меня просто выводила из себя. Именно такие слова он уже мне сказал однажды, перед тем как я познакомилась с Валерками, и тогда я удостоилась плевка в землю, отказавшись перевозбудиться от его слов.

Интересно, что ожидает меня на сей раз? Похоже, пока Мандибуля не требовал от меня никакой реакции.

Он подошел к выключателю и, щелкнув им, погрузил домик в темноту.

— Короче, так, — услышала я его голос, — если все успокоилось, то берем эту телку и тащим ее к нам.

Силуэт Мандибули возник на фоне окна, чуть освещенного со двора. Потом Мандибуля, осторожно ступая, вернулся к кровати.

— Слышь, ты, — он несильно толкнул меня в плечо, — будешь орать, как эта безутешная вдова, мать ее за ногу, заткну пасть сразу! Поведешь себя тихо — ничего с тобой не случится.

— Что вы с ней сделали?! — вдруг закричал в полный голос Витя и затрепыхался на своем месте.

— Утихни, гнида! — бросил ему Мандибуля. — Кому она нужна, эта истеричка?! С ней поговорить хотели, а она разоралась так, словно мы ее под трамвай решили пустить.

Кто-то из байкеров, протопав в коридор, отворил входную дверь.

— Ну, что там? — поинтересовался Мандибуля, высматривающий в окно окрестности, для чего и выключил свет.

— Вроде все тихо, — ответили ему.

В этот момент я попыталась сползти с кровати, но она предательски скрипнула подо мной, и Мандибуля, тут же вернувшись, схватил меня за руку.

— Ты не менжуйся, мамочка, — пропыхтел он мне в самое ухо, — я же сказал: мне нужно с тобой поговорить и договориться. На большее я не претендую, ты не в моем вкусе.

— Польщена, — искренне призналась я, — спасибо.
Мандибуля кашлянул и недовольно пробурчал:
— Блин, только не думай, что смешно пошутила.
Свет включили снова.

Справа ко мне подошли двое из банды Мандибули, и я повернулась к ним.

Тот словно ждал этого момента, а может, и на самом деле ждал: на моих руках за спиной защелкнулись наручники, и он захихикал, очень довольный собой.

Я рванулась было в обратную сторону, но, оказалось, поздно.

— Ты успокойся, мамочка, — рассмеялся Мандибуля, — я так долго тебя ждал, что не хочу больше терять. Потерпишь малеха.

Несмотря на мое сопротивление, мне натянули на голову чью-то кепку; я ощутила на лице чужие руки, которые залепили рот скотчем.

Я еще раз остервенело дернула головой, чтобы достать до челюсти этого мерзавца, но промахнулась.

Меня подняли и, как кавказскую пленницу, вынесли из домика, держа за все места, какие только им хотелось. И как я ни извивалась, вырваться мне не удалось. Потом я почувствовала, как меня протащили сквозь колючие кусты.

Врать не буду: я дергалась и извивалась больше из принципа и ненависти, чем в надежде вырваться. Шансов для этого я не видела.

Вскоре меня, как какую-нибудь Бэлу, бережно перекинули через седло мотоцикла.

Колено Мандибули, когда он ударял по педали мотоцикла, задело меня по носу, я выругалась, и на меня пахнуло выхлопной гарью.

Мотоцикл покатил вперед — началось очередное южное путешествие несчастной Тани.

В гробу бы видать такие отпуска, в белых тапочках!

Трясясь в темноте, обдуваемая горячей вонищей, я поклялась самой себе, что больше по южным странам не катаюсь.

Надоело!

Глава 9

По гужевым дорогам меня трясло недолго.

Уже через пятнадцать-двадцать минут я поняла, что мы въехали в какой-то населенный пункт: лаяли собаки, и доносились другие, характерные для обитаемого жилья звуки.

Скорее всего, это была деревня, одна из трех, расположенных в нескольких километрах от кемпинга.

Мандибуля, замедливший ход мотоцикла, остановил его и хлопнул меня по... не скажу, куда конкретно, это неважно, и прогудел:

— Ну, типа приехали, мадам, сейчас и отдохнем!

Меня поставили на ноги, и в этот момент, несмотря на то, что у меня кепка все еще была надвинута на глаза, я замечательно сориентировалась и тут же, повернувшись боком, пнула ногой мотоцикл, на котором приехала.

Мандибуля крякнул от неожиданности и отъехал в сторону.

С меня сняли наконец-то эту дурацкую кепку, и я смогла оглядеться.

Помогший мне Геноцид отошел на шаг и пробормотал:

— С тобой только поговорят, Тань, все будет нормально!

Я промолчала, потому что все равно ничего не могла ответить из-за скотча, и отвернулась от Геноцида.

Ничего не понимая в происходящем и не желая смириться со своим положением пленницы, я готовилась к активному сопротивлению, а тут еще этот ушастик мне шепчет что-то успокаивающее!

Мы оказались перед самым входом в обыкновенный деревенский домик средней паршивости. Трое байкеров полукругом поставили перед домом свои мотоциклы, а Мандибуля, прихрамывая — наверняка от моего точного удара, — подошел и, примирительно улыбнувшись, проговорил:

— Кончай рыпаться, все равно не справишься! Пошли в дом.

Но я еще порыпалась, правда, и это оказалось бесполезно. Единственное, чего я добилась, так это того, что меня и здесь понесли на руках и, надо признаться, опять довольно-таки бережно.

Меня посадили на потертый диванчик во второй комнате, стоящий под навесными шкафчиками. Подсуетившийся Геноцид робко принес мою сумку и положил ее на круглый обшарпанный стол, стоящий посередине комнаты.

Мандибуля рухнул рядом и вытянул ноги.

— Ну вот мы и дома, мамочка, — сказал он, протянул руку и резким движением сдернул скотч с моих губ.

— Ну ты, ночной кошмар на мотоцикле, — отплевываясь и морщась от неприятного зуда вокруг рта, проговорила я, — может быть, и свои дурацкие наручники снимешь? Или это уже слабо? Хочешь употребить в таком виде?

Мандибуля ухмыльнулся, промолчал и выдернул из кармана связку ключиков.

— Если твой не потерялся, то сейчас же и сниму, — объяснил он, — руки-то давай, чего прячешь?

Я повернулась к нему спиной и подставила руки, Мандибуля повозился немного, бормоча что-то себе под нос, и замок наручников отщелкнулся.

Я с удовольствием растерла занемевшие руки и, расслабившись, поудобнее устроилась на диване.

— Ты не обижайся на меня, — пустился в объяснения Мандибуля. — Мне с тобой вот так, — он провел ребром ладони по горлу, — в натуре, вот так переговорить нужно, а я вас, баб, знаю. Вас нужно сначала мешком по тыкве съездить и только потом объяснять, чего хочешь, иначе вы понимать не способны. Конституция такая.

— Какая еще конституция? — переспросила я, напрягаясь для того, чтобы высказать этому хаму кое-что приятное.

— А такая, — вяло высказался Мандибуля. — У вас вся жизнь как один критический день. Что-то недодумано в вашей конструкции, точно тебе говорю.

Открылась дверь, и в комнату вошел Геноцид с трехлитровой банкой, наполненной розовым вином.

— Винишка крепленого вмажем, что ли, для тонуса? — спросил меня Мандибуля. — Или у меня тут еще вишневый компот где-то есть. — Он потыкал пальцем вверх, имея в виду шкафчик. — Если ты трезвенница, то и это можно устроить.

Потянувшись, он взял стул и поставил его перед нами. Не глядя поднял руку вверх, открыл на ощупь навесной шкафчик и вынул из него две эмалированные кружки.

— Для тонуса выпью запросто, а за знакомство с тобой не буду, — дружелюбно ответила я, краем глаза замечая, что пистолет очень аппетитно выглядывает из кармана Мандибули, а сам Мандибуля ведет себя как-то расслабленно.

Геноцид, пряча глаза и имея вид самый дурацкий, потому что очень старался показать, что со мною не знаком, хотя это было и глупо, вышел из комнаты, но почти сразу же вернулся с миской слив.

— Ну давай, — Мандибуля махнул рукой, Геноцид вышел и плотно прикрыл за собою дверь.

Мандибуля разлил вино, поднял свою кружку и, в три глотка осушив ее, крякнул, вытерев рот ладонью.

Я не стала подражать всяким невоспитанным мужланам, отпила немного, держа кружку обеими руками, потому что при желании любой предмет может стать оружием, даже такой утилитарный.

— Ну что, так и будешь молчать? — повернулся ко мне Мандибуля и убрал с лица радостную улыбку. — Планы изменились, что ли? А почему тогда я не в курсах?

— А можно узнать, о чем ты вообще говоришь? — спросила я, неожиданно заводясь и не желая скрывать этого. — Тебе от меня что конкретно нужно? Или тебе поговорить не с кем? Заведи себе попугая!

— Ты зачем приехала в кемпинг?! — вдруг заорал Мандибуля, приблизившись ко мне вплотную, так что мне пришлось даже отпрянуть. — Только не ври, что отдыхать! Так не отдыхают!

— Согласна, — кивнула я, — а тебе-то что до этого?

Мандибуля помолчал, потом, сопя, вынул из кармана порыжевшей футболки мятую пачку сигарет «Мальборо лайт» и дешевую зажигалку. Пачку он протянул мне.

— Ты курить-то умеешь? — спросил он.

— Еще бы! — ответила я, беря сигарету и прикуривая от поднесенной зажигалки.

— Я понимаю, что из-за этого некстати подвернувшегося покойника поднялся небольшой кипеш, — проговорил Мандибуля, пуская дым в потолок. — Может, ты была и права, что ушла в подполье. Но сколько же можно темнить, а? А верно, что менты подозревают тебя? — без перехода спросил он, бросая на меня пронзительный взгляд.

Я помимо желания облизнула губы и едва не выругалась. Еле сдержавшись, хмуро ответила:

— Есть у них такая смешная идейка. Не самая, конечно, лучшая, надо признаться.

— А когда у них бывали хорошие идеи? — искренне удивился Мандибуля. — Менты — они и в Африке менты. Ну хватит лирики. Короче: как я понимаю, деньги должны быть у тебя. Верно я скумекал?

Я с интересом посмотрела на него и промолчала.

Мандибуля крепко сжал губы, вскочил с дивана и пробежал взад-вперед по комнате.

Дверь приоткрылась, и показалось вытянутое красное лицо Геноцида.

— Чего тебе? — рявкнул на него Мандибуля, и Геноцид, вздрогнув, исчез, прикрыв за собою дверь.

— Я тебя понимаю, — быстро заговорил Мандибуля, — конечно, говорить такие вещи опасно для здоровья, но я тебя раскусил. Ведь что получается, смотри...

Мандибуля от волнения даже затушил о столешницу свою сигарету и, тихо выругавшись, выдернул из пачки другую.

— А получается у нас с тобой, мамочка, интересная такая картинка.

Мандибуля взял себя в руки и сел на прежнее место.

— Я не спрашиваю, для чего ты слила Валерия. Если это не помешает нашему делу, то пусть это останется твоей маленькой тайной. Все будет нормалек, без обмана. Если хочешь видеть товар — в любое время. — Мандибуля бросил взгляд в окно и уточнил: — Начиная с утра, конечно.

Он замолчал и взглянул на меня. Я тоже продолжала молчать, потому что поняла две важные вещи.

Точнее, одну важную, а вторую важнейшую.

Получалось, что мой друг Мандибуля — разыскиваемый Азизбегяном продавец, и максимум к обеду мне нужно найти сто тысяч долларов, чтобы моя умная головка удержалась на красивой шейке.

Сообразив это, я задумчиво погладила себя по шее.

Если Мандибуля уверен, что я покупатель, то где же настоящий покупатель? Или сделка по каким-то неизвестным для Мандибули причинам сорвалась, или покупатель просто не может встретиться с ним.

Мандибуля, прищурившись, смотрел на меня и все ждал, что я ему скажу, а я продолжала молчать.

— Эти вечно пьяные братки — твоя охрана? — спросил Мандибуля. — Можешь не отвечать. Как только я тебя увидел сегодня у Витьки, сразу все понял. Да и сам Витька признался. А иначе и не объяснишь все дела.

— Ты о чем? — устало спросила я.

Флегматизм я демонстрировала внешне. Внутри я быстро соображала, и первой мыслью было, разумеется, как бы мне отсюда удрать с наименьшими для себя, родной, потерями.

— Я о чем! — с самодовольной улыбкой повторил Мандибуля. — Да о все том же! Не знаю уж, как мы разминулись на том перекрестке! Я, наверное, подъехал чуть раньше — и представляешь: там стояла красная «девятка» с тарасовскими номерами и рядом с ней какая-то мамочка!

— Да? — осторожно спросила я.

— Верняк! Я подкатил к ней, все как договаривались, представляюсь, а оказывается, что это вообще какая-то левая телка да еще с двумя ментами. Их, правда, в тот момент не было! Сезон, знаешь ли, сюда прет вся Россия. В следующий раз, когда приедешь за товаром, будет легче, мы уже друг друга будем хорошо знать.

Я вежливо промолчала, обдумывая вскрывшийся пласт информации. Мандибуля понял мое молчание по-своему.

— Товар хороший, ты не беспокойся.

Он встал и, повернувшись лицом ко мне, наклонился и двумя руками приподнял переднюю часть дивана, на котором мы до этого оба сидели, а сейчас я осталась одна. Если бы я даже захотела, то не успела бы вскрикнуть — так резко он все это проделал.

Ногой Мандибуля вытолкнул из-под дивана потертую спортивную сумку и уронил диван на место.

— Сейчас и посмотришь, — слегка запыхавшись, проговорил он и сел на свое место.

Нагнувшись, Мандибуля поднял сумку с пола и поставил себе на колени.

— Как я тебя не обнаружил, то сразу же стал звонить по всем адресам, — продолжил он, — мне говорят: «Нет, все о'кейно, они выехали, ждите». Тут, сама понимаешь, возникает сплошной жим-жим: вы клиенты для нас новые, мы продавцы для вас новые. Все имеют право друг друга подозревать, это, кстати, нормально, в слишком говенное время живем.

Мандибуля чиркнул «молнией» сумки и из вороха разных вещей достал плотный полиэтиленовый пакет, набитый белым порошком.

— Держи, — бросил он пакет мне.

Пришлось поймать.

— Так и будем перекидываться? — спросила я. — Ни на вкус, ни на глаз я не определю качество очистки. Вижу только, что достаточно белый, значит, должен быть хорошим. Или ты его зубной пастой покрасил?

— Смешно, — согласился Мандибуля и забрал пакет, — у нас постоянный канал, и нам нужны постоянные клиенты. Поэтому в качестве ты не разочаруешься. Фирма веников не вяжет!

Он убрал пакет обратно в сумку, а сумку поставил на пол.

— Я почему так и переволновался, что тебя не встретил. — Мандибуля ногой откинул сумку в сторону. — Нам нельзя терять лицо: канал нужно перерабатывать.

Я даже к гоблинам сунулся, они тоже что-то про «герыча», ну героин то есть, говорили в шашлычной. Я подумал — не тебе, так им сдам, а они крупную партию не тянут, — Мандибуля презрительно скривился, — я намеками с ними перебазарил и все понял сразу — трепачи. А потом вдруг менты откуда-то высыпались, да не наши, а тоже леваки какие-то....

— А зачем ты сегодня полез к Валерии? — наконец нарушила я свое молчание, потому что молчать дальше уже было неприлично.

Мандибуля кивнул и рассмеялся.

— Я думал, что ты — это она, и пошел объясниться. Думал так: курьер пропал, что могло помешать? Убийство, конечно же. Мне показалось логичным, что, опасаясь слежки ментов, она сидит у себя и никуда не выходит. Я спокойно пришел и попытался поговорить, а она разверещалась так, словно я ее трахать собрался. Фантазии у баб, скажу я тебе, развиты чересчур, но только в одном направлении.

Мандибуля нагнулся вперед и, взяв банку в руки, снова наполнил свою кружку. Покосившись на мою, он плеснул и в нее.

— Ну а когда я тебя увидел у Витьки, — продолжил он, — то меня как током шибануло, тут я все понял, а потом и Витька подтвердил. Я тебе скажу, что ты баба с головой, это редко бывает среди вашего брата. И Витьку ты здорово обработала. За что, можно узнать?

Мандибуля отпил глоток из кружки и подождал ответа.

— Он мне спать мешал, — равнодушно ответила я, — вот как ты сейчас, например.

Мандибуля замер с кружкой у рта и принужденно рассмеялся.

— Сейчас уйду, мамочка. Но на всякий случай поимей в виду: я буду спать за дверью, а за окном двое моих пацанов. Ты любишь по ночам из окон выпрыгивать?

— Ага, с детства балуюсь, — охотно подтвердила я. — А скажи, когда ты от Валерии убегал, ментов не видел?

— А их здесь и нет, — усмехнулся Мандибуля. — Они днем уехали и раньше завтрашнего дня не появятся. Короче, с утра смотришь товар, и мы быстро все решаем. Ладненько?

Мандибуля потянулся, протяжно, со звуковым сопровождением зевнул и почти добродушно посмотрел на меня.

— Спи спокойно, дорогой товарищ, — проговорил он, взял свою сумку с товаром, вышел из комнаты и хлопнул дверью.

Я осталась одна.

Первые минуты просидела в задумчивости, соображая, в какую же историю я сейчас ввалилась, потом встала, подошла к двери, прислушалась к звукам, доносившимся из-за нее, выключила свет, на цыпочках подкралась к окну и выглянула во двор.

Сначала ничего не увидела, потом зрение настроилось на полумрак, и я разглядела шагах в десяти двух байкеров, развалившихся на земле и о чем-то беседующих.

Один из них был Геноцид. Следовательно, за охранника его можно было не считать.

Я нащупала свою сумку, принесенную вместе со мною — теперь она валялась на столе, — и вынула из нее замшевый мешочек.

Привычно перекатав кости в ладони, я высыпала их на подоконник — это было самое освещенное место в комнате — и посмотрела на расклад: 17+10+33 — «Вы должны нести ответственность за того, кого приручили».

Я вздохнула.

Кости однозначно говорили, что использовать окно как способ избавиться от неприятностей не стоит: суровый воин Геноцид может от этого пострадать больше всех.

Я как-то привыкла дружить со своей совестью и поняла, что остается только один выход, а именно — через дверь. Точнее, через Мандибулю.

Настроение у меня сразу же упало, но ничего не поделаешь.

Я подошла к двери и слегка приоткрыла ее.

Мандибуля сидел в повидавшем виды кресле и сам с собою играл в шахматы.

Увидев меня, он кивнул и ощерился:

— Чего тебе? Драпать, что ли, собралась? Так лучше не серди меня, мамочка.

Я пожала плечами.

— Пока мне некуда идти. Я счет хотела узнать.

Мандибуля, нахмурившись, взглянул на шахматную доску, потом поднял на меня глаза.

— Думаю, что один—один, — честно ответил он, — в любом случае я не проигрываю. А ты думаешь по-другому?

Я чуть было не ляпнула, что конечно же, но решила сдержаться.

— Не хочешь поиграть здесь? — предложила я ему, раскрывая дверь шире.

— Во что? — спросил он и, резво соскочив с кресла, направился ко мне.

Мне не понравилась его готовность, и, чтобы хоть как-то притормозить его прыть, я сделала непонимающее лицо, напомнила:

— Доску забыл, Каспаров! А без нее не игра!

Мандибуля тормознулся, посмотрел на меня как на самую распоследнюю дуру, почесал свой давно уже не бритый подбородок и, пробормотав:

— Ну как скажешь! — сгреб фигуры в карманы, сложил шахматную доску, сунул ее под мышку, тут же вспомнил о спортивной сумке, нагнулся, взял ее и пошел ко мне в комнату.

Я вернулась к дивану, села и закурила.

Мандибуля, войдя в комнату, нащупал левой рукой выключатель; я зажмурилась, и тут одновременно с его первым шагом раздались два негромких сухих щелчка.

Я вжалась глубже в подушки дивана и открыла глаза.

Мандибуля, уронив шахматную доску на пол и безвольно опустив руки, стоя покачался несколько секунд и плашмя упал на пол лицом вниз. Рядом с ним, соскользнув с его плеча, упала и спортивная сумка.

Я подскочила к нему, присела и с трудом перевернула уже безвольное тело на спину.

На груди Мандибули расплывалось кровавое пятно.

Приложив ладонь к шее, я поняла, что пульса нет.

Выдернув из кармана Мандибули пистолет, я подняла голову и прислушалась.

Два байкера, которые, по замыслу, должны были продолжать дежурить снаружи, что-то выкрикивая, с топотом и ругательствами бросились бежать.

Я подскочила к окну и осторожно выглянула.

Своих стражей я уже не увидела.

Только слышались их возгласы: «Вон он! Стой, гад!»

Я быстро огляделась, подумала и бросила на пол одну из подушек с дивана. Потом подумала еще раз и достала из шкафчика недавно предлагавшуюся мне банку вишневого компота.

Подошло ее время, и я решила с помощью компота устроить маленький макияж. Немножко пошалить, так сказать, и замести следы.

Я вскрыла банку и столовой ложкой нарисовала на полу лужу с неровными краями. Потом той же ложкой провела капельный путь к дивану, столу, положила одну кружку на пол и запачкала и ее. Последние живописные штрихи я нанесла уже около двери.

Все любопытствующие, и мой ловкий снайпер в первую очередь, будут убеждены, что Мандибулу убили с первой же попытки, как оно, к сожалению, и случилось на самом деле, а истекающая кровью Таня еле-еле уползла куда-нибудь недалеко зализывать многочисленные раны.

А может быть, уже где-то и умирает, не про меня будь сказано.

Взглянув в последний раз на Мандибулю, я перекинула обе сумки — свою и его — через плечо и выскочила в следующую комнату, а пройдя в сени и нащупав засов, отодвинула его, выглянула из-за двери.

Во дворе стояла темень и тишина.

Прикрыв за собой дверь, я легкими шагами помчалась прочь из этого населенного пункта.

Куда бежала — не знаю, но буквально уже через несколько шагов я оказалась на окраине деревни.

Вдали светились какие-то огоньки. Подумав, что это

мой надоевший уже до оскомины и нервной чесотки кемпинг, я направилась к нему. И не ошиблась.

Ночь уже перевалила за половину, когда я, спотыкаясь от усталости, добралась наконец-то до первого домика и, не рассуждая сложно и долго, толкнулась в ближайшие кусты.

Стараясь не шуметь, подкралась к стене домика и услыхала приглушенные мужские голоса.

Сразу обнаружив, что домик занят и мне в лучшем случае светит ночлег на земле, я с этим и смирилась.

Проклиная в сердце все курорты и всю рок-музыку, я свернулась клубочком на травке, и глаза мои сами собой начали слипаться.

Однако сразу мне все-таки уснуть не удалось. Я услышала, что продолжающие разговаривать между собой мужчины проходят мимо меня.

Я вовсе не собиралась подслушивать, еще чего! Я просто лежала и не могла не услышать — разве меня можно в этом винить?

Их было двое.

— Слышь, Блендамед, — устало проговорил один, — а ты уверен, что у нее есть оружие?

— По крайней мере, должно быть, я так думаю, — ответил Блендамед.

Рядом со мною упала недокуренная сигарета.

Оба гоблина тяжело поднялись по ступенькам домика и, хлопнув дверью, вошли в него.

Вся моя расслабуха куда-то вмиг подевалась, и я, обругав себя за малодушие и выйдя из кустов, побрела к домику Валерии. Мне захотелось срочно с нею переговорить.

В самом деле: если я не сплю, то почему это должно получаться у нее?

Глава 10

Подойдя к ее домику и чувствуя себя уже полусваренной от усталости и недосыпания, я поднялась по ступенькам и постучала в дверь.

Не улавливая никаких звуков внутри домика, я постучала еще раз.

Наконец послышались шаркающие шаги, и осторожный голос Валерии произнес:

— Кто там?

— Это Татьяна, — ответила я, — у меня есть новости.

Валерия с опаской приоткрыла дверь.

— Это ты? — сонно спросила она. — Господи боже мой, а я-то думала, что на сегодня все закончено! Слушай, а давай ты лучше утром придешь, а?

Я вздохнула и покачала головой.

Оттянув дверь на себя, причем Валерия попробовала посопротивляться, но толку из этого не вышло никакого, я едва не вытащила ее наружу.

Валерия отпустила дверь и, кутаясь в халатик, отступила назад.

Молча я прошла в коридорчик и, увидев мотоцикл, чуть не рассмеялась: такие переживания-переодевания были совершены, хотя можно было бы обойтись и без них!

— Татьяна, — довольно решительно вдруг сказала Валерия и встала передо мною. — Уже очень поздно. Я не расположена разговаривать. Приходи утром, мы с тобою кофе попьем с коньячком и все обсудим. Договорились? До свидания!

— Мне известно, за что убили Валерия, — не слушая ее, сказала я и спустила с плеча сумку Мандибули.

Я устала уже таскать на себе этот чужой груз, и вообще я так устала за несколько дней этого отпуска, что была готова отдать год жизни за скорейшее возвращение в Тарасов, к себе домой.

— Что? — тихо переспросила Валерия и отступила к двери в комнату. — Что ты сказала?

— Даже могу показать, — пробормотала я.

Я обошла продолжающую стоять Валерию и, пройдя в комнату, быстро включила там свет.

В комнате на одинокой разобранной кровати лежала одна подушка. Похоже, Валерия спала одна. Это немного подкосило мою замечательную версию, которую я так быстро придумала, пока сидела под кустиком и пряталась от Блендамеда.

— Что здесь происходит? — воскликнула Валерия, влетая следом за мною и гневно посверкивая очами.— Татьяна, тебе не кажется, что ты малость перегибаешь? Что ты себе позволяешь? Извини меня, но я тебя сейчас выгоню! Ты пьяная или...

Валерия внезапно замолчала и, развернувшись, подошла к своей кровати, села на нее.

— Дурдом! — пробормотала она устало. — Что ты хочешь?

— Я почему-то ожидала увидеть здесь Витю, — пробормотала я, подходя к креслу и падая в него.

— Витю? С какой стати? — удивилась Валерия.

Это у нее получилось настолько естественно, что я была склонна поверить в ее искренность.

Ну что ж, иногда даже самые блестящие версии на поверку оборачиваются полной ерундой.

Пришлось промолчать и поморщиться: не каждый день получаешь такое поражение.

— Так в чем дело? — напористо повторила Валерия.— Ты извини меня, конечно, но иногда ты так странно ведешь себя, что, честное слово, даже возникает желание вызвать милицию. Уходи, Таня!

Я поставила перед собою на пол сумку Мандибули и медленно расстегнула ее.

Валерия, все еще продолжая что-то говорить, не в состоянии преодолеть любопытства, проследила за моими действиями.

Я вынула пакет из сумки, и Валерия, вдруг неожиданно прекратив свои разглагольствования, замолчала, вытаращила глаза и даже сделала попытку привстать на кровати.

Я посмотрела на нее и спросила:
— Интересно?
— А что это? — с трудом сдерживая волнение, задала вопрос Валерия, вглядываясь мне в глаза, словно пытаясь там найти ответ на какой-то свой тайный вопрос.
— Даже не представляешь? — улыбнулась я. — Это героин от Мандибули.

Воцарилось молчание. Мы с Валерией внимательно разглядывали друг друга, и каждая думала о своем. Валерия нарушила молчание первой.

— А ты тут при чем? — задала она смешной вопрос, и я поняла, что все-таки попала в точку.

— А ты не догадываешься? — улыбнулась я и выудила из своей сумки пачку сигарет.

Пока я возилась с зажигалкой, Валерия, полуотвернувшись от меня, казалось, о чем-то задумалась. Мне все это не очень нравилось и на всякий случай я нащупала в сумке рукоятку пистолета.

— Откуда это у тебя? — наконец спросила Валерия и встала с кровати, намереваясь подойти ближе.

— Много вопросов, — устало ответила я. — Где деньги?

— Деньги?.. — повторила она и остановилась. — Деньги... Тут, понимаешь ли, Таня, такая история произошла...

Она не успела кончить фразу, как я вздрогнула от прикосновения чего-то холодного к голове сбоку. А обернувшись, увидела капитана Азизбегяна с пистолетом в руках.

Ствол его пистолета теперь смотрел мне прямо в лоб.

— Здравствуйте, Татьяна Александровна, — улыбнувшись, поклонился Азизбегян, — вот мы и встретились.

Из-за миниатюрных размеров своего худосочного тела капитан выглядел совсем подростком, особенно в этих синих спортивных брюках и темно-синей футболке.

Однако смешно мне не было, и я даже не улыбнулась.

— Похоже на то, — согласилась я, — только знаете, ваши картинки-брюлики совсем стерлись в порошок. В такой беленький мелкий порошочек. От взрыва, надо полагать.

— Сумку передайте мне, — попросил Азизбегян, не обращая внимания на мои слова, и я толкнула ему спортивную сумку Мандибули, уронив в нее пакет с героином.

Азизбегян покачал головой:

— Эту мне пока не нужно, свою сумку дайте и не трогайте, пожалуйста, пистолет, который в ней лежит. Ладненько, Татьяна Александровна?

Я послушалась, передала ему сумку, решив не испытывать судьбу, потому что была слишком уж не в форме, и Азизбегян, вытащив из сумки пистолет, уронил сумку на пол и отошел от меня на шаг, вооруженный теперь, как ковбой.

— Так что же там насчет музейных экспонатов? — спросила я.

— А ничего! — ответил Азизбегян. — Мне шепнули по секрету, что в кемпинге, возможно, будет работать оперативная группа наших соседей, вот я грешным делом и подумал о вас. Поэтому и сказочку сочинил, на которую вы купились. А картинок и в помине не было, только этот товарец и его хозяин — я.

Я опустила голову и увидела у себя на коленях вытащенную из сумки пачку сигарет. Но закурить я так и не успела перед появлением моего нелюбимого следователя, решив немедленно наверстать упущенное.

— Валерия тоже убили вы? — спросила я, глядя на него в упор.

— А мне это как раз и не нужно было, — усмехнулся Азизбегян. — Мандибуля по моему приказу должен был с ним встретиться, но случилась какая-то лабуда, и сделка чуть не сорвалась. Я даже не мог понять, как дело пойдет дальше, вы прервали нас как раз на середине совещания. Но в любом случае, дамы, — Азизбегян с щедрой улыбкой осмотрел меня и Валерию, — мы с вами присутствуем при историческом моменте. Предлагаю выбор: если мы сейчас проворачиваем куплю-продажу, получается, что Валерия убила наша дорогая Татьяна Александровна. Если же сделка отменяется, я притяну, девушка, вас — Азизбегян стволом пистолета ткнул в сторону Валерии.

— Я не убивала его, слышишь?! — воскликнула Валерия. — Это не я!

— Ничего не знаю и знать не хочу! — отрезал Азизбегян. — Я доставил товар, — он показал на сумку, принесенную, кстати, мной, а не им, — а ты гони бабки —

и расстаемся друзьями. Мне нужен постоянный сбыт, я не хочу ссориться.

— Но я правда не убивала! — причитала Валерия. — Татьяна, подтвердите, я почти сразу после выстрела подошла к вам, вы помните?

— Мое подтверждение для него не имеет никакого значения, — ответила я, закуривая. — Если вы ему не заплатите за героин, он обвинит вас и вам придется погибнуть или при попытке к бегству, или еще как-нибудь похоже. Это же ясно. Ваши показания ему не нужны. Но при любом раскладе, по его плану, меня все равно пристреливают.

— Пять с плюсом за сообразительность! — поздравил меня с таким выводом Азизбегян.

— Что?! — закричала уже в полной истерике Валерия. — Но у меня же нет таких денег! Понимаете, нет!

Азизбегян нахмурился, его лицо приняло злое выражение.

— А где же они? — тихо спросил он. — И были ли они вообще?

— Я вам уже объясняла... — начала было Валерия, но тут из темной кухни появились два неожиданных персонажа.

— Ладно, Вася, уговорил, мы расплачиваемся, ты даешь товар и договариваемся на будущее, — произнес входящий в комнату Витя.

За ним, придурковато улыбаясь, приотставая на шаг, следовала Аня.

— Здрасьте, — кивнула она мне.

Я никак не отреагировала — слишком уже все это было неожиданно.

Азизбегян резко обернулся.

— А что за дела в таком случае? — спросил он. — Что она лепит? — Азизбегян снова ткнул стволом в сторону Валерии.

— Витя!.. — громко произнесла Валерия и замолчала, не закончив фразы.

— Ну, ты сам посуди, Вась! — Витя развел руками, надо думать, подтверждая собственную честность.— Ну как же вот так взять и поверить незнакомому человеку? Извини, Василий, поэтому у нас и произошли все эти задержки, что мы сами еще до конца не решились на это.

— Ты это о чем? — спросил Азизбегян. — Что-то я не пойму.

— Да господи, все же понятно! — Витя улыбнулся и махнул рукой Валерии.— Ну что тебе еще нужно, Вась? Долго ты будешь сомневаться?

Он приблизился, нагнулся и поднял пакет с героином. Покачав его на ладони, Витя перекинул пакет Валерии. Та отшатнулась, и пакет упал рядом с нею на кровать.

Витя оказался сейчас стоящим рядом с Азизбегяном, только вполоборота от него и лицом к Валерии.

Я сидела как бы между ними и видела, что после слов Вити лицо у Валерии вытянулось, она приоткрыла рот, будто собираясь что-то сказать, но не решилась.

Не участвующая в разговоре Аня робко прошла следом за Витей, опустилась во второе кресло, стоящее у боковой от меня стены, и терпеливо сложила на коленях руки, словно пережидая все, что здесь происходит, и надеясь на скорое освобождение.

— Какие же вы все пуганые! — неодобрительно покачал головой Азизбегян. — Ну разве можно так не доверять людям? Ведь все было обговорено несколько раз, да и Мандибуля — товарищ, давно проверенный.

— Но ведь не вышел же он на встречу на перекрестке, — резонно возразил Витя, — а это, знаешь ли, произвело неблагоприятное впечатление: договаривались по телефону вроде подробно обо всем, и с первого же шага все пошло наперекосяк. Поэтому, Василий, признайся, мы имели право засомневаться.

Азизбегян вздохнул.

— Нечем крыть. Твоя правда. Когда мне этот кретин доложил, что решил сам искать покупателей, и обратился к каким-то местным гоблинам, я понял, что чердак у него поехал — байкер, одно слово.

— Ну, значит, претензий, в общем, нет? — спросил у него Витя и протянул правую руку для пожатия.

— Бабки давай, — напомнил ему Азизбегян.

Витя повернулся к Валерии.

— Ну, ты что там тормозишь все процессы? — недоуменно спросил он.

Валерия не пошевелилась.

Азизбегян опустил наконец-то обе руки с пистолетами, но тут Витя внезапно ударил его ногой в промежность и выхватил один пистолет.

— Не шевелиться! — проорал он, дико вращая глазами и поворачивая ствол пистолета то на меня, то на Азизбегяна.

Я и не собиралась шевелиться, в этом не было никакого смысла: спектакль продолжался, и раньше времени выбывать из зрительного зала ногами вперед я не собиралась.

Азизбегян, схватившись обеими руками за то место, на основании наличия которого ему в медицинских справках в графе «пол» всегда писали «муж», выронил второй пистолет и присел на корточки.

— Ой, козлы, кидалы! — простонал он.

Витя осторожно, не спуская с меня глаз, ногой отбил упавший второй пистолет и, тут только расслабившись, вытер пот со лба.

— Ну, вот, вроде, и все, — проговорил он, — да, Валерия?

— А я тебя сперва и не поняла, подумала, что у тебя крыша поехала, — обессилев от всех перипетий, едва выговорила Валерия. — Так меня напугал, мерзавец.

— Я тебе жизнь спас, — резонно напомнил Витя, — как бы ты выворачивалась без меня?

— Без тебя я бы не попала в такое положение! — вдруг зло выкрикнула Валерия. — Все было бы иначе без тебя!

— Это без твоего крысенка все было бы иначе! — рявкнул на нее Витя. — Это он нас всех подставил, а я тебе, сука, только что жизнь спас! Ты это поняла?!

Азизбегян в этот момент сделал попытку встать, но Витя молниеносно повернулся к нему и наставил на него пистолет.

— Ты уже труп, — спокойно сказал он, — не ухудшай своего положения.

— Куда уж хуже, сволочи, — постанывая, пробормотал Азизбегян и сел на пол, поглаживая ушибленное место.

— Ну, такой тебе расклад вышел, Вася, не обессудь, — добродушно пояснил Витя. — Честно, все замутилось, а потом ее хахаль, — он через плечо показал на Валерию, — скрысил наши деньги. Что нам оставалось делать?

— Он их не брал! — чуть не плача, сказала Валерия. — Он же сам это говорил!

— Молчи уж, — небрежно ответил ей Витя.

Он стоял и смотрел на Валерию.

— «Он их не брал», — передразнил он ее, — а куда же они делись? Значит, их сперла ты!

Витя, не убирая пистолета, нацеленного на Азизбегяна, присел перед капитаном на корточки.

— Тебе просто не повезло, братишка, — миролюбиво произнес он, — мы не думали тебя кидать, но нас самих кинули, причем просто и нагло, как лохов.

Азизбегян промолчал, и Витя, видимо, желая как-то оправдаться перед человеком, которого сейчас ему придется убить, быстро заговорил:

— Бабки вез я. Но после того, как Валерки не встретились с твоим волосатым пельменем, Валерка еще попрыгал, попробовал сам с ним связаться — не получилось. Вот тогда он, видимо, и решил нас всех кинуть и свалить. Он послал меня сначала в шашлычной знакомиться с байкерами, потом вечером их искать. Я возвращаюсь, глядь — а в моей машине денег-то и нет! Там Анька оставалась, но он ей свистнул в уши, что я ее зову, она и ушла. Короче, когда я поймал этого гада, денег при нем уже не было. Ну, там слово за слово, хреном по столу, короче, он пошел в отказ и все на Аньку катил, но я быстрее его пистолет выхватил. Такие дела. Валерка сожмурился, а денег-то мы так и не нашли.

Витя встал, размялся и прикрикнул на Валерию:

— Ну что ты расселась? Тащи веревки, какие есть! Мы сейчас свяжем обоих дружков и пусть потом расхлебывают как знают. Про нас Вася никому не скажет, а этой кошелке никто и не поверит.

Витя внимательно посмотрел на меня.

— Надавать бы тебе, милашка, по мордашке за твои прыжки, да времени нет. Сваливать пора.

Валерия нехотя сошла с кровати и направилась к своему чемодану. Витя, проявляя похвальную осторожность, наступил ногой на второй пистолет, отобранный у Азизбегяна, и искоса проследил за Валерией.

Аня все это время сидела молча, не пикнув, словно ее здесь и не было.

Я давно докурила свою сигарету и взяла вторую, решив, что мне молчать больше не стоит, и нужно попытаться попить немного крови из этой компании, а то что-то у них все слишком гладко получается.

— Послушай, Витя, — прокашлявшись, обратилась я к лжесутенеру, — а зачем же ты тогда ко мне на пляже подходил? Или понравилась?

Только в этот момент, после моих слов Анечка вдруг обнаружила свое присутствие.

Она дернулась в кресле и хрипловато крикнула какую-то глупость в мой адрес. Я, впрочем, не расслышала, что именно.

Витя ухмыльнулся и сказал еще более явную глупость:
— И не мечтай даже! Кому ты можешь понравиться? Валерка мне рассказал о какой-то девке, которая стояла на нашем перекрестке и спугнула Мандибулу, и попросил прощупать тебя. Я переговорил и понял, что у тебя мозгов как у курицы и опасаться нечего.

Я глубоко вздохнула, но, перетерпев бред явно психически нездорового мужчинки, спросила:
— Так это ты шарился в моих вещах, когда Валерия увела меня к себе после убийства Валерия?

— Ну! — утвердительно кивнул Витя. — Мысли же всякие сразу пошли. Даже подумали, что ты могла быть его сообщницей, иначе как объяснить, что ты оказалась на перекрестке в нужное время и на похожей машине? Как-то не верилось в случайность. А потом я и книжку твою забрал, чтобы следы запутать. Неплохо получилось.

Я немного подумала и решила начать свою вербальную атаку.

— А почему ты так уверен, что это не Анечка твоя забрала деньги?

Витя зло посмотрел на меня, Анечка что-то прошипела, но Витя цыкнул на нее и высокопарно ответил:
— Она — моя жена! Теперь ясно?

В этот момент к нему подошла Валерия, держа в руках моток бельевой веревки — очень ненадежная, кстати, вещь, если ею связывать человека: она растягивается так, что освобождение от ее пут — дело очень недолгого времени. Только нужно навык иметь.

— А ты знаешь, Витя, — медленно сказала я, выпуская дым к потолку, — незадолго перед тем, как раздались те два выстрела, я встретила твою Анечку: она несла в руках какой-то полиэтиленовый пакет. Закурить еще у меня попросила, помнишь, Аня? — с доброй улыбкой обратилась я к так и замеревшей при этих словах в кресле девушке. — Что же она такое несла? Тебе не интересно, Витя, или ты и так знаешь?

Валерия на секунду застыла с мотком веревки в руках, потом резко развернулась и изо всех сил запустила моток в Анечку.

— Это ты деньги украла, дрянь! — заорала она. — Ты, сука, а Валерка из-за тебя...

— Заткнись! — заорал Витя, замахиваясь на Валерию. — Не помнишь, что ли, дура, что твой Валерка ей все наврал? Вот она и взяла вещички и пошла...

Тут-то я головой вперед и выпрыгнула из своего кресла. Моей целью был захват пистолета из руки Вити, но если бы я знала, как оно все получится, то лучше бы продолжала сидеть в своем кресле и спокойно бы курить.

Витя отреагировал моментально, и я получила увесистый удар рукояткой пистолета по лбу.

Все закрутилось вокруг меня, потемнело в глазах, и я упала на пол. Кресло было гораздо мягче.

ЭПИЛОГ

Послышались тяжелые шаги, и спокойный голос Блендамеда произнес:

— Привет, полуночники!

Витя задергался с пистолетом в руках:

— Ты кто такой? Убью, не подходи!

Блендамед промолчал, за него ответили другие.

Зазвенели разбитые стекла, и во всех окнах появились короткие стволы автоматов.

— Краснодарский РУБОП, — пробасил Блендамед, представляясь, — все ваши базары уже на ленте, а если дернешься, позорник, станешь дырявым. Этого хочешь?

Витя затравленно оглянулся и, скрипнув зубами, уронил пистолет.

— Ну, наконец-то! — радостно воскликнул молчавший все это время Азизбегян, вскакивая с пола и счастливо улыбаясь.

Он подбежал к Блендамеду и стал совать ему в руки свои документы.

— Я капитан Азизбегян, следователь из РОВД. Проводил оперативную разработку наркоторговцев. Спасибо за помощь, ребята! Меня тут в заложники едва не взяли, и если бы не вы...

Домик наполнился знакомыми ребятами из окружения Блендамеда. Они быстро расставили всех нас по стенкам и начали проводить первичные обыски.

— Оперативная разработка, говоришь? — снова услышала я голос Блендамеда. — А Мандибулу своего ты пристрелил тоже по разработке? Врешь, сука, ты боялся, что он лишнего наболтает в непонятках!

Я почувствовала сзади прикосновение чьих-то рук. Но прикосновение было весьма непохожим на поиски оружия. Я в удивлении обернулась.

Блендамед, застенчиво улыбаясь, произнес:

— Вы можете идти к себе, Татьяна Александровна. Все ваши вещи на месте. Вот только проводить вас не смогу, но могу выделить охрану.

Я внимательно взглянула на Блендамеда.

— Знаете, наверное, никому другому я не доверюсь. Раз так получается, пойду лучше одна.

Словно в тумане, я вышла из домика, где происходило так много интересных разговоров и событий, добралась до своего одинокого пристанища и, из последних сил приняв душ — не могу же я сказать «приняв кран», хотя так оно и было на самом деле, — я упала на кровать и уснула, почти приняв твердое решение завтра же уехать из этого кемпинга куда-нибудь поближе к своей квартире.

Мое пробуждение было тяжелым.

Я долго не желала открывать глаза и морщилась от яркого солнца, светившего прямо в лицо.

Доморщилась до того, что чья-то рука задернула занавеску, и мне сразу полегчало. Только тогда я решилась открыть глаза исключительно из кратковременного приступа любопытства.

Передо мной стоял Блендамед и улыбался.

Я задумчиво посмотрела на него, потом, опустив глаза, взглянула на себя.

Ложась спать накануне после «душа» из крана, я накрылась только одной простыней, и теперь она лежала, вся сбитая в комок, в дальнем углу дивана.

Я осмотрела себя, и зрелище сие возражений у меня не вызвало. Тогда я перевела взгляд на Блендамеда.

— Ты долго собираешься стоять? — спросила я у него.

— Не-ет... — проговорил Блендамед. — А что нужно делать?

Я не стала отвечать этому большому ребенку и, пожав плечами, лениво посоветовала ему подумать еще пару часиков, после чего закрыла глаза и немного отодвинулась от края дивана — чтобы не упасть случайно, если придется снова уснуть.

Блендамеду много времени не понадобилось — наверное, он его уже имел раньше, пока я спала, и все понял сам.

То, что происходило в последующие сутки, не имеет совершенно никакого отношения к моему пребыванию в кемпинге, потому что из своего домика я не выходила.

На следующий день, провожая Блендамеда, уезжающего в Краснодар на своей машине, я заметила, что, пожалуй, кое-что может заставить одинокую девушку примириться с этими широтами.

Посмотрев вслед скрывшейся машине Блендамеда, я обернулась к кемпингу и не поверила своим глазам: передо мною стоял Володька Степанов собственной персоной, только без формы и фуражки. Вместо них он был одет во что-то короткое и легкомысленное, разрисованное попугаями.

— Ты откуда взялся, опер? — спросила я его в совершенном обалдении. — Или ты перепутал направления? Тебе, кажется, надо было ехать совсем в другую сторону.

— Я и поехал в другую сторону, — ответил он, — а потом с дороги позвонил ребятам, а они меня и огорошили тем, что на тебя пришла ориентировка из Сочи. Наврав жене про вызов, примчался сюда: я уже в курсе всех событий. Как себя чувствуешь, Танька?

Володька подошел ко мне и обнял за плечи.

Я не выдержала и расплакалась, уткнувшись ему в плечо, будучи не в силах ничего вымолвить.

Володька осторожно погладил меня по спине.

— А кто это был? — спросил он.

Я шмыгнула носом.

— Старший лейтенант Зубов из Краснодарского РУБОПа! — воскликнула я. — Кто же это еще может быть? А ты где остановился?

— Пока еще нигде, я только что приехал, — ответил Володька и поцеловал меня в лоб.

— Слава богу! — воскликнула я. — Ты идешь ко мне! Хоть за все это время я, может быть, спокойно усну наконец не одна!

— Да? — спросил Володька каким-то странным тоном.

Я подняла на него удивленные глаза.

— Клянусь! — сказала я чистую правду, и он, конечно, не смог мне не поверить.

Взяв Володьку под руку, я медленно пошла с ним к своему домику.

У дома Петровича нас лениво облаял седой кабыздох.

Посмотрев на него, я отстранилась от Володьки и подошла к собачьей будке, стоящей возле директорского дома.

— Что случилось? — спросил Володька, не понявший моего маневра.

Почесав затылок, я вспомнила промелькнувшего как-то ночью у меня на глазах Валерия, вздохнула и, нагнувшись, встала на четыре точки.

— Танька, что с тобой? — тихо спросил Володька, подбегая ко мне. — Только не говори, что ты здесь живешь!

— Пошел к черту, — послала я его и сунула руку в будку.

Почти сразу же нащупав «дипломат», я вынула его из будки, и радостная псина, чуть ли не оттолкнув меня, тут же залезла в свое жилище.

Володька присел рядом со мною.

— Что это? — строго спросил он, мгновенно вспоминая свой служебный долг.

— Увы, — ответила я, — чует мое сердце, что из-за этого «дипломата» мне придется перетьcя в Краснодар и давать показания старлею Зубову. Но все это будет завтра. Пошли, я так рада тебя видеть!

Кирпич на голову

ПОВЕСТЬ

Глава 1

Люблю свою работу за полное отсутствие начальников. Никто не указывает мне, как я должна себя вести и чем заниматься. Никто не делает мне выговоров, не вызывает на ковер, не грозит увольнением. Никто не начисляет смехотворно крошечную зарплату и не предоставляет заслуженный отпуск в феврале.

Всем вышеперечисленным я занимаюсь самостоятельно, и, как мне кажется, весьма успешно. По крайней мере, демонстраций протеста, голодовок и забастовок не устраивала ни разу.

В данный момент я предоставила себе очередной, пятый с начала года, заслуженный отпуск. Последнее дело, несложное и прибыльное, я завершила около недели назад. Новых загадочных преступлений, достойных вмешательства частного детектива, мои сограждане пока не совершили. Значит, я имею полное право отдохнуть, если не на Багамах, то хотя бы в бассейне и тренажерном зале.

Поздняя весна радовала сердце цветущими деревьями, теплым солнышком и безоблачным ярко-синим небом. Я шла по тротуару, насвистывая модный мотивчик, помахивая сумкой со спортивной одеждой и поглядывая по сторонам. Жизнь казалась если не сказкой, то вполне удачной выдумкой.

Предчувствие обожгло меня, словно внезапно вспыхнувший из еле тлевшей искры костер, и я даже сама не поняла, почему прыгнула вперед, притом в сторону, пригнувшись и закрывая лицо руками. В следующий момент в полуметре от меня оглушительно громыхнуло. Поднялась туча пыли, брызнули осколки.

Я отбежала еще на несколько метров, прежде чем решила оглянуться, и не поверила своим глазам: расколов асфальт на пару извилистых трещин и разбившись на куски, на тротуаре валялся обыкновенный кирпич.

— Девушка, вы не пострадали?

Ко мне спешила толстая задыхающаяся бабуля, таща на поводке не менее упитанного пекинеса. Других свидетелей происшествия не наблюдалось.

— И как это вы успели отскочить?! — с трудом отдышавшись, заметила добрая женщина. — Я думала, насмерть зашибет. Ой! Кровь!

Я нащупала на лбу неглубокую царапину, из которой тоненьким ручейком текла кровь, достала платок и приложила к ране. Моя невозмутимость задела бабулю, и она разразилась многословной речью, суть которой состояла в том, что власти в городе окончательно распоясались, а демократы скоро доведут страну до вымирания.

— Все улицы тонут в мусоре, он даже с крыш на голову людям падает! Вам надо жалобу написать в правительство и потребовать возмещения морального и телесного ущерба.

Я молча разглядывала улицу, близлежащие дома, редких прохожих, выныривавших из ближайшего переулка и бросавших в мою сторону беглый взгляд.

— У вас, наверное, шок, — раздраженно предположила бабка, не дождавшись от меня ответа. — Могу вызвать «Скорую» или в травмопункт проводить.

— Спасибо, не стоит, — рассеянно улыбнулась я. — Подумаешь, кирпич на голову упал. С кем не бывает?

— Нельзя же оставить все как есть! Надо наказать виновных!

— Точно, — согласилась я. — Вы никого на крыше не заметили?

— Какой же дурак туда полезет? Там ограждений нет, а поверхность наклонная. Недолго и шею себе свернуть.

Я опять согласилась, опять поблагодарила, сердечно попрощалась и отправилась на злополучную крышу, оставив бабулю с собачкой на изуродованной мостовой ругать власти, мафию и строителей.

Любой другой человек на моем месте пожал бы плечами, махнул рукой и сказал: «Несчастный случай». Но я в случайности не верю. Если кирпичи падают, значит, это кому-то нужно. Знакомых, мечтающих увидеть мою фотографию в черной газетной рамочке и способных на активные действия для осуществления мечты, у меня предостаточно. Другое дело, что способ выбран оригинальный. Не автоматная очередь и контрольный выстрел в затылок, а какой-то дурацкий кирпич!

В том, что на мою жизнь совершено покушение, сомнений не было. Остается выяснить, кто этот злоумышленник и как его можно обезвредить.

Чердак поразил меня чистотой и ухоженностью. Жильцы верхних квартир приспособились сушить там белье, а оно не любит грязи и пыли. Жаль! Негде было отпечататься следам преступника. На самой крыше мне также не удалось отыскать ни одной зацепки. В нескольких местах лежали кирпичи, но сдвинуть их с места и докатить до края крыши мог лишь ураганный порыв ветра или... человек.

Полчаса пришлось потратить на расспросы бабушек во дворе. Бесполезно. Никто ничего не видел, не слышал и за входящими-выходящими не следил.

Домой я шла, точнее, продвигалась короткими перебежками, зигзагами пересекая открытые пространства, замирая за деревьями и фонарями, сторонясь как пешеходов, так и автомобилей. Впечатление я, должно быть, производила неизгладимое, но, как говорится в мудрой рекламе, имидж — ничто!

Позволила себе расслабиться, лишь когда переступила порог квартиры и защелкнула сейфовый замок на стальной двери. Заварила крепкого кофе, зажгла сигарету и задумалась.

За прошедшие годы моя жизнь не раз висела на волоске, но почти всегда я знала, откуда ждать неприятностей: в процессе расследования преступления всегда становишься мишенью для гнева, злобы и пуль. Бывало, предавали и заманивали в ловушку свои же товарищи или же наниматели, ведущие двойную игру, даже мужчины, изображавшие из себя влюбленных поклонников.

В дни, когда я занималась нелегким трудом сыщика, все чувства обострялись, организм функционировал в аварийном режиме, мгновенно реагируя на возможную опасность. В дни безделья, подобные сегодняшнему, моя бдительность притуплялась, а уязвимость пропорционально возрастала. Вот кто-то и догадался воспользоваться моей беспечностью.

Я выкинула окурок. Возможно, я страдаю паранойей, но почему-то мне кажется, что мой противник умен, умеет ждать и сильно меня ненавидит. Если я не узнаю, кто он, то умру.

Внезапно зазвонил телефон. Я вздрогнула и поежилась. Еще час назад телефонный звонок не вызвал бы у меня никаких эмоций. А теперь нервишки шалят, мерещится что-то...

— Алло.

На противоположном конце провода молчали.

— Алло! — повысила я тон. — Говорите, или кладу трубку!

Раздался какой-то шорох, шип, смешок. Затем возник тихий, бесцветный и бесполый голос.

— Ты скоро умрешь... — невыразительно протянул он.

— Кто говорит? Что за глупые шутки!

Ответом были короткие гудки.

Глава 2

Я провела рукой по вспотевшему лбу. Телефон у меня с определителем номера, но номер звонившего не зафиксировался — почти наверняка звонили из уличной будки.

Полезла в сумку за платком и наткнулась на мешочек с гадальными костями. Достала их, согрела в ладонях, пристально вглядываясь в стертые от постоянного использования грани. Догадываюсь, что они могут мне сказать, о чем поведать: мы вместе уже так долго, что научились понимать друг друга. Их прогнозы, советы, предупреждения, оценки людей и отношений не раз помогали мне принять правильное решение в запутаннейших делах.

Я раскрыла ладони. Кости глухо звякнули о стол, собрались было раскатиться в разные стороны, но отчего-то передумали и замерли: 24+33+4. «Вы окажетесь беззащитны перед чьим-то изощренным коварством».

Так я и предполагала! Нет уж, пассивной жертвы от меня не дождетесь! Для начала побарахтаемся. Лихорадочно набрала номер рабочего телефона знакомого следователя.

— Мельников? Привет, Пинкертон!
— От Пинкертона слышу.

По голосу приятеля чувствовалось, что я попала не вовремя. Скорее всего, начальство лютует, требует повысить раскрываемость.

— Не грусти. У меня всего один вопрос.
— Знаем мы ваши вопросы, — проворчал Андрей. — Кто убил Кеннеди да где золото партии...

Шутит, значит, трубку не бросит, поможет.

— Кто-нибудь из тех, кого я посадила за решетку, вышел на свободу? Скажем, за последние две-три недели.

Мельников хмыкнул.

— Понятия не имею. Но могу узнать. Что это ты забеспокоилась? Кирпич на голову упал?
— Какая проницательность! — сердито буркнула я. — Перезвоню через полчаса.

Полчаса я пыталась составить список лиц, которые попали в тюрьму благодаря моей правоохранительной деятельности. Плюс список их родственников и друзей — кого удалось вспомнить. Чем больше имен и фамилий появлялось на бумаге, тем сильнее крепла во мне уверенность, что я попусту трачу время.

Перезвонивший вскоре Мельников ничего утешительного не сообщил.

— Все сидят там, куда посажены, — сострил он. — Может, объяснишь, какие у тебя проблемы?
— Если у тебя есть проблемы, следовательно, ты еще жив! — отшутилась я. — Появятся новости — звони.

Вторым, к кому я обратилась, был старый уголовник,

вор в законе, носивший краткую кличку Крюк. На мой звонок он отреагировал так же, как и следователь, — безрадостно.

— Иванова! — прохрипело в трубке. — Опять ты! Дай хоть помереть спокойно!

— И не надейтесь, Иван Дмитриевич. Придется помучиться.

— Говори, — оборвал он меня.

Я начала издалека.

— Вы человек в уголовной среде известный и уважаемый. Так или иначе, вы всегда в курсе криминальной жизни нашего города, всех крупных преступлений, бывших и будущих, только обдумываемых...

— Ну? — польщенно кашлянул старый вор.

— Меня кто-нибудь хочет убить? — перешла я к сути вопроса.

Крюк молчал. Я его не торопила.

— Хотят-то многие, да руки коротки.

— А поконкретнее?

— Ничего конкретного нет, — твердо ответил Крюк. — Среди нашей братии можешь не искать, покушений на тебя никто не готовит. Языком чесать многие горазды, крови ты народу изрядно попортила, но брехать — не ножом махать.

— Спасибо, успокоил, — вздохнула я.

— Тебе охрана не нужна? Могу устроить.

— Не надо, сама разберусь.

Не люблю быть кому-то обязанной, тем более матерому уголовнику, который, дай только возможность, никогда ее не упустит, чтобы использовать меня в своих интересах.

Я сидела, невидящим взглядом уставившись в окно. Коварный враг притаился где-то рядом, следит за мной, готовит новые кирпичи... Мне стало смешно. Представила злоумышленника в черном плаще и чулке, надетом на голову, крадущегося по крыше с огромным рюкзаком, набитым кирпичами.

Мой коварный враг не профессиональный убийца и преступник. Это радует. Но он наверняка связан с каким-то делом, которое я расследовала. Вне работы я человек мирный, добрый и неконфликтный. Недоброжелателей среди соседей или друзей не имею.

Неделю назад я успешно завершила дело Александра Самуиловича Гольдберга, старого хитрющего еврея, имеющего процветающий аптечный бизнес. Помню нашу первую встречу: Александр Самуилович, смертельно напуганный, ни секунды не мог пробыть на одном месте, дергался, трясся, вздрагивал и заикался — мы прогуливались тогда по тенистым аллеям городского парка среди многочисленных мам и бабушек с чадами, вопящими в колясках.

Подслушать нашу беседу было практически невозможно, но мой перепуганный клиент каждое свое слово произносил свистящим шепотом прямо мне в ухо, для чего из-за значительной разницы в росте ему приходилось подпрыгивать, а мне приседать. В результате мы привлекали к себе больше внимания, чем прочие прогуливающиеся.

— Меня хотят убить! — в который раз ужасался старичок.

— Ничего страшного, — в который раз терпеливо отвечала я. — Припомните какие-нибудь факты.

— Во-первых, я нутром чую опасность, — достигла меня очередная волна шепота. — А во-вторых, в моей гибели заинтересовано очень много людей.

— Мне нужны факты!

— Тише! Нас могут подслушать.

Таким образом мы общались около двух часов, и мне удалось раздобыть следующие сведения: в пузырьках с сердечным лекарством, которое мой клиент глотал горстями, и снотворным поменяли этикетки; в растворимый кофе подсыпали какой-то белый порошок; в ванну запустили огромного страшного паука, чуть не спровоцировав у моего клиента инфаркт. Кроме того, Александр Самуилович привел еще с десяток различных подозрительных, с его точки зрения, эпизодов и событий.

Я устало покачала головой. Нарисованная картина свидетельствовала скорее о параноидальном складе характера клиента, нежели о реальной угрозе.

— Теперь расскажите мне о тех, кому выгодна ваша смерть, — прервала я бесконечный перечень «фактов».

Старик задрожал и втянул голову в плечи.

— О! Я окружён врагами!

Через час, исключительно благодаря моему терпению и упрямству, список врагов Александра Самуиловича увидел свет. Пункт первый: молодая красавица-жена Виолетта. Она работала в филиале главной аптеки продавщицей, в пятый раз пыталась поступить в медицинский институт или хотя бы в училище, но проваливалась в силу врождённой тупости и лени. С помощью Гольдберга ей удалось попасть на лечебный факультет меда, но проучилась она недолго: обнаружив, что надо хоть изредка читать учебники и посещать лекции, решила стать домохозяйкой. После свадьбы с престарелым бизнесменом девушка днями пропадала по салонам красоты и подругам, предоставив заботу о быте приходящим уборщицам и кухаркам.

Пункт второй: дети, коих у Александра Самуиловича было аж трое. Сын и дочь от первого брака и незаконнорождённый мальчик — плод первой любви. Мальчику было уже под тридцать, звали его Львом, и он имел свой собственный бизнес в оптовой торговле. Гольдберг давным-давно официально признал Льва, познакомил со своей семьёй и всячески помогал.

Законные дети, Пётр и Анна, по стопам отца не пошли. Сын преподавал в сельскохозяйственной академии и частенько занимал деньжат до получки, так как содержать семью на зарплату ассистента кафедры было весьма затруднительно. А семья его стремительно увеличивалась: год назад у Александра Самуиловича появился второй внук. Старик с радостью помогал, но не оставлял надежды, что когда-нибудь Пётр бросит науку и продолжит его аптечное дело.

Анна училась в консерватории и мужа нашла себе там же. Детей у них пока не было, как, впрочем, финансов и перспектив на будущее.

Пункт третий: первая жена Александра Самуиловича, Мария Сергеевна. Расстались они почти двадцать лет назад, но продолжали люто друг друга ненавидеть по множеству непонятных постороннему причин. Из-за общих детей приходилось довольно часто встречаться, причем каждая встреча заканчивалась ссорой, руганью и взаимными обидами. Мой клиент считал, что Мария Сергеевна может пытаться убить его исключительно из вредности и злобы, ведь в материальном плане от смерти бывшего мужа она ничего не выигрывала.

Кроме того, я выяснила, что в промежутке между Марией и Виолеттой Гольдберг был женат на некой Дине Пушиной. «Ей были нужны лишь мои деньги!» — жаловался Александр Самуилович. Детей нажить они не успели и довольно мирно расстались лет десять назад. Ее мой клиент не подозревал, но чем черт не шутит! Я взяла Пушину на заметку.

Опасения Гольдберга показались мне не лишенными основания, и я пожелала познакомиться со всеми участниками драмы лично, чем вызвала резко отрицательную реакцию нанимателя.

— Ни за что! — истерически вскричал он. — Узнав про частного детектива, они могут подумать бог знает что! Решат, я им не доверяю! Обидятся! Расстроятся! Отвернутся от меня! Вы хотите разрушить мир и спокойствие среди моих близких? Нет! Только не это!

— Не волнуйтесь так. — Я соображала, как можно по-другому подступиться к ближайшему окружению клиента. — Представьте меня своей знакомой, партнером по бизнесу...

— Они подумают, вы — моя любовница!

— Хорошо. Тогда предположим, я — ваша дальняя родственница, приехавшая погостить из какой-нибудь глубинки.

Александр Самуилович почесал свою блестящую лысину.

— Неплохо... Но мне пришла в голову идея получше. Ведь ваше отчество Александровна?

— Да, — подтвердила я.

— Тогда почему бы мне не представить вас моей внебрачной дочерью, которую я долго искал и наконец обрел?

Я рассмеялась.

— По-моему, как раз эта новость наверняка разрушит мир и спокойствие среди ваших родственников.

— Они уже привыкли к моим выходкам. Когда я знакомил их с Левой, проблем не возникло.

— Но мы с вами совсем не похожи!

Гольдберг пожал плечами.

— Неужели вы предполагаете, что у моей доченьки Анечки имеется моя лысина, бородка, живот и куча морщин? Ваши светлые волосы отнесем к достижениям химической промышленности.

— Я — натуральная блондинка! — притворно возмутилась я, но идея хитроумного старика мне понравилась.

— Если других возражений нет, предлагаю подробнее обсудить легенду, дабы не проколоться на мелочах.

Мы придумали историю моего зачатия во время одной из командировок Гольдберга в районные центры. Моя мать якобы сообщила ему о моем рождении много лет спустя, когда я приехала в Тарасов поступать в институт. Мы изредка встречались, но я негативно относилась как к самому Александру Самуиловичу, так и к его предложениям познакомить меня с семьей. Постепенно я сменила гнев на милость и согласилась повстречаться со сводными братьями и сестрой.

— Великолепно! — подытожил «папочка». — У меня с души камень упадет, если вы одобрите еще одно мое маленькое предложение.

Я насторожилась.

— Смотря какое. И говорите мне «ты».

— Чудесно! — Гольдберг, начавший было говорить нормальным голосом, опять перешел на шепот. — Я объявлю своим родственничкам, что сделал тебя единственной наследницей.

— Зачем? — ошарашенно пробормотала я.

— Естественно, для того, чтобы обезопасить свою жизнь. Они перестанут на меня покушаться, как только поймут, что денежки уплыли от них в чужие руки. И наоборот, будут стараться завоевать мое расположение, пока я жив и здоров, — авось перепишу завещание в их пользу.

— Не пойму, к чему весь этот сыр-бор? Завещайте свое состояние какому-нибудь фонду защиты животных и живите припеваючи, не дрожа за свою безопасность.

— Никогда! — возмущенно прошипел Александр Самуилович. — Я люблю мою жену и всех моих детей! После моей смерти мои сбережения будут разделены между ними по закону и по справедливости. Единственное, что я хочу, так это пожить несколько лет, окруженный любовью и заботой, и скончаться в собственной постели от физиологических причин.

Мне пришлось согласиться на его условия.

В следующие дни я познакомилась со всеми членами семьи. Мое появление они восприняли если не радостно, то уж, во всяком случае, с философским спокойствием. К известию о написании завещания на мое имя отнеслись так, как и предсказывал Гольдберг: удвоили усилия для возвращения отцовского расположения. Какие-либо «покушения», со слов моего клиента, прекратились.

Разгадать загадку оказалось проще простого. Поговорила с приходящей прислугой, составила примерный график посещений квартиры Гольдберга, выяснила алиби подозреваемых во время самых серьезных и опасных происшествий.

Через пару дней я абсолютно точно знала, кто замыслил убийство. Все нити вели к молодой красавице-жене Виолетте. У нее были и время, и мотивы, и возможности для осуществления своего замысла. Дабы доказать ее виновность, я разыграла целый спектакль. Единственный зритель — Александр Самуилович — прятался за портьерами.

Довольно легко я вызвала циничную девицу на откровенный разговор, пообещав поделиться завещанным мне наследством, если она поможет ускорить кончину старика.

— Этим я и занималась, пока ты не свалилась как снег

на голову, — ухмыльнулась Виолетта. — Слегка травила, провоцировала сердечный приступ и прочее.

— Тебе пришлось бы поделиться деньгами с его детьми, — заметила я. — Или они были в курсе происходящего?

— Нет, я действовала на свой страх и риск, — горделиво похвасталась беспощадная женушка. — Теперь прикончить Сашеньку сам бог велел: я получу не кусочек, а половину его состояния!

В этот момент Сашенька покинул свое убежище и, меча громы и молнии, тотчас выгнал Виолетту из дома и из собственной жизни.

Когда я получала вознаграждение за услуги, Александр Самуилович достал еще один конверт и положил его поверх первого.

— В нем тысяча баксов. Исполнишь мою последнюю просьбу — и он твой.

— Если она столь же разумна, как и предыдущие...

— Татьяна Александровна! — Подчеркивая торжественность момента, Гольдберг опять перешел на «вы». — Прошу вас, что бы ни случилось, с кем бы вы ни встретились, не открывать нашу тайну! Останьтесь моей дочерью еще на месяц. За это время я успею развестись с Виолеттой и разобраться с другими вопросами.

Я подумала и забрала оба конверта. Не этот ли поступок причина моих нынешних бед? Возможно, меня пытаются убрать как наследницу богатств Гольдберга?

В мои мысли требовательно вмешался телефонный звонок.

Глава 3

Трубку брать не хотелось — скорее всего, снова маньяк балуется. С другой стороны, не брать ее — трусость. Я тихонько выругалась и подошла к телефонному аппарату.

— Алло!

Тишина.

— Безобразие! Вы меня не...

— Таня? Прости, не сразу узнал твой голос. Это Роман.

Я почувствовала, как краска заливает лицо. С Ромой Зайдиным я познакомилась во время недавнего расследования. Он был адвокатом Гольдберга и, несмотря на молодость, пользовался его огромным уважением. Мы понравились друг другу с первого взгляда и встречались почти каждый вечер, ужинали в маленьких уютных ресторанчиках, гуляли по улицам — с ним было легко. Я представляла, какой неожиданностью будет через месяц для Ромы мое признание, что я не дочь Гольдберга. Хотя, возможно, он уже обо всем догадался. Пару раз я случайно упоминала, чем занимаюсь в свободное от отдыха время.

— Алло! Таня! Ты меня слышишь?

— Слышу, — тихо выдохнула я, припоминая, как вопила в трубку минуту назад.

— Тебе никто из родственников не звонил?

— Нет.

— Тогда я первый сообщу тебе эту ужасную новость...

Сердце сжалось от дурного предчувствия.

— Что-то с... папой?

— Да. Ты, главное, не волнуйся! Он сильный, он выкарабкается.

— Рома, не тяни, что с ним случилось?

Неужели убийцы добрались до старика Гольдберга?!

— Он в первой клинической больнице, в реанимации кардиологического отделения. Обширный инфаркт миокарда.

— Но он жив?

— Да, хотя состояние очень тяжелое. Постоянно теряет сознание.

— Кто его обнаружил?

— Я. Заехал уточнить кое-какие вопросы, а он не открывает, хотя должен был ждать. Вызвал домоуправа, слесаря, и они открыли дверь. Александр Самуилович лежал ничком на ковре в своем кабинете. Я вызвал «Скорую» и отвез его в больницу.

— Он хотел меня видеть?

— Он двух слов связно сказать не может, но тебе, само собой, надо к нему съездить, проведать.

Крохотная проблемка, микроскопическая: из дома выходить не хочется. Там, вне родных стен, кирпичи на голову падают. Роман истолковал мое молчание по-своему.

— Я знаю, вы с ним не в ладах были, но сейчас не тот случай, чтобы помнить о разногласиях.

— А ты приедешь в больницу? — с надеждой спросила я.

— Я уже там сегодня был. Солнышко, я бы с радостью поддержал тебя в такой тяжелый момент, но дел выше крыши. Давай, как договаривались, я подъеду к тебе часиков в семь. Успеешь вернуться?

Вот так всегда, расстроенно думала я, одеваясь. Когда мужчина нужен, у него находится масса причин для отсутствия. К семи часам от меня может остаться расплющенная кирпичами лепешка. Любопытно, если бы я сказала Роману о покушении на меня, он бы приехал?

Вооружилась я по полной программе, рассовав различные ранящие и калечащие предметы по одежде, обуви и сумке. Попробуй тронь! Слабонервным не советую.

В подъезде и во дворе обошлось без сюрпризов. Прежде чем сесть в машину, я ее тщательно обследовала на наличие взрывчатых веществ. Таковых не нашлось, видно, возможности моих врагов ограничены строительным мусором.

Больница располагалась на окраине города, в окружении роскошного разросшегося парка. На территорию проезжать не разрешалось, поэтому «девятку» пришлось бросить на стоянке возле центрального входа. Солнце клонилось к горизонту, от деревьев падали причудливые тени, и за каждым стволом мне мерещились злодеи. Надо постараться вернуться до того, как стемнеет.

Но этому намерению не суждено было осуществиться. С первой минуты пребывания в больнице на моем пути стали возникать препятствия. Во-первых, приемные часы закончились, и мне стоило большого труда убедить охранников впустить меня внутрь, а затем — с еще большим трудом — избежать обыска. Представляю, как обрадовалась бы охрана, мечтающая захватить какого-нибудь чеченского террориста, обнаружив в моей сумке и в карманах целый арсенал!

Следующим препятствием стали зловредные нянечки, поймавшие меня на отсутствии халата и сменной обуви. Жалобная история об умирающем отце, пожелавшем попрощаться с блудной дочерью, отыскала лазейки в их закаленных сердцах. Мне под честное слово были выданы рваные калоши и дырявый халат пятьдесят шестого размера, скорее бурого, чем белого цвета. Под таким одеянием можно танк спрятать, а не только пистолет или шприц с ядом. Александру Самуиловичу грозит нешуточная опасность, если кто-то соберется ускорить его переход с этого света на тот.

Последнее препятствие — медсестру реанимации кардиологического отделения — с ходу преодолеть не удалось. Я наткнулась на нее почти у самых дверей палаты, где ныне обитал Гольдберг.

— Куда? Куда?! — раз от раза громче закудахтала медсестра, надвигаясь на меня всей своей внушительной массой. Ей бы мой халатик пришелся впору.

Я заученно бормотала сказку про папу и дочку, но она даже вида не сделала, что слушает.

— А ну быстро отсюда!

Пятясь назад, я ловко увернулась от лап бабищи, пытавшихся схватить меня за шкирку.

— Имею право!..

— Ты мне тут повыступай! Пигалица драная!

— Да как вы смеете!

Мы допятились до ординаторской, из которой выглянул дежурный врач, молодой и симпатичный.

— Розочка, что происходит?

С ним договориться будет попроще. Я рухнула на вовремя подставленные руки мужчины и простонала:

— Мне плохо... Сердце колет и голова кружится.

— Давление, наверное, упало.

Меня уложили на диванчик, снабдили стаканом с

водой и какой-то таблеткой. Я с дрожью и слезой в голосе поведала, зачем явилась в больницу на ночь глядя. Врач придерживался более либеральных взглядов, чем его подчиненная, маячившая невдалеке и неодобрительно покачивавшая головой.

— Состояние у Гольдберга очень тяжелое, я бы даже сказал, критическое. Он загружен лекарствами и сейчас спит. Но вы правильно сделали, что приехали. Успеете попрощаться.

— Надежды на выздоровление нет?

Врач помялся.

— На моей памяти были случаи, когда пациенты, стоявшие обеими ногами в могиле, выкарабкивались. Все зависит от возраста, желания выжить и судьбы.

— Папа очень любил жизнь!

— Судя по количеству жен и детей, перебывавших сегодня в нашем отделении, — усмехнулся врач, — это действительно так. Если начистоту, я бы дал вашему отцу один шанс из пяти-семи, что он будет жить.

Я искренне обрадовалась: один из пяти — не один из тысячи, поэтому я схватила и затрясла руку доброго эскулапа.

— Спасибо! Вы меня обнадежили!

— А я-то думал, наоборот, огорчу, — засмеялся врач и продолжил игривым тоном: — Вы завтра вечером чем заняты?

Пока я хлопала глазами и глупо улыбалась, ища помягче формулировку для отказа, в разговор вмешалась Розочка.

— Борь! Последнюю совесть потерял! Не слушайте его, девушка! У него жена и двое детей мал-мала меньше.

— Розка! Ну ты и... — возмутился парень. — Молчала бы, сама с хирургами хвостом крутишь, плевала на мужа...

Я поспешила встать и откланяться.

— Пойду с папой попрощаюсь... тьфу, пообщаюсь.

Даже в коридоре до меня донеслись громкие и сердитые голоса покинутых медработников, зато на этот раз никто не помешал мне проникнуть в палату к Гольдбергу.

Он лежал один, вокруг громоздилась попискивающая и посверкивающая огонечками аппаратура. Александр Самуилович, обцепленный датчиками и катетерами, выглядел маленьким и жалким. Я подошла и села рядом.

В моей груди теснились самые разные чувства и эмоции. Я ощущала себя в какой-то степени виноватой за теперешнее состояние моего бывшего клиента. Вдруг я неправильно угадала покушавшуюся на него? Или, сконцентрировавшись на Виолетте, упустила из внимания других возможных преступников? Не слишком ли я поспешила с выводами? Поспешила закрыть «легкое дело»?

Теперь я и сама стала жертвой. И возможно, в опасности, нависшей над моей жизнью, немалую роль сыграла просьба старика выдать меня за дочь и наследницу. Значит, источник наших бед может быть один. Найду покушавшихся на «папу», сама смогу спать спокойно. Ах как жаль, что он без сознания!

— Таня...

Я вздрогнула и уставилась на бледное лицо Александра Самуиловича. Глаза его приоткрылись, губы беззвучно шевелились. Для того чтобы хоть что-то расслышать, я наклонилась над постелью.

— Да, это я, ваша самозваная дочка.
— Я знал... Ты должна была прийти...
— Как вы здесь оказались? Не напрягайтесь, я буду спрашивать, а вы односложно отвечайте.

Старик хитро прищурился.

— Я слаб, но еще жив... Когда приходили остальные... и врачи... притворялся полутрупом... Усыпить их бдительность...
— Прекрасная тактика! Но перетруждаться все же не стоит. У докторов перед глазами показания техники, анализы. Вряд ли они сильно ошибаются. Итак, вы успели развестись?
— Нет, хотя Рома подготовил все бумаги...
— У вас был брачный контракт?
— Да.

— Сейчас задержка произошла из-за несогласия Виолетты?

— Я дал ей хорошего отступного... Нужна лишь ее подпись... Юридически все улажено...

— Понятно. Она где-то прячется от адвокатов?

— Да.

Опять подозрение падает на Виолетту. Убрав меня, а затем престарелого мужа, с которым не успела развестись, она вновь входит в круг наследников.

— Александр Самуилович, из-за чего у вас случился приступ? Что его спровоцировало?

— Сегодня утром мне пришло письмо... Анонимное.

— Кажется, я догадываюсь, какое у него было содержание.

— Всего три слова... «Ты скоро умрешь».

Я непроизвольно сжала кулаки. Мои догадки полностью подтвердились.

— Я собрался позвонить тебе... Не успел. В груди словно что-то взорвалось... Упал и потерял сознание.

— Где письмо?

— Не знаю. Очнулся я уже в больнице.

Откуда злоумышленники могли знать, какое действие возымеет их послание?

— Вы до этого плохо себя чувствовали?

— Да. Поведение Виолетты меня доконало...

— Вы получаете и просматриваете почту по утрам?

— Да. Обычно около десяти...

Неувязочка: если бы Гольдберг скончался при прочтении анонимки, его состояние досталось бы мне, по мнению всех его родственников. Покушаться на меня в три часа дня бессмысленно — моей наследницей является мать, она-то и получила бы все денежки. Или я обязана была успеть официально вступить в наследование? Сложный вопрос. Надо проконсультироваться у Романа.

— Таня, — устало прошептал Гольдберг. — Найди мою женушку раньше, чем она... меня убьет.

Если это действительно она. Но отыскать ее надо будет обязательно. К Виолетте накопилось много вопросов.

— Держитесь, Александр Самуилович! Ваш доктор сказал: у вас полно шансов.

— Об оплате не беспокойся. Пришли ко мне Ромку, составим контракт...

Практичный человек. Даже при смерти думает о бумагах.

— Теперь-то я могу рассказать правду? Представиться частным сыщиком?

— Ни в коем случае! — слабо вскрикнул старик. — Тогда меня решит убрать не только жена... Наш договор остается в силе. Вы — моя единственная наследница...

— Здорово! — возмутилась я, но вовремя придержала язык. Не хватает еще проболтаться о покушении. Гольдберг может разнервничаться и отдать концы прямо у меня на руках.

— Танечка, — жалобно заныл мой «папочка». — Возможно, ты слышишь мою последнюю просьбу...

— А вдруг вы правда умрете? — бесцеремонно спросила я. — Меня ваши детки по судам затаскают.

Больной помолчал пару минут, размышляя, но вынужден был признать мою правоту.

— Ладно. Когда я умру, можешь рассекретиться. Но не раньше.

— Не нравится мне это, — проворчала я.

— Ключ от моей квартиры есть у Пети... Возьмешь, пороешься там. Где-то должно валяться злополучное письмо.

— А он мне даст ключ?

— Никуда не денется...

В палату заглянула бдительная Розочка.

— Вы тут уже целый час сидите! Должны были успеть тридцать раз попрощаться. А зачем наклонились к больному?

При первых звуках ее громоподобного голоса Гольдберг замер и закрыл глаза, став похожим на мумию Владимира Ильича в мавзолее.

— Разговариваю, — честно ответила я.

— Дышите на папаню микробами, вот заболеет пневмонией, точно окочурится.

Я поправила одеяло на больном и поднялась.

— Топайте, топайте, — напутствовала меня сердитая медсестра. — В следующий раз коробку конфет захватите. — Подумала и добавила: — И банку кофе.

Я сделала вид, что не расслышала.

— До свиданья, папочка! Выздоравливай! Я скоро вернусь и порадую тебя новостями.

Глава 4

Покинуть больницу оказалось намного проще, чем проникнуть в нее. Не прошло и пяти минут, как за моей спиной захлопнулись тяжелые двери, и я осталась стоять на крыльце наедине с гнетущими мыслями и зловещей темнотой. Для того чтобы добраться до машины, мне всего лишь надо было преодолеть пятьсот метров по дорожке, петляющей между деревьями.

Клянусь, я никогда не была трусихой! Но теперь сердце сжали недобрые предчувствия и по спине пополз предательский холодок. В голову закралась мысль: не попросить ли охранников меня проводить. Но я тут же отогнала ее. Волков бояться — в лес не ходить.

Первые пять минут я шла, никем и ничем не тревожимая, затем впереди мелькнули какие-то тени, и стало ясно: сейчас начнется. Я напряглась, нащупывая одной рукой пистолет во внутреннем кармане плаща, другой — захватывая пальцами массивный бронзовый браслет, оттягивавший весь вечер мое запястье. Его можно использовать в качестве кастета.

На дорогу впереди вышли двое. Я обернулась. Сзади маячили еще трое. Признаюсь, меня наличие такого количества народа обрадовало. Справиться врукопашную хоть с пятью, хоть с пятнадцатью легче, чем с одним снайпером, хорошо знающим свое дело, то есть где притаиться и когда выстрелить. Тем более что габариты и телодвижения нападающих говорили об их молодости и нетрезвости.

Сделав несколько шагов в сторону, я прижалась спиной к стволу векового дуба. Мой маневр озадачил ребяток. Они тупо потоптались, переглядываясь, затем сгрудились передо мной.

— Ты, мочалка убогая, — нетвердым баском обратился ко мне главарь. — Щас мы тебя кончим!

— Да ну! — саркастически откликнулась я. — Рискните.

— Че пыжишься? Не надейся, не пожалеем. Мы не фраера какие-нибудь, мы — киллеры!

Остальные поддержали выступающего нестройным, но одобрительным гулом. Я издевательски рассмеялась.

— Че ржешь? — Главарь никак не решался отдать команду напасть — наверно, не все мозги еще пропил. — Щас кровью захлебнешься!

— Ой как страшно! — фыркнула я.

Страх действительно отпустил меня в тот момент, когда я поняла, с кем придется иметь дело. Какому идиоту пришла мысль заказать меня банде этих юных придурков? Только тому, кто ничего не знает о моей жизни и профессии, которая меня кормит. Похоже, родственнички старика Гольдберга постарались. Совсем скоро я узнаю подробности, пусть только нападут, а то мне первой драку начинать не с руки.

— Она нас на понт хочет взять! — хрипло проревел бритый наголо молокосос в «косухе». — Порежем ее!

В толпе замелькали ножи и обрезки труб.

— Заглохни, лысый! — заорал нерешительный главарь. — Команды здесь отдаю я!

— Встать, лечь, отжаться, — откомментировала я.

— Так отдавай, — покладисто прохрипел бритоголовый.

Главарь смачно сплюнул и пробасил:

— Серый, заходи справа, Бочка — слева. Остальные — прямо. Покажем ей, на кого она пасть раззявила, пацаны!

Они двинулись на меня, а я оторвала спину от дерева и прыгнула на них. Пистолетом воспользуюсь в крайнем случае. Если не удастся скрутить их голыми руками и приструнить. Козыри всегда лучше держать про запас.

Далее события развивались следующим образом. Время для меня замедлилось, словно кинопленка, прокручиваемая на низкой скорости, а тело начало существовать само по себе, не завися от мозга. В прыжке я ударила ногой в грудь Серого, которому посчастливилось «зайти справа», вышибив из парня дух и повалив на землю. Одновременно вскользь провела браслетом-кастетом по челюсти наступавшего рядом бритоголового. Надеюсь, обошлось без перелома основания черепа — не люблю делать людей трупами.

В результате у меня стало на два противника меньше, у оставшихся же «киллеров» в душе зародились сомнения. Я не стала выпускать из рук инициативу и дожидаться добровольной капитуляции.

Следующему противнику, бестолково размахивавшему тридцатисантиметровым широким ножиком, я продемонстрировала распространеннейший прием искусства восточных единоборств: схватив парня за предплечье и продолжив его удар, направила его не на себя, а вниз, в землю. Когда парень по инерции чуть не уткнулся носом в мои ботинки, я нагнулась, ударила его по ногам и перекинула через себя. Бедолага пролетел около метра и со всего размаху стукнулся спиной о дуб, после чего медленно сполз по стволу и замер бесформенной кучей, безучастной к происходящему.

На меня с ревом кинулся массивный качок по прозвищу Бочка, вооруженный железной трубой и финкой. Я ушла с траектории его атаки и, резко развернувшись на девяносто градусов влево, выполнила защиту предплечьем внутрь, сразу же нанеся удар наотмашь по руке, сжимавшей нож, а другой захватила его шею, применив удушающий прием. Финку Бочка выронил, но трубой продолжал размахивать, чем сильно повредил своему бритоголовому товарищу, который слегка очухался и опять полез в драку. С моей скромной помощью лысый забияка получил сначала в глаз, затем в ухо, после чего покинул поле сражения в неизвестном направлении, выписывая ногами замысловатые крендели. Третий удар Бочка нанес сам себе в солнечное сплетение и уселся на землю размышлять о превратностях судьбы.

Я оглянулась. На периферии маячил трусоватый главарь шайки. Заметив, что остался со мной один на один, он припустил прочь, петляя среди деревьев. Догнать его было несложно: парень постоянно спотыкался и даже пару раз упал. Когда я положила ему руку на плечо, он затрясся, словно лист под ветром, и рухнул на колени.

— Н-не н-надо! Н-не трогайте м-меня! — тоненько проблеял он. — Я сирота!

— Растрогана. Встань, милый, поговорим.

Вставать хулиган отказался наотрез, видимо, посчитав, что на коленях выглядит жалостливее. Пришлось присесть рядом на пенечек.

— Ну, милый, рассказывай, кто вас на меня натравил?

Парень поднял грязное личико, дыхнул на меня едкой смесью курева, травки и алкогольных паров и радостно сообщил, перестав заикаться и запинаться:

— Дядя Вова!

— Кто? — опешила я.

— Дядя Вова, — охотно повторил раскаявшийся бандит. — Слесарь из больничной котельной.

Н-да... До чего дошел прогресс — слесарь заказал убийство лучшего детектива города.

— Не верю, — покачала я головой и угрожающе повертела в пальцах бронзовый браслетик.

— Мамой клянусь! — испуганно затарахтел парнишка. — Ребят спросите, не вру я! Витька, это которого вы об дуб шарахнули, его племянник родной. Он с Витькой договаривался!

Чудеса! Чем же я не угодила больничному слесарю?

— Когда вы с ним говорили?

— С час назад. Мы во дворе сидели, пиво пили. Тут подходит дядя Вова, уже поддатый хорошо, начинает трепаться, что у него дело есть для настоящих пацанов.

— И сколько же он вам заплатил?

— Сотню баксов.

— Сколько?!

— Но отдаст их только тогда, когда принесем ему ваш глаз. Мол, у него самого таких денег нет, но скоро появятся.

Меня обидела сумма, обещанная за мое убийство. Ясно, слесарь не главный заказчик, он лишь посредник. Что за невежды за мной охотятся? Используют каких-то алкашей и малолетних обормотов в качестве киллеров, больничных слесарей в качестве связных, причем за смехотворное вознаграждение! И уверены в успехе.

— Сказал хоть, какого цвета глаз должен быть? — вяло поинтересовалась я.

— Голубой! Приказал еще обыскать, вдруг вы при себе документики носите, которые личность удостоверяют.

— Имя он тоже назвал?

— Ага, — парень старательно наморщил низкий лобик. — Иванова. Кажись, Татьяна... Или Марина? Вам лучше знать.

Идиот! Не смог запомнить, кого пошел убивать. Чем я заслужила подобное неуважение?

— Где найти дядю Вову?

— Где ж ему быть, как не в котельной? Квартиру он уже давным-давно пропил...

— А где тут котельная?

— По дорожке прямо, затем налево... Хотите провожу?

Я с сомнением посмотрела на круглую чумазую рожу своего недавнего врага — заведет еще куда-нибудь и пырнет в спину. С другой стороны, он слишком труслив и глуп, чтобы быть опасным.

— Ладно, Сусанин, веди. Если начнешь плутать, уложу рядом с сотоварищи.

— Да я!.. Никогда! Я тут вырос.

— Охотно верю. Ты похож на лесного первобытного человека... Или обезьяну?

Парень никак не отозвался на мои оскорбительные шутки, вскочил и рванул напрямик через кусты. Мне оставалось лишь следовать по проделанной им просеке. Скоро мы вышли на асфальтированную дорогу, обогнули основное здание больницы и закружили среди вспомогательных построек.

— Вот. Дошли.

Мой спутник показал пальцем на приземистое строение с огромной трубой, подбежал к железной двери и задолбил в нее ногой. Минут через десять он устал и переключился на маленькие зарешеченные оконца. Долбил в них палкой и орал:

— Дядя Вова! Открой! Это я, Пашка Гнусов! Я тебе глаз принес!

Ответом ему была гробовая тишина. Мне она очень не понравилась. От посредников принято избавляться. Дверь мне не вышибить, в окно не залезть... Надо звать подмогу.

Подмога явилась, точнее, приковыляла сама в виде двух держащихся друг за друга стариканов бомжеского типа. От них за версту несло спиртом, но мыслительные способности, как ни странно, сохранились.

— Вовке деньжат обломилось, — выдал один из «сладкой парочки», одетый в тельняшку. — И водочки.

— Он начал ее пробовать, а потом усовестился, нас позвал, — поддержал второй. — Но с условием: закуси прикупить и еще выпивки, а то ему самому мало.

— Кто ему дал деньги?

Собутыльники дружно пожали плечами.

— Не сказал...

— Он нам не открывает! — пожаловался Пашка Гнусов.

— Не должен был еще отрубиться, — удивился «матрос».

— На всякую дверь можно найти отпиралочку, — хихикнул второй и нетвердым шагом направился к двери. Последовало несколько странных пассов руками — и дверь с душераздирающим скрипом открылась.

Дядю Вову мы нашли под столом. Никаких признаков жизни! Изо рта тянулась тоненькая струйка слюны, глаза закатились.

— Ой! — взвизгнул неудавшийся киллер. — Отравили!

— Типун тебе на язык, — проборматал «матрос» и с размаху пнул бесчувственное тело.

Тело пошевелилось и застонало.

— Жив, курилка! — радостно завопил отпиратель двери.

— Ничего здесь не трогайте, — распорядилась я и, повернувшись к Пашке, приказала: — Немедленно вызови милицию и «Скорую»... Хотя здесь же больница... Беги к охране, пусть найдут дежурного врача, каталку и так далее.

Парень бросился вон. Стариканы-алкоголики попятились к двери, но я их остановила.

— Куда это вы собрались? Стойте на месте, нам всем придется давать показания. Неприятно, но никуда не денешься.

— Мы ничего не знаем! — На минутку зашли! — заартачились собутыльники.

Не хватало мне еще за ними на ночь глядя по парку гоняться! Придется проявить хитрость.

— Не дай бог, дядя Вова все же умрет, — предположила я и продолжила со скрытой угрозой: — Вы оба становитесь главными свидетелями, а то и подозреваемыми. Кто подтвердит ваш рассказ о таинственном благодетеле?

Стариканы переглянулись, а я усилила напор:

— Если вы сейчас сбежите, это наведет следствие на соответствующие выводы. Сами понимаете какие.

— Мы всегда готовы помочь нашей любимой милиции, — со слезой в голосе произнес «матрос».

Второй, специалист по открыванию дверей, пребывал в тяжких сомнениях, но удирать не спешил, прикидывал все плюсы и минусы своей незапланированной встречи с органами правосудия.

Топоча армейскими ботинками, появились охранники. За ними семенила худенькая седая женщина — дежурный доктор приемного отделения. Она деловито отодвинула меня и пролезла под стол, на ходу доставая из кармана шприц с уже набранным лекарством.

— Держись, дядя Вова, спасем... — приговаривала она.

— Вы его знаете? — удивилась я.

— Сколько лет бок о бок работаем, — усмехнулась врач. — Старожилы. Эй! Подавайте носилки.

— Куда вы его?

— В реанимацию, куда же еще.

— Но он выживет?

Врач поднялась с колен и устало потерла тонкими пальцами виски.

— Не знаю. Сейчас он в коме. Найди вы его чуть попозже, точно бы умер. А теперь, может, и поправится. Его организм привык к всевозможной отраве, нормального человека лечить бы не понадобилось.

— Почему вы так думаете?

— Потому что догадываюсь, какую дрянь он выпил, — врач кивнула на опрокинутую бутылку водки, из которой вытекла небольшая лужица. — Характерный запах, не так ли?

Я склонилась над столом. Запах резкий, но где я уже сталкивалась с ним?

— Формалин, — развеяла мои сомнения врач. — Только луженый желудок дяди Вовы мог выдержать почти пол-литра этой непитьевой жидкости.

Я тут же вспомнила, что Виолетта пыталась учиться в мединституте и у нее могли сохраниться знакомые, имеющие доступ к консервирующим растворам, в частности, к формалину, хотя его не так уж сложно достать любому человеку, даже далекому от медицины.

Несчастного слесаря погрузили на носилки и унесли. За нами остался присматривать один из охранников. Я вышла на свежий воздух и закурила. Внезапно запищал сотовый. Уж не заказчики ли моей гибели звонят — удостовериться, жива я или нет? Надо их разочаровать.

— Алло!

— Татьяна! Ты забыла о нашем разговоре? — В голосе Романа слышалась плохо сдерживаемая обида. — Я жду тебя без малого час!

— Ой! — Я совсем забыла, что мы должны были встретиться у меня в семь, но не признаваться же в этом! — У меня появилась уважительная причина...

— Я не хотел звонить раньше, мало ли чем ты занята, не хотел мешать. Надеялся, ты мне позвонишь, извинишься, попросишь отложить встречу...

Он был прав, но мне не понравился тон, которым излагались претензии. В конце концов, я ему не жена! Слова не дает вставить.

— Стою под твоими окнами, как идиот! Цветочки завяли, тортик помялся...

— Рома! — Мне еле удалось вклиниться между двумя его фразами. — Меня пытались убить!

Он замолчал. Потом недовольно произнес:

— Не шути так!

— Я не шучу. На меня напала банда подвыпивших подростков, когда я возвращалась от папы через больничный парк.

— О боже! — запоздало испугался мой кавалер. — С тобой все в порядке? Я немедленно еду! Ты где? Они ответят за каждую царапинку!

Переждав поток эмоций, я добавила:

— Приезжай, милый. Найдешь меня рядом с котельной. Адвокат мне может понадобиться.

Не уточнила для чего — отбиваться от подозрений в организации убийства слесаря или от обвинения в членовредительстве четырех несовершеннолетних мальчишек.

Посмотрела на хлюпающего носом Пашку Гнусова. Он не производил впечатления опасного бандита, нанятого для убийства беззащитной девушки. Суд меня не оправдает.

Глава 5

Милиция явилась почти одновременно с Романом, поэтому мне не удалось переброситься с ним ни словечком. Ничего не понимающий парень хотел вмешаться, но его попросили подождать в сторонке. Мне повезло: и оперуполномоченный, и следователь оказались моими хорошими знакомыми.

— Вай, какие люди! — воскликнул Гарик Папазян, разглядев в темноте мое личико. — Тысячу лет не виделись и вот нашли время и место!

— Гарик, можно меня отпустить побыстрее, — захотела я воспользоваться «блатом». — Я еще не ужинала.
— В чем проблема? Закончим тут и поедем в ресторан!
— Во-первых, ты на работе, а во-вторых, меня ждут.
— Ну, тогда придется потерпеть до утра.

Шутливую угрозу Папазян не исполнил, меня освободили сравнительно скоро. Записали мою правдивую версию событий сегодняшнего вечера, включая посещение клиента в больнице и нападение на меня в парке.
— Все ясно. Преступники убрали слесаря как промежуточное звено, — вынес заключение следователь. — Опять с наркомафией не поладила?

Я загадочно улыбнулась.
— Знаю, знаю. Конфиденциальность расследования и прочая мура. Одно хорошо — через неделю дело можно будет закрывать, ты откопаешь тех, кто на тебя, а заодно и на слесаря руку поднял. Звони, заберем тепленькими.
— И ты звони, если дядя Вова вдруг оклемается и заговорит.
— По рукам.

После заключения договора о сотрудничестве я отправилась к заскучавшему Роману.
— Неудачный у меня день: только и делаю, что жду тебя, — с досадой проговорил адвокат.
— А у меня сегодня сплошные удачи, — усмехнулась я. — Дважды избежала смерти.
— Дважды? — ахнул Роман.
— Угу. Ты где оставил машину?
— У главного корпуса больницы... — растерянно проговорил он, но тут же опомнился: — Ты расскажешь, что произошло?
— Обязательно. Но сначала ты пригласишь меня поужинать. Моя машина пусть пока пылится на стоянке.

Честно говоря, мне просто не хотелось оставаться одной. Мало ли какие безумные идеи родятся в мозгу моих недоброжелателей. Они, безусловно, за мной следят. Возможно, заметив, что меня сопровождает нехилый молодой человек, отложат уничтожение на завтра.

По дороге я поведала Роману историю об упавшем кирпиче. Он чуть было не врезался в машину с гаишниками. К счастью, они куда-то спешили, и нервный водитель отделался лишь килограммом отборного мата. После этого эпизода я отказалась продолжать, сославшись на то, что последующие мои приключения намного страшнее.

— Может, кирпич сам по себе упал? — от нечего делать принялся рассуждать Роман. — От ветра, например.

— Ветра не было, — отрезала я. — К тому же тогда на меня свалилась бы, кроме кирпича, груда прочего мусора, пыли и птичьего помета. Извини за прозаичность. Когда я залезла на крышу, там никаких признаков урагана не отыскалось. Весь хлам преспокойно лежал на своих местах со дня постройки дома, а одному кирпичику отчего-то захотелось полетать!

— Зачем ты туда полезла? — удивился парень. — Как тебе такое в голову... пришло?

— Взбрело, ты хотел сказать? Ты забываешь о моей профессии. Мне сам бог велел лазить по крышам.

Рома как-то странно посмотрел на меня.

— Я думал, ты работаешь в какой-то юридической конторе, а не в гильдии трубочистов.

Я рассмеялась.

— Ты почти правильно подумал: я работаю в детективном агентстве.

— Вот-вот, — перебил он меня. — Я же помню! На машинке печатаешь... Или нет, документы оформляешь.

— Ага, угадал. Я — секретарь, нотариус, консультант и директор в одном лице. А также полевой агент, которого бросают в различные «горячие точки».

Роман помолчал, потом почему-то стал извиняться.

— Прости, я плохо слушал, когда ты рассказывала о себе. Я — самонадеянный ограниченный эгоист! Прости меня, Танечка! Обещаю исправиться.

Как же, усмехнулась я про себя, исправишься ты. Но вслух сообщила, что прощу его при условии сытного ужина и приятного вечера, которые заставят меня забыть обо всех неприятностях.

Мы нашли приют в небольшом ресторанчике с очаровательным названием «Китайский колокольчик». При желании здесь можно было заказать экстравагантные восточные блюда, а если желания не было, предлагалось классическое меню: курица гриль и картофель фри. Роман выбрал промежуточный вариант — салаты и соусы восточные, а основные блюда европейские.

Мы поели, выпили немного вина, и только когда подали десерт, я поведала своему другу сильно сокращенный вариант событий в больничном парке.

— Ты одна справилась с пятью хулиганами?! — не поверил своим ушам Роман.

— С четырьмя, — честно поправила его я. — Пятый сдался без боя.

— Потрясающе! — Он оторвался от орехового мороженого и воззрился на меня с искренним восхищением, но тут же отвлекся на подошедшего официанта. — Вторую порцию вот этого... э... «си луна», пожалуйста.

А ведь обещал исправиться!

— Знаешь, Танечка, со мной в десятом классе произошел подобный случай. Шли мы как-то с приятелем...

Следующие полчаса говорил исключительно Роман. Я вежливо слушала, время от времени подавая нейтральные реплики. Мысли мои витали далеко, в основном вокруг моих новоиспеченных родственничков. Завтра надо обязательно их навестить. Какой бы предлог выдумать? Болезнь нашего «отца»? Но они наверняка скажут, что это и по телефону можно обсудить...

Потом я подумала о моей «мачехе». Она великолепно подходила на роль преступницы. Да и мотив есть: завладеть денежками мужа. И причина для активных действий налицо: надвигающийся развод. Плюс эмоциональный фактор: ненависть ко мне — ее разоблачительнице. Плюс она не в курсе моей специальности, поэтому и отнеслась к моему устранению несерьезно, но попыток не оставит... Да, все факты указывают на Виолетту.

Но прочих наследников — деток Александра Самуиловича и их супругов — тоже со счетов скидывать нельзя. Мне не раз приходилось наблюдать, как преданнейшая любовь к родителям на поверку оказывалась фальшью и лицемерием. Тем более, насколько я помню по предыдущему расследованию, Петр и Анна нуждались в финансовом плане. У Льва вроде бы дела шли неплохо, но ручаться за его моральную чистоту я бы не стала. Одно несомненно: старик Гольдберг сейчас в относительной безопасности. Поэтому сначала попытаются убрать меня, а уж затем примутся за него.

— Танечка, ты не хочешь потанцевать?

Несмотря на восточный антураж, музыка звучала популярная, англоязычных авторов. В данный момент Крис де Бург тосковал по леди в красном. Я не могла отказать себе в удовольствии и приняла приглашение. Мы покачивались в такт нежной мелодии несколько минут, затем мой кавалер прошептал:

— Можно я провожу тебя до дома?

Тонкий намек, что пора и честь знать? Я кивнула.

— А до кровати?

Учитывая убийц, притаившихся за каждым углом, я была рада такому предложению. А может, и не только поэтому...

— Назначаю тебя телохранителем! — улыбнулась я. — Придется припомнить навыки десятилетней давности, когда ты расшвыривал негодяев одной левой.

— Так ты меня слушала? — иронично поддел меня Роман.

— Нет, но примерно поняла, о чем шла речь.

До дома мы добрались без приключений. Наверное, рабочий день у злоумышленников закончился, а может быть, их спугнул мой сопровождающий. Рядом с ним я чувствовала себя значительно увереннее и непроизвольно расслабилась.

Рома не рискнул оставить свою «Тойоту» в моем дворе без присмотра на ночь. Пока он пристраивал ее на стоянку, я топталась возле крыльца. Вышла соседка из нижней квартиры, ведя на поводке веселого лохматого пуделька.

— Татьяна? Ты что тут мерзнешь?

Мне и правда стало очень зябко в своем твидовом костюмчике и шелковой блузке. Одевалась я из расчета вернуться домой пораньше, желательно днем, а не ночью.

— Жду.

— Так жди дома, — разумно заметила женщина и добавила проницательно: — Им красные носы не нравятся.

Я мысленно с ней согласилась, тем более что Рома знает номер моей квартиры, уже бывал в гостях. Но меня останавливала необходимость заходить в темноту подъезда одной. Соседка развеяла мои сомнения.

— Хулиганов не бойся. Мы с Пусиком даже кошек всех в подвал прогнали. Да, лифт не работает... Но тебе ведь невысоко подниматься.

Я последовала совету соседки и пошла домой. На лестнице царили полумрак, тишина и пустота. Вот и мой этаж...

Но по неизвестной причине ноги мои вдруг стремительно взмыли в воздух, и я кубарем покатилась вниз по ступенькам. На этот раз меня спасло умение вовремя расслабиться и правильно падать. Спасло, конечно, относительно: костей я не переломала, но синяков и ссадин заработала миллион. Напоследок я слегка тюкнулась головой о стену и даже отключилась на несколько мгновений.

— Таня!

Ко мне спешил озабоченный Роман. Я села, постанывая и ощупывая себя.

— Что случилось?

Он помог мне встать и отряхнуться.

— Я видел, как ты зашла в подъезд, не дождалась меня. Забежал следом, хотел позвать, а тут слышу такой грохот! У меня аж сердце остановилось.

Он неисправим: слова не дает вставить. Сердце у него, видите ли, остановилось! Я сама только что еле-еле остановилась, когда катиться дальше некуда стало.

— Не знаю... Шла, никого не трогала, поскользнулась, упала, потеряла сознание, очнулась...

— Гипс, — глупо пошутил парень.

— Ступеньки чем-то намазаны. — Присмотревшись,

я приметила их неестественный блеск. — Давай осторожно поднимемся.

Мы поковыляли вверх, держась друг за друга, за перила и стенку. Три верхние ступеньки кто-то не скупясь полил подсолнечным маслом. Причем сделано это безобразие было совсем недавно: с третьей ступеньки на четвертую еще медленно скатывались тяжелые капли масла, образовав небольшую лужицу. На второй красовался слегка смазанный отпечаток моего ботинка.

— Пролил кто-то, — предположил Рома.

— Такое количество? — недоверчиво хмыкнула я. — При падении пластиковой бутылки вылилось бы намного меньше, а если бы разбили трехлитровую банку — остались бы стеклянные осколки.

— Ты ведешь к тому, что какой-то идиот специально поливал лестницу маслом?

— Не идиот, а хитроумный злокозненный тип, вознамерившийся меня убить. Его очередная затея чуть было не увенчалась успехом: странно, что я еще не сломала себе шею при падении. Третье покушение за день!

Я думала, Роман начнет возражать, но он лишь страдальчески наморщил лоб.

— Многим не нравится завещание Гольдберга.

— Как раз собиралась тебя спросить: если папа умрет, а я не успею вступить во владение наследством, меня тоже убьют...

— Не мели чепуху!

— Кому в таком случае достанутся денежки?

— Законным наследникам Гольдберга, — секунду подумав, ответил адвокат. — Его жене и детям.

Я тяжко вздохнула. Ну и ситуация!

— Пойдем в квартиру. Надо взять ведро, тряпки и смыть это безобразие, пока еще кто-нибудь не навернулся.

К чести Романа будет сказано, он очень помог мне с уборкой лестницы, которая отняла у нас уйму сил и времени. Кто хоть раз пытался отмыть разлитое подсолнечное масло, поймет наши страдания.

Часам к одиннадцати мы закончили и отправились отмываться. Оставив Рому в ванной плескаться, фыркать и сдирать кожу мочалкой, я обернулась полотенцем, села на кухне и закурила в надежде перебить специфический запах, который, казалось, пропитал все вокруг. Зазвонил телефон. Уже зная, что услышу, я подняла трубку.

Молчание.

— Да жива я, жива, — сообщила я устало. — А так как ночь я проведу не одна, отложите следующие покушения до завтра...

— Ты скоро умрешь! — злобно прошипела трубка.

— Дабы под удар не попал невинный человек, — закончила я в пустоту. Убийца уже ушел со связи.

Нервничает, значит, рано или поздно ошибется. Я улыбнулась и с удовольствием потянулась. Завтра начнется охота, где дичью буду уже не только я, но и мой невезучий убийца.

Глава 6

Завтра наступило чересчур быстро. Из-за Романа, спешившего на работу, мне пришлось встать около семи утра. Мы сидели и пили кофе, когда он предложил:

— Тебе надо обратиться в милицию.

— Зачем? — я густо намазала булку джемом. — Я сама детектив, разобраться в происходящем — моя святая обязанность.

— Какое спокойствие! Тебя трижды пытались убить!

— Кроме того, мне постоянно названивают по телефону с угрозами...

Зазвонил телефон.

— Вот, пожалуйста. — Я взяла трубку. — Алло.

На этот раз ответили сразу.

— Ты скоро умрешь.

В тихом голосе говорившего проскальзывало злорадство.

— Дай мне! — Роман выхватил трубку из моих рук. — Алло! С вами говорит... Отключились...

— Не расстраивайся. Ничего приятного он, или она, или оно не говорит.

— Звонили из автомата, — заметил Роман, взглянув

на определитель номера. — Знаешь что, переезжай жить ко мне.

— Захотят, и у тебя найдут. Мне надо не прятаться, а нападать.

— Ты подозреваешь детей Александра Самуиловича?

— Детей и жен. — Я испытующе посмотрела на Романа. — Мне нужна твоя помощь.

— Все, что угодно! — с готовностью воскликнул он.

— Посоветуй, как мне, не вызывая подозрений, встретиться и поговорить со всеми членами семьи?

Рома было нахмурился, но тут же его чело просветлело.

— Мне в голову пришла замечательная идея! Давай изобразим, что собрались пожениться. Ты будешь напрашиваться в гости к своей родне, чтобы представить меня как своего жениха.

Я засомневалась. Новая ложь, когда я со старой никак разобраться не могу... Но серьезных возражений предложение изобретательного адвоката у меня не вызвало.

— Они вроде бы с тобой знакомы...

— Во-первых, знакомы мы весьма поверхностно, а во-вторых, этими визитами ты просто отдаешь дань элементарной вежливости. Так принято — привести своего жениха на «суд» родственников, хотя мы знакомы с ним не так давно.

— О'кей! На какое время мне договариваться?

— Не раньше двух. Постараюсь успеть завершить свои дела. В любом случае жди моего звонка.

— Хорошо.

Роман встал, поцеловал мне руку.

— Спасибо за чудесный завтрак.

Я пропустила иронию мимо ушей.

— Кстати, ты, случайно, не знаешь, где может скрываться Виолетта?

— Случайно знаю. У своей сестры Кристины.

— Значит, ты был там, когда пытался оформить документы на развод моему отцу?

— Да. Правда, Кристина не пустила меня на порог, заявив, что сестры у нее нет. Но мне показалось, что она соврала. Я собирался заехать к ней еще раз, но закрутился с другими клиентами, а потом с Гольдбергом случился сердечный приступ.

— Понятно. Ну теперь я хочу ее навестить.

Рома написал адрес на листочке, но отдавать его не спешил.

— Она в отчаянии и может быть опасна...
— А я в ярости и опасна наверняка.

Ловко выхватив у него клочок бумаги, я узнала, что сестра Виолетты жила недалеко от больницы, где лежит Александр Самуилович. Хм!.. Очередной камешек в огород бывшей мадам Гольдберг. Зайду, когда отправлюсь на стоянку за машиной.

Проводив Романа, я вспомнила, что не передала ему просьбу моего «папы» зайти и подготовить бумаги для оплаты моих услуг. С другой стороны, как бы я объяснила свою меркантильность? Брать деньги с отца за помощь — бессердечно и неприлично. К тому же я чувствовала себя отчасти виноватой за нынешнее положение моего клиента: поторопилась закрыть дело, некачественно потрудилась в прошлый раз, не проработала всех возможных линий. В результате под угрозой оказался не только Гольдберг, но и я сама...

Для визитов еще слишком рано. Чем бы заняться? Некоторое время я занималась уборкой, затем понаблюдала за двором, нет ли каких-нибудь там подозрительных личностей с винтовками, взрывпакетами и бутылками с подсолнечным маслом? Но долго перед окном я не выдержала, заскучала, полезла в сумку за сигаретами и, естественно, наткнулась на мешочек с костями.

— Если опять будете пророчить несчастья — выкину! — пригрозила я.

Кинула, и они мне мстительно ответили: 28+12+20. «Тебя подстерегает серьезная опасность!»

— Ах так! — рассердилась я. — Надоело! Вместо того чтобы поддержать и взбодрить, вы меня расстраиваете и угнетаете. Не хочу больше вас видеть!

В сердцах отшвырнула от себя мешочек, который проскользнул по столу и упал на пол. Посидела с минуту насупившись и устыдилась — кости не виноваты в моих несчастьях, нечего вымещать на них плохое настроение. Кряхтя, полезла под стол. Кости высыпались и раскатились в труднодоступные места. Собирая их, я непроизвольно отметила комбинацию цифр: 29+18+3.

«Тебе удастся удержать удачу, и ты будешь более осторожна и внимательна к тем опасностям и интригам, которые тебе угрожают», — заискивающе сообщили мои прорицатели, как бы извиняясь: «Не бросай нас больше! Мы хорошие».

— Ну, сразу бы так! — подобрела я. — Нам никуда не деться друг от друга, так что давайте жить дружно.

Часовая стрелка медленно приближалась к десяти. Пора обрадовать родственничков сообщением о своей помолвке и напроситься на чай. Чтобы обзвонить всех, мне потребовалось почти полтора часа. В результате я составила следующий распорядок дня: до четырнадцати ноль-ноль — разобраться с Виолеттой; в полтретьего — меня и моего «жениха» ждут сын Гольдберга Петя с женой и детьми; в четыре — Анна с мужем и матерью, первой женой Александра Самуиловича; в шесть — внебрачный сын Лев. С последним я проболтала кучу времени: он явно мне симпатизировал, но выбор мой, то есть Романа, категорически не одобрял и пытался отговорить от опрометчивого шага, то есть замужества. Убедительных аргументов в поддержку своей точки зрения Лев не привел, но пообещал сочинить до нашего появления.

К выходу из дома я подготовилась особенно тщательно. Возможно, еще до обеда мне придется лицом к лицу столкнуться с убийцей, а после обеда — изображать счастливую невесту перед строем проницательных потенциальных преступников...

В конце концов я остановилась на замшевом прямом платье нежно-салатового цвета, короткой курточке из крэга и туфлях на низком широком каблуке. На руку надела бронзовый браслетик, отлично зарекомендовавший себя во вчерашней драке, в сумку кинула пистолет.

Перед входной дверью замерла и долго разглядывала

лестничную клетку в глазок, но ничего подозрительного не обнаружила. Откуда-то снизу раздавались кошачьи вопли, на противоположной стене бросилось в глаза кем-то написанное неприличное слово. В общем, все как обычно.

Я перекрестилась и вышла из квартиры, точнее, вылетела, пригнувшись, и тотчас отскочила к стене. Ничего не произошло. Выпрямилась и осмотрелась. Ало горела кнопка лифта — заработал! Чудесно! Топать по лестнице, где каждую ступеньку могли облить, поджечь или взорвать, желания не было. Я вызвала лифт и, пока он поднимался, попыталась стереть платком и пилкой похабную надпись на беленой стенке.

Любовь к чистоте и порядку в очередной раз спасла меня. Когда открылись створки лифта, я не сразу заскочила в него и поэтому избежала пренеприятнейшего столкновения: на лестничную площадку вывалился разъяренный клубок из десятка кошек и парочки огромных псов. И хотя я успела отпрянуть, несколько когтистых лап впились в мои ноги, оказавшиеся на пути животных, царапали их и рвали колготки. Похоже, им было уже все равно, с кем воевать, а может, они были рады переключиться на одного общего врага, к тому же относящегося к ненавистному роду людскому.

Следующие десять минут протекли, как в кошмарном сне: я отбивалась от кошек и собак руками и ногами, раскидывала, нокаутировала, проявляя чудеса изворотливости и быстроты реакции... Дралась не на жизнь, а на смерть, сама превратилась в дикую кошку, забыла о хороших манерах и любви к братьям нашим меньшим. И отстояла свою неприкосновенность. Часть нападавших, повизгивая и поскуливая, расползлась по углам, оставшаяся свора, не прекращая грызться между собой, скатилась вниз по лестнице.

Плюя на все дурные приметы, я вернулась домой и прямиком направилась в ванную. Сильнее всего пострадали руки и ноги, а также куртка. На лице плюс к ссадине на лбу от осколка кирпича добавилась неглубокая царапина на щеке. Я вспомнила, как рядом с моей шеей клацнули острые желтые зубы какой-то зверюги, и содрогнулась: еще чуть-чуть, и мои неприятели праздновали бы победу...

Громко и грязно ругаясь, я промыла раны перекисью водорода, а затем прижгла йодом. «Ох уж попадись мне в руки те, кто придумал такое изощренное покушение! Уничтожу!»

Исполосованные ноги скрыли черные плотные колготки, царапину на скуле — слой макияжа и темные очки, изодранную куртку заменил короткий замшевый плащ. Уже в коридоре меня нагнал телефонный звонок.

— Да! — рявкнула я в трубку.

Звенящая тишина.

— Советую поберечься! Я иду искать.

— Ты скоро умрешь, — свистящим шепотом возразила мне трубка.

— Не дождетесь! — как всегда, запоздало прозвучал мой ответ.

Из дома я вылетела стрелой, поймала такси и назвала адрес Виолеттиной сестры, стараясь в машине успокоиться и привести свои мысли в порядок. Как, не вызывая подозрения, проникнуть в квартиру Кристины? Вряд ли она знает меня в лицо. Правда, «мачеха» могла подробно описать ту, которая разлучила ее с богатеньким старичком. Но должна же существовать ситуация, при которой Кристина не сможет мне не открыть?

Во дворе ее дома трое пенсионеров резались в домино. Я подошла поближе.

— Не подскажете, как зовут председателя вашего домоуправления?

— А зачем вам?

— Я из службы соцзащиты. На ваш ЖЭК постоянно поступают жалобы.

Мужики оживились.

— Доигралась Аграфена Федуловна!

— Я сам четыре раза писал!

— Давно пора ее под суд отдать: ворует, взятки берет, вымогательством занимается.

— Вчера только новое безобразие придумала: собирает деньги, аж по двести рублей, на установку дверей с кодами. Да на фиг они нам сдались!

— Верно! Раньше без них жили и теперь проживем!

— Да она половину себе заберет, никто же не знает, сколько это стоит...

Я поблагодарила и отошла, оставив развозмущавшихся мужичков перемывать косточки предприимчивой даме. Теперь Виолетта никуда от меня не денется!

Сдвинув очки на нос, растрепав волосы и изобразив сердитое выражение лица, я позвонила в квартиру, где, возможно, прятался мой главный враг. К двери подошли, долго разглядывали меня в глазок, затем недовольно спросили:

— Кто там?

— От Аграфены Федуловны! — грозно начала я. — Деньги за дверь с кодом кто сдавать будет? Пушкин?

— Ой, да я уже отложила! — переполошилась женщина. — Собиралась зайти, но некогда было...

— Всем некогда! — проворчала я, но она уже открывала.

— Заходите.

Воспользовавшись приглашением, я вошла. Кристина оказалась невысокой полной женщиной лет тридцати со смешными светлыми кудряшками и неровно подведенными большими серыми глазами. На сообщницу преступницы она была похожа, как я на Аллу Пугачеву.

— Идемте на кухню, у меня денежки там.

По дороге я заглянула в единственную небольшую комнату. Неубранная постель на диване, а вот раскладушка сложена и приставлена к стене: похоже, Виолетта отсутствует. Ладно, воспользуюсь возможностью и поговорю с ее сестрицей.

— Можете не торопиться.

Я вольготно расположилась на табурете и кивнула Кристине на другой.

— Я ввела вас в заблуждение. Не нужны мне деньги. Я ищу вашу сестру, но вижу, что ее сейчас нет.

Женщина набрала было воздуху в грудь для достойной отповеди, но передумала, махнула рукой и уселась, ссутулившись.

— Ушла спозаранку. А зачем она вам?

— Я подозреваю ее в покушении на мою жизнь и жизнь... эээ... моего отца.

Немного честности плюс капелька лжи — лучший способ общения с людьми такого сорта.

— Так вы Татьяна?

— Наслышаны обо мне? Представляю, что вам наговорила моя юная мачеха!

Кристина провела неухоженной рукой по лбу.

— Я вам благодарна. Не дали моей дурочке тяжкий грех на душу взять. — Помолчала и добавила: — Но на этот раз она ни при чем.

— Раздумала становиться богатой вдовой? — недоверчиво усмехнулась я.

— Поймите же! Она неплохая девочка... Мы ведь из деревни, всегда жили очень бедно, а когда умерли родители, и вовсе туго пришлось. Я поспешила замуж выскочить, помучилась и развелась...

— Но квартиру получили.

Кристина дернулась, как от удара.

— Да что вы знаете! Я на эту вечно пьяную сволочь восемь лет убила, неужто комнаты в четырнадцать метров не заслужила? Из-за нее он меня еще два года по судам таскал.

— Сестра пошла по вашим стопам: выскочила замуж по расчету, а теперь разводится.

— Ей, бедняжке, мало что достанется, — печально вздохнула Кристина. — Хитрюга Гольдберг заставил ее брачный контракт подписать, когда они жениться собрались. Там много было заковыристых пунктов, в частности такой: если Виолетта и Александр Самуилович расстанутся раньше, чем через три года после свадьбы, при этом у них не будет детей, моя сестра может претендовать только на подарки мужа за время совместной жизни — и все! А он ей подарил за два с половиной года десяток платьев да пару золотых колечек. Вот так-то.

— Но не думает же Виолетта полгода прятаться от

моего отца? Даже если ее не найдут, в чем я сомневаюсь, их разведут и без ее согласия. У папаши для этого достаточно средств и знакомств.

Моя собеседница помялась, но затем рискнула сообщить:

— Она не думала прятаться полгода. Сказала, ей нужно всего пару дней...

— Для чего? — пожала я плечами. — Прикончить муженька? Она почти добилась успеха.

— Да нет же! — рассердилась Кристина. — Она заявила, что развода не будет, что она всем еще покажет, что ее просто так за дверь не выкинешь. То есть подразумевала, что снова будет с Александром Самуиловичем, так как найдет способ его уломать и раздобрить.

— Ее слова можно трактовать и по-иному.

— Я лучше знаю свою сестру, — отрезала Кристина. — Она хотела торжествовать над Гольдбергом, а не над его трупом. Честное слово, Виолочка передумала его убивать!

— Допустим. — Я не стала настаивать и нервировать собеседницу. — Чтобы окончательно в этом убедиться, расскажите, чем ваша сестра занималась последние два дня.

— Она мне не докладывала. Приходит поздно ночью и заваливается спать, уходит рано утром.

— Неужели никогда ни единым словом не обмолвилась, чем занимается?

Кристина, нахмурившись, смотрела в окно. Я ее не торопила. Через несколько минут она повернулась ко мне.

— Можете мне не верить, но Виолочка ждала, когда Александр Самуилович поправится. Сегодня она мне сказала, что, как только он придет в себя, она нанесет ему визит.

Ага, подумала я про себя, отключит от аппаратов и уколет огромной дозой какого-нибудь сердечного лекарства. Не зря же в медицинском училась, должна разбираться в фармакологии. Как же мне ее все-таки отыскать?

— Мне надо с ней поговорить, — прямо заявила я. —

Хочу удостовериться, что она не представляет опасности для жизни моей и моего отца. Вы не знаете каких-нибудь ее друзей, подружек? Где они живут?

— Раньше у нее много народу знакомого было, а после замужества постепенно все куда-то подевались. Виолочка очень сдружилась с Марией Сергеевной, первой женой Гольдберга, и ее детьми от второго брака.

— Марию Сергеевну я сегодня увижу, — пробормотала я. — И порасспрашиваю. Больше Виолетта никого не упоминала?

— Да нет...

Я встала, собираясь откланяться, и тут вспомнила еще одно имя из окружения Гольдберга. А вдруг?..

— Скажите, а про Дину Пушину она никогда не говорила?

— Как странно... Пару дней назад Виолочка действительно называла это имя, но я не помню, в каком контексте.

— Если вспомните, обязательно мне позвоните.

Я оставила номера всех своих телефонов и попрощалась.

Глава 7

До четырнадцати часов оставалось двадцать минут. Надо успеть забрать со стоянки машину, созвониться и встретиться с Ромой для совместного похода по родственникам.

С пунктом первым осложнений не возникло, машину я забрала. Но у первого же светофора почувствовала неладное — не смогла притормозить! Мне повезло, движение транспорта было не интенсивным, но из-под колес некстати подвернувшегося троллейбуса удалось увернуться лишь чудом.

Я испробовала все способы, которые удалось вспомнить, — «девятка» неслась, не обращая на свою хозяйку ни малейшего внимания. Мне оставалось лишь лавировать между автомобилями и пытаться не задавить никого из пешеходов, переходящих улицу на зеленый свет. Не придумав ничего лучше, я направилась к выезду из города.

Эти полчаса стоили мне миллиона нервных клеток, которые, как известно, не восстанавливаются, нескольких лет жизни и пряди седых волос. Сама не пойму, каким образом мне удалось промчаться через весь город и не разбиться в лепёшку, не попасть в жуткую катастрофу, не переехать десяток бабушек и пару десятков детишек. Наверное, судьба сохранила меня для каких-то иных своих целей. Если мне не суждено умереть в автомобильной аварии — и отсутствие тормозов не сможет стать причиной смерти.

Мимо поста гаишников на выезде я пролетела, как пёрышко, гонимое ветром. Они проводили меня озадаченными взглядами, но ничего не предприняли, то ли привыкли к подобным шуткам, то ли приняли за какую-нибудь крутую, с которой лучше не связываться.

На трассе стало немного полегче. Хотя машин меньше не стало, зато маневренность значительно увеличилась. Я ехала и ехала, временами рискованно обгоняя грузовики и «Запорожцы» перед носом у других водителей, вызывая их нецензурную брань и кулаки в окнах. Пару раз звонил сотовый, но я не решалась отпустить руль и потянуться за сумкой. Интересно, хватит у меня бензина доехать до Москвы или нет?

Впереди замелькали знаки, извещающие о ремонте дороги и рекомендующие снизить скорость до сорока, а затем и до двадцати километров в час. Перед этим участком столпилось несколько машин, а встречную полосу перегородили каток и асфальтоукладчики. Я покрылась холодным потом, но перед самым затором догадалась резко свернуть вправо и выехала на обочину.

Вздохнуть с облегчением мне не удалось: чуть впереди возвышалась куча гравия и щебёнки.

— Мама! — прошептала я. — Ты была права, не женское это дело — в преступлениях копаться...

В последний момент мне удалось съехать с насыпи вниз, избежав столкновения, но тряска по кочкам и ухабам едва не доконала меня. Наконец я вывела машину обратно на шоссе, удивляясь тому, что ещё жива и почти невредима.

Когда наконец дорога стала абсолютно пустынной,

я решилась использовать последнее средство: включила третью передачу и плавно отпустила педаль акселератора. Машина дико взревела, грозя взорваться, проехала еще метров сто пятьдесят и медленно остановилась.

Я, пошатываясь, выбралась из «девятки» и встала на колени на краю дороги. Меня вывернуло наизнанку, руки от напряжения свела судорога, из глаз хлынули слезы. Но я выдержала это испытание! Мои враги остались с носом!

Минут через пятнадцать я успокоилась, поднялась, привела себя в порядок, подкрасилась и прополоскала рот минералкой, взяла в слегка еще подрагивающие руки сотовый и набрала номер Романа.

— Татьяна? Ты знаешь, который час? — недовольно осведомился он, едва услышал мой голос. — Ты забыла, о чем мы договаривались? Я отложил все свои дела... Ради тебя, заметь! А ты мало того, что из дома куда-то подевалась, так еще и сотовый выкинула!

Терпеть не могу оправдываться, но постоянно приходится.

— Рома! На меня опять покушались! Причем дважды!

Это сообщение заставило моего друга замолчать. Пока он не оправился от потрясения, я быстренько поведала о своих сегодняшних приключениях. Роман поохал, поохал и вызвался тотчас приехать.

— Жди, я постараюсь это сделать как можно быстрее! Если кто-то к тебе начнет приставать, отстреливайся!

— Ага, обязательно. — Я почувствовала, что уже могу улыбаться. — Давно мечтала побывать в психушке. — И добавила просительно: — Приезжай поскорее!

— Уже еду!

Ждать Романа пришлось не так долго. Наверное, он ехал почти так же, как я, на огромной скорости, не соблюдая правил дорожного движения. Я сентиментально бросилась ему на шею.

— Танечка, с тобой все в порядке?

— Конечно, нет! Меня же пытались убить!

— То-то я смотрю, ты какая-то не такая...

Я обиженно отодвинулась и забралась в его «Тойоту», не став помогать ему цеплять тросом мою машину.

Обнаружила в салоне бутылку коньяка и пластиковый стаканчик, не раздумывая налила и выпила. По телу растеклось тепло, а в голове прояснилось, вернулась способность соображать и анализировать.

— Ну как? — спросил вернувшийся Роман. — Отошла?

— Благодаря твоей предусмотрительности.

— План не поменялся?

— Немного. Сначала отвезем мою тачку в мастерскую, а затем едем к Петру.

— Я проверил: тормозные пути в машине перерезаны полностью. А почему ты не воспользовалась ручным тормозом?

— Он не функционирует. У меня старые задние колодки, давно собиралась поменять, вот теперь и повод нашелся.

— Тебе придется вернуться в «девятку». Обещаю буксировать предельно осторожно и бережно.

Я нечленораздельно простонала, но делать нечего, пришлось опять сесть за руль своей несчастной машины.

К Петру мы добрались к половине четвертого, опоздав всего на час. Встретили нас радушно, только Надя, жена моего «братца», посетовала, что успели остыть курица и пирог, которыми они нас собирались потчевать.

Рома достал давешнюю бутылку коньяка, чтобы обмыть нашу помолвку. Сам пить отказался, сославшись на вечное «за рулем». Я тоже почти не притронулась, помня, что нахожусь на работе. Надя появлялась на кухне редко, ее отрывали от стола то вопли младшего сына, то звон и грохот, производимые старшим. В результате почти вся бутылка досталась Пете.

Скоро мой «братец» слегка захмелел, язык его развязался.

— Богатенькую невесту оторвал, — с недоброй ухмылочкой заметил Петр.

— Ты намекаешь на мою корысть? — принял обиженный вид Рома.

— Нет, он намекает на то, что папе уже недолго осталось, — перевела я разговор на более нужную тему.

— Именно так. Я сегодня с утра был у него. Совсем старик плох. Врачи говорят — надежды почти нет.

Хм. Петр, подумалось мне, был недалеко от стоянки, где я оставляла машину. Как любой мужчина, он должен разбираться в устройстве автомобиля и способах его поломки.

— Скоро Танюше достануться наши миллиончики, — продолжал Петя.

— Почему наши? — вмешалась Надя, вернувшаяся в этот момент на кухню. — Деньги твоего отца, он вправе распоряжаться ими как заблагорассудится.

И снова убежала прочь, заслышав звук падения чего-то тяжелого. Ай да внучок подрастает у Гольдберга!

— Жинка моя, как всегда, права, но, как всегда, от этого не легче. Не пойми превратно, Татьяна, но отец поступил по-хамски, оставив наследство одной тебе. Я бы понял его, если бы мы часто ссорились и он бы был мной недоволен...

— А вы никогда не ссорились? — перебила его я.
Петр покраснел.

— Но ведь не часто...

— Александр Самуилович сказал мне, — припомнил Роман, — ты закатил ему жуткий скандал, если не ошибаюсь, дней за пять до того, как он попал в больницу.

— Он первый начал, — стал оправдываться «брат», — заявив, что я должен оставить преподавание и заняться аптечным бизнесом.

— Я с твоим папой согласна во всем, — вставила Надя, заглянув к нам, и опять тут же исчезла, так как из комнаты донесся призывный крик какого-то из сыновей.

— Она всегда была против меня, — пожаловался Петя, щедрой рукой подливая себе коньячок. — Мне надоели разговоры про мою неприспособленность и оторванность от жизни. Естественно, я опять отказался бросать институт. Тогда мой родной отец решил меня пошантажировать: мол, включит меня в свое завещание, если я выполню его условия.

— Неужели ты не клюнул на такое заманчивое предложение?

— Нет. Я не собираюсь поддаваться на его жульнические уловки. Наследство по праву принадлежит мне и моим детям. Почему я должен изменять себе, насильно себя перекраивать? Странная логика! По ней Петя никому ничего не должен, зато ему все должны.

— Допустим, — продолжил «брат», — отец был сильно мной недоволен, но почему он так жестоко поступил со своими внуками? Заметь, единственными и любимыми!

Я пожала плечами.

— Да, — задумчиво сказала возникшая из ниоткуда Надя. — Этому оболтусу мог и не оставлять ничего, но Валечка с Женечкой не виноваты в глупостях своего папаши. Отписал бы им отдельно, под мой контроль...

Она в упор, не мигая, уставилась на меня.

— Им витамины нужны и из одежды они вырастают с поразительной быстротой. Зачем тебе одной столько денег?

— Надя, не унижайся! — прикрикнул на жену гордый, но бедный преподаватель. Она не отреагировала.

— Мы твои самые близкие родственники. С нами лучше поддерживать хорошие отношения, а то мало ли что случится — и стакан воды некому будет подать.

Последняя фраза прозвучала как угроза. Роман поспешил загладить неловкость:

— Теперь будет кому. Я позабочусь о своей будущей женушке.

Надежда с сомнением покачала головой.

— Я пыталась связаться с вами вчера, — сказала я. — Сообщить о нашей помолвке. И никак не могла дозвониться.

— Я был на работе, — быстро ответил Петр. — Чтобы заработать на жизнь, приходится крутиться с утра до ночи, браться за любые подработки... Можешь позвонить на кафедру и спросить Николаева, он подтвердит.

Неадекватная реакция на вопрос! Похоже, у моего братца рыльце в пушку. Интересно, в чем причина его смущения? Несколько неудачных попыток отправить на тот свет свою новообретенную сестрицу или банальная любовная интрижка на стороне? Скорее второе, чем первое. Для продумывания и осуществления моего убийства у Петеньки кишка тонка, а вот для того, чтобы обманывать свою хозяйственную, рассудительную, но малосимпатичную и необаятельную женушку, его силенок вполне достаточно. Любовнице приятно поплакать в жилетку, пожаловаться на бездушного отца, на не понимающую его желаний и помыслов супругу, на детей, не дающих спать по ночам. Или я ошибаюсь? Сижу и пью тут коньяк со своим убийцей?

— Когда именно ты звонила? — спросила Надя. — Мы дважды выходили гулять, утром и после обеда.

Из комнаты донесся отчетливый звук чего-то рвущегося, и хозяйка, не дослушав моего ответа, умчалась.

— Если честно, — проговорил Петя, доливая в свою рюмку остатки спиртного, — я отлучался с кафедры на пару часиков по вопросам публикации одной своей статьи, а вечером зашел к школьному товарищу.

— Так ты не ездил вчера к отцу?

— Нет, — поморщился «братец». — Слишком был на него обижен и знал, какое тяжелое у него состояние. Съездил сегодня... Перед лицом смерти мы должны позабыть о раздорах!

Последняя фраза показалась мне репликой из какой-то шекспировской трагедии. На самом деле он наверняка ездил проверить, не изменилось ли решение отца насчет завещания и не стал ли он более сговорчивым на смертном одре.

Коньяк закончился, и Петя поскучнел, а я подумала, имеет ли он отношение к покушениям на меня и на Александра Самуиловича, чем объяснить его отлучки с работы, на что этот человек способен ради денег? Разговор поддерживал лишь вежливый Роман, да и он еле удерживался от зевоты.

В глубине квартиры что-то тренькнуло, и к нам вновь заглянула Надя.

— Звонит твоя мама, — сообщила она мужу. — Спрашивает, где жених с невестой.

— Мы сейчас выезжаем, — встрепенулась я.

— Еще спрашивает, не нужен ли нам котеночек. У них Муська родила четверых: два мальчика и две девочки.

— Нет! — с гримасой глубокого отвращения ответил

Петр. — Ты же знаешь, у меня аллергия на кошек. Покрываюсь пятнами и чихаю без остановки. Специально поиздеваться захотела, что ли?

— Я просто забыла, — кротко ответила Надежда и удалилась продолжить беседу со свекровью.

После этого известия я почти исключила «старшего брата» из числа подозреваемых. Нынче утром неизвестному злоумышленнику пришлось основательно поконтактировать с кошачьим племенем: собрать целую стаю животных по подвалам и свалкам, запихнуть их в сумки, а затем в лифт. Вряд ли Пете в голову пришел бы такой способ расправы надо мной.

Мы поднялись, и на всякий случай я устроила последнюю проверку.

— Повезло мне, у Ромы есть машина, а то моя совсем сломалась. Петь, ты случайно не разбираешься в автомобильных внутренностях? Я бы заплатила за ремонт, на станцию страшно отдавать — половину деталей украдут.

— У меня нет тачки, — ворчливо ответил «братец». — Я же не «новый русский»...

— А старый упрямый еврей, — в очередной раз вмешалась Надя и повернулась к нам: — Мама с Аней вас заждались уже.

В коридоре я вспомнила о таинственной второй жене старика Гольдберга.

— Кстати, вы случайно о Дине Пушиной ничего не знаете?

— Нет, — не раздумывая, ответила Надя.

— О ком? — поднял брови ее муж. — Ах да, та самая барышня. А почему вы спрашиваете? Столько лет прошло, мы про нее уж позабыть тридцать раз успели.

Мне не понравилось его многословие, отведенные в сторону глаза и некоторые другие невербальные признаки лжи, но докапываться я не стала, и ежу понятно — не расколется.

— Петь, — быстро перевела я разговор, — отдай мне ключи от папиной квартиры.

— Зачем?

— Завтра собираюсь с нотариусом и судебным исполнителем описать и оценить имущество.

— Может, он все-таки поправится, — неуверенно протянул «братец», но тут же сдался, махнул рукой и принес ключи.

В «Тойоте» Роман поинтересовался моими успехами на детективном поприще.

— Уверена на девяносто пять процентов — Петя не покушался на меня. Но он что-то скрывает и недоговаривает.

— Я тоже это заметил, — кивнул мой «жених». — Может быть, он знает того, кто задумал твое убийство? Боится его и поэтому молчит? Или понимает свою выгоду от твоей смерти, ведь в таком случае он опять становится наследником, потому попустительствует и помогает убийце?

— Хочешь сказать, вокруг меня орудует целая шайка?
— Почему бы и нет?
— Но основу ее должны составлять дети Гольдберга. Петю мы почти исключили, остаются Анна и Лев.

— Ты забываешь жен Александра Самуиловича. Мария Сергеевна может стараться ради своих бедных, не приспособленных к жизни дтишск, а Виолетте сам бог велел свести с тобой счеты. Она тебя люто возненавидела после того спектакля, когда ты вывела ее на чистую воду.

— Но ты забываешь о второй жене отца — Дине.
— А она тут при чем? — удивился Роман. — Ей никакой выгоды от твоей смерти не будет.

— Ты ничего о ней не слышал? Как она живет, чем зарабатывает на жизнь, не вышла ли снова замуж?

— Я ее никогда не видел. Она разошлась с Гольдбергом до того, как он стал моим клиентом. Знаю о ней только то, что рассказывал Александр Самуилович: ей были нужны только его деньги и так далее. Года четыре назад он случайно встретился с ней на каком-то торжестве у знакомых. Тогда она была одинока и работала то ли в больнице, то ли в поликлинике...

— Так она тоже медик?! — поразилась я.
— Да, если не ошибаюсь.

Любопытная складывается картинка. Дина каким-то образом была связана с Виолеттой и Петром, при этом трудилась в медицинском учреждении, то есть имела доступ и к формалину, и к сердечным лекарствам... Надо выяснить, нет ли в той больнице, где сейчас лежит Гольдберг, сотрудницы с такой фамилией или хотя бы именем. Жаль, сегодня суббота, отдел кадров не работает.

— У меня друг в Министерстве здравоохранения есть, — вторгся Рома в мои размышления. — Если хочешь, могу с ним связаться и попросить найти эту женщину, если она, конечно, еще не уволилась.

— Замечательно! — обрадовалась я. — Попроси его действовать как можно быстрее.

— Сегодня вряд ли получится, но завтра заставлю его сгонять на работу и посмотреть по компьютеру всю возможную информацию о ней.

— Да вроде бы еще не очень поздно. — Я загорелась желанием разгадать внезапно возникшую головоломку.

Рома посмотрел на часы и покачал головой.

— Пять часов вечера, суббота — нет, уже поздно. Даже если я дозвонюсь, он пошлет меня подальше, а стану настаивать — обидится. Тогда в следующий раз просить его о чем-либо будет затруднительно.

Я вынуждена была согласиться. Тем более, как верно подметил мой друг-адвокат, Дина действительно никак не заинтересована в моей гибели, разве что косвенно.

Глава 8

Анна с мужем жили в престижном районе набережной в квартире, которую им на свадьбу подарил Гольдберг. Встретили они нас очень радушно. Аня, маленькая, черноволосая и длинноносая, и ее муж Дима, высокий, худой, но такой же чернявый, отлично подходили друг другу.

— Мы вас заждались, — сообщил он.

— Поздравляем. — Его жена обняла и расцеловала нас.

В коридор вышла Мария Сергеевна, и сразу в нем стало тесно. На ее полном лице с обвислыми щеками и темными кругами под глазами застыло выражение угрюмого недовольства.

— А я вот что скажу, — пробасила она, не здороваясь, словно продолжая прерванный разговор. — У тебя, Танька, отец при смерти, а ты замуж собралась. Не по-людски получается, подождать надо.

Меня покоробило ее непочтительное обращение ко мне.

— Я узнала о его болезни вчера поздно вечером. Кстати, почему меня никто не потрудился известить?

— Танечка, у нас не было ни твоего телефона, ни адреса, — проворковала Анна.

— Это всего лишь помолвка, — добавил Роман. — Свадьба состоится гораздо позже. Александр Самуилович был бы рад узнать о счастье своей дочери.

«Мачеха» недоверчиво покачала головой, увенчанной пышной высокой прической. Мы прошли в гостиную и расселись вокруг небольшого столика, скромно заставленного закусками. Рома, как фокусник, извлек откуда-то новую бутылку коньяка, за что заслужил неодобрительное ворчание Марии Сергеевны: она уже выставила на стол бутылку самогона.

— Мы на минуточку! — попыталась возразить я.

— Не по-людски, — отрезала грозная «мачеха».

Я огляделась и приметила рядом с диваном кадку с фикусом, которому скоро предстояло спасти меня от отравления. В переносном смысле, так как вряд ли кто-то из моих родственничков настолько глуп, чтобы покушаться на меня в собственном доме. Но как бы то ни было, есть и пить в доме моих возможных врагов мне не хотелось.

Роман, как всегда, ловко избежал спаивания, сославшись на опасность вождения в пьяном виде. Его почему-то даже уговаривать не стали. После первой рюмочки, отправленной в кадку с фикусом, я вернулась к разговору об автомобильных авариях и красочно описала утреннее происшествие. Родственники отреагировали живо и неравнодушно.

— Как в триллере! — ахнула Аня, прижимая пухлые ручки к груди.

— Как жаль, — вздохнул Дима двусмысленно, но потрудился пояснить: — Машину.

— Как неосмотрительно, — пробасила Мария Сергеевна. — Надо следить за своими вещами и регулярно их ремонтировать, а не дожидаться, пока гром грянет.

— Я проверяла, — веско заметила я. — Вчера она была абсолютно целая и невредимая.

— Может, тебя кто-то хотел убить? — невинно спросила Аня. — Как в детективе!

— Мальчишки нахулиганили, — предположил ее муж.

— Я думаю, — «мачеха» грохнула рюмкой по столу, и все притихли, — Виолка могла отомстить. При ее собачьем характере только и остается, что пакостничать.

— Как вы про нее резко отзываетесь. А мне показалось, вы были дружны.

Мария Сергеевна мельком посмотрела на меня и кивнула зятю, чтобы разливал.

— Одно другому не мешает. Я ж правду говорю. Ну, за молодых!

Фикус получил вторую порцию самогона.

— Виолка больше с Риточкой общалась, моей младшей сестрицей, — вступилась за мать Аня. — Ты ее, наверно, еще не видела. Кто же знал, что Виола такая корыстная и хитрая?

— Я всегда говорила, — пророкотала первая жена Гольдберга, — Виолка еще та штучка! Но каждый получает то, что заслужил. А старый развратник — ваш папаша — в который раз клюнул на длинные ноги, за что и поплатился.

Следующие полчаса Мария Сергеевна посвятила недостаткам своего бывшего мужа, с которым она рассталась около двадцати лет назад. Никто не решался ее прервать, лишь Дима регулярно подливал в ее быстро пустеющую рюмку. Когда сердитая женщина наконец притомилась и занялась салатами и котлетой, несколько минут стояла настороженная тишина. Затем Аня рассказала, что с Димиными родителями случился подобный случай, только им повезло меньше: оба слетели в кювет и несколько раз перевернулись. Живы остались, но долго лежали в больнице.

— Неужели? — Я с подозрением посмотрела на тощего парня. Сценарий для действий у него был.

Он поперхнулся соленым огурцом и долго откашливался.

— С тех пор он даже права не смог получить, — нежно похлопывая мужа по спине, сказала Аня. — Смертельно боится машин и всего с ними связанного.

— Вряд ли у нас скоро появится автомобиль, — криво усмехнулся Дмитрий. — А лет через двадцать, когда мы разбогатеем, все уже будут летать на самолетах.

— По улицам? — удивился Роман.

— На мини-самолетах, — выпутался парень.

— Не понимаю, — Мария Сергеевна дожевала листок петрушки, — почему старый маразматик — ваш отец — оставил все сбережения тебе? Чем ты лучше Петеньки или Анечки?

Я пожала плечами.

— С Петром он сильно повздорил... Может, и с Аней?

Мы посмотрели на девушку. Она покраснела до кончиков ушей и забарабанила пальчиками по столу.

— Ты что-то от меня скрываешь? — надвинулась на нее мать. — Отвечай, когда спрашивают!

— Да не со мной, а с Димой! — заложила мужа Аня.

Мы хором перевели взгляды на бедного парня. Тот побледнел и сник.

— Так.

Мария Сергеевна сказала всего одно слово, но его оказалось достаточно.

— Я предложил ему... — признание давалось Диме с трудом, — профинансировать раскрутку нашей группы...

— Какой такой группы? — «Мачеха» опять посмотрела на дочь, требуя объяснений.

— Я в ней не участвую! — пискнула та.

— Мы с ребятами собираемся вместе, сочиняем стихи и музыку в стиле рэп...

— Чего-чего?

— Рэп. Как негры в Америке поют. Нам надо только выпустить диск, сделать пару клипов, и о нас заговорит вся страна! Но дядя Саша не понял, разнервничался, заявил, что мы от него и копейки не получим.

Мария Сергеевна помолчала, потом опрокинула в себя рюмочку и горестно произнесла:

— Единственный раз в жизни старый дурень оказался прав! Я бы вам тоже ничего не дала. Где это видано, чтобы русские люди как негры пели? Соседи засмеют! На улицу не выйдешь! Ох, горе мне с вами!

Провинившиеся молодые супруги уткнулись в тарелки. Я тоже сделала вид, что увлеченно вылавливаю сардинку из баночки. Теперь ясно, Дмитрию для раскрутки нужны очень крупные суммы. Ради своей группы он вполне мог решиться на преступление... А его жена ему помогает. Я обратилась к Ане:

— Вы вчера куда-то уходили? Я не могла дозвониться.

Вместо нее ответила оправившаяся от невероятного известия Мария Сергеевна:

— Вчера они у меня были. Мы собираемся завтра на природу выехать на шашлыки. Все вместе, с детьми и домашними животными. Кстати, вам котеночка не надо?

— Нет, — нахмурился Роман, и его опять почему-то не стали уговаривать. Вообще, должна заметить, к моему «жениху» все относились крайне бережно и уважительно.

— Мы вас тоже приглашаем! — елейным голоском пропела моя «сестра». — К двенадцати у Льва. Он обещал нас подвезти. — Она обернулась к матери. — Теперь у нас будут три машины, и мы все поместимся!

Та покачала головой.

— Но и количество народа увеличится...

— Я уже посчитала: тринадцать человек, кошка, четыре котенка и собака. Поместимся!

Пожалуй, подворачивался отличный случай застать всю семью вместе, провести «очные ставки», разобраться, есть ли против меня общий заговор или действует кто-то один.

— Отец в таком состоянии, — продолжала Аня, — что мы долго не знали, ехать или нет, но мама настояла, да и детям полезен свежий воздух. Сошлись на том, что с утра к нему заеду я, а вечером Петя.

— Хорошо, — согласился Роман. — Мы тоже подъедем.

— А сейчас нам пора, — подхватила я. — Спасибо за щедрое угощение.

— Нет, останьтесь! — почти приказала Мария Сергеевна.

— Мы обещали сегодня еще к Льву заглянуть, и уже опаздываем.

— Он, между прочим, отлично в технике разбирается, — вставила Аня. — Попроси его помочь с машиной.

— Обязательно.

Меня, а точнее, терпеливый бессловесный фикус, заставили выпить «на посошок» и только после этого отпустили. В прихожей я вспомнила свой любимый вопрос.

— Вы, случайно, о Дине Пушиной ничего не знаете?

«Мачеха» гневно фыркнула, Дима меня проигнорировал, Аня сложила губки бантиком и ласково промурлыкала:

— Ни малейшего понятия не имеем и иметь не хотим. Правда, мамочка?

Мамочка пробурчала что-то о бестактных невежах и повернулась к нам спиной, давая понять, что прием закончен.

— Ну как? — спросил Рома, заводя машину. — Кого ты подозреваешь теперь?

Я почесала затылок.

— Или всех, или никого. Они подтверждают алиби друг друга на вчерашний вечер.

— У Марии Сергеевны дома, скорее всего, были дети и муж, которые не будут врать.

— Ты думаешь? А если их тоже подговорили?

Он рассмеялся.

— Могу поверить, что Мария Сергеевна подействовала на мужа — он у нее под каблуком. Но ты незнакома с ее дочками. Они никогда не позволят собой вертеть, характер у обеих материнский, железобетонный. Особенно старшая — если что вобьет себе в голову, никакими силами не переубедить.

— Я думала, они слишком малы, чтобы иметь собственное мнение и открыто его высказывать.

— Старшей — восемнадцать, младшей — четырнадцать. Самый противоречивый и непокорный возраст.

— Быстро их мамочка нашла замену Александру Самуиловичу! — восхитилась я.

— Сам Гольдберг утверждает, что она нашла замену

еще до развода. Из-за этого он с ней и расстался, отсудив почти все имущество в свою пользу. Как было на самом деле, не знаю, врать не буду.

— Да, — вздохнула я. — Моя версия не выдерживает критики. Придется исключить их из подозреваемых, хотя некоторые моменты меня настораживают.

— Могу объяснить почему. Они неискренни, когда пытаются изобразить любовь к тебе, и ты чувствуешь фальшь. Но за недобрые мысли у нас не судят и не наказывают. Как говорится, плохое отношение к делу не пришьешь.

В моей сумке пискнул сотовый. В голове мелькнуло: неужто преступники узнали номер моего сотового и теперь будут доставать и по нему? Но, к счастью, я ошиблась: звонил Лев.

— Вы где? — спросил он.
— Уже подъезжаем.
— Зря. Меня нет дома.
— Безобразие! Пригласил в гости, а сам отсутствуешь!
— Безобразие опаздывать на час. Я проголодался и пошел поужинать. Давайте ко мне, в кафе «Русалочка». Знаешь, где?
— Знаю.

Я повернулась к Роману.
— Планы слегка изменились.

Глава 9

Мы очутились в «Русалочке», милом заведении, славившемся своими рыбными блюдами, ровно в семь вечера. У меня не на шутку разыгрался аппетит, и я решила плюнуть на все предосторожности, накупить камбалы, осетрины и всего прочего и наесться до отвала, в надежде, что повара и официанты не в сговоре с убийцей. А если меня все-таки умудрятся отравить несвежей рыбой, значит, такая уж моя разнесчастная судьба.

Лев сидел за дальним столиком у окна и, если судить по количеству заказанных им яств, еле умещавшихся на скатерти, был голоден не меньше моего.

— Наконец-то, — невнятно приветствовал он нас. — Присаживайтесь, налегайте на жратву. Я взял на троих.

Я тоскливо посмотрела на Рому. Много ли понадобилось времени, чтобы нашпиговать мою порцию ядом? Опять мне придется поститься, сглатывая слюнки и провожая взглядами куски, направляющиеся в чужие рты.

— Ты не заказал любимого Таниного блюда, — выручил меня «женишок», мгновенно оценив содержимое тарелок. — Жареных лещей под марсельским соусом с шампиньонами.

— Это, наверное, единственное блюдо, которое я пропустил, — усмехнулся мой «сводный братик».

Роман подозвал официантку и объяснил, что требуется даме. Когда принесли «мое любимое блюдо», я поняла: ничего вкуснее в жизни не пробовала!

— Хватит есть, — возмутился Лев. — Лучше расскажите, как вы дошли до жизни такой? Вы ведь, по-моему, познакомились совсем недавно, или я не прав?

— Любовь... — неопределенно промолвил Роман.

Я интенсивно покивала, но совету «брата» вняла. Действительно, я не есть сюда явилась, а преступление расследовать, и подняла глаза на сидящего напротив человека. С первой встречи он внешностью и повадками напомнил мне известного актера Никиту Джигурду — такой же бородатый, высокий, громогласный и грубоватый. Но в нем также чувствовались звериная сила и хитрость. Последняя, возможно, передалась по наследству от его папаши, как и деловые качества.

— В нашем жестоком мире нет места подобным чувствам, — заявил Лев, буравя меня взглядом.

— Но ты ведь любишь своего отца, — перевела я разговор в нужное русло. — Узнав о его болезни, наверняка разволновался и помчался в больницу навестить старика.

— Ага. В надежде, что мой добренький папаша перед лицом смерти поймет всю абсурдность своего решения завещать капиталы тебе. Другим его деткам они нужны не меньше.

— Какая откровенность!

— Мне скрывать нечего, — лукаво подмигнул «братец». — Уверен, остальные думают то же, но лицемерно помалкивают.

— У них, в отличие от тебя, нет ни сбережений, ни прибыльного предприятия.

— Я не Рокфеллер, а в данный момент переживаю непростые времена и не отказался бы от солидной материальной помощи. Но зуб на тебя не держу. Сам бы поступил так же.

— То есть как?

— Старик всегда был падок на молоденьких симпатичных девочек. Ты удачно появилась в тот момент, когда он в очередной раз поругался с другими детишками, обаяла, подпела, выставила злонамеренной дурой Виолку, словом, поработала на славу.

— Ты отлично осведомлен обо всем!..

— Люблю быть в курсе событий.

Если мой «брат» видит жизнь в подобных темных тонах, он вполне способен на любое преступление, вплоть до убийства. Тем более что у него, оказывается, тоже туговато с финансами. Что ж, надо попытаться выяснить, была ли у него возможность подстроить покушения на меня.

— Ты когда ездил в больницу? Жаль, мы не встретились.

— Вчера поехал днем, как только узнал о случившемся, потом у меня были запланированы встречи с партнерами, пришлось их слегка подвинуть. А сегодня заскочил к батяне с утра пораньше — часиков в девять.

Получается, подстроить нападение животных на меня в лифте он никак не мог — по времени не успевал. Ведь злоумышленник пол-утра бегал, собирал кошек и собак, и только около десяти запихнул их в кабинку лифта. Опять неувязочка. Не пойму: если никто из моих «родственников» на меня не покушался, тогда кто? Ответ напрашивается сам собой — Виолетта. Хотя...

— Лева, ты ничего не знаешь о Дине Пушиной? — задала я и ему свой любимый вопрос.

— О ком?

— Она была второй женой нашего отца. Ты ее не застал?

— Нет... Но имя знакомое, где-то от кого-то я его совсем недавно слышал...

— Припомни, пожалуйста, от кого и в каком контексте.

— Хоть убей, не помню!

Я печально вздохнула. Не знаю, каким образом расценил мою грусть Лев, но вдруг предложил:

— Пошли, сестра, покурим. А ты, Роман, сторожи наши места и сумочки.

Мы вышли на улицу. Веяло весенней прохладой, запахами цветущих деревьев, покоем и умиротворением.

— Ты хотел мне что-то сказать наедине? — Я не стала юлить, спросив напрямик.

— Угадала. — Лев глубоко затянулся. — Ты мне сразу понравилась. Эх, если бы ты не была моей сестрой!.. Ну да ладно. А теперь не пойми меня превратно, но замуж за Романа тебе выходить не стоит.

— Почему?

— Он тебя обманывает.

Я припомнила все наши разговоры. Рома ничего мне не обещал, ничего важного не сообщал. Наши отношения основаны на взаимной симпатии, удобны и необременительны для обоих.

— Он тебя не любит...

Ах вот о чем Левушка беспокоится! Но боюсь, я своего «жениха» тоже не люблю.

— ...и использует, — договорил «брат» после очередной затяжки.

Сейчас начнет доказывать, что Роману нужна не моя прекрасная душа, а презренные деньги, завещанные мне добрым папочкой. Лев начал именно так.

— Ты, дура романтичная, думаешь, ему твоя прекрасная душа нужна? Как бы не так! Бабки Гольдберга ему подавай!

Я состроила недоверчивую гримасу — «брат» еще более разгорячился.

— Я о тебе как о родственнице беспокоюсь! Открой глаза, сними лапшу с ушей! Вы с ним и месяца не знакомы! А когда он тебе предложение сделал? Когда старик тебя единственной наследницей назвал! Можешь возразить что-нибудь путное?

— Зачем? — Я надела на себя маску «сладкой идиотки». — Ты наговариваешь на него, так как сам бы не отказался от папиных денежек. А Рома меня любит, и мы будем счастливы!

Меня саму покоробило от этого глупого заявления.

— Да? — внезапно успокоился Лев. — А я считал тебя умной и дальновидной... Что ж, забавно будет посмотреть на твою реакцию, когда ты узнаешь...

— Что узнаю?

Привык «братец» к дешевым трюкам! Паузы тянет, как великая актриса.

— Роман был любовником Виолетты.

Я открыла рот, потом закрыла и помотала головой.

— Врешь!

— Я видел их несколько раз выходящими вместе из его квартиры. Мой партнер живет в доме напротив, мы часто зависали у него до утра, в основном располагаясь на кухне. А у меня привычка дурацкая — в окно смотреть. Когда первый раз увидел, не поверил, а затем даже маленькое расследование провел. Виола говорила иной раз нашему с тобой папаше, что заночует у подруги или сестры, а сама мчалась к адвокатику.

Несмотря на потрясение, я не потеряла способности логически мыслить и сразу обнаружила слабые места в сообщении моего «братика».

— Неувязочка: почему ты ничего не сказал отцу? Романа ты не любишь, Виолетту тоже, так и заложил бы их без угрызений совести.

Лев выкинул в темноту окурок и тут же достал новую сигарету.

— Должен я твоему жениху. Если он потребует сейчас назад свои баксы, на моем деле, да и на мне самом, можно ставить жирный крест. Я хочу лишь предупредить тебя, но прошу, когда будешь с ним ругаться, не упоминай моего имени.

— Договорились. — Мне внезапно стало холодно. — Когда началась их связь?

— Я заметил это впервые около года назад, хотя поглядываю в окно регулярно, не реже двух-трех раз в неделю.

— Они встречались до того, как отец выгнал Виолетту?
— Нет, — вынужден был признаться «брат». — Они расстались где-то в конце марта. А может, просто переменили место встреч.
— Вряд ли. Разве что заметили твою любопытную физиономию в окне.

Лев взглянул на меня удивленно.

— Недолго ты расстраивалась. Или до тебя не дошло? Твой женишок спал с твоей молодой мачехой и, возможно, строил с ней планы, как убрать твоего папочку. Теперь Рома нашел более простой и действенный способ заполучить деньги.

— Рома не способен на подобные гадости! — патетически воскликнула я и чуть тише добавила: — Но за информацию спасибо.

Мы вернулись в «Русалочку». Роман времени зря не терял — разложил на столе какие-то бумаги и делал в них пометки.

— Накурились? — оторвал он взгляд от документов. — А я уже десерт заказал.
— Расхотелось мне что-то есть.

Теперь и Романа мне придется опасаться, пока не выясню подробностей его отношений с Виолеттой. Я взяла свои плащ и сумочку.

— Поехали домой.

Роман безропотно поднялся и протянул Льву руку, которую тот быстро, но сильно пожал.

— Увидимся завтра на пикнике.

В машине «жених» поинтересовался:

— К чему такая спешка?

Я склонила голову на плечо и посмотрела в его глаза.

— Хочу услышать от тебя только правду.
— Спрашивай.
— Ты спал с Виолеттой?

Он не отвел взгляда.

— Да. Откуда ты узнала?
— Какой-то аноним позвонил по сотовому. Может

быть, сама Виолочка заволновалась, приревновала и решила расстроить нашу свадьбу.

Рома усмехнулся.

— Сложно поверить, потому что она сама сменила меня на другого мужчину.

— На кого же?

— Понятия не имею.

— Объясни мне, как получилось, что вы стали любовниками?

— Она была красивая, веселая, изобретательная в постели, да к тому же замужняя, то есть никакого риска в наших отношениях. Я, милая, закоренелый холостяк и как огня боюсь слишком серьезных отношений.

— Но она могла вскоре стать богатой наследницей...

— Ну и что из того? Скоро ты станешь богатой наследницей, но жениться на тебе, извини за грубость, меня под страхом смертной казни не заставишь. А деньги я сам заработаю.

Я ему поверила, но на душе все же остался неприятный осадок.

— Она говорила тебе о том, что собирается избавиться от мужа?

— Нет, конечно. Тогда бы я ни секунды с ней не пробыл и предупредил бы Александра Самуиловича.

— А она бы сообщила ему о вашей любовной интрижке.

Роман пожал плечами.

— Вряд ли он стал бы слушать человека, который покушался на его жизнь.

— Скажи, а почему ты скрыл все от меня?

— Не подумал, что это важно для твоего расследования. Убивают из-за денег, ведь любовь никого не интересует.

До моего дома мы доехали в полном молчании. Роман по-джентльменски проводил меня до квартиры.

— Пригласишь на чашечку кофе?

— В следующий раз.

— Ловлю на слове. Я заеду за тобой завтра в половине двенадцатого. Спокойной ночи.

Я захлопнула за ним дверь и долго стояла, прислонившись к ней спиной. Сегодняшний день преподнес мне кучу сюрпризов, и вряд ли я проведу ночь спокойно.

Переодевшись в любимые старые джинсы и свитер, я собрала волосы в хвостик и уселась на диван. Пора проанализировать все собранные факты. Итак...

Однако мысли почему-то меня не слушались, перескакивали на Романа и крутились вокруг его холостяцких принципов. Почему меня так задели его слова? Ведь я и сама считаю так же, с тем лишь исключением, что вполне допускаю знакомство с очень хорошим человеком, который сумеет уговорить меня «забыть постылую свободу». Неужели я настолько вжилась в роль невесты?

Надо посоветоваться с магическими костями. Я в нетерпении бросилась в прихожую, где оставила сумку. Взяла мешочек, потянула за веревочку... Но тут тишину прорезал телефонный звонок.

От неожиданности я уронила многогранники, и они рассыпались. Выругавшись в сердцах, я опустилась на пол: не дай бог решат, что я намеренно над ними издеваюсь, и обидятся. Интересно, в какую комбинацию они сложились? Но ведь я даже загадать ничего не успела. Игнорируя телефонные трели, разложила на ладони моих верных друзей и слегка погладила их пальцами.

— Не дуйтесь! Я нечаянно.

9+36+17 — ответили кости: «Страсть глупцов — поспешность: не видя помех, они действуют без оглядки».

— Это обо мне? — переспросила я риторически. — Или о моих врагах?

Затем вскочила и цапнула трубку телефона.

— Да?

— Таня? — Голос был приятный, мужской, незнакомый.

— Да.

— Если вы хотите получить ответы на свои вопросы, приезжайте сейчас, не позднее десяти часов, на Субботинское кладбище.

— Вы шутите — в такой час?

— Вашей жизни ничто не угрожает, но хочу предупредить: если приведете с собой милицию, ничего не узнаете.

— Кто вы такой?

— Знакомый вашего жениха, Романа Яковлевича Зайдина. Хочу вам помочь, но рисковать не намерен. Поэтому, если замечу слежку, встреча не состоится.

— Но почему на кладбище?

Мужчина помолчал, словно размышляя, что ответить.

— Потому что только там вы можете получить ответы на ваши вопросы. Жду вас до десяти ноль-ноль.

Я глянула на часы: без двадцати десять. Решать надо быстро: или я еду, или остаюсь дома. Но позвонивший вроде не похож на злоумышленника — уверенный, хорошо поставленный голос, властные нотки и абсолютное спокойствие, несмотря на весьма необычную тему разговора. Вероятно, он действительно как-то связан с Романом и хочет сообщить что-то о нем... Неужели мой «братец» Лев прав, подозревая моего «жениха»?

Эта мысль заставила меня порывисто вскочить. Пребывать в неведении по поводу поведения близкого человека в тысячу раз хуже, чем подвергаться преследованию убийцы, поэтому я ощущала почти физическую боль, думая о предательстве Ромы.

Нет! Не может быть! Он честный человек...

Но я хочу знать наверняка.

Накинула плащ, натянула ботинки, схватила сумку и вылетела за дверь. Спускаясь по лестнице, вспомнила предупреждение вещих многогранников. По спине пробежали мурашки. Похоже, слова о поспешности и глупцах относились ко мне... С тоской подумала о своих многочисленных друзьях в милиции. «Нет, на сей раз я не имею права обратиться к ним — очень уж личное это дело. Ниточка слишком легко может оборваться, и тогда я не узнаю, обманывает меня Роман или нет. Придется удвоить осторожность.

Такси поймала без проблем. Субботний вечер — благодатное время для заработка, пояснил мне флегматичный пожилой шоферюга. Место назначения также не вызвало у него ни малейшего удивления. Пробормотал лишь: «экстремалка». Выгрузил меня у главных ворот, развернулся и уехал.

Ворота были закрыты. «Экстремалка» в нерешительности топталась на месте, разглядывая острые зубцы на заборе. Я, конечно, могу и перемахнуть через него, но надо ли мне оно?

Предчувствие электрическим током прошло по мышцам, заставив их напрячься и толкнуть тело вверх в сумасшедшем прыжке. По тому месту, где я стояла секунду назад, промчалась машина с погашенными фарами. Скрипнули на повороте шины, и темная равнодушная громада улетела прочь.

Наверное, за мной следили от самого дома. Черт! Не спугнули бы Роминого знакомого... А вдруг меня сейчас пытался задавить сам Роман? Чтобы не допустить встречи?.. Нет!

Я оторвала судорожно сцепленные на зубцах решетки пальцы и скатилась вниз, в темноту кладбища.

Глава 10

Упала не слишком удачно: на куст. На раздавшийся треск должны были сбежаться все местные сторожа и беспокойные покойнички. И действительно, стоило мне выбраться на тропинку, ко мне, покачиваясь, неторопливо приблизился огонек фонарика, сопровождаемый кашлем и кряхтеньем.

— Кто тут? А? Не слышу.

Из темноты выплыло грузное небритое существо в фуфайке.

— Сторож? — спросила я.

— Ну, — полуутвердительно-полувопросительно кашлянул он и посветил мне в глаза. — А ты кто?

— Посетительница.

— Кого ночью посещаешь-то?

— А кого можно? — глупо ухмыльнулась я.

Существо оглядело меня с ног до головы и повернулось сутулой спиной. Напоследок кинуло через плечо:

— Ты, случаем, не Иванова?

— Она самая.
— Тогда тебе письмо.
Чего-то наподобие я и ожидала.
— От кого?
— На пороге оставили с бутылкой водки.
— Посвети.

Конверт обычный, неподписанный, в нем — сложенный листок бумаги, на котором печатными буквами карандашом выведено: «Разгадку найдешь на могилке графини Рязановой».

Сторож, самовольно ознакомившийся с содержанием послания, пояснил:

— Если идти по центральной аллее до воровской стелы, а затем направо почти до упора, прямиком упретесь. Там несколько каменных ангелков и саркофагов — культурное место.

Я прилежно последовала его рекомендациям. Правда, не шла, а кралась на цыпочках, и не по самой аллее, а по кромочке, то и дело сворачивая и затаиваясь за могилами. Где-то вдалеке, а иногда и рядышком хрустели ветки, шуршали прошлогодние листья, кричали незнакомые птицы. Лишь темнота оставалась непроглядной. В сумке у меня был маленький фонарик, но доставать его я не спешила. Привлечь к себе внимание возможного неприятеля — ход оригинальный, но неумный.

Я свернула на боковую дорожку и удвоила осторожность. Вот-вот должна появиться графская усыпальница. Присмотревшись, заметила впереди неяркий полусвет. Похоже, меня еще ждут, хотя я опоздала на целых десять минут.

Проскользнула между двумя каменными ангелочками и остановилась перед мраморной беседкой в греческом стиле. В просветах между колоннами висела тяжелая цепь. Две ступеньки вели к саркофагу. Плита перед ним сообщала, что здесь покоится прах графини Ирины Григорьевны Рязановой. Массивная крышка саркофага была чуть приоткрыта, и изнутри разливалось приглушенное золотистое сияние.

Я поспешила подойти и наклонилась над щелью. Ничего не видно! Но кто-то или что-то там находится. Я навалилась на крышку, напряглась и рванула. Потом еще и еще.

Медленно, очень медленно она начала поддаваться. Я вспотела и скинула плащ. Наконец щель показалась мне достаточно большой, чтобы разглядеть подробности. Оставила в покое крышку и склонилась над образовавшимся провалом.

— Боже мой! — непроизвольно вырвалось у меня.

На дне саркофага лежала прекрасная, но чересчур бледная Виолетта, и в ее скрещенных на груди руках горела свеча.

Я остолбенела настолько, что не среагировала на раздавшийся сзади тихий шорох. В следующий миг на мою голову обрушилось что-то тяжелое. Сверкнула последняя мысль: «Они меня достали!» — и я отключилась.

Сознание возвращалось ко мне постепенно. Сначала возникло чувство удивления: я еще жива? Затем включилось обоняние. Пахло чем-то неприятным, сладковато-тошнотворным. Я пошевелилась и попробовала на ощупь определить место пребывания своего бренного тела. С боков меня сжимали каменные стенки, снизу находилось что-то мягкое, неровное, а сверху до крышки зияло пустое пространство сантиметров так пятьдесят. Никак не хотело включаться зрение. Оно и понятно — вокруг абсолютная тьма. Последней восстановилась память. В голове мелькнуло видение мертвой Виолетты, и я поняла, на чем, точнее, на ком лежу!

Я заметалась, закричала и забила кулаками в крышку. Охрипла я не скоро, а вот пальцы сбила в кровь почти сразу. Ощупала саркофаг изнутри — единственная трещинка, через которую просачивался воздух, находилась на боковой стенке. Попробовала ее расширить — не поддается! Попыталась сдвинуть крышку — бесполезно! Во-первых, положение неудобное, а во-вторых, силы мои были исчерпаны предыдущими попытками ее открыть. Мне оставалось только надеяться.

Когда горло перестало издавать даже самые тихие

звуки, я сняла ботинок и стала стучать в стену кованым каблуком.

Не знаю, сколько времени это продолжалось. Мне показалось — вечность. Я старалась не думать, что находится подо мной, старалась поменьше шевелиться, пореже дышать. Голову держала приподнятой, упираясь ею в стенку, отчего шея затекла и окаменела. Из глаз текли злые слезы, но я их не вытирала, боясь потерять опору или ботинок. Мысли лезли дурацкие: об ореховом мороженом, об испорченных рукавах любимой курточки, о том, как я проведу предстоящее лето... Глупо, но мне казалось, что о том, как выбраться из кошмарного заточения, я еще успею подумать.

Вдруг крышка саркофага со скрежетом поползла в сторону. Неужели уже утро и пришли посетители? Но нет, снаружи по-прежнему еще темно. А может, это убийца вернулся проверить, жива я или нет, и, если надо, добить?

Я напряглась, судорожно сжимая ботинок. Когда отверстие стало достаточно большим, распрямилась, как отпущенная пружина, и буквально вылетела наружу. Оттолкнулась ногой от чьей-то спины, перекувыркнулась через голову и приземлилась за пределами огороженной цепью земли. Тут же рухнула на колени — ослабевшие ноги не выдержали нагрузки.

— Свят, свят, свят!.. — закряхтели сзади.

Я повернулась. На травке, прислонившись боком к саркофагу, сидел старик-сторож, смутно смотрел на меня и часто крестился. Неподалеку валялся его фонарик, освещая происходящее.

— Ты меня спас! — беззвучно прошептала я и поползла к сторожу, намереваясь если не расцеловать, то хотя бы пожать его мужественную руку.

Старик икнул и попятился.

— Не подходи! Зашибу!

— Ты что? — шепотом возмутилась я. — Не узнаешь?

— Графиньюшка Ирина? — неуверенно спросил он.

Я истерически рассмеялась. Он тоже начал визгливо хихикать, потом загрохотал басом.

— Ой, чертовка! Напужала! Чуть в штаны не наложил! — приговаривал сторож, утирая слезы. — Вылетела, как нечистая сила, пнула ноженькой и ну кувыркаться!

Отсмеявшись, я кое-как поднялась, опираясь на березку, обулась и попыталась отряхнуться.

— Сколько на кладбище живу, — продолжал дед, — никогда так сердце не екало. Повезло, здоровье у меня сибирское, а не то точно дуба бы дал.

Я поискала свой плащ, но не нашла. А вот сумка отыскалась: на дне моей импровизированной могилки. Наверно, когда меня ударили по голове, я выронила ее из рук вниз, на Виолетту. Потом меня отправили следом и прикрыли крышкой, а плащик забрали, чтобы никто случайно не наткнулся и не помог выбраться.

— Замерзла? Пошли, в вагончике у меня горячительное осталось.

Мы заковыляли прочь от усыпальницы графини Рязановой.

— Как ты меня нашел-то? — просипела я.

— Шел, шел и нашел, — охотно ответил сторож. — Делал обход полуночный, дай, думаю, загляну по тому адресу, который тебе дал, узнаю, чем люди занимаются. Пришел — никого. Развернулся было, слышу — стук. Отодвинул крышку, а оттуда чертяка выскакивает! Ох, беда. Зачем ты туда залезла?

— Добрые люди помогли, — глухо кашлянув, усмехнулась я.

Больше спрашивать он не стал — догадался, наверное. В вагончике его было тепло и светло. Дедок налил мне в стакан коньячку, приберегаемого, наверное, для дорогих гостей, и предложил:

— Может, водочки добавим? У меня еще целая бутылка есть непочатая, та, что с запиской оставили.

— Нет! — выдохнула я. — Она отравлена!

— Не может быть! — не поверил он, отвинтил крышечку, понюхал. — Нда, чем-то гадостным несет, непотребным.

После алкогольного допинга сил у меня прибавилось. Впереди предстояло одно крайне неприятное, но необходимое дело.

— Звони в милицию, — обратилась я к своему спасителю. — На твоем кладбище недавно произошло убийство.

Пока дед звонил, пока мы ждали приезда опергруппы, я сосредоточенно размышляла над событиями вечера. Воспользовавшись именем Романа, меня легко заманили в ловушку. Главная подозреваемая — Виолетта — погибла, доказав тем самым свою непричастность к покушениям на меня. Но если не она, то кто? Кто-то из «родственников»? Захотели одним выстрелом убить двух зайцев: избавиться от надоедливой жены Гольдберга и от главной наследницы, появившийся неизвестно откуда?

Нет, не верю. У них всех или отсутствие возможности, или времени, или средств. Например, ни у кого нет машины, кроме Льва и второго мужа Марии Сергеевны. И у Романа есть. Но белая. Зря я его подозревала... Или все же не зря?..

Так недолго и с ума сойти! Завтра на пикнике расскажу, что я не наследница Александра Самуиловича, а частный детектив. Хватит с меня, надоело быть мишенью. Невинная, как казалось поначалу, ложь несколько раз чуть не лишила меня жизни и привела к нервному срыву. Все!

Я налила себе четверть стакана коньяка «для сугрева», но «сугреться» не успела. Со стаканом в руке и открытым ртом меня застал угрюмый из-за позднего вызова следователь Андрюша Мельников.

— О! Иванова! — кровожадно потер он руки. — А кто говорил, что на рабочем месте не пьет? А ну поставь посуду, будем разговаривать.

— Я не на рабочем месте, — огрызнулась я.

— Рабочее место у тебя осталось в склепе, — подхватил Мельников. — Как нам дедок доложил, ты там ночевала. Пошли, покажешь, что к чему.

Пришлось тащиться с ним к гробнице графини Рязановой и по совместительству — Виолетты Гольдберг. Мой рассказ привел знакомого следователя в затруднительное положение: и посмеяться тянет, и обидеть меня не хочет. Хорошо хоть уступил свою кожаную куртку.

— Теряешь квалификацию, — заявил он после осмотра места преступления. — Чуть не сбили машиной, а номер не запомнила, увидела труп и растерялась, подпустила к себе убийцу. Эх ты, мисс Марпл тарасовская!

— Если бы за тобой охотились двадцать четыре часа в сутки, ты тоже кое-что бы потерял.

— Кстати, у тебя ведь пушка была, а у убийцы нет.

— Почему ты так решил?

— Тогда и тебя, и ту девушку он бы застрелил, а не бил бы по голове. Ей, правда, досталось куда больше, чем тебе.

— Чем он ее убил?

— Предположительно небольшим тупым предметом — палкой, дубиной, тростью, прутом. За окончательным результатом обращайся завтра. Возможно, обыскав кладбище, найдем и само орудие убийства.

— Удар был нанесен сзади?

— Да. Похоже, ее поймали на тот же трюк, что и тебя. Только в гробу тогда стояла лишь одна свечка. Под телом мы обнаружили наплыв воска.

— А следы преступника?

— К сожалению, тут везде трава и вся — примята.

Я чувствовала себя усталой и разбитой, хотелось поскорее залезть в ванну и позабыть обо всем. Равнодушно проследила за извлечением из саркофага Виолетты, подумала лишь, что так же вот могли доставать и меня месяцев через пять-шесть или даже позже. Опознали бы по содержимому сумки и зубной карте...

Посмотрела на часы — уже без пятнадцати три! Присвистнула и вяло засобиралась. Меня подвезли к дому и проводили до этажа. Обещали позвонить и узнать о самочувствии.

Я налила себе апельсинового сока и забралась в теплую ванну с успокаивающей солью. Расслабилась. Одно радовало — убийца теперь должен оставить меня в покое. Хотя бы на пару дней. Хотя бы на пару часов...

Около четырех я забралась в постель и выключила свет.

И тут зазвонил телефон.

Пошарила в темноте рукой, взяла трубку.

— Алло.

Молчание.

— Привет, подонок, — усмехнулась я. — Ты опять проиграл, а я вновь жива и невредима.

— Ты скоро умрешь, — пообещали мне почти беззвучно.

— Держи карман шире!

На этот раз первой трубку бросила я. И подумала, засыпая: откуда они узнали, что я дома? Наверное, позвонили просто проверить... Но почему в четыре часа ночи?

Глава 11

Проснулась я от звонка. Посмотрела на часы — начало девятого. Опять преступники балуются. Дотянулась до провода и выдернула его из розетки. Перевернулась на другой бок, закрыла глаза. Сон не шел, зато появились беспокойные мысли. Например, о том, что пора посетить квартиру своего «папочки» и поискать анонимку.

Делать нечего, надо вставать. Первым делом я достала вещие многогранники, чудом уцелевшие прошлой ночью. Если бы я бросила сумку на землю, как свой плащ, убийца забрал бы все, и неизвестно, заполучила бы я ее когда-нибудь назад.

Крепко зажмурилась и спросила:

— Что меня ожидает сегодня?

Раскрыла ладони и уронила кости на стол. Они ответили: 33+19+8. «Вас ожидает чья-то ранняя смерть».

— Чья? — переполошилась я. — Уж не моя ли? Нет, милые, потрудитесь еще разок. Каким испытаниям сегодня подвергнется конкретно моя жизнь и мое здоровье?

Кинула снова. Кости покладисто сложились в комбинацию, сначала мне показалось, что в ту же самую).

Но нет, у страха глаза велики. 33+19+4. Умирать мне рановато, а вот «возможность пострадать от руки злоумышленника» вполне существует. Вопрос: до какой степени пострадать? До летального исхода? Переспрашивать я не рискнула.

Заварила крепкий кофе, пожарила яичницу — когда еще удастся перекусить в следующий раз?.. За окошком ярко светило солнышко, обещая теплый день. Это хорошо, так как из-за козней моих врагов я осталась без верхней одежды: плащик свистнули на кладбище, куртку испортили животные. Памятуя о предстоящем барбекю, оделась в спортивно-загородном стиле: майка, ковбойка, джинсы и тонкая ветровка. На ноги — кроссовки, на плечо — сумку, на нос — темные очки.

На лестничную клетку вышла с соблюдением всех мер предосторожности, но, как ни странно, ничего не произошло. Спустилась вниз — ничего! Вышла во двор — ничего!

— Только приготовишься пострадать от злоумышленников, — с досадой пробормотала я, ловя такси, — а они про тебя забывают. Неожиданность им подавай, театральные эффекты. Почему другим достаются ординарные враги, использующие пули и ножи, а мне, как всегда, оригиналы и сумасброды? То кирпич на голову, то кошки в лифте, то клюшкой по голове.

— Сама с собой разговариваешь?

Я резко обернулась — метрах в двух сзади стоял Лев и улыбался.

— Привет. Какими судьбами?

— Проезжал мимо, смотрю, сестра голосует. Грех не подвезти. Ты живешь неподалеку?

— Ночую.

— Ночевать надо с женихом, а не то он найдет какую-нибудь симпатичную подушку-подружку.

— Не учи ученого. Сам-то один спишь... или с каким-то другом? С тем, у которого окна на дом Ромы выходят?

— Уела! — Лев поднял руки кверху. — Пошли, красавица, прокачу с ветерком.

Мы направились к синему «Фольксвагену» не первой молодости. Если бы за ним тщательно ухаживали, холили и лелеяли, он выглядел бы лет на десять моложе. Но его хозяин относился к категории людей, живущих по принципу: «использовал — и выбросил», а также «вежливость — выдумка для дураков». Дверцу он передо мной не открыл.

— Собираешься на пикник? — бросил мне «брат», садясь.

— Да. А ты?

— Уговорили, — хмыкнул он. — Мария Сергеевна любого достанет. Знаешь, что я подумал? Было бы забавно, если бы на наше сборище внезапно явилась Виолетта. Вот был бы переполох! Как ты считаешь?

Я вспомнила, что никто из моих «родственников» еще не знает о страшной гибели третьей жены Александра Самуиловича. По крайней мере, если никто из них не имеет к произошедшему вчера ночью отношения. Надо будет сообщить, когда соберемся все вместе, и посмотреть на реакцию.

— Тань! — окликнул меня Лев. — Ты слушаешь, что я говорю? Или опять где-то витаешь? Могу повторить: явилась бы Виолетта — вот поднялся бы переполох. Как ты считаешь? Безобразие, опять не заводится, бензина осталось на пять километров, мне эта увеселительная поездочка за город в кругленькую сумму встанет. Тань, ты слушаешь или опять отключилась?

«Брат» уставился на меня, как баран на новые ворота, потом приосанился, хохотнул и погрозил пальцем:

— Притворщица! Лицо сделала непроницаемое, а сама все на ус мотает. Куда тебя подбросить?

— На улицу Гоголя.

— А точнее? Улица, матушка моя, длинная.

— К кинотеатру.

— Ты не к папане ли на квартиру собралась? — догадался «братец».

— Угу, — неохотно согласилась я.

— Зачем?

— Надо.

— Лаконично. Цель: ограбление — отметаем сразу. Ты скоро станешь законной владелицей каждой безделушки в его шикарной квартирке. Хочешь опись составить, чтобы после поминок сверить наличие и отсутствие ценных мелочей?

Я как-то неопределенно, но больше утвердительно дернула плечом, поэтому Лев решил, что угадал.

— Хорошенького же ты о нас мнения! Почти как мы о тебе!

И громко заржал, вздернув бороду к потолку.

— Смотри на дорогу, — одернула его я. — А то папа лишится своей главной наследницы.

«Братик» лукаво на меня глянул, но промолчал. Притормозил, где я его попросила, отсалютовал и умчался прочь.

Я проводила синий «Фольксваген» взглядом. Чем объяснить своевременное появление Льва? Случай? Или закономерность? Хочет втереться в доверие к будущей богатой родственнице? Или следит за мной? Ведь убийца каждый раз в курсе моих передвижений... Возможно, Лев его добровольный помощник. Машина, которая чуть не сбила меня вчера, была темного цвета. Не потому ли «братец» так на меня посмотрел, когда я посоветовала ему осторожнее себя вести за рулем?

В задумчивости я подошла к подъезду и остановилась. О моей сегодняшней поездке на квартиру Гольдберга знают слишком многие: Петя, Лев, Роман. Любой из них мог рассказать еще кому-то, и по цепочке новость могла достигнуть ушей моего убийцы. Значит, надо ждать неприятностей.

Но ждала я напрасно: ни в подъезде, ни в самой квартире никаких наприятностей не произошло.

Я разочарованно прогулялась по пяти комнатам, уставленным высококачественной техникой и предметами антиквариата. Остановилась в кабинете Гольдберга. Кожаная мебель, дубовый письменный стол, заваленный бумагами, книжные шкафы — все это я уже видела и раньше, когда занималась расследованием покушений на Александра Самуиловича.

С тех пор ничего не изменилось. Я внимательно осмотрелась. Где может быть анонимка?

Поползала по полу, подвигала кресла, диван, перерыла содержимое ящиков и груды документов на столе — ничего! Я уселась прямо на пушистый ковер, чтобы не светиться в большом окне, занимавшем полстены, подперла голову руками и прикинула возможные варианты исчезновения письма. Первое: его забрал Роман или кто-то из домоуправления. Второе: его забрал убийца. Из многочисленных замков заперт всего один, открыть который — раз плюнуть.

Первый вариант легко проверить. Рому я увижу через полтора часа, тогда и спрошу. Остальных разыщу сейчас.

Найти домоуправа оказалось несложно. Она, а это была пожилая женщина, сидела на скамеечке во дворе и выгуливала на коротком поводочке толстого персидского кота. Точнее, он не гулял, а сидел рядом со скамейкой и обнюхивал короткие зеленые травинки.

Я представилась как дочь Гольдберга, рассказала о письме, которое отец получил тем утром, и почти прямо обвинила ее в воровстве.

— Деточка моя! — ахнула управдомша. — Что ты такое говоришь? Ничего не поняла.

Я повторила свою историю слово в слово, но в два раза медленнее.

— Письмо? Какое письмо? — уловила смысл опрашиваемая.

Я терпеливо повторила свою историю в третий раз, делая громадные паузы между фразами.

— Ах, ты про письмо говоришь!
— Так вы его видели?
— Естественно, — обиделась управдомша. — Я же не слепая. Александр Самуилович сжимал в одной руке конверт, в другой саму бумажку.
— Куда вы их дели?
— Кого?

Я вздохнула, досчитала до десяти и выдохнула.
— Конверт и бумажку.
— На диван положила. Они мне ни к чему. Пусть род-

ственники беспокоятся, отчего их папочку удар хватил.

— Но прочитать прочитали.
— Естественно. Я же не слепая.
— Это я уже поняла, — пробормотала я. — Ему угрожали?
— Да нет. Написали, что умрет скоро.
— А здоровья не пожелали? — фыркнула я, но тут же пожалела о сказанном, так как бабуля вспомнила о собственных болячках и собралась подробно мне о них поведать.
— Когда вы уходили, — прервала ее я, — письмо лежало на диване?

К счастью, последний вопрос она поняла с первого раза.

— Куда положила, там и лежало.
— Ни адвокат, ни слесарь его не брали?
— Кого?
— Да письмо!
— Ах, вы про письмо говорите... Нет, не брали. Они понесли Александра Самуиловича вниз, в машину «Скорой помощи». Я последней уходила, дверь за собой заперла.
— Вы мне очень помогли! Спасибо.

Я поспешила ретироваться, чувствуя себя выжатой как лимон. Но главное, я убедилась, что анонимки мне не видать — преступник проявил предусмотрительность, забрался в квартиру Гольдберга и украл улику. Письмо — не телефонный звонок. По конверту, бумаге, манере написания специалист может определить многое. Замок вскрыл без страха: после работы над ним слесаря одна лишняя царапина ни о чем не скажет.

Выйдя со двора, я удивилась спокойствию нынешнего утра. Или обо мне просто забыли, или готовится нечто грандиозное, абсолютно убийственное. Поэтому на мелочи вроде кирпичей с крыши мои враги отвлекаться не желают. Что ж, я не против, готова...

Взглянула на часы. Время есть, успею съездить в больницу к «папочке», сообщу ему о своем решении перестать называться его дочерью.

Путешествие по городу и через парк обошлось без приключений. Может, злоумышленники навели обо мне подробнейшие справки, уточнили, где я родилась и кто мои родители, исключив меня из списка жертв? Версия приятная, однако расслабляющая и потому непригодная. Лучше быть живым пессимистом, чем мертвым оптимистом.

В реанимацию кардиологического отделения удалось проникнуть без проблем. На пути не встретилось ни одной санитарки, не говоря уж про медсестер или врачей. Дверь в палату Александра Самуиловича была приоткрыта. Я зашла. Единственный пациент лежал без движений, с плотно закрытыми глазами.

— Привет! Это Татьяна, — весело поздоровилась я, усаживаясь рядом с кроватью.

Гольдберг открыл глаза и повернул ко мне морщинистое личико.

— Шепотом говори, а то услышит кто.
— Как вы себя чувствуете?
— Получше. Никто пока не добил.

Я помялась, собираясь с духом, но начала издалека:

— Была сейчас в вашей квартире. Анонимку не нашла. Скорее всего ее забрал преступник, чтобы не оставлять следствию улик.

Старик переполошился.

— Больше ничего не украли? У меня много ценных вещей, произведений искусства...
— Какой резон воровать, если они считают, что после вашей смерти все достанется им?
— Но ведь они знают, ты — моя наследница.

Я вздохнула.

— Сегодня я собираюсь развеять их заблуждение по этому поводу.
— Мы так не договаривались!
— Александр Самуилович! За последние двое суток у меня не было ни одной спокойной минуты. На мою жизнь покушались без малого десяток раз, причем изобретательность и жестокость преследователей способна поразить любое воображение. Мое, по крайней мере,

поразило. Овчинка не стоит выделки, деньги не стоят того, чтобы из-за них умирать.

— Но у нас с тобой договор!

— Моя репутация пострадает больше, если я не найду убийцу, чем при отказе от выполнения некоторых пунктов нашего соглашения. Или вы полностью хотите отказаться от моих услуг?

— Шантаж, — тонко подметил сообразительный клиент. — Отказаться я не могу, так как не имею ни возможности, ни времени для поиска и введения в курс дела другого детектива... Но заплачу я вам меньше обычных расценок.

— Ну уж нет! — возмутилась я. — Вы меня подставили, заставили солгать, подвергли нешуточной опасности. Я требую надбавки за риск!

Мы с ним торговались минут десять, наконец пришли к компромиссу и успокоились. Если Гольдберга все же убьют, а он считал, что после моего признания его обязательно убьют, я не получу ни копейки. Если его не убьют, а преступник будет схвачен, я получу свое вознаграждение полностью.

— Делов-то всего ничего, — посетовал Александр Самуилович. — Найти Виолеттку и приструнить.

— Я как раз собиралась вас огорчить. Или обрадовать. Вы — вдовец! Поздравляю! Или соболезную.

— Как? Когда? Почему?

— Со вчерашнего дня, — выборочно отвечала я на его вопросы. — Ваша жена убита. Так что круг подозреваемых сузился.

Известие, судя по всему, не сильно расстроило моего клиента, скорее озадачило.

— Кто же тогда, если не она?

— Разберемся, — пообещала я. — Меня больше беспокоит ваша вторая жена. Вы о ней давно ничего не слышали?

— Последний раз я видел ее четыре года назад у наших общих знакомых. Тогда она была не замужем, бездетна и малообеспеченна. Работала в какой-то поликлинике. Располнела, подурнела. В общем, ничего интересного. Почему она тебя беспокоит?

— Сама не пойму. Каким-то образом она впутана в наше дело, но вот каким...

— Ладно, держи меня в курсе. А у меня сосед появился, в следующей палате, алкаш какой-то, буйный. Жаль, я даже возмутиться не в состоянии, почему таких личностей рядом с приличными людьми кладут. Нянечки говорят между собой, что больше нигде мест не было, а ему интенсивная терапия нужна.

Я быстренько распрощалась с Гольдбергом и направилась в соседнюю палату. Так и есть! Дядя Вова! Выглядел он похуже, чем мой клиент, но пребывал в сознании. Я подошла и склонилась над ним.

— Дядя Вова! Вы меня слышите?
— Да, — тихо прохрипел он.
— Я хочу найти того, кто вас отравил. Помогите мне! Кто принес вам ту бутылку водки?

Слесарь натужно заскрипел, но понять его было невозможно. Я предложила:

— Давайте я буду задавать вопросы, а вы говорите «да» или «нет». Хорошо?
— Да.
— Водку принес мужчина?
— Нет.
— Женщина? — почти не удивилась я.
— Да.
— Молодая?
— Да.
— Толстая?

На лице дяди Вовы отразилась внутренняя борьба, то ли не мог вспомнить, то ли не был уверен, какую женщину можно назвать толстой, а какую нет.

— Блондинка?
— Да.
— Красивая?
— Да.

Ясно, что у больничного слесаря и богатея Гольдберга критерии красоты были разные. Александр Самуилович не нашел в женщине «ничего интересного», а дяде Вове она показалась образцом женской красоты.

Больше ничего определенного от дяди Вовы добиться не удалось, но и на том спасибо.

Я покинула больницу с твердой убежденностью, что надо немедленно заняться поисками второй жены моего клиента — Дины Пушиной.

Глава 12

К своему дому я подъехала в начале первого. Как и следовало ожидать, Ромы уже не было. Набрала номер его сотового.

— Ром, привет.
— Ты в порядке?
— Отлично себя чувствую. Ни одного покушения за все утро.
— Ты, наверное, меня заждалась, прости — меня привлекли к перевозке кошки с котятами.
— Бедняжка! — я представила, как животное, одержимое инстинктом материнства, защищает свое потомство от посягательства коварных людей.
— Мы решили, за тобой заедет Лев с девочками Марии Сергеевны. Передай им от меня: не прощу дезертирства!
— Постой! Но ко мне никто не заезжал!
— Да? Ты их, случайно, не пропустила? У подъезда встречала?
— Э-э-э... Может, и пропустила. Что мне теперь делать?
— Поезжай своим ходом. Я объясню, как добраться. Запишешь или запомнишь?

Путь на место будущего пикника я запомнила легко и в который сегодня раз отправилась ловить частника. Удача опять улыбнулась мне. Стоило только поднять руку, ко мне подрулила черная «шестерка».

— Мне... — начала было я.
— Садитесь, подвезем.

В машине сидели два парня лет восемнадцати-двадцати, причем один почему-то на заднем сиденье.

— Вперед залезайте, — продолжал водитель. — Меня Гришей зовут.

— Таня, — представилась я. — Откуда берутся такие симпатичные и общительные ребята?

— А где водятся такие красивые и веселые девушки? — подал голос второй мой попутчик. — Я — Леша.

Я рассказала, куда мне надо попасть.

— За город собрались? — неизвестно чему обрадовался водитель Гриша.

— Весна, воскресенье. Не в квартире же маяться.

— Точно! — подхватил Леша. — Мы тоже за город собрались, пива купили ящик. Может, возьмете нас в свою компанию?

— Не знаю, как отреагируют мой жених и родственники, если я явлюсь с двумя молодыми парнями, — улыбнулась я.

— Мы тихие! — заверил Леша.

— А жених ревнивый? — поинтересовался Гриша.

— Поводов лучше никому не давать.

— Точно! — воскликнул Леша. — Мы тоже не любим никому поводов давать. Мы можем попозже подъехать, как будто случайно.

— Не думаю, что это удачная идея, — я покачала головой. Странно, вначале ребята мне понравились, а теперь вызывали необъяснимое раздражение. Неужели я слишком стара, чтобы спокойно чувствовать себя рядом со столь юными, бесшабашными и легкомысленными созданиями? Или я ошибаюсь на их счет?

— Ревнивый жених — это беда, — вздохнул Гриша. — Не разберется и пришлепнет нас, как букашек.

— Точно! — обрадовался Леша. — Или мы его.

— Он тихий, — объяснила я ребятам.

— А ты сама не ревнивая? — запросто перешел на «ты» водитель. — Приедем, а он не один.

— Он наверняка не один. С ним все мои родственники.

— Я не про то. Если он в твое отсутствие с другой бабой развлекается?

Я почему-то вспомнила про убитую Виолетту. Тряхнула головой, но видение бледной девушки со свечой в руке не исчезало. Мелькнула крамольная мысль: а вдруг это Роман избавился от назойливой любовницы? Но зачем ему убивать меня? И кто тогда звонит по телефону? Чушь! Рома непричастен к покушениям, а я потихоньку схожу с ума, и только для того, чтобы не молчать, я сказала:

— Он не такой, — словно пыталась сама себя в чем-то убедить.

— Все девчонки так говорят, — не поверил мне Гриша. — Ничего не видят, ничего не слышат.

Я внимательно посмотрела на водителя. «Истина устами младенца. Что же такого я не вижу и не слышу, что упустила?»

— Точно, — с презрением фыркнул Леша. — Но не все. Есть бабы, которых на мякине не проведешь.

— Да, — откликнулся его товарищ и продолжил почти с благоговением: — Есть бабы, которые за измену и убить могут. Сила!

— Глупость, — возразила я. — За предумышленное убийство по Уголовному кодексу полагается от двенадцати до пятнадцати лет. Конечно, если «бытовуха» — по пьянке, в состоянии аффекта, — тогда меньше: от трех до семи.

Водитель уважительно цыкнул:

— Было бы у меня мозгов побольше, тоже бы выучил Уголовный кодекс. Полезная штука. Допустим, лезут на тебя с пером или с битой, а ты им: «Ша, детки, остыньте, а не то схлопочете по статье такой-то столько-то годков».

— Тебе повезет, если «детки» прислушаются к голосу разума, — заметила я. — Сворачивай там.

— Нда. — Гриша закрутил баранку влево. — Для убедительности надо у них перед носом пушкой качать. Пусть уважают Уголовный кодекс Российской Федерации.

Скорее бы приехать, подумалось мне. Что-то давно я не слышала Лешиного «точно!», задремал, наверно. Посмотрела в зеркальце: парень не спал, а сосредоточенно копался в большой спортивной сумке.

— Тань, не знаешь, тут лоси не водятся? — озабоченно спросил меня водитель.

— Вряд ли.

— Ой! А что это там мелькнуло?

Не понимаю до сих пор, как я купилась на столь дешевый трюк?!

Отвернулась к окошку и уставилась на мелькающие перелески и овражки. Внезапно мне в нос ударил резкий запах, в следующее мгновение к лицу прижали мокрую тряпку и дернули за волосы. От неожиданности я не успела полностью задержать дыхание. Небольшая порция хлороформа (а это был именно он) проникла в мои легкие. Ребром ладони я ударила наугад по Леше. Он пискнул и отпустил тряпку, но она не упала, удержалась на моем запрокинутом лице. Но я тут же получила под ложечку от Гриши. Невыносимая боль заставила меня судорожно вдохнуть. В голове помутилось. Последним усилием я сорвала с лица тряпку, но тут на моем горле сомкнулись чьи-то пальцы. Успела лишь подумать: хлороформ применяется только в медицине... И отключилась.

В сознание как через слой ваты пробились глухие искаженные голоса. Понемногу непонятные звуки стали складываться в слоги, а затем в слова и предложения.

— Она... Скоро... Очнется...
— Мы успеем...
— Живую страшно?..
— Как она мне... врезала... каратистка долбаная!..
— Пошли!
— Нет! Сначала я ее трахну!

Пока мои похитители спорили, насиловать меня или нет, я постепенно приходила в себя. В ушах звенело, перед глазами мелькали мушки и звездочки, но хлороформ уже выветрился из легких, и я чувствовала себя почти сносно. Чуть приоткрыла глаза. За руки и за ноги меня привязали к дереву, рот заклеили скотчем. Хм, незавидное положение. Я пошевелила кистями: если это движение возможно, значит, не все потеряно.

Вокруг зеленели невысокие дубки и клены, кусты больше всего напоминали смородину. Значит, мы находимся недалеко от дороги в лесопосадках. Где-то поблизости мои «родственники» расстелили одеяла, разожгли костер и нанизывают на шампуры сочное душистое мясо... Вскоре кто-то из них пойдет «по воду» или осмотреть окрестности, добредет до моего распростертого тела, достанет из-за пазухи нож мясника и...

— Сумку ее достань из машины и тут положи. — Голос Гриши. Похоже, командует он.

— Зачем?

Вопросы задает глуповатый Леша, которого еле убедили меня не трогать, так как я опасна и непредсказуема.

— Тебе нужны лишние улики? Она сказала, что убьет ее, а тело спрячет. Представляешь, что будет, когда менты начнут эту бабу искать, а у нас ее сумка? Нет уж, куда тело спрячет, туда и сумку пусть засовывает.

— Я пошарю, вдруг там баксы.

Возражаю! У меня там много интересного, но не для тебя. Сквозь ресницы я бросила на Лешу гипнотизирующий взгляд. Неожиданную поддержку оказал Григорий:

— Оставь, урод! Увидишь что-нибудь не то и проколешься потом по дури или по пьяни! И меня утопишь.

— Ты меня достал!

— Я не хочу сесть за соучастие. Если все пройдет, как она задумала, до нас никто не докопается. Так что слушай меня и ее, будешь в ажуре.

— Неужели мы кинем такую классную телку? — горько посетовал Леша.

— Пошли отсюда. Я не хочу видеть, как она «такую классную телку» на куски резать будет.

— А я бы посмотрел.

Голоса начали удаляться.

— Сейчас колес наглотаешься и посмотришь.

— Она сколько дала?

— Достаточно...

— Много не бывает...

— Еще даст...

Зарычал мотор. Я вскинула голову и проводила взглядом замелькавшую среди деревьев черную «шестерку».

Таинственная Она может появиться с минуты на минуту. Не хочется встречать гостью привязанной и беспомощной. Почему-то я не сомневалась: знакомство лучше отложить.

Некоторое время я интенсивно растягивала веревки, увеличивая свободное пространство, затем извернулась и переместила одну руку вперед и вбок. В результате пальцы этой руки смогли дотянуться до узлов. Похитители завязали их не слишком умело, но щедро: всего я насчитала десятка полтора узлов. Одной рукой действовать неудобно, но за четверть часа мне удалось половину их распутать, а вторую — ослабить. Через расширенное отверстие, обдирая кожу, я протащила одну руку, затем, уже легко, — вторую.

И чуть не упала, так как потеряла опору. Цепляясь за ствол, медленно спустилась и освободила ноги. Немножко посидела на травке, разминая затекшие лодыжки и кисти. Затем собрала веревки, засунула их в сумку, благородно оставленную мне похитителями, и посмотрела в ту сторону, где скрылась черная «шестерка». Самым разумным было бы засесть в кустах и ждать прихода убийцы, но я не доверяла ни своей реакции, ни своим силам. Мне требовалась передышка. После отравы, которую пришлось вдохнуть, в голове стоял туман, перед глазами мелькали звездочки, а руки крупно дрожали.

Однако второй такой идеальной возможности увидеть преступницу может не представиться. Надо найти безопасное место и притаиться. А так как в борьбу я вступать не собиралась, это место должно быть, кроме всего прочего, еще и неприступным.

Оглядевшись, я обратила внимание на стоящий с краю злополучной полянки ветвистый приземистый дуб. Забраться на него смог бы и двухлетний ребенок — столько удобных развилок и сучков, а обороняться от нападений куда проще, чем со всех сторон сразу.

Я сжала зубы и, пытаясь подавить тошноту и головокружение, полезла наверх. Чтобы забраться на высоту около трех метров, мне потребовались все мои силы и навыки. Наконец я прочно устроилась в развилке, обняла руками ствол и уставилась вдаль, из которой предположительно должен был появиться убийца. Попозже начну вертеть головой.

Ждать пришлось недолго. Сначала послышался звук

автомобильных моторов, а затем на полянку выбрались два джипа. Из них высыпала толпа молодцев кавказской внешности и длинноногих блондинок. Загремела музыка, задымился костер, зазвучал смех.

Ни один нормальный человек, услышав звуки подобного «шабаша», не решится приблизиться к поляне. Убийца издалека поймет, что опять прокололся, и я спаслась. Удружили, нечего сказать!

Я чертыхнулась и начала спускаться.

Мое появление вызвало всеобщее замешательство. Девицы завизжали, парни повытаскивали пушки.

— Спокойно! — я подняла вверх пустые ладони. — Служба охраны леса. Вы подготовили место для костра? А мешки под мусор? Вы знаете, что производимый вами шум мешает птицам?

Атмосфера разрядилась. Мне клятвенно пообещали не сорить, не ломать веток и забрать бутылки в город. Я погрозила пальцем и удалилась, провожаемая уважительными взглядами. Будут знать теперь, когда другие люди отдыхают, «зеленые» стоят на страже родной природы.

Вскоре я вышла на проселочную дорогу, по которой мы сюда приехали. Минутах в десяти ходьбы мои «родственнички» с моим «женихом» жарят шашлык. Любопытно будет посмотреть на их реакцию при моем появлении, а Гриша с Лешей никуда от меня не денутся: номер их машины я прекрасно помнила.

Хлороформ, формалин, «колеса» — у моего убийцы своеобразный арсенал. С большой долей вероятности можно предположить, что подобный набор характерен для медицинских работников. Среди подозреваемых к медицине имеют отношение покойная Виолетта и таинственная Дина. А так как последнюю жену Гольдберга в чем-либо обвинять уже поздно, на роль преступницы остается его вторая жена. Именно ее Леша и Гриша с уважением и страхом называли «Она».

— Но почему?! — воскликнула я вслух. — Что я ей сделала? Ведь на наследство Александра Самуиловича она никак не может претендовать... Если только не связана с кем-то из его детей.

Впереди послышалась музыка, в просветах деревьев замелькали люди. Ну, наконец-то! Я приосанилась, изобразила на лице невозмутимую приветливость и ускорила шаг.

До отдыхающих оставалось с десяток метров, когда я уловила что-то неладное. Где дети? И машины какие-то незнакомые... Да и парни с девушками все молодые, непохожие на моих «родственничков»...

Сердце застучало часто и глухо. Эти подонки все-таки умудрились завезти меня неведомо куда! Но как? Я отлично помню: мы ехали по правильной дороге, свернули там, где надо. За то время, пока я была в отключке, они не успели бы кардинально поменять направление, найти подходящее место, выгрузить меня и тщательно привязать. Да и окружающая природа мне знакома — я не раз ездила по той же дороге на отдых и по делам. Тогда откуда появилась эта молодежь? Очередные отдыхающие или ловушка?

— Девушка! Вы заблудились? — участливо обратился ко мне высокий горбоносый парень с топором на плече.

Я еле удержалась, чтобы не шарахнуться от него в кусты.

— Здесь должны были жарить шашлыки мои родственники.

Фраза прозвучала глупо, но ничего лучше в голову не пришло. К парню с топором присоединился второй — голый по пояс и с охотничьим ножом в кожаных ножнах. Я попятилась.

— А какие они, ваши родственники? — спросил первый.

— Тут вокруг нас на расстоянии с полкилометра еще три компании тусуются, — сообщил «голый».

Я с облегчением вздохнула. Наверно, треть жителей Тарасова в это солнечное воскресенье выехали за город подышать чистым воздухом и поесть деликатесов. А так как места народ предпочитает определенные, точнее, одни и те же, на небольшом участке и оказалось несколько компаний. Немудрено запутаться.

— Вы, случайно, не знаете, как выглядят ваши соседи? — поинтересовалась я. — Не хочется идти одновременно в трех направлениях.

— Вправо, дальше по течению ручья, — улыбнулся в ответ «голый» охотник, — медики сидят. Из какой-то больницы, забыл из какой. Я туда за водой спускался.

Так. Опять медики. Я туда наведаюсь, но попозже.

— А слева несколько семей, — вмешался горбоносый. — У них куча маленьких котят. Наши девчонки бегали смотреть, даже взяли одного, рыженького.

— Мои! — обрадовалась я. — Спасибо. Приходите в гости!

— Обязательно.

Верно говорят: первое впечатление обманчиво. Топор, нож, внешность бандитская — а приличные ребята. Леша с Гришей безоружные были, приветливые, разговорчивые — обманули и на смерть кинули.

Глава 13

К своим я добралась минут через десять. Плюнула на внезапность и спецэффекты, пошла напролом, но получилось как нельзя лучше. Меня заметили, только когда я остановилась перед костром и бросила сумку на траву.

— Таня! — ахнуло сразу несколько голосов.

Я быстро окинула присутствующих взглядом. Тут собрались все, кроме Ромы. На лицах застыло одинаково удивленное выражение, но с самыми разными оттенками. У Ани и Нади — удивленно-безразличное. У Льва — удивленно-радостное. У Марии Сергеевны — удивленно-сердитое, а у ее мужа, невысокого кругленького мужичка, потрясающе похожего на Гольдберга, — виноватое. Петя сразу отвел глаза, стоило на него взглянуть. Две рыжие девицы, предположительно Рита и Вика, дочери Марии Сергеевны от второго брака, смотрели на меня, потрясенно открыв рты. Непосредственные девочки. Самое младшее поколение — два розовощеких карапузика — не обратили на мое появление никакого внимания: один спал, второй мучил кошку.

— А мы уже и не ждали, — всплеснула ручками Аня.
Она мне не рада, но привычно лицемерит. Я молчала, улыбаясь и давая им возможность высказаться.

— Ну конечно! — прогремела Мария Сергеевна. — Нельзя было не опоздать! Что за отвратительные манеры?!

Представляю, с каким удовольствием она перемывала мои косточки, пока я отсутствовала.

— Меня зовут Иван Васильевич, — подошел, семеня, ее муж и мягко пожал руку. — Бесконечно рад познакомиться.

Приятный человек, но какой-то слишком обтекаемый, гладкий, неуловимый. Хотя при такой супруге выживет разве что невидимка. Я молча улыбнулась ему.

— А это наши доченьки, — продолжил он, нарушив неловкую паузу. — Риточка и Викочка.

Я посмотрела на них. Рита была повыше, потолще и ярче накрашена, а Вика, соответственно, тоньше, ниже и симпатичнее. Девочки закрыли рты и начали по-детски толкаться и щипать друг друга.

— Ромка твой уехал, — с удовольствием сообщил Лев.

Пришлось экстренно прервать великую актерскую паузу.

— Куда?
— К трассе. Тебя искать.
— А я никак не могла машину поймать, — соврала я, в который раз оглядывая народ. Но многие уже отвлеклись и занимались своими делами.

Я села на разложенную подстилку, скинула ветровку.

— Где ты так руки ободрала? — полюбопытствовал Лев.

— С кошкой воевала, — брякнула я первое, что пришло на ум.

— С кошками постоянно проблемы, — подхватил Иван Васильевич. — Мы должны перед вами извиниться. Из-за нашей Мусеньки вам пришлось разлучиться с Романом. Но дело в том, что наша кисонька плохо переносит поездки, а теперь, когда она стала мамочкой, требует к себе крайне бережного и трепетного отношения.

Болтлив и вежлив, однако, как китайский чиновник, этот второй муж.

— Рома давно уехал?

— Только что. Пытался дозвониться по сотовому, но ты не отвечала. Он себе места от беспокойства не находил, а потом сел в «Тойоту» и умчался.

К нам подошла Рита. Вблизи она выглядела даже менее привлекательно, чем издали. Волосы немытые, ногти обломанные, и брюзгливое выражение лица. Оно делало Риту похожей на мать, но голос у девушки был тихим и мелодичным.

— Мечтала с вами встретиться, — сказала она серьезно. — Мне кажется, вы удивительная женщина. А правда, что Роман Яковлевич вас безумно любит?

— Кто его знает, — легкомысленно ответила я, но, взглянув на Льва, добавила: — Говорит, что безумно, а сам, может, с умом не расстался.

Подскочила Вика.

— Что, уродина, передумала к парням идти?

Рита смерила сестру недобрым взглядом, резко повернулась и, гордо выпрямившись, направилась в ту сторону, где я только что распрощалась с владельцами топора и ножа.

— Правда, она страшная? — спросила Вика. — Особенно по сравнению со мной.

— Не ссорьтесь, девочки! — взмолился Иван Васильевич.

— Вика! — оглушил нас окрик Марии Сергеевны. — Иди сюда, поможешь на стол накрыть.

— Всегда так! — возмущенно фыркнула девица. — Ей гулять, а мне работать.

Но ослушаться маму не посмела.

Я опять осмотрелась. Что же не дает мне покоя? Что?.. Петя куда-то смылся, женщины хлопотали вокруг импровизированного стола, Иван Васильевич занялся шашлыками: поливал их вином и переворачивал, Лева сидел рядом и травил анекдоты.

Ну конечно! Как я могла не заметить отсутствие одного из «родственников»! Нигде не видно Аниного мужа, Димы. Я задала вопрос о нем бородатому «брату».

— Его еще с утра теща достала. Он даже ехал не с семьей, а на другой машине. А тут опять психанул и ушел бродить в лес.

Странно. Я ожидала, что не обнаружу какой-нибудь женщины, а сбежали почти все мужчины. С другой стороны, логично, если у Дины Пушиной есть сообщник, он скорее всего мужчина. Неужели я все-таки подозреваю Романа? Ох!.. После того что со мной сегодня приключилось, страшно довериться даже близкому другу, страшно ошибиться.

Я посмотрела на свои израненные кисти. Если убийца в курсе, что я спаслась, надо готовиться к новым испытаниям.

Единственный способ предотвратить покушения — чистосердечно признаться в своей истинной роли. Как только мои «родственники» соберутся вместе, я достану свидетельство о рождении и «корочки» частного детектива.

Мучительно захотелось посоветоваться с магическими многогранниками, но не стоило сейчас привлекать к себе всеобщего внимания. Пока.

— Жаль, Виолка не решилась объявиться. — Лев достал сигареты и предложил мне. Так они еще не знают?! Мне предстоит преподнести им и эту новость.

Я обернулась на раздавшийся вдруг шум: на сумасшедшей скорости к нам неслась, высоко подскакивая на ухабах, «Тойота».

— Твой явился, — сумрачно откомментировал «брат».

Из машины выскочил Роман. Я направилась к нему, обняла и чмокнула в щеку. Он отстранился.

— Я чуть инфаркт не получил, так беспокоился! Почему ты не отвечала по сотовому? Что вообще случилось? На тебя снова покушались? Так дальше продолжаться не может! Надо обратиться в милицию, пусть дадут тебе охрану, постоянное сопровождение. Ты понимаешь, что ведешь себя крайне легкомысленно?

Если он притворяется, то весьма профессионально. По своему обыкновению, многословен, не дает никому и слова вставить.

— Ты мне ответишь или нет?

— Я не слышала сотового, потому что была без сознания, — кротко вздохнула я. — Не подошла, так как за ноги была привязана к дереву.

— За ноги?!

— И за руки. Не могла с тобой поговорить, ведь рот у меня был заклеен скотчем.

— А я подумал, ты с кем-то целовалась.

— Так заметно? — всполошилась я. — В доказательство сказанного могу показать окровавленные веревки.

Рома поморщился.

— Верю, верю. Звоним в милицию?

— Попозже. Сначала мне надо разобраться в двух маленьких вопросиках.

— Эй! Жених и невеста! — закричала издалека Вика. — Идите! Стол накрыт! Хватит миловаться — пора питаться.

— Тише, детонька, — закудахтал Иван Васильевич. — Тебя слышно на несколько километров. Лучше сбегай за сестрой.

— Почему я? — заканючила девчонка. — Запах унюхает, прибежит. И вообще, пусть с мужиками пообщается, а то ей в любви не везет.

— Иди-иди, — рявкнула ее мамаша.

Вику как ветром сдуло.

Мы с «женихом» подошли к импровизированному столу. На расстеленной клеенке рядочком стояли тарелки, пластиковые стаканчики, бутылки с «Буратино», вином и кетчупом. В центре на блюде горкой возвышалось прокопченное на костре мясо, лук и помидоры. Вокруг в мисках и тазиках покоились салаты, вареная картошка и фрукты — яблоки, груши, виноград.

По правую руку от меня устроился Рома, по левую — Лева. Как раз напротив оказалась чета молодых Гольдбергов — Петя с Надей. Их старший отпрыск тихо-тихо сидел на коленях у бабушки, которая гранитным монументом восседала на складном стульчике, как на пьедестале, и посматривала на прочих свысока. По бокам Марии Сергеевны расположились муж и дочь.

Прибежали запыхавшиеся Вика с Ритой, плюхнулись на свободные места рядом со Львом.

Мужчины разлили дамам и Пете вино, а себе лимонад.

— Ну, — грозно нахмурилась Мария Сергеевна. — За здоровье всех присутствующих.

— И отсутствующих, — мягко напомнил ей муж об Александре Самуиловиче.

— Ты о Диме? — проигнорировала его намек жена. — Так семеро одного не ждут.

Я осторожно пригубила. Кто знает, что могли подмешать в вино или намазать на стенки стаканчика? При первом же удобном моменте надо поменяться с кем-нибудь посудой.

Где-то через полчаса, когда съели половину наготовленного, выпили большую часть вина и предложили тосты за всех и все, что смогли припомнить, я почувствовала: момент настал. Постучала вилкой по стеклянной салатнице, привлекая к себе внимание. Минут через пять моего стучания разговоры наконец смолкли, и лица пока еще «родственников» обратились ко мне.

— Я хочу сделать очень важное заявление, — начала я, потом помолчала, собралась с духом и продолжила: — Я не дочь Александра Самуиловича. Я — частный детектив, нанятый им для расследования покушений на его жизнь.

Над столом повисла тишина. «Родственники» словно окаменели. Принять в семью еще одно внебрачное дитя их папаши, мужа, дедушки оказалось куда проще, чем смириться с мыслью, что их обманули, использовали, подозревали в страшных преступлениях... А может, раскаивались в том, что хотели меня убить?

— Отличный ход! — прошептал Роман, легонько дернув меня за рукав.

Он мне не поверил! Думал, я изобрела способ избавиться от преследований.

Аня, сидевшая за ним, услышала высказывание моего «жениха» и громко и отчетливо проговорила:

— Она врет! На нее тоже кто-то стал покушаться,

вот она и решила притвориться чужой, словно не претендует на наследство.

— Ну и дура, — сердито заключила ее мать. — А почему частным детективом назвалась?

— Надо же ей как-то объяснить свое появление среди нас.

Вот ведь как перевернули все с ног на голову! Я полезла в сумку за удостоверением.

— Про какие покушения ты упомянула? — спросил сестру Петя.

— Помните, она нам историю про отказавшие тормоза рассказывала? Ясно, машину ей кто-то специально испортил, чтобы она врезалась в столб или в стену и разбилась в лепешку. И вообще, она постоянно спрашивает, кто где когда был, и ходит нервная и озабоченная.

Я уставилась на «сестру». Какая наблюдательность и рассудительность! Остальные тоже со мной общались, но подобных выводов не сделали.

— А кто же преступник? — продолжал допытываться Петя.

Аня обвела всех нас снисходительным взглядом.

— Естественно, — пауза и новый взгляд, уже торжествующий, — Виолетта. Или Дина Пушина.

Петя дернулся, уронил стаканчик и облился. Вместо него вопрос задала Надежда:

— Про Виолетту понятно, она бы всех нас убила, появись такая возможность. А при чем тут Дина?

— А при том, что Танька про нее всех спросила: и тебя, и Леву, и нас с мамой. Значит, она должна быть замешана в покушениях.

— Анечка, ты боевиков насмотрелась, — мягко заметил Иван Васильевич. — Они пагубно действуют на твою психику.

Я наконец отыскала удостоверение и подняла его на вытянутой руке.

— Полюбуйтесь! Частное сыскное агентство, руководитель Татьяна Иванова.

— Александровна! — разглядел отчество Лев.

Вика от восторга захлопала в ладоши. Мария Сергеевна строго прикрикнула на нее:

— Веди себя прилично! Профессия не хуже, чем другие.

— Твоя невеста, наверное, прилично зарабатывает? — толкнул Романа за моей спиной бородатый «братец».

Тот в ответ лишь вежливо улыбнулся.

— Пойду прогуляюсь, — пробормотал Петр и неловко поднялся.

Завопил его младший сыночек, и Надежда тоже сорвалась с места. Завозился Лев.

— Мне придется вас ненадолго покинуть, — сказал он с ухмылкой, хлопнул меня по плечу. — Молодец, сестра, не ожидал от тебя такой прыти.

— Возьмешь с собой? — поднялся мой «жених».

— Нет уж. Иди в другие кусты, а не то подсмотришь какие-нибудь мои интимные подробности.

Я напряглась. Один из уходящих вполне может быть сообщником моей таинственной убийцы. Но не могу же я растроиться! «Надо немедленно выбрать самого подозрительного. Лев не отходил от меня весь день, пусть погуляет. Рома на бандита не похож, нутром чую — не он. А вот Петенька...»

Я дождалась, пока мужчины скрылись, и последовала за Гольдбергом-младшим, предоставив возможность женщинам вволю посплетничать.

Петр зашел недалеко, сел на поваленное бревно и призадумался. Я полюбовалась на него пару минут, затем тихонько подсела рядом. Он вздрогнул и смутился.

— Что ты от меня скрываешь? — напрямик спросила я.

— Ничего... — промямлил он.

— Я действительно не дочь Александра Самуиловича, а детектив. И я выясню истину, это моя работа, от которой зависит моя репутация. Так что, с одной стороны, можешь вздохнуть спокойно, без наследства не останешься, а с другой — берегись! Я из тебя душу вытрясу.

— Но я...

— Кто такая Дина?

Он затравленно молчал.
— Ты давно ее видел?
— Я ничего не скажу! — истерически вскрикнул Петр и вскочил. — Вы не имеете права!
— Имею. И не только право.

Он бросился прочь, а у меня в сумке звякнул сотовый.
— Да.
— Татьяна? Никак не дозвонюсь до тебя.
— Мельников! — обрадовалась я, услышав голос знакомого следователя. — Есть новости?
— И еще какие! Мы по воскресеньям не мотаемся черт знает где...
— А пьете водку на работе, — продолжила я.
— Ясновидящая, что ли? Держи свою конфетку: девушка из саркофага, Виолетта Дмитриевна Шугова, в замужестве Гольдберг...
— Не тяни! — взмолилась я.
— Была на втором месяце беременности.
— Вот это да! — присвистнула я, прикидывая по срокам, не Роман ли отец ребенка. Если он не врет и они расстались в марте, то нет.

Словно по заказу на полянку вышел мой «жених».
— Я перезвоню.
— А спасибо?
— С меня бутылка.
— Мне скоро придется бар заводить для обещанных бутылок, — печально вздохнул следователь и отключился.

Рома садиться не стал. По выражению его лица я поняла: последует очередной выговор за несоблюдение мер безопасности, поэтому задала отвлекающий вопрос:
— Ты связывался со своим другом в Министерстве здравоохранения?

Обвести вокруг пальца опытного юриста на сей раз мне удалось.
— Стоило мне отлучиться на минуту, как ты сбежала в лес! Неужели так сложно понять, что среди множества людей находиться намного безопаснее, чем в одиночестве? Не спорь! — не дал он мне и рта открыть. —

Нужно было позвонить? Отошла бы на десяток шагов, но в пределах видимости, и звонила бы на здоровье!

Я смотрела на Рому с нескрываемым умилением. И как я только могла в нем сомневаться, подозревать его? Подобные зануды и моралисты встречаются нередко, но почти никогда среди преступников. И потом, он столько раз был со мной наедине, пил, ел и спал, что вполне мог бы меня убить или обезвредить, выполняя волю своей сообщницы Дины.

В любом преступлении должна быть логика. Если следовать логике моего дела — Роман невиновен! Это умозаключение привело меня в прекрасное расположение духа.

— Милый, ты — чудо! Кстати, я кое о чем тебя спросила... Помнишь?

— Я помню. — Голос «жениха» немного смягчился. — Дина Пушина в настоящий момент работает в гинекологическом отделении первой клинической больницы — там, где лежит сейчас твой отец.

Фраза «он не мой отец!» застыла у меня на губах, я кашлянула и сиплым от волнения шепотом произнесла:

— Так она гинеколог?

— Нет! — насмешливо фыркнул Рома. — Окулист! Кто же еще может работать в гинекологическом отделении?

— Я уже не понимаю шуток! Говори серьезно! Она гинеколог?

— Да. Но почему этот факт тебя так взволновал?

— У Виолетты должен был быть ребенок! Она рассчитывала выдать его за позднее дитя Гольдберга. А Дина должна была ей в этом помочь, но...

Роман побледнел.

— Почему должен был быть? Она что, его потеряла? Сделала аборт?

Я сочувственно взглянула на него — он боится, что Виолетта была беременна от него.

— Ее убили. При вскрытии эксперты обнаружили беременность сроком около полутора месяцев.

Роман быстро успокоился.

— Бедная девушка! Когда же она умерла?

— Вчера.

— Надо немедленно сообщить остальным. Пойдем! А старик Гольдберг знает?

— Да, я с утра заехала к нему, потому и опоздала. Давай новость про Виолетту сообщишь ты, а то мне опять не поверят.

— Задумка была хорошая, — попытался утешить меня Роман. — Если бы не Аня...

— Последний раз повторяю! — вскипела я. — Александр Самуилович — не мой отец! Он попросил меня на время расследования изображать из себя его дочь, чтобы без проблем войти в его семью. Проверь по своим каналам, у меня хорошая репутация, почти стопроцентная раскрываемость. Ради пользы дела кем мне только не приходилось становиться! Веришь?

— Не знаю, — неуверенно пробормотал Рома. — Весьма неожиданный поворот...

— Или я тебе нравилась, пока была наследницей Гольдберга?

— Глупости! Просто я не люблю, когда мне морочат голову. Особенно девушки. Но наши с тобой отношения обсудим потом. Идем к остальным.

Мне не понравилась перспектива будущего обсуждения наших отношений, но что я могла ответить? За любую ложь рано или поздно приходится платить. Роман ушел вперед, а я понуро поплелась следом.

Нас, оказывается, заждались. Тарелки вновь были наполнены, в руки нам сунули стаканчики с вином. Пикник продолжался.

Я поймала себя на мысли, что приятно ощущать себя среди родственников, в большой дружной семье. Я слишком долго прожила одна, пока работала и училась, слишком редко навещала родителей, привыкла быть чужой в любой компании.

Стоп! Не расслабляться! Сейчас Роман сообщит сенсационную новость о гибели Виолетты. Я должна проследить реакцию присутствующих. Кто мне наиболее интересен? Безусловно, Петр, который скрытничает, темнит и нервничает.

Я осторожно приблизилась к «братику» и встала рядом. Он снимал с шампура очередную порцию шашлыка, на меня глянул искоса, но не отодвинулся.

— Минуточку внимания! — Разговоры мгновенно стихли. Интересно, за какие такие заслуги «родственники» уважают моего «жениха»? — Я вынужден сообщить вам прискорбное известие. Последняя жена Александра Самуиловича, Виолетта, вчера была найдена мертвой. Проводится следствие.

У большинства членов семьи непроизвольно вырвался вздох облегчения.

Петр уронил шампур, покачнулся, обернулся ко мне. Глаза у него были сумасшедшие и несчастные.

— Боже!.. — простонал он с непередаваемой мукой.

Затем выхватил из моих рук стаканчик с вином и залпом выпил, провел тыльной стороной ладони по вспотевшему лбу и всхлипнул.

— Ты знаешь, кто ее убил? — спросила я тихо.
— Я! Я ее убил! — истошно завопил Петя. — Давно надо было набраться мужества и бросить...
— Перестань!

К нам спешила Надежда, оставившая сыновей на попечение свекрови.

— Не дотрагивайся до меня! — закричал Петр жене.
Она и не успела.

Петр страшно закричал, упал на спину и забился в судорогах, затем захрипел и выгнулся дугой. Мы замерли, остолбенев. Через минуту на его губах выступила пена, а тело обмякло. Надя встала на колени и приложила ухо к груди мужа, хотя по виду его легко было определить: в неестественной позе лежащий на земле человек мертв, и ему уже ничем не помочь.

Глава 14

После нескольких мгновений оглушающей тишины жизнь опять вступила в свои права.

Заплакала Аня, Мария Сергеевна потребовала корвалола и объяснений, что же наконец происходит. Иван

Васильевич побежал за аптечкой. Роман достал сотовый и начал звонить в милицию. Вика предположила, что вино отравлено, а Рита — что брат умер от молниеносной формы ботулизма. Лев курил одну сигарету за другой, странно посматривая на меня.

Я обняла Надю за плечи и отвела в сторону. К моему удивлению, она была совершенно спокойна и превосходно держалась. Мы сели прямо на траву.

— Я знала про его измены. — Она поскребла обломанным ногтем грязное пятно на майке и равнодушно кивнула на мертвого мужа. — Натуру не переделаешь. Но семью он бы не бросил, детей очень любил, да и меня тоже... Правда!

— Конечно, любил, — согласилась я. — Вы отлично друг другу подходили. Я не могу представить вас отдельно... Как же ты теперь... одна?

— Проживу, — усмехнулась Надя. — Если ты о деньгах, то мы все равно не на Петькины гроши жили. Мои и его родители помогут, как и до этого помогали.

Помолчала и продолжила:

— Столько лет терпела, а теперь вот будто прорвало, потянуло на откровения... Незаметная серая мышка, создававшая уют в доме, вечно с детьми, вечно на кухне — идеал восточного мужчины: босая, беременная и у плиты! А ему всегда нравились яркие, веселые, вызывающе одетые, грудастые, глазастые...

— Всем мужикам нравится одно и то же, — мудро заметила я.

— Клянусь, про связь с Виолеттой я не догадывалась! — горячо воскликнула «серая мышка». — Наверное, она продолжалась недолго, всего пару месяцев. Да я и не старалась узнать имя его новой пассии. Зачем нервы себе портить? — Удобная позиция. — Стыдно признаться, но я даже чувствую облегчение.

Сделав последнее откровенное признание, Надя умолкла и погрузилась в свои мысли, а я не стала больше ни о чем допытываться. Если она не знала про связь мужа с «мачехой», то о Дине Пушиной тем более никакой информации предоставить мне не сможет.

Кто же отравил вино? Или сама Дина, или ее сообщник. Интересно, не заметил ли кто-то у нашего костра посетителей из лагеря медиков?

Подошла к бесцельно бродившей около машин Рите, она криво улыбнулась.

— Привет, сестричка!

— Я — частный детектив, — заученно проговорила я. — Послушай, ты никуда не отходила от нашего стола?

— Нет.

— К нам приходил сюда кто-нибудь чужой?

Девушка наморщила лобик.

— Подходили. Одни спички просили одолжить, другие — отлить бензина. Дядя Лева с ними поругался, а папа отлил.

Стоило только отойти ненадолго от стола, как к нему набежала толпа подозрительного народа. Неужели я проворонила убийцу? Или Дина намеренно ждала, пока я отойду, незаметно наблюдая за нами издалека?

— А среди подходивших были женщины? — продолжила я допрос добровольной свидетельницы.

— Была одна.

— Опиши ее, пожалуйста!

— Толстая, некрасивая... Да я не запомнила ее совсем. Обычная тетка, каких миллион. А ты и правда думаешь, во всем Дина виновата? Или Анька нафантазировала?

Я неопределенно пожала плечами. Надо немедленно идти к отдыхающим медикам и брать преступницу. Какие-нибудь улики найдутся потом. Но не успела я сделать и пары шагов в сторону, как ко мне направился Роман.

— Куда собралась?

— Ловить убийцу, — честно призналась я.

— Сейчас приедут крутые парни в бронежилетах и всех поймают. Тебе лучше остаться.

— Но потом может быть поздно!

— Нет!

Мы молча стояли, пронзая друг друга убийственными взглядами. Первым сдался мой «жених»:

— Ладно, уговорила, пойдем вместе!

Из двух зол выбирают меньшее. Чем совсем отказаться от мысли познакомиться сегодня с виновницей моих бед, лучше потерплю «помощь и охрану» Ромы.

Мы спустились вниз по течению ручья. По дороге наткнулись на давешнего горбоносого парня, на этот раз без топора, но с двумя пустыми ведрами. Он довольно помахал ими перед нашим носом.

— Я — дурная примета! Куда путь держите?

— К медикам в гости, — ответила я. — Кстати, в примете фигурировала баба, а не парень.

— Никакой разницы. Вот доказательство: больничные работники только что собрали бутылки, погрузились на машины и отчалили по домам!

— Не может быть! — расстроилась я.

— Не верите — проверьте, — пожал плечами горбоносый.

Мы решили проверить. На то, что на небольшой полянке возле ручья побывали люди, указывали лишь брошенные окурки, обертки и примятая молодая травка.

— Опоздали.

— Ну и слава богу. Не женское это дело — рисковать жизнью из-за каких-то подлецов.

Я поморщилась. Если бы он знал, сколько раз я слышала подобные речи!

Мы вернулись к нашему костру.

Милиция приехала ровно полпятого. Знакомых среди оперов и следователей у меня на этот раз не оказалось, зато обнаружился знакомый криминалист. У него я выведала интереснейшие подробности касательно гибели Петра. Оказывается, подобную картину смерти дает отравление стрихнином, который используется в медицинской практике в качестве средства лечения вялых параличей и парезов. К сожалению, мой эксперт не знал, применяют ли стрихнин в гинекологии.

При обыске обнаружили маленький пузырек с остатками отравы: он валялся среди прочего мусора возле наших машин, и, само собой, никаких отпечатков пальцев на нем не было.

Нас помучили расспросами, а затем повезли в отделение. Я хотела улизнуть, но ни заступничество знакомого криминалиста, ни звонок от Андрюши Мельникова не позволили избежать процедуры дачи показаний в участке. А так как из «родственников» создалась целая очередь, первыми решили пропустить семейных, и я очутилась в самом конце списка, перед Львом и Романом.

Часов в восемь вечера я пила пятнадцатую чашку кофе в кабинете Гарика Папазяна, сетовала на злодейку-судьбу и жалела бездарно потерянное время. Кроме того, меня очень беспокоила мысль: известно ли уже убийце, что я не имею отношения к завещанию Гольдберга? Успели ли ей сообщить? Поверила ли? Если да, то покушения на меня должны немедленно прекратиться, а вот жизни Александра Самуиловича начнет грозить нешуточная опасность.

Эта мысль не давала мне сидеть спокойно, я ерзала на стуле и рвалась в больницу к «папе».

В комнату заглянул Роман.

— У меня две новости: одна хорошая, другая просто отличная. С какой начать?

— С хорошей.

— Нас троих сегодня принять не успеют и отпускают до завтра. Левка уже смылся.

— Ура! — Я вскочила и потянулась. — Давай другую.

— Твоему... эээ... клиенту, то есть старику Гольдбергу, стало значительно лучше, он пришел в сознание и даже начал разговаривать.

— Да ну? — я изобразила удивление. — На какие темы?

— Первым делом попросил вооруженную охрану, а затем котлету с жареной картошкой.

— Оголодал, бедолага. Но охраны он вряд ли добился. Даже если больница предоставляет такую услугу, то не в воскресенье вечером. Ему не у кого требовать, разве что у медсестер с санитарками, все начальство отдыхает.

— Что ты задумала?

— По выражению лица, что ли, догадался? Поеду в больницу.

Роман помялся, повздыхал, но предложил подвезти, и я с радостью согласилась. Как бы то ни было, рядом с ним я чувствовала себя увереннее, почти защищенной от посягательств сумасшедшей преступницы. А то вдруг не поверила она моим признаниям и прилаживает на крыше очередной кирпич.

По дороге Роман молчал, ни о чем не спрашивал и морали не читал, что для него было весьма не характерно. Видно, наши отношения и в самом деле дали трещину. Причем исключительно по моей вине, из-за моего дурацкого вранья. Сейчас корить себя поздно, но на будущее мне это будет хорошим уроком.

До первой клинической больницы мы добрались без приключений. Даже прогуляться в темноте по парку не потребовалось. Роман сунул охраннику в нос свое удостоверение, и мы преспокойно проехали на больничную территорию. Встали прямо перед входом в корпус, где находилась палата Гольдберга.

— Нас не пустят внутрь, — пессимистично спрогнозировала я, припомнив прошлое позднее посещение и войну с персоналом.

— Предоставь это мне.

Рома не зря считался великолепным адвокатом. В умении блестяще разрешать споры, недоразумения и противоречия ему не было равных, хотя немалую роль тут играли и деньги, которые он ненавязчиво, но щедро рассовывал направо и налево. Профессионал!

Мы поднялись в реанимацию кардиологического отделения. И там, не встретив никакого сопротивления, дошли до палаты Гольдберга. Дверь в нее была плотно закрыта.

— Может, они на ключ его заперли? — предположила я. — Чтобы не убежал или чтобы к нему никто не проник?

— Не может такого быть! Это незаконно! — возмутился Рома. — Я им дверь выломаю, а потом скажу, что Александр Самуилович звал на помощь.

— Может, спросим ключ в ординаторской? — предложила я, но потом вспомнила: в двери нет замка, только задвижка. — Он сам заперся изнутри! Надо покричать и постучать.

Мы покричали и постучали — безуспешно. Тогда Роман с размаху навалился на дверь. И в этот момент она распахнулась, а мой «жених» пулей влетел в палату, тут же упав на кого-то.

Я рванула следом и обнаружила, что на полу уже барахтались двое мужчин, поодаль валялся пустой шприц, а смертельно бледный больной на кровати не подавал признаков жизни.

Моментально сориентировавшись, я заорала в коридор:

— Человек умирает! Скорее! — А потом перепрыгнула через дерущихся и разъединила «систему» с иглой. Вряд ли Лев ввел отцу лекарство или яд отдельно, скорее всего «преданный» сынок добавил препарат в уже вводимый раствор.

Затем я начала делать невезучему клиенту непрямой массаж сердца, в это время Рома одолел наконец противника и вывел его вон. В палату прибежала медсестра с набором ампул в карманах и кулаках. Она одобрила мои действия, сообщила, что доктор в другом отделении, но сейчас придет, и намеревалась сделать инъекцию, но я ее остановила.

— Ему что-то ввели.
— Что? — спросила она.

Я пожала плечами, не переставая давить на грудину старика, и вновь заорала:

— Рома! Выясни у него, что было в шприце!

С пару минут, показавшихся мне вечностью, из коридора доносились лишь загадочные звуки, затем «жених» отозвался:

— Говорит, строфантин.
— Ясно, — отреагировала медсестра и отобрала несколько ампул, набрала из них лекарства и ввела в вену Гольдбергу.

Александр Самуилович крепко цеплялся за жизнь, и вскоре его сердце заработало, дыхание стало глубже, а лицо перестало походить на бездыханную белую маску. Тут явился дежурный врач и тотчас выгнал меня из палаты.

Кисти моих рук и плечи ломило, словно я дралась с сотней борцов сумо, боксеров и приверженцев «пьяного» стиля. Нелегкий труд у реаниматологов!

Роман сидел на подоконнике и в который раз объяснял по сотовому дежурному милиционеру, почему в больнице требуется присутствие представителей закона. Скособоченный Лев стоял, прислонившись к стене: правый глаз и щека у него расцвели всеми цветами радуги, а по нелепой позе можно было догадаться, что пара ребер, если не больше, у него сломаны.

Я подняла брошенную невдалеке сумку, вынула из нее браслет-кастет и, поигрывая им, направилась к «блудному сыну».

— А теперь поговорим.

— Вы не имеете права! — слабо прошепелявил он разбитыми губами.

— У меня мало времени, поэтому пугать не буду. — Я повернулась к Роме. — Если увлекусь, останови меня. Труп на суде не пригодится.

— Я ничего не скажу без адвоката!

— Тебе повезло: адвокат рядом.

Я не стала его бить, просто нажала на одну из болевых точек: «братик» заскулил и сполз на пол. Я села рядом.

— Откуда у тебя строфантин?

— Купил.

— Он продается только по рецептам. Кто дал рецепт?

— Врач.

— Пушина?

— Нет.

Я легонько щелкнула его по ребрышкам.

— Пушина?

— Да.

— Значит, и ты с ней связан. Остальное ясно, можешь молчать и кивать. Вы узнали, что я не наследница, и переключились на внезапно очнувшегося больного папу?

Он не кивнул. Сидел и затравленно смотрел на меня. Быстро же сильные и смелые на вид мужики превращаются в бесформенные тряпки, стоит им столкнуться с серьезным противником!

— Должна тебя обрадовать, она тебя подставила. Тебя видело полно народу, как ты вошел и поднялся в отделение. Даже если бы мы не застукали тебя на месте преступления, вычислить такого лоха-убийцу не составило бы труда. А доказать ее причастность, особенно если ты станешь отпираться и покрывать ее, почти невозможно. Ладно, я еще могу понять, что тебе хватило совести улыбаться мне в лицо, а самому готовить на меня покушения, но как ты решился убить отца?

Мой вопрос остался без ответа.

— Тань, — Роман подошел и приобнял меня за плечи, — все кончено, давай не нервничай!

Я немного успокоилась, лишь когда на запястьях Льва звякнули наручники и его увезли. Доктор сообщил, что за жизнь Гольдберга можно не опасаться, хотя поправляться теперь он будет куда медленнее, и еще неизвестно, к каким последствиям приведет вторая за последние дни кома.

Роман уговорил меня ехать домой, а не искать сообщницу убийцы.

— Она теперь сама в роли жертвы: и ты, и Александр Самуилович живы, ее подельника схватили. В такой ситуации — не до новых покушений. Тебе надо отдохнуть, расслабиться. Признайся, сегодня у тебя был тяжелейший день.

— Ты прав, — вздохнула я. — Может, зайдешь попить кофе?

Он не отрываясь смотрел на дорогу.

— В другой раз.

Я не стала настаивать: насильно мил не будешь.

У моего подъезда Роман попытался смягчить свой отказ, долго держал меня за руки и рассказывал, какой у него завтра будет напряженный день, но если он мне понадобится, то выкроит время и обязательно приедет. И так далее... Я улыбнулась ему, поцеловала и с достоинством удалилась, споткнувшись, правда, о порог и зацепившись сумкой за крючок на двери.

Дома я сначала подключила телефон, затем села у окна, подперла голову руками и задумалась. Дело Гольдберга снова пора закрывать. Один преступник пойман с поличным, другую арестуют не сегодня-завтра, и, возможно, при обыске, допросах и очных ставках удастся доказать вину Дины. Больше на меня никто охотиться не будет, и я заживу по-прежнему, отгуляю отпуск и примусь за работу.

Зазвонил телефон. Я вздрогнула и чуть не свалилась с табурета — нервы ни к черту стали!

— Алло!

Тишина. Внутри все сжалось, и я заорала что было сил:

— Я не дочь Гольдберга! Я не вру! Наведите справки и оставьте меня в покое!

— Ты скоро умрешь, — прошелестел в ответ далекий голос.

— Нет!

Короткие гудки.

Глава 15

Ночь я провела кошмарно, хотя забаррикадировала двери, занавесила окна и залезла под три одеяла.

Рано утром первым делом погадала на магических многогранниках. Спросила коротко: меня преследует Дина? Их ответ был так же краток, но неутешителен: 30+16+8 — «Не ошибается тот, кто ничего не делает, но никому, кроме глупца, не свойственно упорствовать в ошибке».

Затем вызвала Романа и следователя Мельникова. Они явились почти одновременно, напуганные моим дрожащим голосом; но и мой невыспавшийся несчастный вид их не успокоил. А после моего рассказа о назойливых непрекращающихся звонках с угрозами оба не на шутку забеспокоились.

— Не хочу тебя огорчать, — осторожно заметил Андрюша Мельников, — но, по-моему, тут действует маньяк.

— И он, похоже, никак не связан с Гольдбергом, — рассудительно добавил Роман.

— Я тоже пришла к такому выводу, — со вздохом согласилась я, а потом с надеждой предположила: — А вдруг это все-таки Пушина мстит мне за свои провалы?

Следователь достал сигареты и угостил меня.

— Забудь про нее. Она не имеет к происходящему никакого отношения.

— Докажи!

— Я выяснил вчера, что она действительно консультировала и лечила Виолетту Гольдберг, но с прошлого понедельника на неделю уехала на конференцию в Харьков и должна вернуться лишь сегодня.

— Так вот почему гости обозвали меня дурой! Виолетта ждала, когда Дина вернется, чтобы засвидетельствовать ее беременность перед мужем, показать ему бумаги, анализы и прочее. Покойная надеялась, что, когда муж узнает о ребенке, они помирятся. Конечно, Петр знал о положении своей любовницы и ее контактах с Пушиной, но сказать ничего не мог: боялся скандала.

— Ты зациклилась на ней, — ободряюще улыбнулся Роман. — Она отлично подходит на роль преступницы, но у нее отсутствует мотив. Помнишь, я говорил тебе: ей незачем желать смерти ни бывшему мужу, ни его наследникам.

— Но Лев сказал...

— Когда у тебя перед носом размахивают кастетом и тыкают периодически в сломанные ребра, еще не то скажешь. Он подтвердил твою догадку, потому что ты на него сильно надавила.

— Если рассмотреть все события беспристрастно, — поддержал его Андрей, — то приходишь к выводу: покушения на тебя и последнее нападение на Гольдберга абсолютно не связаны. Лев услышал о твоей непричастности к дележу наследства и поторопился разделаться с папочкой.

— Но откуда у него строфантин?

— Думаю, этому найдется объяснение.

Я собралась было признать свое полное поражение, но тут вспомнила маленькую деталь:

— А анонимка?

— Какая анонимка? — переспросил Мельников.

— Первый сердечный приступ у Александра Самуиловича произошел после прочтения одной фразы, которую я за последние три дня слышала десяток раз: «Ты скоро умрешь!»

— Где же это письмо?

— В том-то и дело! Оно исчезло! Кто-то залезал в квартиру Гольдберга и забрал его, понимая, какая это важная улика. Отсюда я делаю два вывода: первый — покушения на меня и моего клиента задуманы и осуществлены одним человеком, который одинаково нас ненавидит. И второй — кто-то просто не поверил, что я не наследница, и действует по прежнему плану: вначале убирает меня, затем — моего «отца».

— А Лев?

— Лев случайно вмешался, он не связан с настоящим убийцей.

Мужчины помолчали, потом Роман проговорил:

— Версия интересная и довольно правдоподобная, за одним исключением: тебя он ненавидит куда интенсивнее, чем твоего «отца», которому прислал всего одну анонимку. Тебе же и кирпич на голову, и масло на ступени лестницы, и яд в вино.

— Все правильно! Первой должна умереть я — тогда завещание вернется к первоначальному варианту.

— Нда, похоже на правду, — почесал затылок Андрей. — Но кто тогда преступник?

— Может, Аня? — предположила я. — Или Дима, или Надя?..

— Бесполезно гадать, — оборвал меня Роман. — Надо скорее что-то предпринять, найти виновного и предупредить новые несчастья.

— Но как? — воскликнула я.

Мужчины переглянулись.

— Есть один древний способ, — ухмыльнулся Мельников, — но до сих пор успешно применяемый.

— Какой? Говори же, не томи!

— Называется он: «подсадная утка».

— Уткой, разумеется, буду я? — хмуро оглядела я собравшихся.

— Ну не мы же! Походишь по улицам, по магазинам, он будет следить за тобой, а мы — за ним. Как только прицелится в тебя кирпичом, мы его хвать и под белы рученьки в тюрьму. По-моему, замечательная идея.

— А по-моему, идейка не ахти какая. Что, если вы не успеете его «хвать»? Прозеваете момент, когда он начнет целиться?

— Ты за кого нас принимаешь? — обиделся следователь. — Я сто раз пользовался этим способом, и никто потом не жаловался!

— Потому как все участники, кроме тебя, умерли, — мрачно пошутила я.

— Я поддерживаю Андрея, — вмешался мой «жених». — Или ты можешь предложить альтернативный вариант?

— Вам легко говорить!..

Мои возражения слушать не пожелали. Был составлен план: я иду по улице, за мной в пределах видимости следует Мельников, а Роман движется по противоположному тротуару и присматривает за нами обоими со стороны.

Я оделась поярче: красный пиджак, малиновые вельветовые брючки и цветастый платок на шею.

— Ты как фонарик, — одобрил мой прикид Андрей.

— Когда выходим?

— Дождемся звонка. Пусть позавтракает, умоется, отроет томагавк и выйдет на тропу войны.

Звонка мы ждали около часа. Рома вел бесконечные переговоры по своему сотовому, мы с Мельниковым резались в подкидного дурака. На счете двадцать два — двадцать четыре в мою пользу преступник соизволил подать о себе весточку.

— Ты скоро умрешь, — неоригинально сообщил он.

— Угу, — ответила я и положила трубку. — Ну, ребятки, пора.

Они двинулись на выход, а я в последний раз решила кинуть кости, спросив, правильно ли оценила ситуацию. Первый раз на моей памяти мои предсказатели ответили так же, как и пару часов назад. Они повторно настаивали, что не ошибается тот, кто ничего не делает; но никому, кроме глупца, не свойственно упорствовать в ошибке. Я пожала плечами. В чем моя ошибка? Надо сидеть дома, никуда не выходить? Но как тогда действовать, как искать убийцу?

Во дворе мы появлялись в таком порядке: первым спустился Роман и, делая вид, что очень спешит, завернул за угол. Минут через десять вышла я, а самым последним покинул квартиру Мельников.

Как бы прогуливаясь, я направилась по улице в сторону проспекта. Прохожих было не много — в десять утра понедельника большинство людей работают или учатся. Я даже испугалась, что мои мужчины могут засветиться перед преступником, но они вели себя осторожно, не появляясь в пределах видимости.

Я старалась вести себя естественно, не озираться слишком часто, не втягивать голову в плечи при громких звуках вроде выхлопов машин. Не вглядывалась пристально в лица встречных и на вопросы типа «Который час?» и «Не хотите ли поужинать сегодня со мной?» отвечала вежливо и без ненормативной лексики.

Прошло полчаса, час, два часа... Ничего не происходило.

Я медленно двигалась по главному проспекту города, заходила во все магазины и внимательно изучала ценники на товарах, щупала все, что разрешалось, и подробно беседовала с продавцами о качестве и свойствах предлагаемой ими продукции. Интересно, как они будут реагировать, когда я пойду по второму кругу?

В магазине женского белья я наткнулась на Диму, Аниного мужа. Он стоял и тупо рассматривал витрину.

— Привет! Что это ты здесь делаешь? — спросила я, прикидывая, случайна ли наша встреча или передо мной один из преступников.

— Таня, — смущенно пробормотал парень. — Подарок вот жене выбрать хочу, а то мы поссорились. В субботу весь вечер выясняли отношения, а утром продолжили. Я удрал вчера с пикника и все воскресенье по друзьям мотался, дома не ночевал.

— Так ты ничего не знаешь? — удивилась я.
— Что?
— Петя умер!
— Как? Отчего? Когда?

— Выпил отравленного вина. Мы вчера до ночи в милиции просидели, показания давали.

— Ну все, — с отчаяньем произнес Дима, — теперь меня заживо съедят! Почему я отсутствовал в столь важный для семьи момент, почему не поддержал, не мучился вместе со всеми... И не столько Анька меня волнует, сколько ее мамочка, которая обязательно вмешается в наш разговор.

— Не обращай на нее внимания! Вы с женой — взрослые люди, сами способны разобраться в своих отношениях.

— Если бы!.. Ты знаешь, кто по профессии Мария Сергеевна?

Я нахмурилась. Неужели она тоже медик?
— Что-то не припомню... Врач?
— Нет, это Ритка ее в меде учится, а маманя наша актриса театра юного зрителя. И если лет двадцать назад она была хороша собой и играла принцесс и пастушек, то теперь специализируется в основном на Бабе Яге. Причем настолько вжилась в роль и перевоплотилась, что теперь думает, действует и разговаривает исключительно как любимый персонаж.

Я рассмеялась.
— Ну и ну! А я-то голову ломаю, кого она мне напоминает! Вылитая Баба Яга! Труднее представить, что она когда-то изображала принцесс.
— Я бы тоже не поверил, но сохранились фотографии, где Мария Сергеевна — тоненькая смеющаяся красавица. Кстати, Гольдберг и тогда был лысым гномом с хитрющей физиономией.
— Ты пропустил еще одно событие. Вчера вечером Лев пытался убить папочку, но был схвачен и передан в руки правосудия.
— Опять ты?
— Ага, — скромно потупилась я. — С Романом.
— Не хотел бы я оказаться на твоем пути, — усмехнулся Дмитрий. — Ну, ладно, может, посоветуешь все-таки, что купить жене?
— Купи ей два букета роз. И Бабы Яги, и их дочери обожают цветы. Дарить лучше, встав на колени и по-

каянно опустив голову: мол, осознаю, виноват, больше не повторится!

— Так я, пожалуй, и сделаю.

— Послушай, — спросила я напоследок, — у твоей жены, случайно, нет знакомых по имени Леша и Гриша?

— У меня два друга Алексеи, а про Григориев никогда не слышал. А тебе зачем?

— Так, ничего серьезного. Ну, счастливо. Желаю благополучно вернуться в лоно семьи.

Ответ Димы не развеял моих подозрений насчет Анны. То, что она сама способная актриса, я поняла после первой встречи, когда «сестрица» изображала из себя добродушную родственницу, безмерно обрадованную появлением новой дочери и наследницы своего отца. То, что Аня умна и умеет логически мыслить, она доказала на вчерашнем пикнике, выдвигая теории, почему я отказываюсь от денег Гольдберга.

Или убийца — Мария Сергеевна? Замаскировалась до неузнаваемости и преследует меня по пятам?

Я вышла из магазина и машинально оглянулась. Моих друзей поблизости не наблюдалось, особо подозрительных личностей — тоже. Но стоило мне сделать десяток шагов, как прямо передо мной из какой-то подворотни вывернул Гриша. Тот самый, который участвовал в моем похищении.

Я догнала его и положила руку ему на плечо. Он обернулся.

— А, красотка, вот так встреча!

— Спорим, ты не рад меня видеть.

— Отчего же, — парень попытался меня обнять. — Рад! Я брезгливо увернулась.

— Сейчас ты по-другому запоешь, — пообещала я и махнула своим сопровождающим. Вместе мы вытрясем из него имя и координаты заказчика похищения, а значит, надобность в «подсадной утке» и соблюдении секретности отпадает.

— Ух ты, какая недотрога! Надо было послушать Лешку и воспользоваться случаем, когда ты не могла сопротивляться...

Григорий снова сделал попытку меня облапать. Я сердито его оттолкнула, тогда он внезапно рванул в ту же подворотню, откуда появился. Я опешила и не сразу последовала за ним.

— Кто это? — Ко мне подбежали Андрей и Рома.

— Он не должен уйти! Подворотня ведёт на другую сторону квартала. Вы обогните дома один — справа, другой — слева и ждите его с той стороны, а я поспешу за ним.

Мы разделились.

Не может быть, чтобы мы его потеряли! Во втором от проспекта дворе я заметила мелькающую впереди спину. Гриша убедился, что погони нет, и расслабился. Я почти догнала его, но тут он обернулся, заметил меня и припустил бегом. До улицы мы не добрались: парень скатился по кривым ступенечкам в какой-то подвал, я — за ним следом, безрассудно и легкомысленно, как Алиса, погнавшаяся за белым кроликом.

На меня сразу навалилась темнота. По инерции я пробежала еще немного, тут же споткнулась, пролетела пару метров, упала на жесткий пол, ударившись плечом о толстую трубу, и на несколько мгновений от боли потеряла ориентацию во времени и пространстве.

В себя меня привел звук захлопнувшейся двери.

Ловушка! Преодолев приступ слабости, я осторожно возвратилась и ощупала дверь. Мощная, обита железными пластинами, без врезного замка — значит, меня заперли на навесной, амбарный. Пытаться выбраться через этот выход безнадежно, но должен же быть и другой, к которому направился Гриша.

Я отправилась в темноту, старательно отгоняя от себя мысли о том, что выход один. Просто парень притаился где-то сбоку от двери, и, когда я очутилась в подвале, вышел за моей спиной и запер ее.

В конце концов, подвал не саркофаг на кладбище. Сюда должны время от времени заглядывать слесари-сантехники, бомжи, кошки... Меня очень скоро найдут. Андрей с Ромой забеспокоятся и начнут обследовать все дома в этом квартале...

Как же я забыла! У меня же есть сотовый! Сейчас звякну «женишку», и он меня вызволит. Дрожащими от волнения руками я достала телефон, но каково же было мое разочарование, когда выяснилось, что он не работает: что-то экранировало волну.

— Не может быть, — шептала я, пытаясь снова и снова набрать номер.

На этот раз преступники подготовились на славу. Учли все мелочи, даже то, что у меня есть способ бесперебойной связи с Романом. Поэтому оставалось лишь искать. Вдруг они не заметили какую-нибудь лазейку?

Я продвигалась вперед, тщательно ощупывая стены, пока не вляпалась в лужу. Чертыхнулась и хотела ее обойти, но не тут-то было. Похоже, впереди пространство было залито водой.

Прислушалась. Так и есть! Тихое журчание свидетельствовало о том, что вода прибывает с каждой минутой. Я плюнула на обувь и пошла на звук. Если это кран, я просто его закрою... Но все оказалось намного серьезнее.

При тусклом свете зажигалки я разглядела круглую дыру в трубе диаметром около пятнадцати сантиметров, словно какой-то сумасшедший сварщик, развлекаясь, занимался художественной резкой по трафарету. Напор воды был сильный, и думать не стоило о том, чтобы попытаться чем-нибудь заткнуть отверстие.

Но попытка — не пытка. Я вполне с пользой провела следующие полчаса, пытаясь заклеить скотчем маленькую Ниагару. Естественно — без какого-либо эффекта. Только промокла с ног до головы и начала чихать. Когда я отсюда выберусь, немедленно отправлюсь в баню и хорошенько прогреюсь. Сырость и промозглость — лучшие друзья радикулита и хронического насморка. А кому нужен сопливый согнутый пополам детектив?

Вода тем временем неуклонно прибывала и достигла уровня колен.

Я приглушила в себе возникшую было панику и вернулась к входной двери. Ударила в нее кулаком, но звук оказался слишком глухим и слабым. Тогда, достав из сумки браслет-кастет, замолотила им. Звук получился намного звонче и громче. Я воодушевилась и прибавила сил. Через эту подворотню многие ходят, а люди у нас любопытные, кто-нибудь да подойдет.

— Зря стараешься.

В первый момент я подумала, что сошла с ума и разговариваю сама с собой. Но потом сообразила, что голос доносится снаружи. Странно знакомый голос.

— Нет, я не возражаю, стучи, если хочешь. Но зачем утруждаться? Ведь ты все равно скоро умрешь.

Я замерла. Из-за двери послышался тихий смешок.

— Это ты? — прошептала я, узнавая голос постоянного телефонного собеседника, точнее, собеседницы. Теперь мне стало ясно, что голос принадлежал женщине. Ей, уверенной в своей победе надо мной, теперь не было нужды изменять голос.

Похоже, незнакомка меня не услышала или не пожелала ответить.

— На этот раз тебя никто не спасет. Твой жених с приятелем преследуют Лешку. Он идиот, но большой мастер спасаться от преследований. Заведет их в Глебучев овраг и бросит. Они и не догадаются, где тебя искать.

— Но...

Она перебила меня:

— А чтобы ты не надеялась на помощь случайных прохожих, я на дверь повесила плакат «ремонт», а несколько метров вокруг подвала огородила проволокой с красными тряпками. Уверяю тебя, за этим ограждением твой стук абсолютно не слышен. И потом, стук при проведении ремонта естествен и не вызовет удивления. Вот если бы ты кричала... Покричи, а?

Она снова засмеялась.

— Ты кто? — спросила я, припоминая голоса всех знакомых женщин.

— Не узнала? Детектив из тебя посредственный. Подумай-ка еще. У тебя осталось около часа. Мне будет приятно, если перед смертью ты все-таки догадаешься, кто сумел тебя обставить!

— Если я умру через час, почему бы тебе не представиться? Тебе будет приятно знать, что последние минуты своей жизни я думала только о тебе!

— Нет уж! — усмехнулась незнакомка. — Мне известна твоя феноменальная везучесть и способность находить выход из самых тупиковых ситуаций. Если ты выберешься из этого подвальчика, я подстерегу и убью тебя в другой раз. А сейчас прощай. Мне некогда говорить с наполовину покойницами.

— Но за что?! — крикнула я ей вдогонку.

— Я не соврала, когда обещала, что ты найдешь ответ на кладбище. Ответ ты нашла, но не поняла. В этом нет моей вины. Пораскинь мозгами, пока у тебя есть время.

— Я не дочь Гольдберга!

— Я знаю. И все равно ты скоро умрешь.

После этих слов она удалилась или сделала вид, что удалилась. По крайней мере, на мои призывы и вопросы она больше не отвечала. Выполнить ее рекомендации и пораскинуть мозгами я не могла в силу объективных причин: сначала надо придумать, как выбраться из затопляемого подземелья, а потом искать даму, которая меня сюда упекла.

Вода добралась мне уже до пояса.

Я засунула бесполезный браслет обратно в сумку и побрела искать какой-нибудь другой выход, лазейку, которую не заметила убийца. Путь освещала зажигалкой, но маленький огонек позволял разглядеть лишь стены и разлившееся кругом море.

С каждой минутой идти становилось все труднее. Мне пришлось скинуть намокший пиджак и разбухшие туфли. Сумку я несла, положив на голову и придерживая рукой.

Зубы у меня стучали, глаза слезились, хотелось чихать. Но я упорно шла вперед, пока не поняла, что хожу по кругу. Подвальчик был не очень большим, но многочисленные перегородки создавали обманчивое впечатление обширности.

Вода плескалась уже у моих плеч.

Я забралась на толстую трубу и ухватилась за выступ стены. В результате голова уперлась в потолок, пришлось даже чуть пригнуться. Некоторое время я пыталась передвигаться по трубе, но пару раз соскальзывала и уходила с головой под воду.

Наконец я остановилась в небольшом алькове, где удобно было держаться за неровности стены.

Вода заливала мне за воротник и в уши, но мне было уже все равно. Признаюсь, я почти отчаялась. Стараясь найти более надежный упор, я ощупывала поверхность за собой. До меня не сразу дошло, что онемевшие и заледеневшие пальцы дотрагиваются не до камня, а до дерева.

От радости или от потрясения я вновь свалилась с трубы, но тут же вынырнула и вернулась на прежнее место.

Так и есть! Небольшое окошко у потолка было забито досками. Поленилась преступница заложить его кирпичом или вообще не знала о его существовании, теперь уже было неважно. У меня появился шанс. И я им воспользуюсь!

Я не стала мелочиться и сразу достала мою верную «беретту». Патронов у меня было полно, хватит превратить эту деревяшку в решето. Надеюсь, прохожих в переулке нет.

Через пять минут, когда между водой и потолком оставалось от силы сантиметров десять, мне удалось с помощью выстрелов и ножа сделать достаточно большое отверстие. Под напором воды, незамедлительно хлынувшей наружу, доски отлетели полностью. Меня подхватило потоком и вынесло из подвала.

Глава 16

Я тут же откатилась в сторону, держа пистолет наготове и памятуя о коварстве убийцы, но двор был пуст. Засунув оружие в сумку, я быстро пошла прочь. Залетела в какой-то подъезд и отдышалась. С меня ручьями стекала вода, а босые ноги успели перепачкаться. Я сняла кофточку, а затем брюки и тщательно все отжала. Достала косметичку и подправила расплывшийся макияж. Пересчитала деньги — они сохранились в портмоне сухими.

— Ненормальная оставила меня без верхней одежды, — пробормотала я. — Так и так пришлось бы покупать.

Нарядиться в костюм от кутюр мне не удалось, потому что ближайшим оказался магазинчик секонд-хенд. Зато там не обратили внимания на мой оригинальный вид и не прогнали без разговоров. Я приобрела отличный, почти новый серый плащ длиной до пят, носки и спортивные тапочки.

Вышла из магазина и задумалась, куда мне теперь податься. Одно несомненно: домой возвращаться было опасно. Сейчас мне необходимо место, где можно спокойно посидеть и поразмышлять... Я поймала такси и попросила шофера отвезти меня на Субботинское кладбище.

Мой визит обрадовал старика-сторожа, особенно после того, как я поставила на стол бутылку водки «Эвридика», купленную в ближайшем ларьке.

— Иванова! — утирая непрошеные слезы, сказал дед. — Ты мне теперь как дочь родная!

Когда у бутылки показалось донышко, он стал называть меня графинюшкой Ириной, полез целовать тапочки и заснул под столом. Я уселась на ступенечках его сторожки и, потягивая раритетный коньячок для профилактики простудных заболеваний, серьезно призадумалась.

Во-первых, я неправильно оценила мотивы преступницы, на что мне сегодня дважды указали магические кости и один раз она сама. Меня пытались убить не из-за того, что я — «дочь» и наследница Гольдберга. Была какая-то другая причина, не менее важная, чем деньги. Но какая?

Оставим пока этот вопрос. Во-вторых, убийца утверждала, что дала разгадку, когда заманила меня на кладбище. Что она имела в виду? Здесь я нашла мертвую Виолетту. Разгадка в смерти последней жены Гольдберга? Оставим пока и это.

В-третьих, я теперь знаю, что спланировала и организовала преступления женщина. Кого из знакомых мне дамочек можно заподозрить? Аню? У этой на первом плане деньги, она не стала бы продолжать рисковать после моего признания на пикнике. Кроме того, она постоянно рядом с мужем или матерью. Свободного времени для круглосуточной слежки за мной и регулярных звонков у нее нет. Ее муж сказал, они ругались весь субботний вечер и воскресное утро. Значит, смерть Виолетты и нападение на меня у саркофага не ее рук дело. Итак, Анну исключаем.

Надя? Хм, с двумя маленькими детьми особо не побегаешь. К тому же она погружена в собственный мир, дом, дети, муж — для нее все. Ради них она могла бы пойти на преступление, но как только бы поняла, что ее сокровищам ничто не угрожает, оставила бы свою жертву в покое. В ней нет огня, азарта, заставляющего включиться в охоту и довести ее до конца. Надю тоже исключаем.

Мария Сергеевна? Прикинув с разных сторон, исключила и ее. Будь ты хоть трижды актриса, старый голос молодым не сделаешь. И потом, будь она маньячкой-убийцей, первым делом покончила бы с Александром Самуиловичем. Его она ненавидит куда больше, чем меня.

Так кто же остается? Кристина — сестра Виолетты? Она обожала свою сестру и никогда не причинила бы ей боли.

Рита? Нет, конечно... Стоп! А почему, собственно, нет?

Я достала сигареты и закурила.

Она учится в медицинском институте, значит, знает свойства различных лекарственных веществ и может иметь доступ к некоторым из них на занятиях или на практике в больницах. Она дружила с Виолеттой и легко могла заманить ее в нужное место. Ей вполне подходит компания Леши и Гриши. Она, по словам сестры, собиралась «идти к парням» перед моим появлением на пикнике. У нее полно свободного времени, за ней никто не следит, не контролирует да просто не обращает на нее внимания. Даже ее строгая мать, чувствуя, что на старшую дочь особо не повлияешь, переключилась на более податливых Вику, Аню с Димой и Ивана Васильевича.

Но почему Рита стремится меня уничтожить? «Найдешь ответ на кладбище»... Почему она убила Виолетту? Та была беременна от Петра... Нет, не то!

«Есть бабы, которые за измену убить могут», — сказал Гриша. И Рома: «Если что вобьет себе в голову, никакими силами не переубедишь». «Ей в любви не везет», — обронила вчера ее сестра.

Вывод один: Рита безумно влюблена в Романа, причем уже давно, и преследует всех женщин, с кем у него возникают более-менее серьезные отношения.

Чушь! Идти на жестокие убийства из-за банальной ревности? Не верю! Должна быть причина посолиднее...

И все же... Кирпич на голову, подсолнечное масло на ступени лестницы — цветочки по сравнению с тем, что она мне устроила, когда Роман объявил всем о нашей «помолвке». Еще бы! До этого он строго придерживался своих холостяцких принципов, а тут жениться задумал. Окрутила мужика, ведьма! Уничтожить ее! А Виолетта скорее всего поплатилась за то, что в приступе откровенности рассказала о беременности, но не объяснила, от кого. Понятно, покойная хотела всех убедить — она ждет ребенка от Гольдберга, но Рита-то знала про ее отношения с Романом и сделала неправильные выводы.

А Александр Самуилович получил анонимку за то, что оставил мне наследство, которое и могло, по мысли девушки, привлечь и привязать ко мне «жениха». После инфаркта Гольдберга Рита сообразила, что сыграла мне на руку, чуть было своими собственными усилиями не сделав меня миллионершей. Поэтому она забрала письмо и оставила любые попытки навредить больному старику.

Версия хрупкая и шаткая, но зато объясняет большинство фактов. Даже то, почему девушка вертелась рядом с машинами на пикнике — там нашли пузырек с остатками стрихнина — и почему она описала женщину, которая подходила к костру, как Дину. Рита не знала, что та в Харькове, и старалась пустить меня по ложному следу.

Я вспоминала все новые и новые подробности, случайно оброненные фразы, взгляды, интонации. Для подтверждения теории надо сделать несколько звонков моим «родственникам». Интересно, где сейчас моя хладнокровная убийца? Скорее всего следит за Романом, считая, что если я выживу и выберусь из последней западни, то сперва позвоню ему. Он примчится ко мне, тем самым выдав мое местонахождение.

Конечно, я позвоню Роме, но сначала хорошенько подготовлюсь. Сначала наберу номер телефона Марии Сергеевны. Мне повезло, трубку сняла Вика. Я представилась и попросила позвать Риту.

— Ее нет дома, — охотно отвечала девочка. — Она вообще тут не часто появляется. Учится, работает и по друзьям-подругам мотается. А что вы хотели?

— Хотела попросить ее достать мне одно лекарство.

— Даже не знаю, сможет ли она... Вы, наверное, узнали, что она в аптеке работала, куда ее Виолка по знакомству устроила? Но Ритка там в какую-то аферу попала и ее уволили. Теперь она санитаркой подрабатывает в онкологическом отделении, а там лекарства специфические: противоопухолевые и наркотики.

Так вот откуда преступница достает «колеса» для расплаты с дружками!

— Где же она может быть? — стала я размышлять вслух. — Случайно, не у Гриши или Леши?

— Придурки тупорылые! — резко отреагировала Вика.

— Ты о них невысокого мнения.

— Да они за бутылку родную мать продадут, если еще не продали. Из меда их после первого курса выгнали за отсутствие какой-либо успеваемости.

— Почему же твоя сестра с ними общается?

— А я откуда знаю? Нормальные мужики на нее не клюют... Ой! Мама идет!

Сейчас наш разговор прервется, сообразила я, и быстро спросила:

— А правда, что Рита была влюблена в Романа?

— Так вы ничего не знаете?

— Нет.

— Она его чуть не убила. Родители еле упросили его не подавать на нее в суд.

Понятно, почему теперь мои «родственнички» носят адвоката на руках, пылинки с него сдувают и прислушиваются к каждому слову.

Послышался низкий сварливый голос Марии Сергеевны: «С кем это ты там трепешься? А ну, дай трубку мне!» И через несколько секунд уже более громко:

— Татьяна? Из-за тебя убили Петеньку! А Левушка попадет в тюрьму! Ты разрушила нашу семью!

— Лев хотел убить человека! Я всего лишь дважды спасла жизнь Александру Самуиловичу...

Упоминание имени бывшего мужа вызвало целый поток ругательств, которых я слушать не стала и отключилась.

Ситуация прояснилась, все встало на свои места. Остается лишь схватить и разоблачить преступницу. Я позвонила Мельникову на работу, куда он должен был, по моим расчетам, уже приехать.

— Таня! — обрадовался следователь. — Ты жива! Какое счастье! А я мобилизовал на твои поиски почти весь наш коллектив, вплоть до практикантов, и сижу пью валерианку.

— А как Роман?

— Он тоже пьет валерианку.

— Парня поймали?

— Упустили, — покаянно признался Мельников. — Найдем, не волнуйся! Главное, что с тобой все в порядке!

В его голосе прозвучали истинная радость и забота. Я ощутила себя растроганной, но постаралась это скрыть.

— Эх, вы! Помощники. Теперь я знаю, кто убийца и как ее обезвредить.

— Так я и думал, — с притворной грустью вздохнул Андрей. — Нас послала бегать по городу за мелкой «шестеркой», а сама тем временем вычислила главного злоумышленника и присвоила себе все лавры.

— На твою долю лавров тоже хватит. Слушай мой план...

В целом план Мельникову понравился, и согласие

на помощь я получила незамедлительно. Затем попросила передать трубку Роману.

— Почему не предупреждаешь, когда собираешься исчезнуть? — затянул он свою любимую песню. — Заставила нас волноваться. Неужели так сложно позвонить? Поступаешь, как маленькая эгоистичная девчонка...

Мне надоело возражать и оправдываться.

— Я жду тебя к четырем дня на Субботинском кладбище у могилы графини Рязановой, — прервала я его упреки.

— Но...

— Это моя последняя просьба. Иди по центральной аллее до воровской стелы, затем сверни направо и продвигайся почти до упора. Там ангелочки, саркофаги — не перепутаешь.

— Но...

— Жду.

Я убрала телефон в сумку. Пальцы ненароком дотронулись до влажноватой поверхности кисета с магическими костями. Что ж, самое время узнать, чем закончится это уже дважды законченное мной дело.

Многогранники выпали из моей ладони и глухо стукнулись о верхнюю ступеньку. 30+4+22 — «Разорванная помолвка или невнимание к вам возлюбленного».

— Или и то и другое, — вздохнула я, но сильно не расстроилась — за последние дни Роман начал сильно раздражать меня. Наверное, мы слишком разные люди, чтобы быть вместе.

Подготовка к встрече убийцы не заняла много времени. Мы с подъехавшим вскоре Андреем «распределили» его сотоварищей по кладбищу, постаравшись придать им как можно более непринужденный вид. Я была уверена, что Рита обязательно явится сюда вслед за моим пока еще «женихом». Ведь я могу где-нибудь спрятаться или уехать из города, значит, шансов убить меня остается немного и она не преминет ими воспользоваться.

Однако мне следует быть начеку. Девица хитра и с

каждой новой неудачей становится все более изобретательной, коварной и предусмотрительной.

Ровно в четыре я уже сидела на крышке саркофага, куталась в плащ и курила. Звякнул сотовый.

— Андрей?

— Да. Рома направляется к тебе, — предупредил меня следователь. — А вот Маргариты что-то нигде не видно.

— Смотрите лучше! Всем переданы ее приметы?

— Конечно. Тань, может, ты ошиблась, и она вообще не придет? Почуяла неладное, решила переждать или просто не успела проследить за адвокатом?

— Давай поспорим, полагаю, она придет.

— На что спорим?

— На бутылку мартини.

— Договорились. Утешительный приз для моих ребят, тусующихся на могилках. Отбой.

Минут через пять между стволов деревьев и памятников замелькала фигура Романа. Он быстро подошел ко мне.

— Что все это значит?

Я ласково улыбнулась ему и приглашающе кивнула на место рядом. Он остался стоять, заслоняя мне вид на подходные и отходные пути.

— Мы с тобой — две подсадные уточки, если пользоваться терминологией Андрея, — лениво пояснила я. — Но мне больше нравится сравнение с цветком росянки. Мотыльков привлекает ее красивый вид, и они летят в надежде поживиться не менее приятным соком, но попадают в западню.

— Да как ты меня не понимаешь, у меня нет времени сидеть в засаде! — всплеснул руками «женишок». — Я и так потерял сегодня из-за тебя кучу времени и денег.

— Извини, но без тебя никак было не обойтись. Ты привел на хвосте убийцу.

Рома затравленно оглянулся, потом сел рядом, взял из моих пальцев сигарету, затянулся и тихо спросил:

— Ты хочешь сказать, он нас видит, держит на мушке и собирается прикончить?

— Успокойся, дорогой, — я приобняла его за плечи. — Если она метко стреляет, то пуля достанется мне.

— А если нет? — горько вздохнув, поинтересовался Роман. — А почему — она?

— Потому что убийца — это...

Закончить фразу я не успела. Заметив краем глаза, как в кустах за мраморными ангелами что-то мелькнуло, я упала навзничь, увлекая за собой «жениха». В следующую секунду громыхнул выстрел. Над нашими головами просвистела пуля, ударилась в каменный барельеф на стенке саркофага и, срикошетив, попала в ногу Роману. Он громко закричал.

Выстрелов больше не последовало. Я села и обернулась к стонущему мужчине. Штанина его брюк была порвана и быстро пропитывалась кровью. Я быстро разрезала ее и с облегчением убедилась, что пуля оставила лишь глубокую царапину, вырвав из ляжки небольшой кусок мяса. Прижав к ране платок, я обрывком брюк перетянула ногу выше места ранения.

К нам подбежали оперативники.

— Вы поймали ее? — вопрошающе взглянула я на них.

— Вы в порядке? — обратились они в свою очередь к нам.

— Нет! — сварливо ответил Роман. — Разве вы не видите, меня чуть не убили! Вызывайте немедленно «Скорую»! У меня кровотечение и может случиться заражение крови...

Парни смотрели на него с нескрываемым сочувствием.

Я встала и направилась к кустам, из которых прогремел выстрел. Там столкнулась с Мельниковым, он показал мне револьвер.

— Пушечку нашли. Старенькая, наверное, на базаре купленная. Сейчас на рынок полно разного антиквариата выкинули.

— Где она? — я не дала заговорить себе зубы. — Где убийца?

— Ищем. У нас даже свидетель есть, правда, до смерти напуганный.

— Он ее видел?

— Да. Пошли, порасспрашиваем.

Мельников засунул револьвер в целлофановый пакет и повел меня прочь. А я почувствовала вдруг какую-то безмерную усталость, граничащую с отчаянием. Неужели мой план провалился, а ее так и не схватят, и мне снова прятаться, дрожать за свою жизнь, существовать в постоянном напряжении? Неужели я опять проиграла и ей удалось улизнуть? Должно быть, Рите помогает сам дьявол! И следующее покушение может оказаться удачным для нее...

Эти мысли угнетали, но я заставила себя встряхнуться и не падать духом. Пока мы живы, рано сдаваться. Мне противостоит не сверхъестественная сила, а всего лишь изобретательная влюбленная паршивка, которой, как и любому человеку, свойственно ошибаться и промахиваться. А значит, мне надо быть повнимательнее и ни в коем случае не расслабляться. Даже сейчас злоумышленница может быть рядом: залезла в какую-нибудь гробницу и подсматривает за нами. Отличная мысль! Надо будет проверить.

Глава 17

Могил через пять под охраной одного омоновца на скамеечке между двух топольков сидело грязное взъерошенное создание. Одето оно было не по сезону: драный ватник, под ним длинный плащ, из-под которого выглядывали резиновые сапоги. Шею обматывала жуткая на вид тряпка. Волосы — серая пакля — торчали в разные стороны. Лицо измазанное, одутловатое, нос — синяя пористая груша, оба глаза — щелки в фиолетово-багровых веках. А запах!.. На расстоянии ближе метра стоять невозможно. Колоритный бомж!

— Это ваш свидетель? — недоверчиво спросила я у следователя.

— Это наш свидетель! — обиделся он. — Мужик, ты тут все время сидел?

Свидетель утвердительно икнул.

— Ну и?..

— Баба, — прохрипел он, — мимо прошла. Потом как бабахнет...

— Ты видел, куда она после выстрела делась?

— Туда прошмыгнула.

Он махнул рукой в заскорузлой матерчатой перчатке в сторону просвечивающей среди кустов и деревьев ограды кладбища. Мы несколько минут смотрели в этом направлении, затем Андрей сказал:

— Ума не приложу, как ей удалось проскочить мимо Сереги Никифорова! Он вон там затаился, на дубе. Должен был держать под контролем весь видимый участок ограды.

— Отвернулся на мгновение, — предположила я. — И не повезло.

— Мужик, — продолжал допрос Мельников, — как она была одета?

— Обыкновенно. Джинсы, свитер...

Внезапно он замолчал. К нам, прихрамывая и постанывая, приближался Роман.

— Пока «Скорую» дождешься, три раза концы отдашь. Эта стреляла? Фу, какая мерзкая бомжиха!

Мы засмеялись.

— Дед не стрелял, он — свидетель.

— Да? — равнодушно пожал плечами Роман. — А мне послышался женский голос...

Господи, ну какая же я дура! Опять позволила себя провести!

Я быстро подошла к понуро замершему существу и рванула за серые патлы. Они легко отделились от головы, и по ватнику рассыпались светлые пряди настоящих волос.

— Нет! — яростно закричала девица и бросилась на меня.

Я не стала с ней драться — уж очень от нее воняло, — предоставив эту возможность двум омоновцам, бульдогами повисшим на ней.

— Кто она? — в ужасе прошептал Рома.

— Не узнал? — усмехнулась я. — Твоя старая знакомая, а по совместительству — убийца Петра и Виолетты, много раз неудачно покушавшаяся на меня.

— Не может быть... Рита?

Омоновцы сорвали с преступницы отвратительно пахнущую верхнюю одежду, накладной нос, восковые щеки и веки. Перед нами предстала юная особа в джинсах, свитере, перемазанная гримом и слезами.

— Рома! — тоненько взмолилась она. — Не смотри на меня! Я, наверно, плохо выгляжу...

Роман медленно отвернулся.

— Пока вы не увезли ее, я хотела бы выяснить некоторые подробности. Хорошо?

— Валяй, — улыбнулся мне Мельников. — Без тебя мы бы ее ни за что не рассекретили. Но сначала ответь, как ты догадалась, что под маской старого бомжа скрывается молоденькая девчонка?

— Да слова Ромы натолкнули на мысль! Подходя к нам, он слышал лишь голос, но не видел, кто говорит, поэтому не находился под впечатлением от «мужской» внешности свидетеля. Плюс меня насторожили гладкие щеки «деда» и хорошие белые зубы. Если не находит времени помыться, почему регулярно бреется и чистит зубы?

— Блестяще! — восхитился Андрей. — Сколько раз вижу тебя в действии, столько раз поражаюсь!

Поклонившись, я обернулась к Рите.

— Ты ненавидишь меня за то, что я встречаюсь с Романом? И собираюсь за него замуж?

— Да! — вызывающе ответила девушка, расправив плечи и ловко пнув в меня камешком.

Я увернулась, и камень попал в ногу стоявшего рядом Романа, который, болезненно ахнув, схватился за нее.

— Я его люблю, всегда любила и буду любить, — заявила Рита. — Хочет он этого или нет, а все, с кем он мне изменяет, поплатятся за это жизнью.

— Сумасшедшая, — откомментировал Мельников.

— Нет! Я абсолютно нормальна! Если бы не она, — в меня ткнули грязным пальцем, — никто никогда не догадался бы, что я замешана в убийствах. Я идеально их продумывала, следила за жертвой, составляла подробный план... — По-моему, она гордилась собой, своим умом и сообразительностью. По крайней мере, ее слова прозвучали хвастливо.

— Как ты следила за мной? — спросила я. — Откуда узнавала, что я избежала опасности и выжила?

— Дневала и ночевала на крыше девятиэтажки напротив. Устроила себе на чердаке убежище и наблюдала за тобой с помощью бинокля.

— Здорово, — присвистнул следователь, — как профессиональная киллерша.

— Я подумывала о такой карьере, — степенно кивнула девица. — Облегчало слежку то, что все твои поступки были предсказуемы, а после покушений неизменно возвращалась домой или звонила Роману. Я тоже ему звонила.

— Что? — удивилась я.

— Спрашивала, как здоровье, чем занимается, куда направляется. Он всегда был вежлив и давал мне весьма ценную информацию.

Я взглянула на «жениха», но он даже не повернулся, стоял, как герой античной трагедии, прижав одну руку к груди, а другую ко лбу. Его показная отрешенность и брезгливость коробили меня больше, чем откровенная испорченность Риты.

— Кто был тот мужчина, который заманил меня на кладбище?

— Один из маминых друзей, актер. Я сказала ему, что придумала грандиозный розыгрыш, и он согласился помочь.

— Ты пыталась сбить меня на Гришиной машине?

— Да. Они, конечно, придурки, но меня уважают.

— За то, что ты снабжаешь их наркотиками. Зачем ты убила Виолетту?

Злобная гримаса исказила лицо девушки.

— Она давно заслужила смерть! Мало того, что несколько месяцев крутила шашни с Романом, так еще и забеременела от него!

— Твои сведения неверны. Виолетта ждала ребенка от отравленного тобою братика Пети.

— Н-да? Ну и что! Я давно запланировала ее смерть, только ждала подходящего момента. Правда, красиво получилось?

— А анонимка Гольдбергу — тоже твоих рук дело?

— Зачем спрашиваешь, когда сама все знаешь? Но не надейся, в тюрьму я не сяду. На суде буду прикидываться невинной овечкой и отрицать все обвинения.

Какая циничность и наивность одновременно! И уверенность в своей безнаказанности — поведение, характерное для большинства подобного рода убийц.

— Ей будет сложно выкрутиться, — покачал головой Мельников. — Улик более чем достаточно. Единственная лазейка для защиты — представить ее сумасшедшей.

— Я не сумасшедшая! — возмутилась Рита. — Мне надо просто нанять хорошего адвоката... Рома, будешь меня защищать? Я заплачу.

— Уведите же ее наконец! — не выдержал он.

— Да, пора, — согласился с ним следователь. — Твой кошмарный сон, Татьяна, закончился. Можешь просыпаться и жить в свое удовольствие.

Оперативники увели преступницу. Мы с «женихом» медленно брели за ними следом. Говорить было не о чем. И без слов стало ясно, что наша недолгая связь подошла к концу.

У кладбищенских ворот мы остановились и посмотрели друг на друга. Пока я искала подходящую формулировку, мысленно отвергая «давай останемся друзьями», «мы слишком разные» или лаконичное «не звони мне больше», Роман прокашлялся:

— Таня, мы с тобой слишком разные. Если хочешь, давай останемся друзьями. Но прошу тебя, не звони мне больше.

После чего повернулся и быстро зашагал к своей машине, забыв о необходимости прихрамывать. Я с легкой досадой глядела ему вслед. Получается, что это он меня бросил, а не я его!

Я припомнила свои размышления четырехдневной давности о преимуществах одинокого существования. Правда, не в личной, а в профессиональной жизни.

Единственное, что утешало, так это полное отсутствие необходимости давать кому-либо отчет о проведенном расследовании, проводить разбор ошибок и выслушивать едкую критику. А так как я сама себе начальница, то имею полное право наградить себя отличным ужином в лучшем ресторане города и сказать: «Поздравляю, Татьяна! Ты опять выиграла!»

Умей вертеться

ПОВЕСТЬ

Глава 1

Нежная, прямо-таки сверкающая майская зелень ласкает уставший от сплошной зимней серости взор. Так и хочется побольше вобрать в легкие этого чистого, напоенного весенней свежестью воздуха. Обожаю весну!

Сегодня у меня день отдыха и здоровья. Я приоделась соответствующим образом, распустила волосы и вышла на проспект с целью прогуляться.

Теплый ветер ласково треплет мои непослушные белокурые локоны. Распущенные волосы, подчиняясь потокам воздуха, так и норовят прилипнуть к лицу, закрывая мне при этом глаза. А вот это уже несколько раздражает.

— И зачем их только распустила? Не могла просто заколоть, — немного нервно вырвалось у меня. Придерживая рукой порхающие пряди, я остановилась у первого попавшегося киоска, чтобы подобрать более или менее подходящую заколку и решить неожиданно возникший вопрос с парящими волосами.

Увлекшись выбором заколки, я не обратила внимания на толстую, как кадушка, женщину, которая выплыла из супермаркета «Белочка». Сначала она тоже едва не прошла мимо, потом вдруг остановилась и с диким воплем «Иванова!» бросилась мне на шею.

— Иванова?! Тань, неужто ты?

Сначала я ее даже и не узнала. Слишком уж она изменилась: растолстела до безобразия, украсила лицо очками вроде тех, которые в фильме про Буратино носил кот Базилио. И дурацкая фетровая шляпа с большими полями совершенно не подходила к дорогому, но довольно безвкусно сшитому кожаному костюму.

Лишь потом, немного отстранившись и рассмотрев как следует знакомые черты, я поняла, что передо мною не кто иной, как Нинка Гусева из параллельного класса собственной персоной. Вот это номер! Если б она не набросилась на меня со своими поцелуями, я бы мимо запросто могла пройти. Боже, и это та самая красотулька из «В» класса с точеной фигуркой?! Была. А теперь... Бог ты мой.

— Нина Гусева?

— Ага, — радостно кивнула женщина, — она самая. Сильно изменилась?

Я неопределенно пожала плечами. Не ошарашивать же свою давнюю подругу, сказав, что выглядит она далеко не на все сто.

— А ты все такая же красавица, — восхищенно произнесла Нинка, беспардонно рассматривая меня с головы до ног. — Даже еще лучше. Как будто и не было тех десяти лет, которые пролетели как один день. Нет, это дело надо обязательно отметить. Не каждый день встречаемся. Давай зарулим куда-нибудь, где можно выпить по бокалу вина и в спокойной обстановке поболтать.

Я улыбнулась и опять пожала плечами. А что, собственно говоря, гулять, так гулять. Наполним день отдыха светлыми воспоминаниями о далеком прошлом, окунемся, так сказать, в безоблачное вчера.

* * *

Мы с Нинкой заглянули в уютное кафе на набережной и с наслаждением потягивали кагор из бокалов на высоких тонких ножках.

— Рассказывай, как поживаешь! Как твой Валерка?

Нинка Гусева выскочила замуж за одноклассника, едва закрыв за собой дверь школы. Мы, ее однокашники, все были в шоке: так бездарно губить свою молодость может только человек, имеющий задатки камикадзе. Мы, глупые, и не знали тогда, что она была уже беременна.

Нинка сделала глаза по пять рублей и произнесла нечто нечленораздельное вроде «у-у».

— Ты что, Тань? Даже не в курсе? Мы ж с ним разбежались еще до Алинкиного рождения. Да мы вообще с ним только три месяца вместе и прожили.

Вот тебе и неземная любовь. Именно так говорила Нинка десять лет назад про свои внезапно нахлынувшие чувства. А ведь мы, подруги, честно предупреждали, что «замуж — не напасть, только б замужем не пропасть», на что Нинка серьезно ответила, что вот, мол, Иванова, когда сама полюбишь, тогда и узнаешь.

А Иванова до сих пор не узнала. И не потому, что не любила никогда, а скорее потому, что больше всего на свете ценила самое драгоценное, что было, — собственную свободу.

Ее я ни на что не променяю. Дудки. Да и работа моя не позволяет обзавестись мужем и кучей ребятишек. Я — частный детектив. И жизнь одинокого волка меня устраивает на сто пятьдесят процентов: всегда хожу по лезвию ножа, рискуя своей драгоценной жизнью.

«Мы в ответе за тех, кого приручили» — так говорил мой любимый книжный герой детства Маленький Принц. Так лучше уж никого не приручать, чем потом отвечать.

— Игорюху Турищева помнишь? Он на два года раньше нас школу закончил, ну, высокий такой, чернявый.

— Которого Турком звали, что ли?

— Во-во. Он теперь мой муж.

— Надо же, пути господни неисповедимы. Ты работаешь?

— Не-а. У меня ж никакого образования до сих пор нет. Игорюха давно пытался сподвигнуть пойти учиться, но Алинка маленькая была. Не до того. Сейчас, правда, учусь заочно в экономическом. Закончу, меня Игорюха к себе работать возьмет. Он у меня бизнесмен, правда, начинающий. Не раскрутился еще как следует. Мы даже квартиру до сих пор еще не купили, живем вместе с маманькой. Да он и не больно-то стремится квартиру приобретать. Выстроил дачу двухэтажную в Александровке на маманькином участке, у нее в последнее время интерес к земле резко упал. Вот Игорь и надеется, что со временем сумеет меня убедить жить в этом медвежьем углу.

— А что ж тетя Лиза? Не могла тебе помочь с уходом за ребенком, чтобы ты училась?

Тетя Лиза, Нинкина мама, в отличие от своей дочери, вышла замуж поздно, Нинку родила в тридцать два года. Она, по идее, наверное, уже несколько лет на пенсии.

Нинка махнула рукой, нахмурившись, и уставилась в свой недопитый бокал.

— Не хочу говорить.

— Проблемы? — вяло поинтересовалась я. Мне вообще-то несколько поднадоел разговор о Нинкиных делах.

— Всякое бывает, — уклончиво ответила она.

Но потом не выдержала и принялась жаловаться на собственную мать.

— Как запьет, с ума с ней сойти можно. Да ладно б еще, если б выпила и вела себя прилично. Так нет. У нее довольно редкое сочетание: наряду с почти непреодолимой тягой к спиртному индивидуальная непереносимость алкоголя. Становится неуправляемой. А она еще довольно крепкая женщина. В соку, как это принято говорить. Иной раз, когда не пьет, в работе и я за ней угнаться не могу. Да что говорить о ее здоровье, если она плавает, как рыба? Представляешь? Почти шестьдесят лет, а она на Волгу купаться и загорать ходит. Так вот, когда такая особа примется кулаками размахивать, то вести себя просто не знаешь как.

Игорь ее ударить ни разу не решился. Говорит, стукнешь, а она возьмет да и развалится по мосоликам. И то правда. Она худенькая такая, юркая, как мышонок. И умеет создавать уют. Так порой нас достанет, что у меня самой иной раз кулаки чешутся. Нинка опять молчаливо потупилась.

— Уж мне, дочери, и то тошно, а Игорю вообще невозможно. Она, когда выпьет, к любому его слову цепляется и из дому гнать начинает, приживалкой величает. Да что там говорить? Тяжелый случай, словом. Сейчас, правда, тьфу-тьфу-тьфу, держится пока. Не знаю, насколько ее на этот раз хватит. Да что это мы все обо мне да обо мне? Ты-то как, Танюша? Ой, вот Игорюхе скажу, что тебя случайно встретила, он не поверит.

Я улыбнулась, спросила и тут же забыла. Как была болтушкой, так и осталась.

— Рассказывай, Иванова, рассказывай. Про мужа, про детей. Мне ужасно все интересно. Столько лет не виделись. А помнишь, как нас в туалете учительница географии с сигаретами поймала? Славные добрые времена, правда, Тань? А ты куришь сейчас?

Я кивнула и тут же почувствовала непреодолимый никотиновый голод. Достав сигареты и зажигалку, предложила Нинке, но она покрутила головой.

— Не-е. Я давным-давно бросила. Как только узнала, что беременна.

— Как хочешь.

Я с удовольствием закурила. Стоявшие на столах пепельницы свидетельствовали о том, что в данном заведении посетители имеют право курить. Всегда стараюсь ходить именно в такие.

— Давай, Танюх, еще по одной за встречу. И расскажи, наконец, про себя, а то как в рот воды набрала, не хочешь даже делиться успехами со своей бывшей подругой.

Нинка разлила по бокалам остатки кагора.

Ни фига себе. Это я-то как в рот воды набрала, сама не дала мне слова сказать, строчит, как из пулемета.

— Муж?

Я отрицательно покачала головой.

— Ты все еще не замужем? И куда только мужики смотрят? Такая баба пропадает. Давай, я тебя с Игоревым другом познакомлю? Он год назад с женой развелся. Она от него гуляла налево и направо, такая непутевая.

Я хмыкнула. Не уверена, что в замужестве буду вести себя много лучше, чем непостоянная супруга Игорькова друга.

— Нет, спасибо. Я как-нибудь сама. Моя работа предполагает в некотором смысле одиночество.

— А что у тебя за работа? Ты, насколько помню, в юридический поступала?

— Поступала. И поступила. И закончила.
— Так ты в ментовке, что ли, работаешь?
И тут же без всякого перехода:
— Господи, Танька, а это случайно не ты тот самый детектив, который известен в нашем городе как чуть ли не самый непревзойденный?

Я улыбнулась и пожала плечами: раз она обо мне слышала, что толку отрицать?

— Вот это да! Ну, ты, Иванова, даешь! Я в восторге! Слушай, Тань, так я тебе, может быть, даже клиента подсуббочу.

Я невольно поморщилась. В моем мозгу прозвенел тревожный звоночек. Меня кости магические сегодня во время гадания отрицательно настроили.

Магические кости — это такие двенадцатигранники. На каждой из сторон определенное количество точек. Задаешь мысленно любой вопрос и бросаешь косточки. Выпадает некая комбинация цифр и чисел. Ответ на вопрос находим в толкованиях. Но так как я гадаю довольно часто, то помню толкования наизусть.

Сегодня косточки меня напугали:

23+8+32 — «Не дайте уговорить себя на участие в рискованном деле. Наивность — один из главных ваших недостатков, контролируйте себя, вам это очень пригодится, особенно в решающий момент».

Я тут же попыталась перевести разговор на другие рельсы: чтобы не впутаться в рискованное дело, надо продолжать отдыхать. Тогда, может быть, и пронесет. Тем более что у меня потрясающая, совершенно уникальная способность попадать в разные неприятные истории. Вот если где-то рядом есть, пардон, дерьмо, так я обязательно, будьте спокойны, в него вляпаюсь.

— А Алинка у тебя большая уже?
— Десять лет.

Нинка проговорила это скороговоркой, все еще мечтая меня сосватать на какое-то, неизвестное мне пока дело. И еще ничего не зная о нем, я уже всеми фибрами души была против.

— Тань, в соседнем подъезде девочку убили месяц назад. А до этого ее мать получила письмо с угрозами, что если, мол не заплатит определенную сумму, то ее дочь изнасилуют и убьют. Мать заплатила, а ее все-таки убили. Представляешь, какой ужас?! Мать буквально сама не своя. Седая стала разом. Оказалось, что случай шантажа уже не первый. Еще одну семью в нашем доме тоже шантажировали. Это уж потом, на похоронах выяснилось. Милиция сейчас ищет это чудовище. Только не верю я, что они его так сразу и найдут. Может быть, предложить твои услуги?

Я вздохнула, поражаясь Нинкиной наивности: сейчас только произнесу, сколько беру за свои услуги, так она сразу ретируется.

— Двести долларов?! Круто. Это ж ты, наверное, уже миллионершей стала? Больше губернатора зарабатываешь.

Рассказывать Нинке о том, что деньги у меня словно в песок уходят, я не стала. И обрадовалась, что она, шокированная суммой гонорара, перевела разговор на тему моего материального положения на данном этапе. Она-то, вероятно, полагала, что я запросто бросаюсь расследовать любое дело, лишь бы только доказать окружающим людям, что частный сыск полезен для общества. А питаюсь я воздухом и ношу на своем прекрасном теле платье голого короля.

— Тань, сейчас я сделаю тебе предложение, а ты только посмей отказать. На всю оставшуюся жизнь обижусь и на свадьбу твою не приду.

Я опять улыбнулась, порадовавшись, что, кажется, на сей раз пронесло и кости явно ошиблись.

— Сегодня пятница. Ты сейчас идешь домой. Скоренько собираешься, и мы едем к нам на дачу. Посмотришь, как мы там обустроились и стоит ли мне менять пыльный Тарасов на райский уголок в глуши. И не отнекивайся, а Алинку я с матерью оставлю. Ей завтра в школу. Заметано?

— Уговорила.

— Так чего ж мы тогда драгоценное время теряем? Оно ж сейчас против нас работает!

* * *

Муж бывшей Гусевой, а теперь Турищевой, выглядел на все сто: как и прежде, он был сложен словно Аполлон: ни жиринки лишней не отыщешь, сплошные мускулы. Умные, проницательные глаза почти черного цвета. Ну, истинный турок, ей-богу. Я исподтишка любовалась им и не могла понять, как такой обаятельный и привлекательный мужчина может довольствоваться обрюзгшим, похожим на холодец телом своей половины.

Однако это просто лирика, и негоже мне осуждать бывшую подругу. Они прекрасно ладили, и Игорюха-горюха, похоже, смотрел на свою жену сквозь розовые очки. И ради нее, полагаю, мог бы пойти если не на все, так на очень многое.

Нинка сдержала слово насчет Игорькова товарища, и в итоге на даче мы оказались вчетвером. Дача Турищевых выглядела довольно внушительно: двухэтажное кирпичное здание, внутри — мореное дерево. В гостиной камин, отделанный позолотой. Словом, Игорюха постарался проявить свои творческие способности именно тут, в глуши, в деревне.

Мы бродили с Нинкой по участку, и она меня просвещала по поводу размещения грядок с овощами:

— Вот тут я перец болгарский посажу. Игорюха его обожает. В любом виде.

Может быть, как раз в этом и заключается секрет столь неравного, на мой обывательский взгляд, брака? Она ж даже дышит для него. А вот я так, наверное, не смогла бы. Это точно, потому что прежде всего себя, родную, спрошу, поинтересуюсь, а надо ли мне это. И только потом приму то или иное решение. Нинка совсем другая: она за своим Игорьком в огонь и в воду пойдет.

— Кстати, а как тебе Ларин?

— Ларин?

Я, слушая Нинину болтовню и одновременно наслаждаясь деревенским воздухом, не сразу сообразила, о ком идет речь.

— Ну да, Ларин, Мишка.

— Ничего, — неопределенно ответила я, — поживем — увидим.

Поджарый высокий блондин Мишка Ларин, чем-то смахивающий на артиста Харатьяна, чисто внешне мне понравился, но я как-то сразу дала понять, что Дульсинеи Тобосской для синьора Ларина из меня не получится. Вполне возможно, потому что я, все еще помня наказ костей, веду себя чрезвычайно осторожно, пытаясь удержать себя, родную, от любых вляпываний куда бы то ни было.

* * *

До чего ж хороша благоухающая звездная майская ночь! Прохладный воздух и запах цветущей сирени... А если вы еще в приятной компании у костра, где жарится шашлык, то комментарии просто излишни. Охами и вздохами не передашь всех чувств, которые в тот момент испытываешь.

Я расслабилась и даже позволила сидящему рядом Михаилу несколько по-хозяйски обнять меня за плечи.

Мишка, кстати, довольно приятный мужчина. Понимает толк в комплиментах. И сумел сказать именно то, что мне хотелось от него услышать.

В тысячу первый раз я услышала от мужчины, что я — совершенно потрясающая женщина. Прямо ангел во плоти. Хоть лесть, как говорится, гнусна, но все ж... Милые вы мои, ну где, скажите мне откровенно, где вы найдете женщину, которая отказалась бы слушать столь приятные речи, невзирая на то, есть в них доля правды или нет? В моем случае как раз, я думаю, есть.

Разговоры у костра не иссякали. У нас было много общего в прошлом, много общих знакомых. С одними из них впоследствии, по прошествии энного количества лет, общалась я, с другими — Турищевы. Вот теперь мы и обменивались мнениями и впечатлениями. У меня даже с Мишкой общие знакомые, оказывается, нашлись, что было почему-то даже приятно.

Спиртного оказалось вполне достаточно, чтобы просидеть у костра целую ночь, если, конечно, кто-то не выпадет из обоймы раньше времени. Однако пока все держались молодцами. В сущности, даже из стадии обезьяны пока что никто не перешел в стадию льва, а уж в стадию свиньи тем более.

Разошлись от костра мы только тогда, когда уже светало. И сразу рухнули, кто где месточко присмотрел. Мы даже посуду и мусор от костра не убрали, настолько сморила всех усталость.

А утро началось с головной боли, и мальчики предложили кардинальные меры: клин клином.

Мусор и грязная посуда так и не были убраны. Нинка, увидев мои вялые попытки ликвидировать погром, тут же решительно остановила меня:

— Не сходи с ума, Танюх. Отдыхай на всю катушку, сил набирайся. Я потом все сама сделаю. Мне ж не на работу. Что ты дергаешься? Все равно этот бардак никто не видит.

Время пробежало совершенно незаметно. Я не успела оглянуться, как субботний день стал неумолимо клониться к вечеру, а ведь суббота — тринадцатое. Я с самого утра ожидала не милостей от природы, отнюдь, а совсем наоборот, гадостей: кости вещали. Да и число тринадцатое. Ох и глупая я женщина. Но что со мной поделать? Верю в чертову дюжину, хоть режь. Ну верю, и все тут.

Эта поездка к Турищевым на дачу оставила бы у меня лишь положительные эмоции и массу ярких впечатлений, если б не продолжение субботнего вечера. Вообще-то насчет ярких впечатлений, похоже, как раз все в порядке, как и положено тринадцатого числа.

Когда уже начало смеркаться, на дачу явилась Елизавета Ивановна. В спортивном костюме с липовой нашивкой «Адидас», она шла решительным шагом, размахивая полупустой сумкой. За ней брела светловолосая девочка лет десяти. Я сразу поняла, что это и есть Алинка.

Мы как раз сидели на лавочке под окном турищевского детища. Елизавета Ивановна, обратив внимание на разбросанную у костра посуду и неубранный мусор, даже не поприветствовав нас, сразу набросилась с упреками:

— Развели тут кильдим. Ничего им не надо, только бы водку жрать.

Она бросила у порога свою авоську, направилась к кострищу, гневно пнула пустую кастрюлю с засохшими на стенках остатками прежней роскоши.

— Это что ж вы тут творите, когда дома такое горе?!
— Что случилось, мама? — спокойно спросила Нина, видно, давно привыкавшая к таким эскападам Елизаветы Ивановны.
— Деньги готовьте. Вот что. Лучше их на дело потратить, чем не знай кого задарма поить да кормить.
— Елизавета Ивановна... — вмешался было Игорь.
— А ты вообще молчи. Ты тут никто. Понастроил на моей земле. Доведешь меня, возьму да и спалю твою дачу со всем барахлом, нахлебник.
— Бабуля, — девочка попыталась отвести женщину в сторону небольшого домишки, который принадлежал Елизавете Ивановне, — пошли. Ты лучше сейчас спать ложись. Завтра все скажешь.

Но Гусева не собиралась останавливаться, наоборот, продолжала себя накручивать, не пытаясь объяснить, в чем причина ее столь нервного состояния.

Впрочем, было ясно и так: глаза ее лихорадочно блестели, похоже, старушка приняла на грудь. А если она выпила, то все будет, как описывала мне при первой встрече Нина. Значит, магические кости были правы, и вляпывания в нечто мне уже не избежать.

Игорь, потеряв, видимо, терпение, поднялся, крепко обхватил тещу за плечи и усадил на лавочку:

— Успокойтесь и говорите, что произошло. О каком горе вы ведете речь?

Женщина вскочила, схватила свою сумку, порылась в ней и извлекла конверт:

— Вот, полюбуйтесь. Нам тоже такое письмо, как Гавриловым, пришло. А вы хер знает чем тут занимаетесь. Алинку, кровинушку мою, грозятся похитить, — она зарыдала.

* * *

Письмо гласило следующее:

«Ваша дочь Алина будет похищена, изнасилована и убита, если вы не заплатите выкуп в размере тысячи долларов. Если жизнь вашей дочери дорога вам, вы приготовите указанную сумму и передадите ее. Условия передачи я назову позже по телефону. Не пытайтесь вмешивать милицию. В противном случае вашей дочери не поздоровится. Если же вы попытаетесь на время просто изолировать вашего ребенка, то трагедия все равно произойдет. Только несколько позже. На всю жизнь человека не спрячешь. Надеюсь на ваше благоразумие. Неизвестный».

Вот такое страшное письмо, отпечатанное на портативной машинке. Буква «о» выпадала из общего ряда и нижняя часть ее была бледнее верхней.

— Боже, — прошептала Нина.

Игорь молча вертел в руках конверт, рассматривая его со всех сторон, словно пытаясь отыскать на нем имя шантажиста или какие-то другие, не менее ценные сведения. Хмель разом слетел со всех нас, словно и не пили.

Я взяла конверт, тоже рассмотрела его. Понюхала даже. От письма исходил слабый запах то ли валерианки, то ли корвалола. Словом, вполне аптечный запах.

— А вы, ироды, навели табун и водку жрете. Убить вас мало, — Елизавета Ивановна замахнулась на дочь. Нина инстинктивно сжалась и зажмурила глаза.

Ярость так же внезапно исчезла, как и нахлынула, и Елизавета Ивановна уже вполне миролюбиво поинтересовалась:

— У вас что-нибудь выпить осталось? Мне надо стресс снять, а то инда сердце заходится от ужаса пережитого. Письмо-то я сегодня к вечеру в почтовом ящике обнаружила и сразу на вечерний поезд с Алинкой. А то, думаю, не дай-то бог чего, вы ж меня тогда со свету сживете. Ну, нальете, что ли?

— Мама, ничего нет. Да тебе и хватит уже. Ты же знаешь, что тебе вообще пить нельзя, — робко возразила Нина.

Я, честно говоря, даже поразилась. Никогда не думала, что эта неугомонная болтушка может так заробеть перед собственной матерью. Это уж потом только я поняла, чего боялась на самом деле Нина. А боялась она, что мы, то есть я и Михаил, увидим ее мать во всем цвете.

Так оно и вышло.

Когда Елизавете Ивановне отказали в выпивке, она опять рассвирепела. Она ворвалась в дом, принялась швырять стулья, разбила пару тарелок, при этом матерясь, как сапожник. Алинка, напуганная страшным письмом и поведением бабушки, тихо плакала. При виде распоясавшейся Елизаветы Ивановны все на какое-то время даже забыли про письмо.

Игорь сгреб старуху в охапку и отвел ее в принадлежащий ей домик. Потом, вернувшись, закрыл дверь своей дачи на ключ. Елизавета Ивановна тут же возвратилась и принялась дубасить кулаком в стекло:

— Открывайте, сволочи! Не то я окно расхерачу!

— Я сейчас вызову милицию, мама! — крикнула ей Нина.

— Я те дам милицию! Матери родной грозить! Ну я вам, гадам, сейчас устрою!

Бормоча ругательства, она удалилась.

— Что она задумала? — тревожно спросила Нина.

Игорь пожал плечами.

— Может, стоило дать ей рюмку? Она бы, может, притихла? — выразила я свои сомнения.

— Да ты что! — в один голос воскликнули Игорь с Ниной.

— Она с каждой рюмкой становится все агрессивнее. Этого ни в коем случае нельзя делать, — пояснил мне Игорь. — К тому же она и так уже в хлам, как говорится.

— Игорь, посмотри, что она там задумала?

Еще через пару минут мы услышали гневный голос Игоря и грязные ругательства в ответ, а выйдя во двор, увидели дикую картину.

Елизавета Ивановна, обхватив столб электропередачи метрах в полутора от земли, пыталась длиннющей палкой перебить провода, несущие электроэнергию в дачу Турищевых. Как ей удалось вскарабкаться на почти гладкий столб, до сих пор ума не приложу. До нас донеслись ее угрозы:

— Вот хер вы от моего столба питаться будете! Я вам устрою содом с гоморрой!

Игорь попытался поймать тещу за ногу и стащить со столба и тем самым спасти ее, дуру набитую, от неминуемой гибели. Елизавета Ивановна в ответ яростно лягалась.

— Ну, ты, экскремент похмельный, когда-нибудь добьешься своего! Я тебе череп-то раскрою! — выплюнул обидные слова Игорь, от злости даже перейдя на «ты».

— Это ты акстримент! Еще какой акстримент. На себя посмотри! — кричала Гусева, продолжая размахивать дубиной.

— Мама! Тебя убьет! — Нина кинулась к матери и тоже попыталась стянуть ее за штанину спортивных брюк, в которые была одета узурпаторша. Штаны с этой милой бабушки тут же соскользнули, обнажив худые ляжки с синими узорами варикозных вен.

При мертвенном свете неонового фонаря, висевшего прямо над головой бабуськи, картина выглядела ужасающе безобразной, и мое терпение лопнуло: я кинулась на помощь.

Схватив женщину за ступню, я резко дернула ее, крутанув ногу. Дама приземлилась довольно безболезненно, во всяком случае, ничего угрожающего ее жизни не произошло, ну разве что пара синяков завтра нарисуется. Так это мелочи.

Елизавета Ивановна заскулила, как побитая собака, и принялась облаивать меня громко и колоритно:

— Дылда белобрысая! Чтоб у тебя харя прыщами покрылась! Чтоб...

Неприятно излагать все, что мне довелось услышать в тот самый момент в свой адрес.

— У вас есть фестал? — спросила я у Нины, не обращая внимания на сыпавшиеся, как из дырявого мешка, оскорбления.

— Да, кажется.

— Быстро тащи две таблетки сразу. И воду, чтобы запить, — я продолжала одной рукой прижимать бабуську к земле, а другой одновременно отмахиваться от ее нападок.

— Зачем? — удивилась Турищева.

— Быстрее давай. Фестал в какой-то степени нейтрализует алкоголь.

Через пару минут мне удалось сподвигнуть буяншу принять препарат. Потом я силком отвела ее в дом, дала еще и успокоительного, а для верности пристегнула ее левую руку к кровати наручником. Когда с кровати раздался долгожданный храп, все невольно облегченно вздохнули.

— Ну и чумичка! Впервые такую вижу, — не выдержала я.

— Вот, Тань. Сама ее вчера сглазила. Только тебе похвасталась, что держится, и тут нате вам из-под кровати. Кошмарный вечер! И еще это письмо. Что будем делать, Игорь? — Нина горько заплакала, прижав к себе одной рукой Алинку. Девочка тоже шмыгала носом и украдкой тыльной стороной ладони вытирала катившиеся по бледным щекам слезы.

Мишка взял со стола сигарету, молча закурил. Я к нему присоединилась.

На душе становилось все паршивее. Теперь мне уж точно не избежать вляпывания в историю. Отдохнула, называется. Хочешь не хочешь, а придется предлагать свои услуги, да и девчушку жалко. Не отдавать же ее на откуп вампиру, который способен на все. Все-таки я ее матери не совсем чужой человек: когда-то дружили.

Глава 2

— Нин, я считаю, что надо обратиться в милицию. Ведь предыдущую девочку убили, несмотря на то что мать ее заплатила. Я не из-за денег так говорю. Ты же знаешь. А пока спрячем Алинку. Может, милиция и найдет этого неизвестного, пока ее не будет. Я вздохнула.

— Спрячем Алинку у меня, вернее, у родителей моей подруги. Там ее никто не найдет. В школу она пока ходить не будет, я договорюсь. У меня в вашей школе подруга работает, да вы ее знаете — Истомина Елена Михайловна. Вот у ее родителей мы и спрячем пока Алинку. Не надо в милицию, я сама его найду, — выпалила я разом, боясь, что если сразу не решу для себя этот вопрос, потом мне его и решать не захочется.

— Мы заплатим, Таня. И Вера Васильевна, я уверена, тоже заплатит, только бы нашелся убийца ее дочери.

— Странный все-таки человек этот шантажист.

— Разве такие люди вообще могут быть нормальными? — возразил мне Мишка.

— Да нет, я не о том, что он шантажирует.

— А о чем же тогда?

— Игорь, сколько ты сумел бы собрать денег для того, чтобы спасти жизнь Алины?

Игорь призадумался, потом не слишком уверенно сказал:

— Ну, если немного поднапрячься, я бы смог наскрести тысяч тридцать. Это сразу. А при более жесткой политике шантажиста продал бы торговые точки, дачу, машину, гараж, ну и...

— Короче, тысяча для тебя не такой уж и большой напряг, как я поняла?

— Нет, ну напряг, конечно. Незапланированная трата всегда из колеи выбивает. Но если речь идет о жизни или смерти близкого человека, то не о деньгах и других материальных благах думать начинаешь.

— Вот, — воодушевленно сказала я, — именно это я и хотела от тебя услышать.

— И что ты хочешь этим сказать? — поинтересовалась Нина.

— Только то, что некто хочет получить от вас по легкому денежки. Не слишком рискуя. Пошли бы вы в милицию из-за паршивой тысячи долларов, если бы вам твердо пообещали, что в случае уплаты вашей дочери перестанет грозить опасность?

— Ой, Таня, какие дела? — глаза Турка Игоря загорелись. — Но ты продолжай. Так какие идеи в связи с этим?

— Некто, очень хорошо знающий ваши доходы и расходы, решил подзаработать. И не слишком рисковать при этом. Это я уже сказала. Кто знает все эти тонкости в вашей жизни?

Взгляды обоих супругов непроизвольно сошлись на Мишке, и он разом все понял, ужаснувшись:

— Честное слово, ребята, это не я! Вы меня столько лет знаете. Вы что, охренели?!

Турищевым стало совестно, и они на ходу перестроились.

— Может быть, Мишель, ты кому-нибудь случайно говорил про наши дела? — поинтересовался Турок.

Мишка неопределенно пожал плечами:

— Ну... Можно подумать, конечно. Только вряд ли. Я в своих-то собственных карманах порой не знаю, что найду. Нет, это скорее всего исключено. Ты, Игорюха, лучше сам все просчитай. Может быть, от «крыши» твоей информация исходит и какой-нибудь гоблин решил прибарахлиться за спиной у хозяина?

Идея показалась мне весьма приемлемой, хотя и гоблины вряд ли станут лезть в дерьмо из-за такой, далеко не заоблачной, суммы. Но отработать версию «гоблин-шантажист» просто необходимо, и причем в первую очередь. Надо же с чего-то начинать, а ничего лучшего я пока придумать не смогла.

Выяснилось, что курирует бизнес Турищева некий Василий Свеклов по кличке Свекла. Хозяин Свеклы, Силаев Антон Петрович, довольно видный представитель тарасовского бомонда. За глаза все величали его Силой.

Турок, как теперь я уже знала, занимался реализацией медицинских препаратов. Если Свекла специализируется по обдиранию частных аптек, то специфический аптечный запах мог прочно приклеиться к нему. Хотя... Не думаю, что Свекла так уж часто посещает своих подопечных. Разве что именно перед тем, как ляпнуть угрожающее письмо, он заглянул в одну из контролируемых аптек.

Голова как свинцовый шар — поберечь бы драгоценные клеточки серого вещества.

— Я, ребята, так думаю, надо пораньше лечь спать, чтобы назавтра быть бодрыми и свежими, как огурчики. В город поедем не с утра, а чуть попозже из тех же самых соображений. Кроме того, под моим зорким взглядом тут Алинке ничего не грозит.

— Тань, мать заснула. Может, расстегнешь наручник, а то у нее рука затечет.

Нинину просьбу я выполнила. И совершенно напрасно. Поскольку часа через два я проснулась от тихих шорохов: Елизавета Ивановна потихоньку отыскала — в темноте! — водку и успела проглотить пару рюмок.

Я выскользнула из постели, подкралась к ней сзади и схватила за шиворот:

— Если подымите такой же тарарам, как вечером, берегитесь! Сама вас в милицию отвезу. Лично.

Мой зловещий шепот подействовал на старуху. Она так же, как и я, шепотом заверила меня, что ляжет в постель и никому докучать не станет.

* * *

Всю дорогу до самого дома Игорь и Елизавета Ивановна ссорились. Она опять нашла чем «причаститься» и теперь была настроена агрессивно. Поняв из разговора, состоявшегося при ней, что я берусь за расследование дела, она высказала недоверие и неудовольствие: Елизавета Ивановна считала, что надо заплатить и ни в коем случае не совать нос в чужие дела. А вообще-то я на месте Игоря давно бы эту бабуську отдубасила, да так, чтобы на всю оставшуюся жизнь запомнила и не лезла бы голым задом на забор.

— Была б тебе Алинка родная, ты б не так себя повел. Что баба против шантажиста сделать может, если и милиция бессильна? — брызгала слюной Елизавета Ивановна.

Игорь молча отвернулся, всем своим видом показывая, что он чрезвычайно внимательно осматривает окрестности. Мишка, сидевший за рулем «девятки», упорно молчал и делал вид, что ничего не видит и не слышит. Нина тоже не вмешивалась.

* * *

Мы заскочили сначала ко мне. Я взяла свой телефонный аппарат с определителем номера, поскольку у Турищевых пока такой роскоши не имелось. И мне некоторое время придется довольствоваться давно списанным мною допотопным телефоном. Ерунда! Для дела ничего не жалко.

— Соберите для Алинки необходимые вещи. Потом Миша нас отвезет к Антонине Васильевне и Михаилу Кузьмичу. Может быть, я сразу и по поводу пропусков уроков договорюсь, если Елену Михайловну отыщу. А вы оставайтесь пока дома. Вполне возможно, что шантажист выйдет на контакт.

— Ну что ты говоришь, Таня? Достаточно того, что мама и Игорь будут дома. Должна же я посмотреть, где моя дочь будет находиться. Я ж не могу вот так запросто отпустить ребенка бог знает куда.

Я пожала плечами. Что поделаешь? Мать она и есть мать. Беспокоится за свое чадо. Да и что сможет произойти за пару часов, пока мы с Ниной обустроим Алинку на новом месте?

Если б я в тот момент могла предположить, что иногда и минуты решают судьбу, я бы Нину отговорила.

А Алинку, собственно говоря, я могла бы устроить и в своей конспиративной квартире. Только кто там за ней присмотрит? Нине, как я уже сказала, необходимо находиться дома, чтобы преступник не заподозрил неладное. На Елизавету Ивановну надежда, как на боку лежа.

* * *

Антонина Васильевна радостно вскрикнула:

— Танечка, голубушка ты моя! Какими судьбами? Проходи скорее, радость моя! А Леночка сегодня не дома. Она на выходные к своей однокурснице в район укатила. Только завтра утром обещала вернуться.

Мать Лены еще не видела скромно притулившихся у стенки Нину Максимовну и Алинку.

— Антонина Васильевна, — бодро заявила я, — а я вообще-то именно к вам в гости пожаловала. И не одна. Я вам временного постояльца привезла.

Главное — поставить вопрос ребром, как говорится. Так преподнести, чтобы не было ни желания, ни возможности отказать мне. Да ведь и дело-то хорошее, согласитесь. Божеское.

Нина с Алинкой шагнули к порогу.

— Вот познакомьтесь, пожалуйста. Это Нина, а это, — я кивнула на девочку, — ее дочь Алина. Нина училась в одной школе со мной и Леной. Только в параллельном классе.

Ленка, дочь Антонины Васильевны, моя одноклассница и лучшая подруга. На данном этапе Ленка работала учителем французского языка в пятой школе, в той самой, где учится Алина Турищева.

— Очень приятно. Друзья моей доченьки самые дорогие гости в доме. Проходите. Мы с Мишей как раз обедаем. Присоединяйтесь.

Мы прошли в квартиру. Ответертеться от наваристых щей Антонины Васильевны нам не удалось. Оно и к лучшему, поскольку за столом произошло полное сближение Ленкиных родителей и Нины Максимовны. Она теперь была спокойна за Алинку, знала, что в этом доме о ее несчастной девочке позаботятся как следует.

— Горе-то какое, — сокрушалась Антонина Васильевна. Пусть поживет, конечно. Нам же с Кузьмичом-то только веселее будет. Свои-то внуки выросли давно, Сашеньки-то, а Леночка пока нас не осчастливила.

Ленкин старший брат, Александр, старше ее лет на

десять. Именно его детей и имела в виду Антонина Васильевна. А Ленка, как и я, волк-одиночка. От нее старикам еще долго внуков ждать придется, если вообще когда-нибудь дождутся.

— Это ж такое и пережить-то тяжело, невозможно как. Беда!

— Беда, конечно, — кивнула я. — Сколько времени займут поиски злодея, я не могу сказать. Алинку заберу лишь тогда, когда все решится лучшим образом. А продукты я вам все, какие надо, привезу.

Антонина Васильевна замахала на меня руками:

— Не надо ничего! Что уж мы, совсем, что ли, нищие? Одного ребенка не прокормим?

Приятно было слышать от Антонины Васильевны такое, приятно еще раз убедиться в ее полном бескорыстии. Однако я очень хорошо знаю, как живут в нашей нищей стране пенсионеры. Знаю, что очень многие ранним утром, пока все спят, едва не проваливаясь от ужаса и стыда, палками ворошат мусорные баки в поисках чего-нибудь полезного, что может пригодиться в хозяйстве. Поэтому, само собой разумеется, обращать внимание на отнекивания доброй пожилой женщины не стоит.

— А у нас в соседнем доме, Танюш, тоже такое года три назад случилось!..

— Да? — заинтересовалась я.

— Да-а. Вот так. В две ли в три квартиры письма с угрозами приходили. Они заплатили потихоньку, не поднимая шума. Это мы уж после узнали. Когда Маркеловы письмо получили да в милицию сообщили. С них преступник тогда две тысячи долларов затребовал. Они, конечно, богато живут. Но заставить их с лишней копейкой расстаться — дело невыполнимое. У них, говорят, порой десятку взаймы попросишь, так утрешься да уйдешь ни с чем. Вот они в милицию и написали заявление. Милиция операцию разработала, а преступник за деньгами не явился. Тогда-то все про остальных, которые заплатили, и выяснилось.

— Любопытно. И с их ребенком ничего не произошло?

Антонина Васильевна пожала плечами:

— Да ничего поначалу. Под машину потом Верочка угодила. Ну, это уж через месяц после письма произошло.

— Любопытно. И Верочка погибла, надо думать, а преступника так и не нашли?

— Да нет. С Верочкой, слава богу, все в порядке. Только сотрясение мозга. А преступника и впрямь не нашли. Сбил девчонку и скрылся с места происшествия. Пьяный, видать, был. Потому и не захотел с милицией сталкиваться. А номера заляпаны были. Такая вот история. Все ходим под богом единым. И никто заранее не знает, что впереди ждет. — Антонина Васильевна грустно вздохнула, моя тарелки и убирая их в навесной шкаф над мойкой.

* * *

Нина ждала меня в машине, пока я заглянула к Маркеловым. Нового я почти ничего не узнала. Антонина Васильевна все описала достаточно подробно.

— Вспомните поподробнее все произошедшее с момента получения угрожающего письма. Через какое время преступник вышел на контакт и какие поставил условия передачи денег?

— Да обыкновенные условия. Про такие я в каком-то детективе читала даже. Нам было предложено на большой скорости проехать по Волгоградскому тракту в двенадцать ночи и выбросить кейс с деньгами на двенадцатом километре, прямо у столбика.

— И вы выбросили деньги, как того требовал преступник?

— Да, мы сделали все, как он требовал. Но все действия, в том числе и телефонные звонки, контролировались милицией. И на двенадцатом километре оперативники заранее замаскировались. Только преступник за кейсом не явился. И с тех пор себя не обнаруживал.

— А наезд на вашу дочь вы не связываете с этой историей?

Наталья Николаевна пожевала губами и тихо покачала головой:

— Нет, не думаю. Мне кажется, что это лишь совпадение. Только и всего. Ведь если бы действовал тот же преступник, он не преминул бы сообщить, что мы уже наказаны немного и, в случае повторного обращения в милицию, он придумает что-нибудь еще и в конце концов завершит начатое — если мы по-тихому, без вмешательства правозащитных органов, не заплатим.

Рассуждения женщины мне показались довольно логичными. Хотя лично я поставить вот так на карту жизнь близкого человека не смогла бы, будь я просто матерью, а не частным детективом.

О характерных признаках печатной машинки и стиле письма преступника Наталья Николаевна ничего вразумительного сказать не могла, только подтвердила, что, мол, смысл текста во всех случаях схож, а значит, надо будет потормошить Кирю и посмотреть то давнее дело.

Видимо, преступник действует не в одном районе города, а меняя места дислокации. Значит, необходимо догадаться о принципе смены мест: меняет ли он поле деятельности после очередного прокола или по какой-то иной причине. Ведь все остальные, по словам Натальи Николаевны, не разглашая случившегося, до момента провала с Маркеловыми именно так и поступали: выбрасывали на скорости кейс из окна автомобиля. Но с них, по словам Маркеловой, требовали всего-то по пятьсот, а то и меньше, долларов. Чего бы не заплатить тихо-мирно? Да, мелковато плавает наш вампир. И интересно будет изучить дело, которое наверняка пылится в архиве.

Но не все сразу. Сначала надо заехать к матери погибшей недавно Гавриловой Тани.

Первое впечатление от бурной деятельности этого отморозка такое, что у парня просто-напросто не все дома. Что действует некий, миль пардон, шизоид, который мало интересуется деньгами и требует их лишь для пущей важности. Основная же цель его — держать в страхе жителей того района, в котором он на данном этапе действует.

* * *

Я оставила машину во дворе возле дома Гусевой и направилась в соседний подъезд. Нина, пожелав мне удачи и скорой поимки чудовища, направилась домой ждать звонка, который мог последовать в любую минуту.

Дом, в котором проживали Турищевы и Гусева, девятиэтажный, в виде буквы П, занимал почти полквартала. Словом, маленький «мегаполис». Принято же у нас мини-маркет маленьким «супермаркетом» называть.

Нажав кнопку лифта и подождав пару минут, я плюнула и пошла пешком. Третий этаж не девятый, и прогуляться пешком совсем не вредно, а даже наоборот.

Я уже протянула было руку к звонку, и тут затрещал в сумочке сотовый.

Чертыхнувшись про себя, достала мобильник.

— Таня! Ужас! Зайди ко мне скорее! Тут такое! Такое! — голос Нины был неузнаваем. Судя по всему, она была готова забиться в истерике.

Сердце мое на мгновенье сжалось.

— Что случилось?

Ой, да что я спрашиваю? Проще добежать и посмотреть самой, что могло произойти за две минуты, которые я потратила на ожидание лифта.

— Бегу! — крикнула я и бросилась вниз по лестнице.

Нина встретила меня, стоя в проеме открытой двери, с испуганным лицом. Из глаз катились слезы.

— Что? — выдохнула я.

Она показала рукой в глубь квартиры:

— Там... Там... Мама...

Я оттолкнула ее и прошла в комнату. Наметанный взгляд детектива сразу отметил, что порядок в комнате не нарушен.

— В спальне, Таня... Мама.

Я прошла в спальню.

Елизавета Ивановна лежала на кровати поверх одеяла и будто спала. Это в первый момент так показалось, поскольку лицо ее было спокойно, одежда в относительном порядке. И только неестественно бледный цвет лица да разом заострившийся нос указывали на то, что перед нами не спящий человек, а покойник.

Я невольно присвистнула и взяла старуху за запястье: она даже остыть не успела. Признаков трупного окоченения в наличии не было, что указывало на совсем недавнее наступление смерти. Причем не естественным путем, а насильственным: об этом красноречиво говорила гематома на правом виске.

— С полчаса назад она умерла, — сказала я Нине, стоявшей в дверях спальни.

— Таня, как ты думаешь...

Я знала, что она хотела меня спросить. Что ответить? Она лучше меня это знала. Допекла бабуська, видать, крепко Игоря. Вот нервы и не выдержали. Я вчера сама с большим наслаждением этой гнусной старухе по репе врезала бы, а уж у меня терпение адское и воля тренированная.

— А где он сам? — спросила я у Нины.

Губы ее затряслись. Она беззвучно зарыдала:

— Ты тоже так подумала, Таня? Неужели он мог так поступить? Я не верю! Он такой добрый.

Вздохнув, я пожала плечами. Добрый, это точно. Только старуха была уж больно не контролирующая себя, земля ей пухом, как говорится. Про покойников, конечно, не принято злословить, но... Такая и ангела на дикую выходку спровоцировать могла.

— Что же делать, Таня? Что делать? — Нина обеими руками яростно хваталась за голову.

— Вызывать милицию, конечно, — машинально пробормотала я, внимательно тем временем изучая окружающую обстановку.

— Так ведь его арестуют?

— Задержат, — машинально подтвердила я, продолжая внимательно осматривать место преступления. Орудием убийства мог послужить любой тупой предмет, его-то я и искала. Кастет? Не похоже, слишком уж большая по диаметру гематома. И тут мой взгляд упал на полку с инструментами за дверью спальни: прямо с краю лежал молоток. С помощью бумажки, чтобы не затереть отпечатки, я аккуратно двумя пальцами взяла его в руки.

— Скорее всего старушку убили вот этим предметом.

— Значит, ты все-таки считаешь, что это Игорь ее убил? — почти шепотом, с глазами, полными слез, спросила Нина.

Я пожала плечами: откуда я могла знать точно? Ведь вчера на даче они поссорились. Старуха вела себя так, что даже я, выдержанная, с тренированной волей, готова была ее убить. Если она и сегодня допекала Игоря точно так же, то всякое могло быть.

И тут я обратила внимание на странный, рассыпанный по паласу порошок. Нагнулась, провела пальцем по нему и поднесла палец к лицу, намереваясь определить по запаху, что это такое. И тут же принялась неистово чихать.

— Кажется, преступник все посыпал здесь красным перцем, чтобы собака не смогла взять след. Странно все это.

— Что, что странно? Таня, неужели ты хочешь сказать, что это Игорь так хладнокровно убил маму, а потом еще и перцем следы преступления обработал?! Чушь!

Действительно чушь, не могла я не согласиться. Игорь мог убить старушку в порыве гнева. Тогда бы он просто бросил молоток на пол. Но в этом случае он бы позвонил либо мне, либо в милицию. Думаю, нет, просто уверена, что он и поступил бы именно так.

К тому же если старуха была убита во время ссоры, то вряд ли бы она лежала на собственной постели с мирно вытянутыми вдоль тела руками...

Не считаю, что размышления мои были излишне самоуверенны. В людях я ошибаюсь довольно редко, поскольку с шестым чувством, кое именуется интуицией, у меня, как говорится, все в порядке. А вчера я имела честь пообщаться и с Елизаветой Ивановной, и с Игорем. И мне показалось, что Игорь — человек терпеливый, честный и вообще... Словом, мальчик-одуванчик.

И он бы позвонил. Так действуют все люди, которые

совершили противоправный поступок в состоянии аффекта.

Еще один момент. Допускаю, что зять мог убить тещу в порыве гнева. Значит, в тот момент у него должен быть в руках именно молоток, а не что-нибудь другое. Если бы был нож, убил бы ножом. И так далее. То есть убийство в состоянии аффекта предполагает использование в качестве орудия убийства именно тот предмет, который находится под рукой. Никогда в состоянии аффекта человек не побежит искать, чем бы поувесистее зарядить по кумполу, — миль пардон за арго.

Если же он убийство продумал как следует, то заручился заранее алиби и орудие убийства либо спрятал бы получше, либо уничтожил. Да и вообще вряд ли он в таком случае воспользовался бы молотком.

Получается, что молоток при любом раскладе исключается.

Хотя я слишком, кажется, увлеклась дедуктивным методом. Может быть, убийство совершено другим предметом. И этот предмет действительно изъят из квартиры. Полагаю, это покажет экспертиза.

Да, Таня, вечно тебе везет. Сколько уж раз твердила себе, что, как только магические косточки всякие бяки предсказывать начинают, отключать автоответчик надо, отключать телефон, закрыться на все замки, затаиться, как мышка в норке, и сидеть, пока кости не раздобрятся и не сменят пластинку. А-а, да что теперь о прошлом! Теперь у нас есть интересное дело, и, похоже, не одно. Есть труп. И вообще ребус.

Размышляя обо всем этом, я вдруг подумала: а почему я решила, что не одно дело? Может быть, убийство Гусевой напрямую связано с делом о шантаже? Может такое быть? Конечно, может. Но... Теоретически. А практически? Как все это может быть связано между собой?

Старуха имела контакт с шантажистом?

Ой, какой бред! Дурацкие мысли!..

— Нина, вызывай милицию. Иного выхода все равно нет.

— Но ведь Игоря сразу посадят! Кто разбираться станет? Им же все равно, виновен человек или нет.

Да, хорошее мнение у наших обывателей о наших доблестных защитниках правопорядка.

— Ладно, не ной. Сейчас я позвоню своему хорошему знакомому, полковнику Григорьеву. Это чрезвычайно честный и бескорыстный мент. Обещаю, что сумею посеять сомнения в виновности Игоря, и, дай-то бог, все обойдется подпиской о невыезде.

Глава 3

Пока не приехала оперативная группа, я решила обойти соседние квартиры и узнать там, что видели или слышали жильцы.

На каждой площадке дома располагалось по шесть квартир. Три квартиры в правом коридорчике и три в левом.

Квартира Гусевой в левом крыле.

Правое крыло было отгорожено одной общей металлической дверью от площадки. Жильцы в целях большей безопасности часто поступают подобным образом: ставят общие двери, отгораживая свой коридорчик от площадки.

Левое крыло о своей безопасности не заботилось: поэтому, видимо, коридорчик и не был отгорожен и доступ к любой из трех квартир с лестницы свободен.

Лестница располагалась в темном закутке. Если учесть, что квартира Гусевой расположена на шестом этаже, то встретить любителей прогуляться пешком по лестнице на такую высоту шансов мало.

То есть убийце, для того чтобы проскользнуть незамеченным, достаточно не пользоваться лифтом, а подняться по лестнице.

Я позвонила в соседнюю с гусевской квартирой дверь, одной рукой опершись на нее. За дверью послышались шаркающие шаги. Потом дверь открылась, и я чертыхнулась: моя ладонь прилипла.

Старушка вопросительно смотрела на меня, а я, пробормотав приветствие, пыталась удалить липкое вещество с ладони. Оно свалялось в катышек, но никак не хотело счищаться.

— В чем это у вас дверь испачкана? — весьма подходящий вопрос при данных обстоятельствах задала я.

— Где? — старушка, подслеповато прищурившись, провела ладонью по двери. — От, это ж небось пацаны опять шалили. Сколько раз уж глазок жевачкой залепляли. Давно уговариваю соседей общую дверь в коридор поставить. Но никому дела нет. Вот и хулиганят. А вам кого надо-то, девушка?

— Извините меня, пожалуйста, за вторжение. Но мне просто необходимо вас кое о чем спросить. Можно войти?

Для себя я решила так: никто ни в коем случае не должен узнать о моей миссии, иначе ловкий преступник может пронюхать о моей деятельности. И тогда все пропало. Все насмарку, вся суета с переселением Алинки и прочим.

— Я подруга вашей соседки Нины, — представилась я, когда вошла в маленькую уютную однокомнатную квартирку. — Вы знаете уже, что Елизавета Ивановна убита?

— Убита?! — Старушка уставилась на меня подслеповатыми глазами. — Как убита? Она ж ведь совсем недавно ругалась, как всегда. Разве такое может случиться так быстро? Вот только что я ее голос слышала! Нет. Этого не может быть! Это какая-то страшная жуть. Так не бывает. Ну, скажите, что вы просто пошутили. Молодежь сейчас запросто шутит таким образом. Ведь это шутка, правда? Шутка? Вы меня просто разыгрываете, да?

Странная старушка. Кто ж так шутит, ей-богу?

— Увы, так не шутят, вообще-то. Извините, конечно, что побеспокоила, но соседка ваша действительно мертва.

— Ой, господи, горе-то какое. Хоть покойная и была не ангелом, прости меня, господи, за то, что плохо про умершую. Но был грех. Я порой сама про себя ворчала, что вот, мол, хороших-то людей бог к себе забирает, а такие, как соседка моя, живут и здравствуют много лет. Ой, грешна, говорила. Да и Игорь-то натерпелся от нее, может, и не выдержал в конце концов.

Я остановила старушку, не на шутку разболтавшуюся не по делу.

— Это я знаю. Вы лучше скажите, не слышали ли вы, не видели ли, когда ушел Игорь из дома? А может быть, видели, как кто-нибудь чужой открывал дверь Гусевых ключом?

— Ой, милая, тут я ничего не могу вам сказать. Только слышала, что она ругалась, как это часто делала, на зятя. А потом я ушла стирать белье в ванную, заработалась, задумалась. Да если б я знала, что такое произойдет, я бы послушала...

Словом, полезной информации от старушки я получила ноль целых ноль десятых. За дверью напротив стояла мертвая тишина: жильцов, по-видимому, не было дома.

— А где могут быть ваши соседи, вы не знаете? — спросила я старушку напоследок.

— К сестре своей с сыном вместе поехала. У нее сестра больная в центре города живет. Они к ней часто ездят.

— А кто живет в этой квартире?
— А Мария Ивановна с сыночком ейным.
— А сколько лет сыночку?
— Да лет тридцать. Но они — люди тихие, никому не докучают.
— Понятненько.

Я поблагодарила старушку и отправилась в другое крыло.

Соседи из правого крыла встретили меня не слишком-то учтиво. Немудрено, ведь я нарушила их вечерний досуг. Ничего, мол, не видели, ничего не слышали, ничего не знаем и знать не хотим.

— У вас же слышимость в доме такая, что можно скандал с первого этажа услышать, — раздраженно заметила я даме с короткой стрижкой, с которой беседовала напоследок.

— Слышимость действительно такая, что никакой

жизни. Эти лифт и мусоропровод, которые день и ночь громыхают... — Стены шахт лифта и мусоропровода были как раз смежными с ее квартирой.

Дама слышала, что сначала прогромыхал лифт, потом крышка мусоропровода. Что мне эти знания давали, я пока толком еще не поняла. Но самое странное заключалось в том, что никто из жильцов правого и левого крыла мусор не выбрасывал. Это я проверила сразу после беседы с ворчливой дамой. Единственная «умная» мысль, которая могла прийти мне в голову, — это что убийца, выйдя из квартиры Гусевой, выбросил нечто в мусоропровод. И это случилось именно после того, как Игорь в лифте спустился вниз. Конгениальная, конечно, мысль, но мне очень хотелось верить, что Турищев все же непричастен к убийству собственной тещи.

Я вернулась к Нине, чтобы продолжить предварительное расследование. Необходимо прояснить ситуацию с ключами. Ведь убийца воспользовался ключами, а не ломал дверь и не вскрывал замок отмычкой — в этом я сама убедилась.

Ключей от квартиры Гусевых не было ни у кого, кроме самих жильцов квартиры. Я попросила Нину посмотреть, на месте ли Алинкины ключи. Всякое может быть. Вдруг девочка их потеряла или их у нее похитил злоумышленник.

Алинкины ключи преспокойно лежали в тумбочке в прихожей. Нинины ключи были у нее в сумочке. Ключи Елизаветы Ивановны висели на гвоздике у двери. Запасные ключи Нина хранила в платяном шкафу. Они тоже оказались на месте. Отсутствовали лишь ключи Игоря.

В дверь позвонили. Нина открыла. На пороге стоял полковник Григорьев. За его спиной маячили два бравых молодца в милицейской форме.

— Здравствуйте, Танечка. Так что тут у вас стряслось?

Я была безгранично благодарна этому человеку за то, что не бросил в беде старого друга и выехал с оперативной группой сам лично.

Описывать осмотр места преступления — дело неблагодарное, и какой искушенный читатель детективных историй не знает, как все это происходит. Очень интересным, с моей точки зрения, оказалось то, что отпечатки пальцев на входной двери, на некоторых предметах, к которым, предположительно, мог прикасаться злоумышленник, были уничтожены.

Однако, по мнению Григорьева, это еще не давало повода думать, что в жилище проник чужой человек. Ведь так мог бы поступить и Игорь, стараясь замести следы.

Прибывший на место происшествия кинолог с овчаркой по кличке Рекс не сумел помочь следствию. Пес, виновато поджав хвост, жалобно поскуливал.

— Так где же ваш муж, уважаемая Нина Максимовна? — поинтересовался Григорьев.

Нина всхлипнула:

— Я не знаю. Он должен был быть дома. Мы с ним так договаривались.

— Так вы говорите, что ваш муж не ладил с покойной?

Вновь раздался звонок, и Нина кинулась к двери. На пороге возник пьяный в дым Игорь. Он глупо улыбался, еще не въехав, так сказать, в ситуацию.

— Нинусь, ты прости. Я немного выпил.

Он смотрел на жену умоляюще, как ребенок, который просит родителей купить какую-нибудь дорогостоящую игрушку.

— Ну, стресс снял. Допекла меня маманька. Ну, что ты на меня так смотришь? Она хоть угомонилась?

— Пройдите, пожалуйста, сюда, Игорь Геннадьевич, — обратился к нему выплывший из гостиной Григорьев, мы должны задать вам несколько вопросов.

Игорь непонимающе осмотрелся:

— А что случилось?

— Ваша теща убита. Есть основания думать, что это могли сделать именно вы. Вы ведь не ладили с покойной?

Игорь попятился к двери, споткнулся у порога о расставленные ботинки, покачнулся и рухнул на пол. Глаза у него при этом были такие, словно он только что услышал о взрыве атомной бомбы в нашем любимом городе.

— К-как убита? — спросил он, сидя на полу.

— Да вы не волнуйтесь так. Если вы не виноваты в ее смерти, то вам не о чем волноваться. Мы все проверим, разберемся, — успокаивал его Григорьев.

Слабое, надо сказать, утешение. Все-таки, как ни крути, она была ему не совсем чужим человеком.

Игоря допрашивали довольно долго, и оказалось, что алиби на момент смерти тещи у него не было. По его словам, сначала, когда, рассвирепев, он покинул свое жилище, не менее часа пришлось гулять по городу. И уж только потом зарулил в кафе, где и надрался в одиночестве, чтобы снять стресс.

Я машинально взяла с телевизора маленького плюшевого розового слоника и молча слушала беседу с подозреваемым, теребя игрушечное животное за правое ухо.

Высказывать личные впечатления не хотелось: я боялась навлечь на Игоря лишние неприятности. Уж слишком ясно перед глазами стояла вчерашняя безобразная картина: старуха со спущенными штанами на столбе — и рядом рассвирепевший, почти не контролирующий себя Игорь Турищев.

Из квартиры Нины Турищевой-Гусевой я отбыла около одиннадцати вечера. Игоря все-таки не задержали: Григорьев внял моей убедительной просьбе и пошел навстречу. Уж не знаю, что бы я без него делала. Поверить на сто процентов, что Игорь хладнокровно пристукнул свою тещу, я не могла, хотя червячок сомнения и грыз совесть. Попросту говоря, я была на перепутье, не зная, кому и чему верить.

Вот я и говорю, что всегда судьба неумолимо меня несет туда, где дурно пахнет и где можно как следует вляпаться. Вот и вляпалась. Отдохнула, называется, на даче!

Идти к матери убитой девочки Тани Гавриловой в столь неурочное время, конечно же, не имело смысла, и я решила заняться личностью Васьки Свеклы.

Не думаю, что люди типа Васьки ложатся в постель с последним лучом солнца. Как правило, эти достойные господа проводят свой вечерний досуг в кругу друзей или подруг, столь же ярких личностей, как они сами. Где проводил свой досуг Свекла, я пока не знала, но очень надеялась это выяснить как можно быстрее. Хотя бы выйти пока на его след. Я ведь не имела чести быть знакомой с сим достойным отроком.

Я села за руль и только тут обратила внимание на то, что розовый слоник так и остался при мне.

«А ты еще и ворюга ко всему прочему, Танька», — мысленно усмехнулась я. Но возвращаться из-за такой мелочи в квартиру Гусевой я не стала. Ведь ничего не бывает случайно: раз я прихватила этого слоника, значит, так угодно судьбе, и он, розовый слоник, обязательно принесет мне удачу. Я сунула игрушку в бардачок.

Выкурив пару сигарет подряд, я достала магические двенадцатигранники. Пусть кости меня научат, что делать дальше. Может, просто надо поехать домой и как следует выспаться?

34+9+18 — «Вы вспомните о том, что у вас есть старый верный друг, способный поддержать вас и даже преподнести сюрприз».

— А вот это верно, мои милые. Такой друг у меня действительно есть. И он точно сможет мне помочь. Это Венчик Аякс, бомж по призванию. Он, к счастью, тоже не относится к тем людям, для которых визит в одиннадцать часов вечера выглядит дикостью и верхом неприличия.

У Венчика, в отличие от других бомжей, своя собственная обитель на Конной улице. Правда, эта халупа, находившаяся в полуподвальном помещении, с трудом тянет на высокое звание комнаты, но все же какое-никакое пристанище.

Комнатушка вообще-то редко посещалась самим хозяином, зато служила пристанищем другим бомжам, не имевшим в силу обстоятельств такой роскоши, как собственная комната. И даже если самого Венчика сейчас нет дома, я смогу получить информацию от его коллег. Если не по поводу Васьки Свеклы, то хотя бы по поводу местонахождения хозяина комнаты.

Разыскав Венчика, я обязательно выйду на Свеклу, поскольку Венчик — ходячая энциклопедия нашего мирного города Тарасова. Он знает почти все про всех, про весь бомонд и криминальный мир.

Надо добавить, что я была почти на сто процентов уверена в том, что все странные события: письма с угрозами, смерть Тани Гавриловой и гибель Елизаветы Ивановны — как-то связаны между собой. Надо лишь найти кончик ниточки и потянуть за него. Вот тогда все само собой и распутается.

Пока что лишь Васька Свекла виделся мне в качестве отправной точки. Так подсказала мне моя мощная интуиция, а ей, родной, я привыкла доверять: она меня никогда не подводила.

* * *

Спустившись по лестнице, я оказалась перед дверью своего друга. Хлипкая дверь, сколоченная из огрызков старой заплесневелой и размахренной плиты ДСП, была заперта изнутри.

Я тихонько постучала, поскольку стучать в нее громко не рекомендуется: она может просто продырявиться от ударов кулака. За дверью тишина.

Я вздохнула: ну что ж, нам не привыкать. Не впервой мне открывать ее собственными усилиями, и я достала из кармана обыкновенную копейку. Посветив себе зажигалкой, я вставила копейку в замочную скважину и повернула. Дверь со скрипом распахнулась.

Я шагнула внутрь, в прокуренную темноту. Витавшие ароматы дешевых спиртных напитков говорили о том, что помещение сегодня явно не пустует. И тут же охрипший голос заспанного человека окликнул меня:

— Кто? Кто там?
— Иванова. Татьяна. Спишь, бродяга?

И тут же радостное восклицание:

— Танюха! Так это ты, что ли? Ну ты даешь! Так ты

вспомнила! А я уж думал: все, амба, никто не пожалует. Уже закемарил.

В помещении вспыхнул тусклый свет торшера с драным абажуром зеленого цвета, и моим глазам предстала безрадостная, но довольно привычная для данного помещения картина.

Пустые бутылки, стоявшие на этажерке (валютный запас Венчика) тихо дзенькнули. Они, как флюгер, реагируют на малейшее движение воздуха в комнате: настолько хлипка древняя этажерка, притулившаяся в самом почетном углу комнаты, у окна.

Сам Венчик поднялся мне навстречу из потрепанного кресла с размахренной обивкой, которое он в свое время приволок с какой-то свалки.

Хозяин комнаты выглядел сегодня несколько необычно: не таким, каким я привыкла его видеть всегда, а именно — он был при полном параде. И выглядел, пожалуй, даже почти импозантно, если бы не совершенно дикое сочетание цветов в его гардеробе.

Венчик был в синем бостоновом костюме времен моей бабушки. Костюм выглядел еще довольно прилично, несмотря на некоторую помятость и следы, оставленные прожорливой молью.

Из-под пиджака выглядывала ярко-красная рубашка. На Венчике был даже галстук а-ля Гавайи с разноцветными попугайчиками.

Гардероб колоритно довершали рваные комнатные тапки, надетые на босу ногу. Изрядно поредевшая непослушная шевелюра была гладко причесана. Вениамин даже побриться сегодня умудрился. Ну и дела!

Я несколько мгновений ошеломленно молчала, будучи шокирована так, что потеряла дар речи, а Венчик радостно засуетился:

— Да ты проходи, Танюш. Хоть ты вспомнила. Больше никто. Вот заразы. А я ведь специально готовился. Даже торт купил.

И только тут я обратила внимание на импровизированный стол. Им служили поставленные рядом две шаткие некрашеные табуретки, накрытые пожелтевшей газетой. В центре стоял торт на сомнительной чистоты блюде с огрызками свечей, початая бутылка дешевого портвейна. И вокруг несколько стаканов. Только на дне одного из них были остатки того самого портвейна. Другая бутылка, уже опустошенная, нашла свое место по старому русскому обычаю под импровизированным столом, то бишь под табуреткой.

Я все поняла, и мне стало немного неловко: ведь помнила, что у него сегодня день рождения! Вот тебе и феноменальная память. Как что надо, так Венчик, а как с днем рождения поздравить, так меня нет.

С неловкостью я справилась довольно быстро. Хороший детектив всегда сумеет найти достойный выход из любой, практически безвыходной, ситуации.

— Дорогой мой Вениамин Григорьевич! — при этом я шагнула к своему старому другу и чмокнула его в щеку. — Я не знаю, сколько тебе стукнуло, но от всей души тебя поздравляю. И желаю всех благ.

Венчик был тронут, и на глаза у него навернулись слезы.

— В том-то и дело, Танюша, что у меня полукруглая дата, мне сорок пять сегодня жахнуло, и ни одна сволочь не изволила появиться. Только ты и вспомнила. Как я рад!

— Подарки я в машине оставила, потому что не была уверена, что застану тебя дома. Я сейчас!

Я выпорхнула из комнаты и ринулась к своей «ласточке» за деньгами. И тут увидела того самого слоника, которого прихватила в чужой квартире. «Это судьба, — решила я. — Венчик, несмотря на свой довольно странный образ жизни, очень сентиментален. Он такому подарку обрадуется: пусть этот зверь Аяксу талисманом станет. А Нина и Алинка меня простят за самоуправство».

Я заскочила в ближайший мини-маркет, купила бутылку мартини, бритвенный прибор с двойным лезвием «Жиллетт-2», который нам так навязывает тысячу раз в день назойливая реклама, и вернулась к имениннику.

Венчик уже отрезал мне солидный кусок торта и налил в стакан портвейн.

— Нет, Вениамин, гулять, так гулять! Сегодня грех не выпить хорошего вина.

Я вручила ему подарки.

— Это на счастье. Пусть в твоей жизни произойдет нечто очень светлое и приятное.

— Спасибо, Таня. Очень оригинально. Я так тронут. Ты садись, садись, — и он подтолкнул меня к креслу, в котором восседал в темноте в момент моего появления. А сам пристроился рядышком на полу, на расстеленной старой фуфайке.

Я достала из сумочки чистый носовой платок и тщательно протерла пустой стакан, из которого намеревалась выпить толику мартини.

Вот так... Теперь завести разговор о Ваське Свекле с ходу неудобно: Венчик сразу поймет, что я в его обители появилась случайно и, как всегда, по шкурному вопросу.

Закончилось мартини. Венчик перешел на свой родной и близкий по духу напиток, а я все не решалась завести нужный разговор.

Аякс сам помог мне.

— Твои-то дела как, Танюша? Над чем сейчас работаешь?

Я кратко изложила ему суть дела, постаравшись сделать акцент на личности Свеклы. Если Аякс знает его «вечерние парковки», то он сам не преминет мне об этом сообщить. На то и существуют верные друзья.

— Свеклу я знаю. — Венчик задумчиво вытянул губы в трубочку и пожевал ими, как кролик. — Не думаю, что он на такое способен: слышал, будто Васька пацан правильный.

Я пожала плечами и улыбнулась:

— Вот если бы мне удалось с ним встретиться, я бы, может быть, сама к такому выводу пришла. Во всяком случае я б сумела заставить говорить его сущую правду и ничего, кроме правды. А пока... — я развела руками. — Судить просто со слов даже друга не имею морального права, сам понимаешь.

— Конечно. Я понимаю. Доверяй, но проверяй, — задумчиво проговорил Венчик. — И мы, если хочешь, можем сделать это прямо сейчас. Давай, Танюх, а? Я знаю, где его сейчас можно найти! И надо поторопиться, поскольку то заведение, «Трактир на Крымской», в котором он коротает вечера, через час закрывается.

Венчик был уже изрядно под хмельком, преисполнен чувства благодарности и потому готов сдвинуть горы для хорошего человека, коим являлась я. Не буду скромничать: говорить о себе, родной, правду не грешно.

* * *

— Эта пивнушка принадлежит его родственнику. Он там как у себя дома. Сама понимаешь, всегда приятней находиться там, где тебя уважают, — высказал свое мнение Вениамин, когда я припарковала машину у довольно сомнительного вида забегаловки. Шел первый час ночи.

Неподалеку от заведения, прямо на газоне, под раскидистым вязом, притулился патрульный «Accent» бело-синего цвета. В салоне тлели огоньки сигарет. Блюстители порядка мирно поджидали клиентов — нарушителей сна тарасовцев. Но пока таковых не наблюдалось, и они не высовывались из машины. Я сама к ним подошла...

Рассказывать про свой нехитрый план пока не буду. Об этом чуть позже. А пока мы с Вениамином вошли в прокуренное помещение, пропитанное парами пива и более крепких и некрепких, дороговатых и грошовых напитков, и устроились за угловым столиком у окна. Закурили.

Рядом с нами отдыхала довольно разномастная компания. Самым видным и представительным в этой компании был амбал лет двадцати пяти от роду, стриженный под расческу. На нем был надет очень приличный костюм, едва не трещавший по швам — столь мощны были его плечи, — и светлая рубашка, верхняя пуговица которой небрежно расстегнута. Из-под воротника, который отроку вряд ли удалось бы застегнуть — не позволила бы бычья шея, — выглядывала тяжелая золотая цепь, за подлинность которой я не ручаюсь. В помещении царил таинственный полумрак. Габариты амбала были столь внушительны, что смотрелся он среди своих собутыльников, как дог среди японских пинчеров.

Я сразу почему-то подумала, что сей юноша и есть Васька Свекла. На такую мысль меня навели его толстые сочные губы, крупный нос да еще моя мощная интуиция.

— Вот он, — прошептал Венчик. Причем прошептал так громко, что я едва не заехала ему в ухо, несмотря на то, что сегодня он имеет полное право на корректное к себе отношение по случаю своей полукруглой даты. Я его лишь молча дернула за рукав, призывая к молчанию.

За столом с Васькой сидели три мужика менее цивильного, чем он сам, вида и две дамы, если их можно было так назвать. Одна из них, толстенькая, как бочонок, была в обтягивающих легинсах и кофте, столь же туго облегающей ее пышные телеса. Обесцвеченные волосы, напоминающие мочалку, были собраны на затылке в конский хвост.

Дамочка по поводу и без повода хохотала, запрокидывая голову так, что она того и гляди могла отвалиться. При этом шедевр парикмахерского искусства у нее на голове трепетал, как трепещет хвост подобострастного пса при виде любимого хозяина.

Другая дама, наоборот, была сухощава и неулыбчива. Она молча, как-то даже отрешенно, изучала содержимое своего стакана.

Стол был до отказа заставлен пустыми бутылками из-под пива. Тут же красовались уже опустошенные емкости из-под «Абсолюта» и «Миража» — дивное сочетание. Начинали, видимо, круто, с «Абсолюта». Прямо в рифму, елки-палки.

Но еще более дивным сочетанием мне показалось то, чем компания закусывала пиво. Нет, ну вобла — это само собой. Только каждый из кусочков воблы заедался еще и сгущенкой прямо из банки, обляпанной до самого дна. Меня передернуло.

Но о вкусах не спорят, каждый сходит с ума по-своему.

— Вот я че говорю, мужики, — так Свекла обращался к честной компании, сидевшей за столом. — Я человек простой. И со мной всегда договориться можно. А этот пень...

В этот момент Васька обратил внимание на то, что его не все, сидящие за столом, слушают достаточно внимательно. А дело было в том, что один из мужиков увидел меня.

Разумеется, я в этом заведении смотрелась, как роза среди засохших кактусов. Васька проследил за взглядом собеседника и тоже взглянул на меня.

— О, какие люди! Девушка, пересаживайтесь к нам. У нас весело. Мы сейчас «Абсолют» закажем. И сгущенки еще возьмем.

— Я не одна, — улыбнулась я, кивнув на Венчика.

Разумеется, что Васька Венчика знать не обязан. Не может же знать Аякса всяк, кого знает он. Не столь уж это великая личность.

Васька пьяно улыбнулся:

— Ну, с другом, так с другом. Я не против. У нас вон какие девушки.

То есть Свекла уже распределил в некоторой степени роли: Веньчику одну из Васькиных знакомых, а ему самому — Таню Иванову. Не слабо, правда?

Но Ваське не удалось заказать водки и уговорить меня пересесть к нему за стол. Мизансцена изменилась. На середину зала вышла пьянющая мадам со шваброй и ведром. Она шумно плюхнула ведро на пол, расплескав едва ли не половину воды, оперлась на швабру, подбоченилась и заикающимся голосом молвила слово веское. Да простит меня читатель за сквернословие, но ее перлы я лучше передам дословно:

— Жь-жентльмены, па-апрашу всех к хреновой матери. Пожалуйста, пожалуйста, мухой все к хреновой матери! Мне надо вымыть пол и лететь домой на крыльях любви. Меня е..рь ждет.

Все вокруг заржали, а я едва не поперхнулась сигаретным дымом, подумала, что найдется в данном заведении хоть один порядочный человек, который сделает ей хотя бы замечание. Увы, этого не произошло. Тут, видимо, давным-давно все привыкли к столь необычной финальной сцене. Все дружно поднялись и один за другим, перебрасываясь колкостями в адрес «прикольной Клавки», потянулись к двери.

Я взяла Венчика под руку и вышла на свежий воздух. Ох, каким же свежим он мне показался! Васька тут же приклеился ко мне. А я выбросила бычок. Это был условный знак для коллег, мирно отдыхавших в «Accente». Как в шпионских фильмах. Иногда я вынуждена прибегать к таким трюкам.

Коллег я, конечно же, материально стимульнула: за просто так и чирей не садится.

Глава 4

— Одну минуточку, молодой человек.
— Да вы че, в натуре! — Васька резким движением плеча сбросил руку лейтенанта, пытавшегося его удержать. Коллега лейтенанта, одетый в штатское, заломил руку Свеклы назад.
— Стоя-ять, я сказал! — молодой лейтенантик, для которого это действо было, кроме неплохого заработка, еще и интересной игрой, был особенно ретив.

Он обстучал мощный торс Васьки и, как фокусник, извлек из ниоткуда пистолет и запаянный полиэтиленовый пакетик, содержавший в себе нечто белоснежное.

Пистолет принадлежал коллегам, а этот самый пакетик изготовили мы с Венчиком, воспользовавшись обыкновенной мукой, позаимствованной у аяксовской соседки. Но на пьяного Свеклу действия милиции произвели неизгладимое впечатление:
— Да вы че, мужики!? Охренели, что ли? Чтобы Васька Свекла при себе пушку и дурь таскал? Вы совсем сбрендили.
— Жопе слова не давали, — отрезал мой юный коллега, увлекая Свеклу к патрульному автомобилю. Я сама их ориентировала на нарочитую грубость и, возмож-

но, даже на некоторую долю хамства. Однако такого сленга от коллег я все же не ожидала. Ну да ладно, чем грубее, тем Ваське понятнее, что его дело швах, однако.

— Пройдемте, разберемся в отделении, — добавил более миролюбиво второй милиционер.

И тут, как распланировали мы с Аяксом, вмешиваюсь я. Одному хук слева, другому удар в солнечное сплетение. Они, конечно, оторопели и на мгновение потеряли ориентир. А я хватаю Ваську за руку и тащу за угол, шепча:

— У меня там машина. Быстро!

Мы все втроем прыгаем в мою видавшую виды «девятку» и рвем когти. Я столь быстро отпустила педаль сцепления, что плюхнувшийся на переднее сиденье Свекла едва не вышиб своей дубовой головой лобовое стекло моего автомобиля.

Ваську даже не заинтересовал тот факт, что менты нас не преследуют, настолько он был потрясен их неслыханной наглостью, моей необыкновенной находчивостью и непревзойденной добротой душевной.

Густая смесь несовместимых запахов — пивного, рыбного, молочного, корвалола и туалетной воды для мэнов среднего достатка — тут же заполнила салон автомобиля. Я открыла окно и закурила. Так легче дышится.

Через пару минут Свекла уже немного пришел в себя, успокоился и опять принялся кокетничать, тут же перейдя на «ты».

— Ну, ты молодец, девка! У меня там машина осталась, у заведения. Да ладно, бог с ней: сигнализация включена, да и сторож присмотрит. У меня в этом трактире свои люди работают. А Сила завтра разберется, с какого хера эти придурки сорвались. Спасибо тебе, красавица. Ты хоть скажи, как тебя звать, роднуля?

— Таня, — я улыбнулась.

— Та-аня. Ой, какое имя у тебя классное! — Смешно, ей-богу. Словно он услышал некое диковинное имя типа Клеопатра.

— А меня Василий Петрович, можно просто Вася. А фамилия моя Свеклов. Танечка, а давайте отвезем твоего знакомого домой и завалимся куда-нибудь, отдохнем по первому классу.

Вот так. Еще и не ведая, кем мне доводится Венчик, он тут же записал его просто в знакомые. Словом, себя он считал уже гораздо более близким мне человеком, чем Аякса. Какая самоуверенность! Я едва не прослезилась от умиленья. Уважаю мужчин с богатым воображением.

Я любезно улыбнулась:

— Этого делать никак нельзя. У моего старого друга, почти родственника, можно сказать, сегодня день рождения, и если бы не я, то ему пришлось бы праздновать его в полном одиночестве. Так что сейчас мы едем к нему. Ты, Вениамин, не будешь против?

— Ну, отчего же? Я всегда рад хорошим людям. А Василий, по-моему, очень неплохой парень.

* * *

Васька с Венчиком захмелели окончательно. Приличная доза «Абсолюта», принятая ими, развязала обоим языки, и они были в диком восторге друг от друга.

Васька снял с руки часы и подарил их внезапно обретенному другу, произнеся при этом такие теплые слова, на которые был способен.

Венчик был тронут и уже совсем забыл, для чего мы разыграли спектакль со «спасением» Свеклы от ментов. Я легонько наступила Венчику на ногу.

— Вась, — Венчик вспомнил о своей миссии, — у тебя сердце больное?

Васькины глаза зафиксировались на лбу. Он застыл с рюмкой у рта:

— Ты че, в натуре?

— Я просто подумал... От тебя корвалолом пахнет.

Васька расхохотался, запрокинув голову. Потом, ловко плеснув водку в свою бездонную утробу, утерся и сказал:

— Да нет, ребята. Это херь нечаянно случилась. Я ж с аптеками сотрудничаю. Так один вахлак склянку с корвалолом уронил. Она разбилась, а брызги мне на пиджак попали. Сердце!.. Да у меня такое сердце, что и бык позавидует.

Тут этот двухметровый детина вскочил, сгреб меня в охапку и закружил по комнате, бубня густым басом:

— Ух, Танюха, ну и классная ты баба!

Пришлось ему маленько по шее врезать, чтоб не забывался.

Свекла обиделся:

— Ну, ты че, в натуре? Я ж пошутил.

— Ребята, у меня предложение. Я знаю, как можно прилично заработать. — Я сочла, что подходящий момент настал, клиент созрел — доверяет мне полностью, можно перейти и к главному — выяснению способностей Васьки на мелкие пакости.

— Какое? — дружно поинтересовались Венчик с Васькой.

Надо отметить, что Венчик — талантливый актер. Он ни капельки не переигрывал. Его вопрос выглядел так же естественно, как и Васькин.

И я изложила план, то есть предложила Ваське и Венчику шантажировать несчастных родителей и вымогать у них деньги, угрожая выкрасть и изнасиловать их ребенка.

Венчик замялся, якобы размышляя.

А Васька сразу протрезвел:

— Ну, ты стерва! Я таких своими руками душить буду! У меня самого сеструха малявка. Да если какая-нибудь падла на нее свою поганую руку протянет... Один было попробовал... Жил у нас по соседству любитель с малолетками заигрывать. Хорошо вовремя смылся. Да я любого...

Детина протянул к моему лицу волосатую лапу, намереваясь превратить мое симпатичное личико в сморщенный башмак, образно говоря.

Я резко ребром ладони врезала по его лапе, отправила Ваську в нокдаун и рассмеялась:

— Проверка на вшивость. Я всех новых знакомых так прикалываю. А ты, Васек, классный пацан. Выдержал.

Васькина и без того не слишком умная физиономия

поглупела еще больше. На лице прямо-таки было написано, как ворочаются его несколько мысли.

Затем он махнул рукой и рассмеялся:

— Понял все, малютка.

И тут снова пошли тосты. Я, разумеется, хитрила, пила просто воду. Смыться сразу от столь гостеприимного хозяина, как Венчик, непросто. Но очень скоро, когда закончилась третья бутылка «Абсолюта», приобретенная Венчиком на Васькины деньги, в моем обществе перестали нуждаться. И я тихо исчезла.

* * *

Ох и сложным был утренний подъем после ночного спектакля с участием Васьки Свеклы и Вениамина Аякса. Но деваться некуда: я вынырнула из постели и понесла свое усталое тело под душ. Надо привести себя в порядок и отправляться в школу. Не могу же я Нину и ее дочь Алину подвести.

После принятия водных процедур и чашечки утреннего кофе я почувствовала себя гораздо лучше — человеком прямо. И первым делом позвонила Нине. Разумеется, моя давняя подруга все еще пребывала в состоянии, близком к шоковому. Я ее немного подбодрила, а затем поинтересовалась, не звонил ли наш злоумышленник, не перечислил ли инструкции по передаче денег.

Злоумышленник пока не звонил, что еще больше укрепило меня в мысли о связи этих нескольких дел между собой. Убил Елизавету Ивановну именно тот человек, который занимался вымогательством. Но почему он убил старуху, я, хоть разорвите меня на части, не знала.

Я уселась в кресло, вознамерившись побеседовать со своими магическими косточками. Мне хотелось испросить их мудрого совета по поводу дальнейших действий.

14+25+8 — «Звезды обещают приближение радостного события. Ваше положение будет улучшаться».

Такая комбинация чисел меня вполне устроила. Просто замечательно! Главное же, чтобы этого самого улучшения ждать пришлось не слишком долго.

Я облачилась в джинсы, легкий свитерок, взяла с вешалки сумочку, проверила наличие в ней ключей от машины и отправилась вниз пешком, поскольку лифт был занят.

А оно и к лучшему: все-таки зарядку сегодня не делала — не до того было. И так проснулась впритык, так хоть пробежка пешком по лестнице. Надо же хоть чуть-чуть о своем драгоценном здоровье заботиться. На «девятку» цвета «зеленый металлик», стоявшую у моего подъезда, я не обратила никакого внимания.

* * *

В пятой школе стояла тишина — шел урок. Но уж кому, как не мне, известно, насколько обманчива тишина. Стоит раздаться звонку на перемену и... Тушите свет, господа, и уж лучше сразу кидайте бомбу.

Не успела я об этом подумать, как он зазвенел. Одна за другой начали распахиваться двери, и беззаботные шумные отроки, как ураган, понеслись по коридорам. Потянулись педагоги к учительской.

Мальчишка лет двенадцати подставил подножку мчавшейся по коридору худенькой девчонке, размахивающей полиэтиленовым пакетом с учебниками. Та рухнула на пол, тут же вскочила и шмякнула обидчика пакетом по голове, злобно выплюнув:

— К-ка-азел! Я те щас рога поотшибаю!

— Сквози, вобла, пока ветер без сучков.

Субтильный, бледный до желтизны мужчина с длинным острым носом и синеватыми губами вышел из кабинета, напротив которого разыгралась сцена между нерадивыми учениками, приблизился к пацану, взял его за руку:

— Мочалов, давно, кажется, родителей твоих в школу не вызывали. Уже пора, я думаю.

Тот выдернул руку, помчался по коридору и, отбежав на безопасное расстояние, крикнул:

— Шизик-Физик-Динамит! — и, показав язык, скрылся за углом.

Я вздохнула: ну чистый дурдом!

Ленка, всегда стремительная в движениях и очень эмоциональная, едва не проскочила мимо меня. Пришлось даже ее окликнуть.

— Ой, Таня! А я задумалась. Ко мне завтра завучиха на урок собирается, так я уже третий день обдумываю, как бы это мне все поэффектнее обстряпать. Урок, я имею в виду. Ну, наглядность там, всякое-разное, что производит впечатление на тех, кто в точности не знает, как должен строиться урок французского языка. Извини.

— Да ерунда. Я по делу. Ты не в курсе еще, что у твоих родителей временно квартирантка появилась?

Ленка удивленно посмотрела мне в глаза:

— Какая квартирантка?

Я вздохнула:

— Ой, Лен, долго рассказывать. И я даже не знаю, с чего начать, чтобы уложиться за время пятиминутной переменки.

— И не надо укладываться. У меня сегодня отвратное расписание: впереди два «окна», и сегодня они оказались как нельзя кстати. Так что мы не спеша сможем все обсудить.

— Ладно, я начну с того, что Алине Турищевой на несколько дней необходимо отпроситься. У них в семье несчастье: убита ее бабушка. А кроме того, ей самой угрожает опасность: ее могут похитить.

На лице Елены появилось испуганное выражение:

— Да ты что?! А поподробнее можешь сказать?

— Эмоции потом, подруга, выполни сначала мою просьбу. А уж потом подробности.

Лена исчезла в учительской и через пару минут появилась снова:

— Считай, что вопрос урегулирован. Теперь рассказывай все по порядку, как только урок начнется. Можем поболтать здесь или пойти в столовую. Есть и еще один вариант — учительская. Свободных кабинетов сейчас просто нет.

Я выбрала подоконник в коридоре.

Когда наступила благословенная тишина, я рассказала Ленке все по порядку.

Тихо скрипнула дверь соседнего с нами кабинета. Из класса вышел пацан и направился в конец коридора, где находился туалет.

По пути этот шибзик сотворил маленькую пакость: подкравшись к двери, за которой вел урок субтильный мужчина с бледной физиономией, он резко распахнул дверь, сунул туда вихрастую голову и во весь голос прокричал:

— Физик-Шизик! — и помчался дальше по неотложным делам. В классе раздался дикий хохот.

Динамит выскочил из класса с указкой, сердито осмотрелся. Но малявки уже и след простыл.

— Лучше нам и правда пойти в столовую. Там-то хоть поспокойнее будет? — с усмешкой спросила я подругу.

Ленка кивнула:

— Пошли. Хоть по пирожку врежем.

— На мой взгляд, людям, которые не умеют справляться с этими маленькими узурпаторами, просто не место в школе, — со знанием дела заметила я, когда мы спускались вниз по лестнице на первый этаж.

— Да он недавно у нас. Не обтерся еще, так сказать. Роман Николаевич раньше работал на каком-то заводе. А потом его сократили. А у нас как раз физик умер от рака желудка полгода назад. Вот на бирже ему и предложили вакантное место.

К нашему контингенту вообще привыкнуть надо. А он, Роман Николаевич, жил в центре. Там народ совсем другой, сама знаешь. А недавно женился, они с женой объединили квартиры, и вот он попал в наше болото. Тяжеловато ему, конечно. Но, думаю, привыкнет. С девчонками, кстати сказать, он лучше справляется. А пацаны, сама знаешь, народ жестокий. Им непререкаемый авторитет подавай. Тот, прежний физик, такой строгий был: муха на уроке пролетит — слышно. А этот мягкотелый.

— Да бог с ним, с этим мягкотелым Романом Николаевичем. Я у тебя кое-что порасспросить хотела, —

прервала я Ленкин монолог, когда мы с ней, взяв по пирожку с капустой и по стакану чая, уселись в столовой. — Девочка одна из вашей школы была убита, Таня Гаврилова. Кстати, ее мать тоже получала такое же письмо, что Турищевы.

— Да, я в курсе. Вся школа об этом говорила.

— Так вот, мать-то Тани, насколько мне известно, заплатила, а ее все равно убили. Так что Алинка не появится в школе до тех пор, пока я под белы ручки шантажиста в милицию не приведу.

— Да ты знаешь, Танюш... — Лена пожала плечами и задумчиво отхлебнула чаю, — может быть, она совсем по другому случаю приключение на свою голову нашла.

Я вопросительно посмотрела на подругу.

— Она была избалованной девочкой. Одни мальчики на уме. Между нами, девочками, говоря, я полагаю, она уже давно познала вкус взрослых отношений. Ну, ты понимаешь, о чем я. Несколько раз из дома сбегала. Мать баловала ее. Как, впрочем, и младшенького, Олега. Тоже тот еще крендель растет. Я б задрала юбку Тане этой да отстегала как следует. Учиться вообще не хотела. А мать ей еще и компьютер дорогой купить собиралась, да не успела. О покойных, правда, плохо не говорят...

— Что, такая разбитная девушка была? Клейма ставить негде?

Ленка пожала плечами.

— Трудно к ней подход найти было. — Тут подруга улыбнулась чему-то своему.

— Ты чего это так загадочно улыбаешься?

— Просто я опять про Романа Николаевича подумала. Вот он сумел найти к ней подход. У нее даже четверка по физике за четверть вышла, а у прежнего физика одни двойки были. Извини, что опять перевела разговор на Романа Николаевича, но это так, к слову пришлось. Мне не хочется верить, что он совсем неперспективный учитель. Ой, Тань, к нам кто-то или из районо, или из облоно пожаловал! У наших мужиков ни у кого такой машины нет. — Ленка посмотрела в окно, к которому я сидела спиной.

Меня гости из высоких инстанций не интересовали и не надо было заботиться о наглядности на уроке и его динамике.

— Вообще не понимаю, почему милиция не запретит эти тонированные стекла? В салоне же темно и дорогу как следует не видно небось, — пробубнила Ленка.

Я замерла, спросила:

— «Девятка» цвета «зеленый металлик»?

Ленкины брови поползли вверх:

— А ты откуда знаешь?

— Да уж вот знаю! Можешь насчет высокого начальства успокоиться. Это, кажется, по мою грешную душу.

— Опять преследуют?

Я пожала плечами и направилась к выходу. Ленка меня догнала:

— Интересная у тебя жизнь, подруга, как в том старом фильме: туда ехали — за ними гонятся, обратно едут — за ними опять гонятся.

— Пока, Лен.

— Ты хоть позвони вечером. Я ж теперь за тебя, непутевую, волноваться буду.

Я молча кивнула, вышла на крыльцо школы, не спеша спустилась по ступенькам и направилась к своей «девятке», намереваясь окончательно выяснить — на самом ли деле ко мне приставлена «наружка». Если зеленое авто поедет за мной, значит, так оно и есть.

Дверка «девятки» цвета «зеленый металлик» распахнулась, и оттуда вывалился Васька Свекла собственной персоной, и у меня отвисла челюсть: такого я не ожидала.

Свекла вальяжной походкой подошел ко мне, двигая челюстями, видимо пытаясь зажевать похмельный аромат каким-нибудь орбитом без сахара. Вид у него был независимый, взгляд равнодушный. Так обычно ведут себя именно представители самого низкого сословия, то есть гоблины, коим мой новый знакомый и являлся.

— Привет, — снисходительно улыбнулся он и взял меня за локоть. — Короче, так, Танюх, пошли в мою тачку, побазарим. Мне Венчик все про тебя рассказал.

У меня опять отвисла челюсть.

Я решила не создавать прецедента и послушно направилась в машину. Мне еще только не хватало конфликта с криминальными структурами. От Свеклы за версту разило перегаром. Я с трудом сдерживала рвотный рефлекс и при этом честно пыталась еще и быть любезной.

После нескольких минут плодотворной и интересной беседы с Васькой я поняла, что ничего страшного мне не угрожает.

Оказалось, что оставшиеся вдвоем два пьяных в стельку мужика так разоткровенничались, что до самого утра за жизнь, по словам Свеклы, базарили. Тут Венчик и поведал о том, что хорошая девка без мужика пропадает, о моей сложной работе, о том, что на данном этапе я занимаюсь спасением невинного создания и поиском шантажиста. Еще слава богу, что у Венчика хватило ума не расколоться Ваське по поводу спектакля.

Словом, бомж рассказал обо мне все, за исключением того, что спасение Васьки было подстроено. Венчик и дал Ваське мой адрес. Это он ехал в лифте, пока я бежала вниз по лестнице. Не застав меня дома, Свекла помчался обратно к Венчику, узнал про мои утренние планы и прикатил в школу. Угораздило же меня поделиться с Аяксом своей программой-минимум на сегодня!

— Танюх, я за базар отвечаю. Найду тебе классную работу у Силы. И родственнику твоему, Аяксу, тоже. А вообще, когда ты выйдешь за меня замуж, то тебе работать не придется. Да у нас так и не заведено, чтобы жены работали.

Мне хотелось дико расхохотаться, так расхохотаться, чтобы у его «девятки» бамперы и фары отвалились. Однако я себя с трудом сдержала. Такие люди, как Васька, ни за что не поймут, почему это они вдруг кому-то не понравились, поэтому пока я молчала.

— Я понимаю, — продолжил Свекла, что ты уже дала

людям обещание, — при этом он сделал в слове «людям» ударение на последнем слоге. — Так я скажу Силе, он подключит братву, и мы этого гада мигом из-под земли достанем. А потом ты завяжешь окончательно со своей детективщиной и станешь нормальной бабой.

Услужливый дурак опаснее врага. Главное, что спорить с ним все равно что лбом об стену биться. Я и не стала. Сладить с ним я могу лишь одним-единственным способом — женской хитростью.

— Вась, — немного помолчав, сказала я, — тут надо как следует все обмозговать. Вот ты сам подумай, поднимет твоя братва шум, так шантажист и скроется. А потом в другом месте объявится. Я же, можно сказать, на его след напала. Давай лучше так: я тихо действую, а как только мне понадобится помощь, я с тобой свяжусь. Давай свой адрес и телефон.

Пришлось мне попотеть, чтобы убедить Свеклу не совать свой толстый нос куда не следует. И консенсус все же был достигнут: Васька достал из бардачка блокнот, ручку и накорябал мне адрес, домашний телефон и телефон мобильника.

— Лучше, Танюх, на трубу звони. Меня ж почти и дома-то не бывает. Сама понимаешь: дела.

Я радостно кивнула.

— Но помни, ты мне обещала, ежели чего.

Я уже уселась в свою «ласточку», а Васька все еще продолжал вслед наставлять меня на путь истинный. Но я его уже не слушала и была просто счастлива, что мне удалось так лихо отбрыкаться, словом, без шума и пыли.

Глава 5

Весело напевая, я мчалась в дом, где жили Турищевы и Гусевы. Настроение у меня на два порядка стало выше. Еще бы! Могло все закончиться гораздо хуже. Вот Венчик, вот подлец. А еще друг называется. Как там у Высоцкого В.С.? «Нужен мне такой друг».

А кости тоже хороши: появление Васьки Свеклы и есть то самое радостное событие, которое мне обещают звезды? Ох и любят порой косточки поприкалываться над самым родным человеком, своей хозяйкой!

К Нине с Игорем я заскочила буквально на минуту. Нина сказала, что Турищева вызвали на допрос.

— Теперь замучают. Тань, если ты не поможешь, так ведь засадят мужика почем зря. — Нина кончиком кухонного полотенца вытерла повлажневшие глаза. — Представляешь, что с его бизнесом случится, пока его будут по милициям таскать?

— Ну, что ты раньше времени волнуешься? Не стоит, ей-богу. Когда похороны матери?

— Как и положено, завтра. Вот горе-то на мою голову свалилось нежданно-негаданно. Хорошо хоть я тебя так вовремя в городе встретила, а то бы Игоря точно замели, и похороны полностью бы на мои плечи легли. Разве что Мишка бы помог. Господи, — Нина завыла, — да за какие грехи ты мне посылаешь такие испытания?

— Через испытания все проходят рано или поздно, — спокойно возразила я. — А ты сейчас не должна размазываться. Наоборот, должна взять себя в руки. Только так можно все преодолеть. Маму твою, какая бы она ни была, земля ей пухом, все равно не вернешь. Ты сейчас должна думать только о том, чтобы с Алинкой все было в порядке.

— Таня, ведь ты найдешь этого мерзавца? Ведь найдешь? — Нина опять зарыдала.

Я твердо пообещала найти преступника, дружески с целью моральной поддержки похлопала подругу по плечу и отбыла. Меня ждала масса неотложных дел. Как бы мне ни было жаль Нину, я не могла себе позволить лишь сопли-вопли и должна была работать.

У подъезда мне попался Мишка:

— Привет, Тань. Ну, как она там?

Я махнула рукой:

— Как-как, сам знаешь, как. Ничего хорошего, конечно. Иди, ты ей сейчас нужен. Игоря в милицию вызвали.

— Да я уже знаю. Кошмар какой-то! Тань, а ты, случаем, на Игоря не думаешь? Ну... что он свою тещу убил?

Я выразительно взглянула на него, Мишка смутился.

— Да нет. Ты не думай, что я его подозреваю. Я боялся, что тебе такое может прийти в голову. Так вот, я хочу сказать, что Игорь на такое не способен. Я его знаю много лет. И не такое еще между ними бывало.

Я невольно улыбнулась:

— Защитничек, иди уж. Лучше Нину поддержи морально, а я и сама во всем прекрасно разберусь.

— Если вдруг тебе понадобится какая-то помощь: сходить куда-то или что-то узнать, можешь на меня рассчитывать.

— Спасибо. Что-то много у меня сегодня помощников объявилось. Такое у меня впервые.

— А кто еще вызвался тебе помочь?

— Да какая разница, — невольно улыбнулась я, вспомнив Ваську Свеклу.

* * *

У Гавриловых никого дома не оказалось. Старушка-соседка просветила меня, что раньше шестнадцати дома вряд ли кто появится.

— Светка-то на базаре торгует, а ейный мальчонка в продленку ходит.

— А вы, случайно, не знаете, с кем их Танюшка дружила?

— Да как же не знать. Наташка какая-то. Такая же вертушка, прости господи. Про покойников плохо не говорят.

— А что, и Наташка погибла?

— Свят-свят-свят! Я про Таню Гаврилову. Она ж погибла.

— А где живет эта Наташка?

— А вот этого я, дочка, не знаю. Да вот Олежек придет из школы или Светка с базара, так у них и спросишь.

Я поблагодарила старушку и вышла из подъезда и тут же подумала, что совершила большую промашку. Всему виной этот Васька-ирод. Напугал меня до смерти, так я даже нюх сыщика потеряла — сделала в школе далеко не все, что могла сделать. И опять отправилась в школу. Лена, увидев меня, жутко удивилась:

— Ты чего это, Таня? Вот уж не думала, что опять вернешься. Ну, как твой преследователь? Отстал?

— Отстал на время. Напрасно я так испугалась: это оказалось совсем не то, что я думала.

— А что? Поклонник? — улыбнулась Елена Михайловна.

— Во-во.

— Расскажи. А то, может, и меня познакомишь? Я ведь, как тебе известно, девушка одинокая.

— Не советую тебе с такими знакомиться.

— Ой, Тань, расскажи. Мне так интересно!

Ленка всегда отличалась чрезмерным любопытством, и я пообещала ей, что как-нибудь посвящу этому рассказу целый вечер. А пока мне необходимо побеседовать с учителями, которые вели предметы у Тани Гавриловой. И с Шизиком-Физиком-Динамитом тоже.

— Ой, Тань, ну ты как ребенок, ей-богу. Почему ты-то его по кличке зовешь?

— А похож, — рассмеялась я.

Ленка пригласила в учительскую всех преподавателей-предметников, которые вели уроки в классе, где училась Гаврилова, — нечто вроде малого педсовета. Меня она представила как сотрудника правоохранительных органов, занимающегося расследованием гибели ученицы их школы и поиском шантажиста, который, по всем признакам, и является убийцей Тани. Я не преминула продемонстрировать — мельком, разумеется — свои липовые корочки. Так что беседа выглядела вполне официально. Даже пятиминутную перемену продлили на целых тридцать минут, чему дети были несказанно рады.

Все учителя, как один, подтвердили слова Ленки. Я не стану приводить беседы с ними полностью, а передам лишь беседу с Динамитом. Именно она показалась мне наиболее любопытной.

Роман Николаевич, немного нервный молодой человек, сначала чувствовал себя несколько не в своей тарелке, но мало-помалу успокоился и заговорил гладко, я бы даже сказала, чуточку по-книжному.

— Роман Николаевич, вы единственный учитель, который сумел найти подход к девочке с довольно сложным характером. У нее даже успеваемость повысилась. Как вам это удалось?

Роман Николаевич пожал плечами:

— Она вообще-то неплохой девочкой была. Просто когда у нее что-то не получалось, то она это дело сразу бросала. То есть, я хочу сказать, что это чисто холерический тип характера. Формирование личности у детей с таким типом темперамента происходит довольно сложно. И необходим постоянный контроль, можно сказать, денный и нощный.

— И вы день и ночь занимались с ней физикой? — сама того не желая, съехидничала я. При этом кто-то из коллег Романа Николаевича тихонько хихикнул.

— Вы слышали, Татьяна Александровна, о таком понятии, как педагогика сотрудничества?

Ну, разумеется, имея подругой талантливую учительницу, такую, как Ленка-француженка, до безумия влюбленную в свою безденежную работу, я имела честь слышать о данной теории. Да если уж честно сказать, то мне Ленка этими «педагогиками сотрудничества», «музыкально-педагогическими концепциями Орфа» все уши просвистела. Она про нерадивого ученика может часами говорить. И при этом получается, что все они, нерадивые, и нерадивы-то лишь потому, что взрослые, которые занимаются их воспитанием, просто губят их детство, их светлое будущее. Короче, по Ленкиным рассуждениям выходит, что всему виной лишь взрослые вампиры, которые бездумно, но методично калечат юные души. Я скоро сама Макаренко стану.

И тем не менее Ленка не очень лестно отозвалась о Тане Гавриловой. Правда, тут следует сделать скидку на то, что Ленка в классе, где училась эта девочка, сама уроков не вела: Таня учила английский язык. Так что Истомина дала мне информацию, полученную от своих коллег, возможно, менее талантливых, чем она сама... Я немного отвлеклась, желая лишь подчеркнуть, что вопрос Романа Николаевича о педагогике сотрудничества вовсе не ввел меня в замешательство, и я утвердительно кивнула:

— Разумеется. Об этом, по-моему, наслышан любой грамотный человек.

— Так вот, я отношусь к тем людям, которые готовы сотрудничать с любым из учеников, который для этого созрел.

Коллеги вновь тихонько хихикнули. При этом завучиха взглянула в их сторону так, что у меня самой прямо мороз по коже.

— А Таня созрела?

— Вероятно. Поскольку она с удовольствием занималась дополнительно и радовалась своим успехам.

— Еще один нескромный вопрос, Роман Николаевич.

Как мне показалось, он немного напрягся.

— Какой?

— А почему у вас не получается все так же хорошо с мальчиками?

Он, успокоившись, вновь пожал плечами:

— Всему свое время. Еще получится. Я не так давно работаю в школе.

— И еще, если вам не трудно, ответьте, пожалуйста: у других, не успевавших раньше по физике девочек, тоже есть положительные сдвиги?

— Разумеется. А почему вы об этом спрашиваете?

— Просто интересно.

— Вы можете посмотреть журналы.

Смотреть журналы я отказалась. Мне в тот момент показалось, что я теряю с ним драгоценное время. Но если быть до конца честной, что-то мне в нем не нравилось. Сама не знаю что. Какая-то излишняя книжность, что ли. И нервозность тоже. Темная лошадка, кажется.

Хотя, может быть, просто предвзятость. Ведь моя подруга Ленка тоже любит поговорить о педагогике и методике преподавания. В их болоте без этого нельзя.

Ведь никто ж не удивляется, когда в ходе расследования какого-нибудь преступления и в органах правопорядка требуется составление плана оперативно-разыскных мероприятий. Любят в нашей дикой стране бумаготворчество. Ох как любят! Без бумажки ты букашка, а с бумажкой — человек.

Но все же Роман Николаевич оставил у меня довольно неприятное впечатление. Скользкий какой-то тип, ей-богу, интуиция мне подсказывала.

Я вернулась в машину, которая нагрелась на солнце, как консервная банка, открыла окно, закурила и достала косточки. Мне хотелось спросить у моих мудрых совета по поводу личности Романа Николаевича, Физика-Шизика-Динамита, то есть. Динамит он и есть Динамит. И пусть Ленка меня не упрекает в ребячестве: у детей, надо отдать им должное, очень цепкий взгляд.

Косточки попеняли: 12+20+25 — «Ваша предприимчивость больше проявляется в вашем воображении, чем в реальных делах».

Вот так. Щелчок по носу. Получила, Танька? Надо действовать, а не гадать на кофейной гуще.

* * *

Полковник Григорьев встретил меня радушно, как всегда.

— Может быть, чаю, Танечка?

— Не откажусь. А пока чай кипятится, я бы хотела посмотреть дело Тани Гавриловой.

Полковник Григорьев удивленно воззрился на меня:

— Я что-то не понял, Таня, какое дело вы расследуете? Я подумал, что вас наняли в связи со смертью Елизаветы Ивановны Гусевой.

— Сначала меня наняли в связи с угрожающим письмом, которое вы вчера видели. Потом убивают старушку. А ранее точно такое же письмо получила мать Тани Гавриловой.

— От вас ничего не укроется, Танечка! Откуда и каким образом вам все удается узнать?

Я рассмеялась:

— Я же детектив.

— И, как я понял, — Григорьев вытащил кипятильник из банки и, засыпав заварки, накрыл ее старой папкой. Потом уселся напротив и посмотрел на меня в упор, — ты связываешь все эти три истории в одну цепочку?

— Думаю, что так оно и есть. Но могу и ошибаться. От ошибок, как известно, никто не застрахован.

— Интересное кино получается. Только вот ведь какая петрушка: на молотке отпечатки не стерты, и Игоревы, как показал результат экспертизы, там присутствуют. Удар нанесен если не этим молотком, то в точности чем-то таким же, судя по размеру гематомы.

— А кровь?

— Что кровь?

— На молотке ведь должны быть следы крови, если именно он использовался в качестве орудия убийства.

Григорьев налил мне чай, поставил банку из-под кофе с сахаром:

— Если молоток обернуть тряпкой или, к примеру, полиэтиленом, то следов крови на нем не будет. Не обижайся, Таня, но мне придется обратиться к прокурору за санкцией на арест вашего знакомого, я так полагаю. Пока я его отпустил, но мои ребята по вашему же совету перевернули весь мусор и ничего не нашли. Так что данный молоток вполне мог послужить орудием убийства.

— Хрень! — разозлилась я.

— Что хрень?

— Да все — хрень! Убийца мог также благополучно унести орудие убийства с собой. Я вас умоляю, не арестовывайте пока Турищева. Обещаю вам, что отыщу настоящего преступника, и очень быстро, смею надеяться. Вот смогли бы вы, например, поверить, что Игорь взял и напечатал сам себе письмо по поводу своей падчерицы?

— Всё, конечно, так. Только ваша пламенная речь достоверна в том случае, если эти дела связаны между собой. Однако, когда вы посмотрите дело Тани Гавриловой, я думаю, у вас такой уверенности уже не будет.

И он извлек из сейфа «Дело» номер...

Таня Гаврилова была изнасилована и убита в середине апреля на территории незавершенной стройки.

Ее тело было обнаружено рабочими на следующее после ее исчезновения утро.

Под ногтями убитой обнаружены частички крови и кожи. Значит, на лице убийцы должны были остаться царапины. Да и состав крови, взятой на анализ, какой-то редкий, прямо-таки уникальный. А вот следов спермы не найдено, несмотря на то что вид трупа явно свидетельствовал об акте насилия. Забавный насильник. Получается, что перед изнасилованием он умудрился натянуть презерватив. Об этом я и сказала Григорьеву.

— Ой, Таня, да в нашей практике и не такое бывало! А то ты сама не знаешь, что на свете всяких идиотов хватает. А этот как раз не идиот. Может, он СПИДом боялся заразиться.

Короче, наши мнения кардинально разошлись. Я не могла поверить в то, что преступник в столь критический момент смог воспользоваться презервативом.

— Сан Саныч, вы, конечно, можете не прислушаться к моему мнению, но запросите УВД Центрального района. Там тоже встречались случаи шантажа. Не далее как вчера я беседовала с одной мамашкой. Она тоже получила такое письмо. А потом на ее дочь был совершен наезд. И водитель скрылся. А вы о почерке преступления мне прописные истины втолковываете! А старушку он замочил скорее всего по той причине, что она могла его каким-то образом вычислить. И вообще я лишь в одном пока вижу почерк.

— В чем же, если не секрет?

— В том, что в письмах запрашиваются очень маленькие суммы. Вот это интересно: идти на огромный риск из-за грошей. Думаю, что наш шантажист и убийца в одном лице не в себе. Что-то не в порядке у него с головой. Или же он самоутверждается таким образом. К примеру, малолетка какой-нибудь.

— Если ты о Кукушкине, то напрасно. Экспертиза не ошибается.

Дело в том, что после смерти Гавриловой был задержан некто Кукушкин. Танина мать утверждала, что девочка ушла вечером гулять именно с ним. А потом, после смерти Тани, на лице пацана были глубокие царапины.

Но экспертизой установлено, что образцы частичек кожи, извлеченных из-под ногтей убитой, не идентичны образцам частичек кожи, взятых на экспертизу у Кукушкина. А сам Кукушкин на допросе заявил, что не видел девочку в тот злополучный вечер. А поцарапала его соседская кошка.

Данный факт был проверен. Мальчишка был ни при чем.

Словом, я выудила из полковника Григорьева твердое обещание не трогать Турищева хотя бы до похорон тещи. Хорошо, конечно, что хоть до похорон Гусевой у меня будет время на поиски гада, а уж потом увольте, как он сказал, Татьяна Александровна. Потом все. Потом мой старый и вновь обретенный приятель Игорек загремит под фанфары.

Значит, вывод напрашивается сам собой: я должна срочно выйти на след преступника. И как можно быстрее его обезвредить. И желательно до похорон, как я уже изволила сказать, Елизаветы Ивановны. А значит, мне, бедненькому зайчику, ночь не спать, свои драгоценные клеточки серого вещества загружать до предела и думать, думать, думать... А еще носиться по городу и спрашивать, спрашивать. Ой как иногда это грустно. Особенно в те моменты, когда фортуна зловредная ну никак не хочет лицом поворачиваться, а все норовит лягнуть побольнее задней конечностью. Именно так в данном случае подлая фортуна себя и вела.

Скорее всего, такие серые и скучные мысли пришли мне в голову по той причине, что ас сыскной работы, полковник Григорьев, со мной кардинально не согласен. Обычно он в диком восторге от моей деятельности, а сегодня по кочкам разнес.

Хотя, Танька, нечего хандрить. Ты ведь и сама не уверена на сто пятьдесят процентов, что старушку не замочил ее зять, что все эти странные дела и события абсолютно точно связаны между собой. Полагаться же на интуицию стоит не всегда. Ведь не в средневековье, в конце концов, живем, и на ведьм у нас, слава богу, не охотятся.

Вот этим мы себя, родную, немного приунывшую, и утешим. Если мы не можем изменить обстоятельства, то изменить отношение к ним всегда в наших силах. Правда, косточки? И я вытряхнула из изрядно потрепанного замшевого мешочка на пассажирское сиденье свои магические двенадцатигранники. Уже, наверное, в тысячу первый раз за сегодняшний день.

2+18+27 — «Если вас ничто не тревожит, готовьтесь к скорым волнениям».

Вот спасибо, милые вы мои. Поддержали морально, называется. И главное, вовремя. Я убрала косточки в бардачок, выкурила сигарету и снова отправилась к Гавриловым.

На сей раз Вера Петровна открыла дверь сама. Эта худенькая невысокого роста женщина с гладко зачесанными назад длинными волосами и печальными серыми глазами внимательно изучала меня.

— Я по поводу вашей дочери Тани. Разрешите войти?

— Пожалуйста, — она посторонилась, пропуская меня в квартиру. Потом выглянула на площадку, осмотрелась и, наконец, закрыла дверь.

— Вы из милиции? — поинтересовалась Вера Петровна, дожидаясь, пока я сниму туфли. — Сюда, в гостиную проходите. Могу предложить вам чаю, если хотите.

От чая я отказалась, сколько ж можно воду хлебать?

Я решила не темнить и рассказать правду о своей миссии.

— Вообще-то я частный детектив. Могу показать лицензию.

То, что ее дочерью заинтересовался частный детектив, поначалу нисколько не обрадовало женщину. Разумеется, ведь далеко не все частные детективы внушают доверие мирным обывателям Тарасова. Но когда она увидела мою лицензию, то ее недоверие развеялось в пух и прах.

Оказывается, Вера Петровна тоже была наслышана о частном детективе Ивановой.

— А мне советовали обратиться к вам, Татьяна Александровна. Но говорят, вы очень дорого берете за услуги, а в тот момент у меня не было денег. Сами понимаете: похороны и все такое. Да еще вымогателю пришлось заплатить. Если б я знала, что все так ужасно кончится, — всхлипнула она и вытерла повлажневшие разом глаза тыльной стороной ладони. — А от милиции толку мало. Я уж не верю, что убийца Тани будет когда-нибудь найден, ведь прошло уже довольно много времени. Если по горячим следам не нашли, то теперь и вовсе...

Женщина выдвинула ящик стенки, достала чистое полотенце и промокнула им глаза.

— Танечку теперь, конечно, не вернешь. Но я была бы хоть немного морально удовлетворена, если бы нашелся этот подлый насильник и убийца, который, выудив деньги, все-таки совершил свое черное дело.

— Я постараюсь вам помочь. А вы расскажите поподробнее, как все произошло. Что было до убийства, с кем обычно, кроме Наташи Сверчковой и Леши Кукушкина, общалась ваша дочь. Про Лешу Кукушкина кое-что я уже знаю, видела дело в милиции. Как выяснилось, мальчик ни при чем.

— Да. Он утверждает, что не встречался в тот вечер с Танюшей. А мне она сказала, что идет гулять именно с ним...

Я для себя решила, что побеседовать с Лешей мне все же не помешает. Провела я у Веры Петровны около часа. Вроде бы все, что могла узнать про Таню, узнала. Надо отметить, что мнение матери насчет Тани кардинально расходилось с мнением учителей, не считая Романа Николаевича. Оно и понятно: какая же мать может плохо думать про свое любимое чадо? Даже родительницы матерых преступников обычно оправдывают действия своих любимых детей. А тут девочка, убитая ни за что ни про что. Стоит ли комментировать?

Я намеренно не вспоминаю об акте передачи денег. Но наступил момент, когда это сделать необходимо.

Преступник вовсе не прост, умеет позаботиться о собственной безопасности. И я задала вопрос Гавриловой:

— А каким образом вы передали преступнику деньги? На этом моменте поподробнее, пожалуйста.

Про передачу денег я знала из дела. Но разве сухой язык документа сможет заменить рассказ живого человека? А вдруг да упустили что-то мои коллеги?

— Мы собирались купить компьютер. Современные дети должны иметь дома такую технику. Сейчас время такое. Я не так уж много зарабатываю, как это кажется порой нашим любознательным соседям, — при этом Вера Петровна кивнула в сторону двери. — Некоторые думают, что я чуть ли не в деньгах купаюсь. Только это совсем не так. Деньги мне потом и кровью достаются. Но на хороший компьютер денег я все же отложила. Тысячу долларов. И тут это ужасное письмо. А Танюшка мне еще говорит, что надо лучше в милицию обратиться, а не платить деньги за здорово живешь. Но я хотела как лучше. А может быть, и надо было обратиться в милицию? — Она ждала, что я подтвержу правильность ее тогдашних намерений. Подспудно.

Вере Петровне ужасно не хотелось думать, что именно ее поведение в экстремальной ситуации было неправильным, что именно по ее вине погибла Таня.

Я пожала плечами. Что я могла сказать? Любое действие, любой шаг могли оказаться неверными, особенно в том случае, если действовал какой-то психопат.

— Продолжайте, пожалуйста.

— Таня ужасно не хотела остаться без компьютера. Мы с ней даже поссорились из-за этого. Преступник запросил как раз тысячу долларов. Так что компьютер, как выразилась в тот вечер Танюшка, навернулся, потому что я решила заплатить.

Мужчина глухим скрипучим голосом сказал тогда по телефону, что я должна приехать ночью на такси в поселок Березино, потом пройти пешком до оврага и оставить деньги там у разбитого молнией дерева. И еще поставил условия, что дома должен кто-то остаться, якобы для того, чтобы он смог по телефону убедиться, что я с деньгами уже уехала к месту встречи. Но только вот денег он рекомендовал привезти пока ровно половину, т.е пятьсот долларов. Я в тот момент так и не поняла, для чего ему необходимо забирать деньги в два приема.

Когда я уже уехала, он позвонил опять. Танюшка взяла трубку. Вот тогда он и сказал, что передумал, что ему достаточно половины суммы, но эту сумму надо положить в спичечный коробок, положить туда же свинцовый шарик и выбросить коробок с балкона. — Как я поняла, преступник позаботился о том, чтобы коробок не унесло ветром. С воображением, во всяком случае, у него полный порядок. Но пока я не стала перебивать Веру Петровну внезапно возникшим вопросом.

— Тане рекомендовано было выйти на балкон, опустить через загородку руку, насколько возможно дальше, выбросить коробок строго вниз, а не в сторону. После чего она должна была удалиться в глубь комнаты и не подходить к окну. Она так и сделала.

Значит, преступник не был на сто процентов уверен, что Гавриловы не обратились в милицию. Значит, с информацией у него тоже не всегда был полный порядок, и он решил пустить защитников правопорядка на тот случай, если они задействованы, по заведомо ложному следу, сбить с толку. Что ж, видимо, прокол с Маркеловыми его кое-чему научил.

Так что даже в том случае, если бы Вера Петровна сообщила в милицию, то милиция вместе с ней кинулась бы в поселок Березино и уехала бы оттуда ни с чем. А преступник, спокойно подобрав спичечный коробок, исчез бы в вечернем тумане. Сии домыслы я и поведала сомневающейся в своей правоте Вере Петровне.

— Может, оно и так, — кивнула женщина, вновь промокнув лившиеся из глаз слезы, — а я все себя казню.

— И совершенно напрасно. Прошлого не воротишь. Вы все сделали правильно. Вы мне вот еще что скажите: когда Таня разговаривала с преступником по телефону, она не могла случайно выглянуть в окно? Ведь телефон у вас, как я смотрю, на кухне и довольно близко к нему.

— Она ничего не видела. Там, по ее словам, никого

не было, — горестно покачала головой женщина. — Никого, как Таня сказала.

Раздался длинный и нетерпеливый звонок в дверь.

— Олежка, наверное, из школы вернулся.

В прихожей появился вихрастый мальчишка лет десяти от роду. Он не вошел, а ворвался, как штормовой ветер:

— Мамк, я так жрать хочу! У меня сейчас желудок в узел свяжется. О-ой, не могу!

— Ну, хватит дурачиться, — сквозь слезы улыбнулась женщина. — Иди на кухню, там супчик на плите теплый.

Юный отрок, расшвыряв ботинки по углам, ринулся в комнату, оставив дверь открытой. Закинув пакет с книжками на кровать, он принялся переодеваться в домашнюю одежду. При этом одежда снятая, парящая в разных направлениях, тоже никак не могла найти себе достойного пристанища и падала совершенно где попало.

Мне пришло на ум, что, если этого беззаботного товарища запустить в комнату без мебели и с совершенно голыми стенами, то он и там сумел бы навести беспорядок. Я такой бурной деятельности, порождающей отрицательные результаты, еще не видела в своей жизни. Прямо смерч какой-то, честное слово!

Раскрытая теперь дверь в комнату обнажила его родные пенаты, где все было вверх дном.

— Татьяна Александровна, — смутилась Вера Петровна, — вы уж простите. Я обычно специально закрываю дверь, чтобы люди не видели, что творится в комнате. Стыдно, честное слово.

Я беспечно махнула рукой:

— Не обращайте внимания.

Вера Петровна поднялась с дивана и пошла за сыном, наверное, дать какие-то указания, я же машинально двинулась следом за ней.

— А Таня тоже в этой комнате жила?

Вопрос, собственно говоря, был лишним, я это и так поняла, поскольку там стояло две кровати.

На рабочем столе теперь уже единственного в семье ребенка царил невообразимый хаос: какие-то конденсаторы, микросхемы, платы, стреляные гильзы, фигурки из киндерсюрпризов, сломанные наушники. И тут же свинцовые шарики.

Они-то и напомнили мне о вопросе, который я хотела задать и до сих пор еще не задала.

— А что это за шарики?

— А это грузила. Мы с Генкой на рыбалку собирались, — весело заявил пацан. — Правда, давно уже, но так и не собрались. Но, наверное, когда-нибудь все-таки соберемся.

— Ой, Татьяна Александровна, дочка его всегда за беспорядок ругала, уж сколько она этих шариков повыбрасывала.

— А у меня их много. Все выбросить никому не удастся, — усмехнулся мальчишка.

Я осторожно выспросила, кто бы мог эти самые шарики видеть. Ведь если преступник указал в качестве противовеса именно свинцовые шарики, значит, он знал, что такие в данной квартире имеются.

Вот поди попробуй в моей вылизанной до неприличия квартире найти свинцовые шарики! Даже если желающему их обнаружить будет грозить немедленная смерть, все равно это не удастся. У меня нет свинцовых шариков, просто нет. И все тут.

Так вот оказалось, что увидеть эти пресловутые шарики мог или любой, или некто, в зависимости от того, была ли открыта в какой-то из моментов дверь комнаты. Вот так все мило и просто или, наоборот, невероятно сложно.

Мужчины практически в доме не бывали. Правда, у Веры Петровны был друг. Но он уехал полтора месяца назад во Владивосток продавать квартиру своих родителей и до сих пор еще не вернулся.

Могли видеть эти шарики Танины подруги и Олежкины друзья. Иногда случайно могли лицезреть соседские старушки.

Вот такой очаровательный контингент предполагаемых преступников. Хотя именно такой контингент я себе и рисовала. Исключая старушек, конечно. Куда им, божьим одуванчикам?

Глава 6

Я обошла дом и остановилась прямо под балконом Гавриловых. Осмотрелась. Странно. Как раз тут, на улице, преступник был как на ладони. Хоть он и предупредил Таню, чтобы она не подходила к окну, но ведь любой из соседей мог увидеть, как он поднимает спичечный коробок. Нет, не мог преступник так подставиться! Моя интуиция была в полном согласии со столь веским доводом. И тут вдруг мое внимание привлекло вентиляционное окно подвала...

Ключи от подвала я на всякий случай взяла у Веры Петровны. По ее словам, в принципе подвал открыть сумел бы любой, кто этого очень сильно захотел. Действительно, замок был не слишком сложный, я бы его тоже отмычкой запросто открыла.

Но теперь я проникала в подвал на совершенно законных основаниях, и несколько старушек, оказавшихся по случаю у подъезда, комментировали мои действия:

— Там, дочка, заржавело, можа. Не так часто мы в подвал ходим. Хранить-то там ничего и невозможно: постоянно вода стоит.

В подвале действительно стояло такое количество воды, что там, как в бассейне, можно было сдавать нормы ГТО или проводить соревнования по плаванию.

Мне пришлось вернуться к Вере Петровне и попросить напрокат резиновые сапоги. В них я и пробралась к вентиляционному окошку, которое находилось как раз под балконом Гавриловых. Около окна стояла лестница. Ну, вот так я себе приблизительно и нарисовала картину: преступник палкой или крючком подтянул к себе коробок с долларами, взял их и спокойно вышел из подвала. Или даже прятался там пару часов для подстраховки.

Надо же, какой осведомленный преступник: и про шарики свинцовые знает, и про лестницу в подвале тоже. Эта мысль промелькнула у меня совершенно спонтанно и растаяла, как туман в солнечное утро. В тот самый момент я не сделала из нее правильных выводов, которые, как мне уже потом показалось, напрашивались сами собой.

Никаких других интересных предметов, кроме вышеуказанной лестницы, я в подвале не обнаружила. Если преступник что-то случайно и обронил, то это «что-то» найти можно только в том случае, если откачать из подвала воду. А надеяться на то, что преступник оставил отпечатки пальцев, глупо. Но на всякий случай я позвонила полковнику Григорьеву и сообщила о лестнице, которой, вероятно, и воспользовался шантажист.

Полковник неопределенно хмыкнул, а потом попенял на своих молодых несообразительных коллег:

— Вот, елы-палы, ты додумалась до такого финта ушами, а они нет. Ну, я им, мать иху, устрою...

— Им, вероятно, просто разуваться не захотелось, — рассмеялась я.

— ...

— В подвале вода. Так что пусть твои ребята с собой болотные сапоги прихватят.

* * *

У Сверчковых никого не оказалось дома, и я решила, не тратя времени даром, посетить Кукушкина.

Кукушкины жили на третьем этаже одной из «хрущевок» на Курской улице. Мне открыл высокий субтильный подросток в очках с линзами не менее чем минус пять. На плече у него мирно дремал огромных размеров котяра серого цвета. Кот лениво приоткрыл глаза и недовольно подвигал пушистым хвостом. Сей жест, как я поняла, означал, что некто, совсем нежеланный, нарушает его драгоценный покой.

Мальчик снял кота с плеча, осторожно, как дорогостоящее хрустальное изделие, поставил его на пол и закрыл за мной дверь.

Кот, вопросительно глядя на хозяина, лениво и недовольно произнес скрипучее «мяу».

Леша Кукушкин оказался очень милым и общительным мальчиком. То, что он был влюблен в Таню Гаврилову, было видно невооруженным взглядом. Это было написано в его честных глазах, в которых тут же появились слезы, как только речь зашла о его погибшей подруге.

— Конечно, Таньке я на фиг не нужен был. Мама моя так говорит. Может, матуха и права. Танька ведь в последнее время из себя крутую строила. Со мной то гуляла иногда, то вдруг ни с того ни с сего начинала ко мне относиться, как к последнему лоху. — При этих словах мальчишка нежно поглаживал шелковистую шерстку своего преданного друга.

Я невольно улыбнулась. Наивный и доверчивый ребенок, совсем еще не испорченный вниманием девчонок.

— За что ж тебя кошка-то соседская поцарапала, если не секрет? Смотрю, ты их любишь. А они, как правило, отвечают добром на добро.

— А вы откуда знаете?

— Если я веду расследование, то обязана знать про алиби всех, кого подозревают.

История с соседской кошкой оказалась довольно банальной. Матильде, так ее звали, понадобился, по словам мальчика, друг, а его дражайшему Маркизу уже давно необходима подруга. Леша справедливо решил, что невеста должна быть в доме жениха, а не наоборот.

— Я только Матильду в подъезд вынес, она сразу будто с ума сошла. Она у них подъезда, оказывается, как огня боится. Вот и начала вырываться, а я попытался удержать. — Мальчик улыбнулся, вспоминая, видимо, ту забавную сцену, продолжая при этом поглаживать своего пушистого любимца.

Леша подтвердил слова Гавриловой, что дружила Таня только с Наташей Сверчковой:

— С остальными так, постольку-поскольку, а раньше у нее полно подружек было. Но как с этой крысой познакомилась... Наташка крутая. У нее родители кучу денег зарабатывают. Там квартира отделана ой-ой как. Класс просто. Это мне Танюха говорила, я сам не видел.

Наташка в платной гимназии учится. У нее и шмоток навалом, и компьютер навороченный. А ей родители еще круче собрались покупать. Вот Танька и уговорила свою мать купить у них компьютер. А потом пришло это письмо.

Танька в тот день сказала мне, что у нее дела, поскольку компьютер она все равно купит, несмотря на то, что денег уже не хватает. Потом мы с ней поссорились. Вот и все. Так что вечером я ее не видел.

— То есть ты хочешь сказать, что Таня решила раздобыть деньги самостоятельно?

— Не знаю. Просто она сказала, что все равно купит, и все.

А вот это уже интересно. Об этом мама Тани Гавриловой мне не сообщила. Значит, Таня придумала какой-то ход, который мог стоить ей жизни. И мать родная ни сном ни духом. Очевидно, Таня была действительно сложным и трудновоспитуемым ребенком. Хотя насчет того, что моя тезка самостоятельно решила раздобыть денег, я могла и ошибаться. Сама не знаю, почему я так решила. Ведь она могла так говорить просто из упрямства. Может быть, о намерениях Тани что-нибудь знает Наташа?

А еще я не знала в тот момент, связана ли попытка Тани — я только разрабатывала эту версию — достать деньги самостоятельно для шантажиста, но довытянуть эту ниточку до конца была обязана, поскольку Вера Петровна вручила-таки мне аванс, а я клятвенно пообещала найти убийцу ее дочери.

Да и ниточек-то больше подходящих пока что-то не обнаруживалось.

— А где же Таня познакомилась с Наташей? — напоследок поинтересовалась я.

Леха пожал плечами:

— На дискотеке, кажется.

* * *

Металлическая дверь от «Тайзера» в квартиру Сверчковых, отделанная под мореный дуб, открылась не сразу. Я уж подумала, что опять не повезло и хозяев все еще нет дома, и повернулась, сделав первые шаги вниз по лестнице.

Но дверь все же распахнулась.

На пороге стояло диковинное создание с прической, которую я мысленно окрестила «А ля гер ком а ля гер», то есть, на войне как на войне. Галлицизмов я от Лены-француженки нахваталась.

Длинная прядь волос, выкрашенная в ярко-красный цвет, нелепо выбивавшаяся из взлохмаченной копны, резко контрастировала с черными как смоль, тоже явно окрашенными, волосами. Коричневая, почти черная, помада на губах и зеленый с перламутром лак на длинных, ухоженных ногтях.

Одета девчонка была в просторную, несколько потрепанную, футболку с иностранными надписями и короткие обтягивающие штанишки в крупную красно-желто-зелено-черную клетку. Создание упорно и методично двигало челюстями, пережевывая «Дирол».

То ли вызов обществу, то ли полное отсутствие вкуса, на мой взгляд, — я, разумеется, о прическе и косметике... Ладно, разберемся.

— Вы кто? — И это вместо «здравствуйте».

Для начала я поприветствовала ее — воспитательный момент — и одновременно мысленно примерила на себя разные роли от учительницы до милиционера. Решила, что в данном конкретном случае «частный детектив» прокатит лучше, чем «представитель правоохранительных органов».

— О-о! — на манер Эллочки-людоедки пропело дитя. — Ну-у, пли-из, — и она жестом пригласила меня в свою «скромную» обитель.

В просторной трехкомнатной квартире, по-видимому, только недавно сделали ремонт. Евроремонт. Еще пахло краской, свежими обоями, химией, которую источал линолеум под паркет.

А еще тут витали запахи или, как это поцветистее выразиться, флюиды, свидетельствующие о достатке в доме, о размеренной, спокойной жизни обитателей данного жилища, не знающих нужды.

Музыкальный центр, стоявший на секретере стенки из натурального дерева, извергал дикие звуки. Как я поняла, невинное дитя услаждало свой слух «Нирваной», то есть хитовой группой, вопящей свои «бессмертные» шедевры в стиле «тяжелый металл».

Мои бедные уши тут же, образно говоря, свернулись в трубочку, и я невольно поморщилась. Девчонка убавила громкость, продолжая бесцеремонно изучать мою персону.

Итальянская мягкая мебель и со вкусом подобранные ей в тон портьеры. Обилие живых цветов, что меня всегда умиляет. В простенке между двумя комнатами картина в духе авангардистов, словом, а-ля «Уши на хвосте». Зато наверняка подлинник и стоит, конечно, немалых денег.

Я осмотрелась, ожидая предложения присесть.

— Родков пока на хате не наблюдается, — соизволила пояснить она. — И когда будут, не знаю. Собирались вроде в кабак завалиться.

Я удивленно посмотрела на нее, пытаясь вникнуть в смысл сказанного. Девушка поняла мою слабую осведомленность в молодежном арго и снисходительно пояснила:

— Ну, черепов, в смысле, предков, то есть.

И улыбнулась, продолжая гонять жвачку во рту.

— А я, собственно говоря, к тебе, Наташа.

— Вау! — она молча кивнула мне на кресло. Сама села поперек другого и закинула ноги на подлокотник, продолжая жевать и молча изучать меня. На лице непробиваемая маска полного безразличия.

Крутая мадемуазель, я даже себя неловко почувствовала. Как кролика подопытного изучает. Дела. Ну и дети нынче пошли. Еще придется очень подумать, стоит ли заводить своих собственных. Но как обходиться со столь сложными объектами воспитания, презирающими абсолютно всех взрослых без разбору, я прекрасно знала. А читать им нравоучения совершенно бесполезно: пусть этим неблагодарным делом занимаются родители. Сейчас надо лишь показать, что и я так могу. Как она.

Кладу ногу на ногу и лениво интересуюсь:

— У вас курить можно?

Это сразу подымает мой авторитет на несколько порядков.

— Сейчас, — девчонка проворно вскочила, удалилась на кухню и приволокла оттуда хрустальную пепельницу, выполненную в виде бегемота с открытой пастью.

— Сигаретой угостите? — поинтересовалась она.

Я восприняла ее вопрос как своеобразный тест на родственность душ и, поколебавшись немного, иронично спросила:

— Не рановато ли? Тебе ведь только пятнадцать?

— А я курю с тринадцати. Это личное дело каждого.

— Ну-ну, — и протянула ей раскрытую пачку.

Она жестом заправского курильщика прикурила и, прищурившись, выпустила дым колечками.

— Таня Гаврилова собиралась купить у тебя компьютер?

— Вы пришли только из-за этого? — искренне удивилась девочка.

— Я случайно узнала, что она для этого собиралась где-то достать денег. Ты что-нибудь знаешь?

— «Шефеде». — Она вновь с явным удовольствием затянулась.

— То есть?

— Танька сказала, что фирма «Шефеде» возместит ущерб, и попросила меня, чтобы я уговорила свою маманьку сказать ее маманьке, что мы компьютер согласны продать якобы за пятьсот баксов.

Я пока ничего не поняла и молча ожидала продолжения.

Девчонка стряхнула пепел в бегемотовскую пасть и продолжала:

— Танька сказала, что мы можем не волноваться, что «Шефеде» обязательно заплатит, и у нее будут деньги.

И она их отдаст. Только об этом ее маманька не должна знать.

— И твоя маманька согласилась? — Я невольно перешла на ее стиль общения.

Девица пожала плечами:

— Так я не успела этот вопрос провентилировать. Таньку же в тот вечер убили.

— А ты почему же не сказала милиции про эту самую «Шефеде»?

— А кто меня спрашивал про компьютер? Я не знала, что это важно.

— Еще как важно! Возможно, убийца работал в этой фирме, и Таня это каким-то образом узнала. И решила действовать сама. На свой страх и риск.

— Ботва, — девица затушила сигарету и вальяжно потянулась. — Она бы такое точно мне растрепала.

— А что ж она тогда не рассказала тебе ничего про эту фирму и про то, почему фирма должна ей заплатить?

— Да не успела. Обещала, что сделает это когда-нибудь потом. Сказала, что пока это — секрет.

* * *

Я решила поехать домой. Во-первых, надо поесть, а во-вторых, подумать и полистать телефонные справочники. Может быть, там я найду ответ на вопрос по поводу таинственной «Шефеде».

Вечерняя майская прохлада, наполненная волнующими душу ароматами, медленно опускалась на уставший от суеты город. Дышалось легко и свободно, и совсем не хотелось думать.

Но бездействовать и терять время даром я не имела морального права. В моем распоряжении остался сегодняшний вечер и завтрашний день. Потом Игоря скорее всего упекут в каталажку, где он будет сидеть со всякого рода отморозками. Мало приятного. Для него. А для Нины, которая, по сути дела, останется на некоторое время без моральной поддержки, одна со всеми своими несчастьями, вообще болт, как сказала бы одна из моих подруг Светка.

Поэтому я не позволила себе расслабиться, я взбодрила себя прохладным душем, поела приготовленный в период активной мозговой деятельности фаршированный перец и сварила отменный кофе. Потом уселась с чашечкой в кресло, положила на колени телефонный справочник тарасовских фирм и предприятий. Час был потрачен впустую.

Я нервно вздохнула и пошла на кухню курить и опять варить кофе.

Это прямо наваждение какое-то! Фирма, которой нет в справочнике. Такого я не ожидала и не знала, что делать дальше. Была бы хоть какая-то хорошая зацепка, а уж потом я бы сориентировалась: «жучок» внедрила, метод шоковой терапии применила... Словом, нашла бы, как преступника раскрутить. А тут... сплошные иксы и игреки.

Надо позвонить Григорьеву. Может быть, в их отделе, занимавшемся делом Веры Маркеловой, всплывала эта фирма. Но меня и тут поджидала неудача. А я так и подумала, поскольку позвонила ему сначала домой, и жена сообщила, что мой коллега еще не вернулся с работы. В этот момент я и поняла, что ничего нового не узнаю, поскольку одна неудача влечет за собой другую. Цепная реакция.

— Нет, детектив ты мой гениальный. Я про твою «Шефеде» слыхом не слыхивал и видом не видывал. Так что извиняй. Ты прости, но у меня тут еще куча бумаг всяких. Если еще что надо будет, звони. Мне тут сегодня до глубокой ночи еще торчать.

— Спасибо!

— Да за что, Тань?

— А так, за моральную поддержку и теплые слова, — невольно съехидничала я. И машинально взяла мешочек с магическими двенадцатигранниками с журнального столика, мысленно задав волнующий меня вопрос: «Что же мне дальше-то делать, косточки?»

14+28+10 — «Шумное обсуждение неожиданных событий».

Несколько туманно: то скорые волнения, то шумное обсуждение. Сплошные катаклизмы местного масштаба. И никаких советов.

Я оставила кости на столе в той комбинации, в которой они выпали, и опять задумалась. Иногда мой мыслительный процесс сопровождается тщательным изучением собственной обители. Тогда внезапно появляются попутные мысли типа: а не пора ли мне сделать ремонт? Эти мысли меня немного отвлекают от волнующей проблемы. Именно в такой момент может наступить озарение: неожиданно находится свежее решение.

Итак, я стала обозревать стены своей квартиры. И тут увидела его: жирного такого, откормленного, как динозавра. Да еще с потомством на хвосте. Я имею в виду таракана, а точнее, тараканшу. И это в гостиной. Сколько раз себе обещала принимать пищу и пить кофе только на кухне! Вот и дождалась!..

Это вообще караул. Меня от одного вида таракана трясти начинает. Злыдень с револьвером меньше напугает, чем эта нечисть. Не понимаю, как мудрый Создатель допустил в своей вотчине, то бишь на нашей бренной земле, появление столь мерзкого существа, как таракан.

Ладно еще мухи — мало того, что они довольно привычные домашние насекомые, так польза их существования на земле общеизвестна. Без них экологическое равновесие пострадает, а вот тараканы не имеют никакого морального права на существование.

Мое философствование закончилось тем, что я молниеносно схватила тапку, взлетела на журнальный столик и начала охоту. Таракану уйти не удалось — пал смертью храбрых. Только и я чуть не навернулась, поскольку наступила на край стола.

Хлипкий мой столик накренился, едва не опрокинувшись. Магические двенадцатигранники соскользнули со стола на пол и застыли в комбинации:

11+22+25 — «Каждый человек неповторим в своем обаянии».

Перед глазами мгновенно предстает образ незабвенного Васьки Свеклы. А что? Действительно, в какой-то степени даже обаятелен. Главное, своеобразен, как и мой драгоценный друг Венчик.

Идея позвонить Ваське и обратиться к нему за помощью возникла мгновенно. Гоблины, пытаясь выглядеть перед самими собой, а главное — перед другими, не имеющими отношение к бизнесу людьми, чрезвычайно важными персонами, стараются быть в курсе всего и вся. Отличная мысль!

И я сняла трубку.

— Танюха! Да я носом землю рыть буду, но разузнаю про эту гребаную фирму. Вот увидишь. Давай свои телефоны. Через часок ты будешь в курсах. Васька за базар отвечает.

Вот и ладненько. Подождем результатов и немного расслабимся. Почитаем что-нибудь.

Я взяла с кресла сборник произведений поэтов Востока «Родник жемчужин» и открыла его на первой попавшейся странице. Мой взгляд упал на рубаи Омара Хайяма:

> Если бог не услышит меня в вышине —
> Я молитвы свои обращу к сатане.
> Если богу желанья мои неугодны —
> Значит, дьявол внушает желания мне.

Прямо про Таню Иванову, елки-палки! Мне тоже пришлось уподобиться на данном этапе великому поэту и обратиться к сатане. Ну, для Васьки сатана слишком высокое звание, конечно. Его разве что чертенком назвать можно. На большее не тянет. Я не про его мощные габариты, а про социальное положение.

Мои блудомыслия прервал телефонный звонок. Я даже вздрогнула и схватила трубку, будучи абсолютно уверенной, что на проводе Васька Свекла, который успел как следует подсуетиться и все узнать. Но звонила Нина. Ее голос звучал возбужденно:

— Таня! Он позвонил! Только что! Представляешь?!

У меня сердце сладко замерло, как у того волка, который почуял близкую добычу. Наверное, даже в глазах блеск лихорадочный появился. И ладошки вспотели.

— Ну?!
— Что «ну»?
— Номер! Номер говори быстро!

Нина назвала номер, и моя радость несколько померкла. Судя по количеству цифр и их сочетанию, это был номер телефонного автомата. Ну, разумеется, чего же я ожидала? Что он будет звонить из своей собственной квартиры? Хотя маленькая надежда на такую оплошность шантажиста у меня все же была. Не скрою.

— Нина, положи пока трубку, через несколько минут я тебе перезвоню.

Нина выполнила мою просьбу, а я набрала одну из своих многочисленных подруг, Свету, которая работала на телефонной станции.

— Светуль, привет!
— Иванова! Сколько лет, сколько зим! Ну, привет, привет!

Я было поинтересовалась ее делами и здоровьем, но Светка — человек понятливый. Она сразу сообразила, что мои вопросы — лишь дань приличию, и спросила напрямик:

— Да говори уж, зачем позвонила. А то я тебя за столько лет не изучила: спрашиваешь про здоровье, а сама небось в этот момент ждешь не дождешься, когда можно задать волнующий тебя вопрос. Колись, что хочешь?

Мне стало немного стыдно, и я забормотала:
— Ой, Свет, ну зачем ты так?

Светка рассмеялась:
— Да ладно, Тань. Мы с тобой не первый день знакомы. Что хотела узнать-то?
— Номер...
— Сейчас-сейчас. Минутку подожди.

Я слышала шелест страниц и от нетерпения переступала с ноги на ногу.
— А, вот.

И Светка назвала мне приблизительный адрес телефона-автомата. Он находился на той же самой улице, где жили Турищевы-Гусевы.

Я опять набрала Нину и предупредила ее, что приеду через ориентировочно полчасика. Порылась в своих загашниках в поисках необходимых в данной ситуации предметов. Потом схватила сумочку, сотовый, выскочила из квартиры и, игнорируя лифт, помчалась вниз по лестнице. Завела свою «девятку», кинула вещи на пассажирское сиденье и сорвалась с места так, что колеса жалобно взвизгнули.

Я мчалась, игнорируя знаки, предупреждавшие об ограничении скорости, и мысленно молила досужих гаишников не попадаться мне на пути. Вот они, волнения, которые предсказывали кости!..

Если вы полагаете, что в данный момент я мечтала схватить за руку подлого шантажиста и привести его под белы рученьки в милицию, то вы глубоко заблуждаетесь. Совсем нет. Пока я мечтала лишь об одном: чтобы из того таксофона никто другой не успел позвонить. И не успел наследить: я надеялась снять отпечатки пальцев.

Вы полагаете, я это не могу? Еще как могу! Я сама несколько лет работала в системе правоохранительных органов. Так что в своем деле отнюдь не новичок, а профи. Разумеется, для идентификации я отдам их в лабораторию — вотчину полковника Григорьева. Кто знает, вдруг да где-нибудь засветились уже эти пальчики?

Глава 7

Мне не повезло. В кабинке таксофона стояла молодая дама в светлом габардиновом костюмчике. Ее речь текла, словно ручеек. По-видимому, дама ворковала с возлюбленным. Ух, какая злость меня разобрала! Не могла в другой раз поболтать. Или в другом месте. Я понимала, конечно, что она вовсе ни при чем. Просто у меня свои проблемы, а у нее — свои.

Я нетерпеливо постучала в будку. Дама, отодвинув трубку от уха, открыла дверь и вопросительно посмотрела на меня.

— Положите трубку, пожалуйста.

Ее брови удивленно поползли вверх:

— По какому праву вы со мной так разговариваете?

Я извлекла из сумочки удостоверение и продемонстрировала ей.

— Милиция.

— Я тебе попозже перезвоню, — пробормотала дама в трубку и повесила ее на рычаг. — А что, собственно говоря, случилось?

— Вы извините, девушка, но только что из этого автомата звонил преступник.

Ее глаза округлились:

— Преступник?! Это тот мужик в облезлой жилетке? — поинтересовалась она.

— Вы давно беседуете? — поинтересовалась я, затаив дыхание.

Если дама разговаривала меньше десяти минут, то из телефона-автомата успел поговорить еще по крайней мере один человек.

— Да я только что номер набрала. Из будки как раз мужчина вышел. В потертой кожаной жилетке и рубашке в черно-зеленую клетку.

Я едва не завыла. Наследить тут, как я ни спешила, успели, видимо, как следует. Но что делать. Попытка не пытка.

Я вошла в будку, осторожно носовым платком сняла с рычага трубку, обсыпала ее тальком и наклеила скотч. Потом так же осторожно сняла скотч, опустила его в обыкновенный почтовый конверт. Такие же манипуляции я проделала с аппаратом и стеной, на которой он висел.

Потом вернулась в машину и позвонила Григорьеву домой. Сан Саныч, видимо, уже разомлевший от домашних щей, а может, еще и от рюмочки домашней настойки, был настроен благодушно.

— Ты что суетишься-то, Танечка? — полковник даже

на «ты» перешел. — Сделаем, все, что необходимо, сделаем. Но только завтра. Не раньше чем после обеда. Ты сейчас езжай в отделение и сдай материал в дежурную часть. Я ребятам позвоню, обо всем предупрежу. Только, думаю, толку от этого будет кот наплакал. Сама же сказала, что двое после преступника уж точно звонили.

— Но ведь попробовать-то можно! — горячо возразила я.

— Ну, уговорила, уговорила. Пробовать, конечно, надо все. Согласен. Волоки свои вещдоки в отдел. Я звоню ребятам.

* * *

Дежурный по отделению, майор необъятных размеров, слегка под мухой, разговаривал по телефону. Он молча взял у меня конверт и положил его на кучу бумаг на пульте рядом с недоеденным пирожком. Я стояла и ждала окончания разговора. Допустить, чтобы драгоценный конверт затерялся или чтобы в него пирожки упаковали, мне отнюдь не хотелось.

Он положил трубку и вопросительно посмотрел на меня:

— Еще что-нибудь, Татьяна Александровна?

— Я просто должна быть уверена, что конверт попадет по назначению, а не в мусорную корзину с пустыми бутылками.

Толстяк обиделся:

— У нас таких проколов не бывает. Не беспокойтесь. Все будет тип-топ.

— Ну-ну, — многозначительно произнесла я и, попрощавшись, вышла в ночь.

* * *

Дверь в квартиру Гусевых-Турищевых была едва прикрыта. Как и положено в таких случаях, она не запирается на замок; я толкнула ее и вошла.

Много мертвецов довелось мне в жизни повидать,

но обычно свеженьких, так сказать, прямо из-под пули или из-под ножа. Я к ним привыкла. А вот когда покойник в гробу — это совсем другое дело.

В квартире витали специфические запахи горящих свеч, ладана, свежей стружки и чего-то другого, непонятного, в некоторой степени таинственного и даже пугающего. Словом, мне вовсе не хотелось проходить в гостиную, где лежала в гробу старушка. Но пришлось, елки-палки. Поскольку Нина не видела, как я вошла: она сидела у гроба матери. Я прошла и остановилась в дверях, поджидая, когда Нина меня заметит.

Несколько теток-соседок сидели на диване, тихо переговариваясь на темы, отнюдь не относящиеся к Елизавете Ивановне.

Тут опять открылась входная дверь. В прихожку шагнула высокая, прямая старуха в черном платке. Она молча кивнула мне и, пройдя к гробу, села на свободную табуретку; всхлипнула пару раз, вытерла глаза платочком:

— Ах, соседушка, соседушка. Да как же это? Тебе б жить еще да жить. — Старушки тут же переключились на обсуждение жизни и смерти Гусевой, а я тихо подошла к Нине, сидевшей спиной ко мне, и шепнула на ухо:

— Нин, давай на кухню выйдем.

Она молча кивнула и поднялась. Мы вышли.

— Тань, может, чаю поставить?

— Да какой чай?

— Давай все же поставим. Я сама весь день крошки во рту не держала. Умаялась. И Игорь тоже.

— А где он, кстати? — поинтересовалась я.

— Я уговорила его прилечь. Ему завтра тяжелый день предстоит. А потом, ты же знаешь, Тань, пока он остается в столь двусмысленном положении, ему стыдно людям в глаза смотреть, тяжело среди старух находиться. Понимаешь?

Нина, наполняя чайник, невольно всхлипнула. Потом поставила его на плиту, устало опустилась на стул, закрыла лицо руками и покачала головой:

— За что мне все это, Таня?

Я погладила ее по плечу, и, кажется, напрасно это сделала. Надо было лучше прикрикнуть, поскольку плечи Нины затряслись. Она расплакалась не на шутку, приговаривая:

— Ну за что мне все это?! За что?

Ее плач постепенно перешел в бурные рыдания, а затем в икоту.

— Где у вас корвалол?

Она не прореагировала. Тогда я открыла навесной шкаф, порылась в нем, но, ничего подходящего не найдя, шагнула в гостиную и обратилась к старушкам:

— Корвалол нужен. Нине плохо.

— Сейчас, — высокая старушка поднялась, — я тут рядом, на одной площадке. Пойдемте, я вам дам.

Я двинулась следом за ней. Старушка оказалась как раз той соседкой, которой не было дома в день убийства. Пока она рылась в секретере в поисках необходимого лекарства, я бегло окинула взглядом ее обитель.

Уютная двухкомнатная квартира. Множество книг. Дверь во вторую комнату закрыта.

Мне хотелось бы с ней поговорить, порасспросить, но в квартире напротив безутешно плакала моя подруга. Стало быть, не время.

Тут корвалол был извлечен из секретера, и я вернулась к подруге.

Нина уже немного пришла в себя, но выпить лекарство я ее-таки заставила. Чайник вскипел, и она, вздохнув, поднялась и принялась заваривать чай.

— Рассказывай, — попросила я ее.

— Что рассказывать-то?

— Странный вопрос. Ты будто не знаешь, что меня интересует. Про звонок, конечно.

— Ах, ну да! Я ж тебе еще не рассказала. Голова кругом идет. Ничего не соображаю, как сомнамбула. Позвонил тот же тип с глухим скрипучим голосом. Говорит как будто в нос.

Ну, с этим ясно: на трубку тряпку накинул, нос пальцами сжал, чтобы голос стал неузнаваемым.

Интересно, если человек меняет голос, значит, боится, что его смогут узнать? Знакомый? Хотя и незнакомый мог бы поступить точно так же. В целях профилактики.

— И что он сказал?

— Потребовал деньги, разумеется. Деньги мы должны приготовить к завтрашнему дню. Он сообщил, что завтра во второй половине дня он позвонит еще и скажет, как передать деньги.

Да, тяжелый денек предстоит Нине завтра. И похороны, и контакт с преступником. Но что бог ни делает — все к лучшему. Может быть, завтра все и решится окончательно. И преступник с моей помощью наконец-то лопухнется. И я сумею сделать так, чтобы Игорю было не стыдно, как выразилась Нина, смотреть людям в глаза.

Нина разлила по чашкам чай, достала батон и масло:

— Давай, Тань, хоть по бутерброду сжуем. Одна я не буду — кусок в горло не лезет, а за компанию и жид удавится. Тебе лимон положить?

Я молча кивнула.

— Тань, а как же быть с Алинкой? Ей ведь надо с бабушкой попрощаться.

Я и сама над этим задумывалась. Действительно, как ни крути, а Алинку придется привозить. И надо продумать, как все это обстряпать получше, чтобы девочка была в безопасности.

Я не успела ответить на вопрос Нины: на кухню вошла Мария Ивановна, та самая высокая старушка из квартиры напротив.

— Ну, как? Получше, что ли?

— Да, спасибо, Мария Ивановна. Вы нас выручили.

— Да ерунда. Не стоит благодарности. В таких случаях люди должны помогать друг другу. У меня вот сестра тоже часто болеет. Сердечко пошаливает. Так если бы не соседи, я бы и не знаю, как мы с Ванюшкой выкрутились. Тоже помогают.

— Присаживайтесь с нами. Чайку попьете? — предложила Нина.

— Ой, пейте-пейте, я не хочу. Это я только спросить зашла.

— Вы в тот злополучный вечер, говорят, у сестры как раз были? — поинтересовалась я.

— Да. Она нам днем позвонила, у нее труба потекла. Так Ванюшка собрался помочь, ну, и я с ним. Думаю, заодно и повидаемся. Там и заночевали. Утром рано вернулись.

В качестве свидетельницы, поняла я, она была для меня абсолютно бесполезной, поэтому я замолчала, тщательно пережевывая бутерброд.

— Ну не буду вам мешать. Ешьте, а я посижу еще немного около соседушки. Алинке-то тоже бы надо посидеть около бабушки.

Нина хотела объяснить обстановку, но я ее перебила:

— Совсем не обязательно ребенку сидеть у гроба. Ее на сегодняшний вечер в соседний подъезд к подружке отправили. Зачем лишний раз ребенка травмировать?

— И то верно, — согласилась Мария Ивановна. — Ну, кушайте, я пойду.

Соседка удалилась.

— Никому не стоит говорить, Нина, что Алинка временно не живет здесь, чтобы не вспугнуть преступника. Сплетни распространяются с космической скоростью. Что знают двое, то знает и свинья. А значит, и преступник, не стоит его настораживать.

— Да Мария Ивановна — хорошая женщина. Не сплетница.

Тут я мысленно усмехнулась: язык хорошей женщины мало отличается от языка плохой, если дело касается передачи сплетен.

— Тяжело ей, — вздохнула Нина.

Я молчала, размышляя о туманном завтра: как там у нас все сложится, сумею ли я от Игоря и Алинки беду отвести. А Нина разговорилась:

— Представляешь, Тань, как судьба иногда вертит людьми. Раньше Мария Ивановна была комсомольским вожаком. Всегда на виду — положение, уважение людей. В личном плане, правда, у нее не сложилось.

Замуж так и не вышла. Одна ребенка родила, он у нее поздний. Еще позже, чем я у мамки. Ей уж около сорока было, когда Ванюшка родился. Я все тогда еще нянчить его к ней бегала. Сама пигалица, а туда же. Мне он таким малюсеньким казался, а я себя уже взрослой считала.

Нина невольно улыбнулась, предаваясь воспоминаниям детства.

— Но ей и тут не повезло, — продолжила она, — ребенок родился больным. Намучилась она с ним. У него шизофрения вялотекущая. На работу нигде не берут. Да еще сестра больная. Вот и рвется на части. Ей однажды пришлось у сестры около года прожить, помогать по хозяйству.

Отмахиваться от ничего не значащих разговоров мне не хотелось по одной простой причине: я была рада, что Нина нашла нейтральную тему и немного отвлеклась от своих собственных проблем. Это уже хорошо.

— А где живет ее сестра? — спросила я, лишь бы показать, что внимательно слушаю и прониклась проблемами многоуважаемой Марии Ивановны.

— На Московской, недалеко от родителей Елены Михайловны.

Когда Нина упомянула Ленкиных родителей, мои мысли вновь вернулись к Алинке, и я подумала, что Васька Свекла мог бы стать как раз подходящей кандидатурой на роль телохранителя Алинки во время похорон. Как и я, разумеется.

Вспомнив про Ваську, я тут же шлепнула себя, пардон, по глупой своей репе. Сказала человеку, что жду его звонка, а сама оставила сотовый в машине и сижу тут чаи распиваю. Ай да Танька! Ай да молодец!

Я вскочила как ужаленная и объявила, что мне пора.

— За Алинку не волнуйся. Я привезу ее прямо к моменту похорон. С ней будет надежный человек, — скороговоркой выпалила я и кинулась прочь из квартиры.

Я влетела в машину и схватила сотовый. Набрала Васькин номер:

— Вась, ты? Извини, что так вышло. У меня тут запарка, и я сотовый в машине забыла.

— Танюх, ну ты даешь! А я звоню-звоню, никто трубку не берет. Так уж мы с Витьком решили сами с «Шефеде» разобраться.

Показалось, что в этот момент я услышала в трубке приглушенный стон. Мне поплохело, как говорит моя подруга Светка. О Васькиных методах разборок я досконально ничего не знаю — сталкиваться не приходилось, но догадаться было совсем не сложно. Большого ума для этого не надо и буйной фантазии тоже.

— Вась, ты где, голубчик? Адрес давай быстро! И ничего без меня предпринимать не смей!

— Как скажешь, Танюх. Клиент же твой, — Васька хохотнул, — давай подгребай. А то вдруг у него сердце слабое, — и он отключил мобильник.

Я завела машину и понеслась, как на крыльях, в тысячу первый раз за сегодняшний день усердно молясь, чтобы не нарваться на гаишников.

Но в районе аккумуляторного завода полосатый жезл взметнулся вверх. И где только они прячутся, черти полосатые?! Кажется, все как на ладони, ан нет. Обязательно найдут укромное местечко. Как тараканы, е-мое. И появляются на твоем пути совершенно внезапно, именно в тот момент и в том месте, когда и где ты, на мгновенье расслабившись, меньше всего этого ожидаешь.

Чертыхнувшись, я остановилась. Ко мне шел капитан средних лет кавказской национальности. Это меня несколько порадовало: мужчины южных кровей, как правило, ко мне неравнодушны. Они ж вообще, ни для кого не секрет, блондинок любят, а зеленоглазых, как показывает практика, тем более.

Он подошел к автомобилю, козырнул и представился. Потом спросил нараспев:

— И куда так торопимся, дарагая, слюшай? Ограничителя скорости не видим, да-а? Да-акументики, пажалста.

Я хотела было изобразить на лице голливудскую улыбку, но мгновенно передумала, извлекла корочки и протянула их в раскрытое окошко вместе с правами и техпаспортом автомобиля. Уже начало темнеть, авось не заметит, что они просроченные:

— Простите, господин капитан, я ваша коллега. Погибает человек. И я должна его спасти. «Промедление смерти подобно», — изрекла я известную истину.

— Вах-вах! А что случилось, слюшай, да?

— Человека убивают, — обреченно выпалила я и добавила с грустью в голосе: — Сама терпеть не могу правила нарушать.

Это его подкупило. Он расплылся в улыбке.

— Харашо, когда не нарушаешь, да. Такая красивая девущка. Жалко будет, если башка разобьешь, слюшай.

— Не разобью, — заверила я.

Он вернул мне документы и снова козырнул. Я облегченно вздохнула. Хорошо, что мне встретился мент кавказских кровей, наш бы точно разоблачил меня с корочками да еще бы и машину на штрафную стоянку забрал.

Можно было решить этот вопрос, конечно, и по-другому: прибегнуть к помощи зеленых и хрустящих. Только ведь тоже смотря на кого нарвешься — палка о двух концах.

Я выжала педаль сцепления и тронулась в путь, нервно посматривая на часы. И хоть беседа с гаишником заняла не более пяти минут, я жутко волновалась, как бы там Васька эту самую «Шефеде» по кирпичикам не разнес, пока я в пути.

Но как я ни нервничала, гнать машину на предельной скорости больше не стала. Себе дороже обойдется. Еще и правда «башка» разобью.

Я приехала по указанному Свеклой адресу и недоуменно воззрилась на вывеску небольшого магазинчика, который был отгорожен от мира зеркальными витринами и такими же дверями, отражавшими яркий свет уличных фонарей. Невозможно было увидеть, что творится там, внутри. Оказалось, что таинственная «Шефеде» — это небольшой магазинчик бытовой техники.

Владелец магазина, видимо, желая себя увековечить,

повесил над крыльцом вывеску «Шурбанов Фарид Давлатович & Kº».

На двери снаружи висела табличка «Closed». Я с силой толкнула дверь, но она и не думала поддаваться. Тогда я принялась стучать в нее кулаками, выкрикивая:

— Василий Петрович, это я, Таня! Откройте немедленно!

Дверь открылась, я шагнула внутрь, в помещение с приглушенным светом, и ужаснулась.

Посередине маленького помещения со стеллажами, заполненными кофеварками, кухонными комбайнами, фенами, утюгами и прочей бытовой техникой, со связанными за спиной руками, намертво прикрученный к стулу, с кляпом во рту сидел брюнет. Рубашка на животе была задрана, а на белом, покрытом черным пушком солидном, немного рыхлом брюшке алело пятно — ожог. Из глаз несчастного катились непрошеные слезы, а под стулом растеклась прозрачная лужа. Взглянув на брюки бедняги, я поняла, что он обмочился от боли или испуга. Васька все же успел перестараться.

Откуда-то из угла раздалось глухое мычание. Я оглянулась и увидела связанного парня в камуфляжке. Рот его был заклеен скотчем.

Васька поставил на прилавок еще не остывший утюг от Tefal, которая всегда, судя по рекламе, думает о нас.

— Вот, Танюх, мы с Витьком нашли его. Сама с ним разбирайся. Пока ничего не сказал. Говорит, что не знает никакую Таню Гаврилову. Но если ты мне разрешишь, то я доведу дело до конца. Он, гнида, все-е скажет! А Витек мне подсобит. Мы его землю есть заставим. Да, Витек?

Витек, уютно разместившийся на прилавке, кивнул стриженной под ноль шишковатой башкой.

— Какой базар! Разберемся.

— Как же он тебе, балда, что-нибудь может сказать, если ты ему рот заткнул? — прошипела я, в упор глядя на Ваську.

— Так я ж кляп вытаскивал, когда спрашивал. Я в таких делах не новичок. Колоть фраеров умею. Не первый год замужем. — Васька обиженно поджал губы. — Старались-старались, а она еще и обзывается.

— Развяжите их немедленно, — тихо, но убедительно сказала я.

Приятели кинулись исполнять поручение.

— Госпожа Таня, — освобожденный пухленький брюнет, на лице которого отразились невероятные муки, пал передо мной на колени. — Клянусь, что не знаю никакую Таню Гаврилову. Клянусь.

Он пытался поймать мою руку. Развязанный охранник, морщась, растирал затекшие руки. Парень выглядел растерянным. Он явно не знал, что делать дальше: хвататься ли за телефон, бежать прочь или начать орать во все горло.

— Поднимитесь, Фарид Давлатович, и сядьте. А вы не вздумайте шуметь, — повернулась я к охраннику. Тот поспешно кивнул головой.

Я уже поняла, чувствовала всеми фибрами, что данная ШФД не имеет к Тане никакого отношения. Васька вытянул пустышку, но проверить до конца — мое золотое правило.

— Сколько мужчин у вас работает? — обратилась я к хозяину.

— Только двое: Славик, — он указал на охранника, — и я. Я ж недавно магазин открыл. Есть еще две девушки-продавщицы. И все. Я еще не раскрутился. Только продавцы ушли, я собирался кое-что подбить, а тут эти люди ворвались. Не понимаю, что им от меня надо. Не знаю я Таню Гаврилову, — и Шурбанов заплакал. Васька было замахнулся на него, но я поднесла к его носу кулак и спокойно сказала:

— Ша. Надо чаще головой работать, чем кулаками.

— Тань, да это он, чует мое сердце! Больше нет в Тарасове «Шефеде», я проверял. Вон тебе и Витек скажет.

— Ну, — глубокомысленно изрек Витек.

Я вздохнула. Ну что с этими баранами поделать? Однако и для себя я должна отсечь эту версию окончательно. И тут мне в голову пришла просто великолепная идея.

Я вспомнила про Маринку, с которой совсем недавно познакомилась, придя к ней на выручку в трудную минуту и, можно сказать, вытащив из дерьма. Думаю, она мне тоже не откажет в помощи.

Маринка работала в лаборатории одной из больниц Тарасова. Она сделает анализ крови двух этих мужчин, и мне будет ясно, от чего, так сказать, плясать.

Сначала я позвонила ей домой, но Маринина мама сказала, что ее дочь сутки дежурит. Я набрала рабочий номер Марины Макаровой и кратко изложила суть проблемы.

— Да запросто, Танюш. Только клиентов сюда привози. Сама понимаешь, отсюда никуда отлучаться нельзя.

Это я отлично понимала.

Когда я предложила Фариду и Славику сдать анализ крови, они запаниковали:

— Госпожа Таня...

— Меня зовут Татьяна Александровна, — расставила я точки над «и».

— Татьяна Александровна, ведь столько людей с одинаковой группой крови. Разве не так?

— Успокойтесь. Состав крови того, кого я ищу, довольно редок. Во-первых, у моего подопечного первая группа; во-вторых, отрицательный резус, а в-третьих, он перенес гепатит «А». Такие совпадения практически невозможны. Человек, которого я разыскиваю, опасный преступник. Поэтому не обижайтесь, пожалуйста, что ребята так непочтительно и грубо обошлись с вами. Я согласна заплатить вам за нанесенный моими друзьями моральный ущерб.

Фарид отрешенно махнул рукой. Шок, который ему довелось испытать, сделал свое дело и вызвал полное безразличие ко всему окружающему.

Васька, видимо, возрадовавшийся тому факту, что я его самого и его Санчо Пансу — Витька записала в свои близкие друзья — так ведь и до ЗАГСа недалече — заверил всех, что возместит ущерб сам.

— Я же кашу заварил, Танюх, мне ее и разруливать. — Я мысленно улыбнулась столь дивной перефразировке известной поговорки.

— Ладно, тогда не будем терять времени. Закрывайте магазин, я жду вас в машине. А вам, Фарид Давлатович, неплохо бы переодеться.

Я имела в виду его испорченные брюки. Он понял и смутился. Я не стала его смущать и дальше и вышла на улицу.

Васька с Витькой следом за мной.

Я закурила, насмешливо спросив Ваську:

— Как же можно до такого додуматься — заподозрить владельца магазина в том, что он будет подставлять, пардон, свою задницу из-за каких-то паршивых пятисот долларов, дурья твоя башка?

— Ну, дык, — он развел лапищами, — и на старуху бывает проруха. Мне как Витек сказал, что в этом магазинчике на чеке «Шэфэдэ» выбивают, так у меня прямо крыша поехала.

— Не забудь про свое мужское слово по поводу возмещения морального ущерба.

— Ты че, Танюх! Свекла за базар всегда отвечает.

Я выбросила бычок в урну и направилась к своей «девятке».

— Витек, ты сваливай, я с Танюхой проеду. У нас дела.

Витек кивнул и, буркнув «покедова», вышел на дорогу ловить частника.

Свекла подошел ко мне и спросил:

— Они в моей тачке поедут, Танюх?

— Вась, я с этим справлюсь сама. А ты поезжай домой. Отдохни. А если завтра сможешь мне помочь, то я буду тебе чрезвычайно благодарна.

— А чем помочь? Еще какого-нибудь чморика поморыжить?

Я невольно поморщилась:

— Ой, Вась, ну что у тебя за жаргон? Уши вянут.

Васька слова «жаргон» явно не понял:

— Так я спрашиваю, че делать-то?
— Охранять.
— Тебя? Так я за тебя любому козлу горло перегрызу. И фамилию не спрошу.
— За себя я пока еще сама сумею постоять, а охранять надо девочку, которой угрожает опасность. Алинку. Тебе же про нее Венчик рассказывал?

Кто-то, вероятно, может и удивиться, как это я такому ненадежному господину собралась ребенка доверить. Так ведь я и сама с ним буду. Все будет происходить на моих глазах. Это во-первых. А во-вторых, именно в роли телохранителя у Васьки есть шанс проявить свои положительные качества. Именно такие, как Свекла, отдадут не задумываясь за охраняемый объект свою жизнь.

Васька ведь не так прост, как кажется. У него тоже свой имидж, свое кредо, в конце концов. Ведь не захотел же он к дяде-трактирщику под крылышко пристроиться, а решил, по его собственным словам, делать «карьеру» сам, начав с самой низшей ступени своеобразной иерархической лестницы.

— А! Малявку? Ну, это мы запросто. А может, все-таки мне щас тоже с тобой поехать? А потом бы в кафешку завалились какую-нибудь. Или в трактир тот, к моему дядьке? Ты как?

Я покачала головой и улыбнулась:
— Устала я, Вась, сегодня. Как собака устала. И самое главное, что ни на шаг практически не продвинулась. Когда деятельность не приносит положительных результатов, устаешь еще больше. Да ты и сам, наверное, знаешь.

— Не-а! Я никогда не устаю. Потому что расслабляться умею, а ты, значит, не умеешь. Давай научу.

— Нет, уважаемый Василий Петрович, не обижайся. Давай встретимся завтра.

— Ну, тогда покедова, — Васька состряпал уморительную обиженную физиономию и, резко развернувшись на сто восемьдесят градусов, поплелся в свою «девятку» цвета «зеленый металлик».

Глава 8

Фарид и Славик уселись в мой автомобиль, и мы отправились в восьмую горбольницу. Маринка встретила нас у входа.

— Что случилось-то, Тань? Почему такая срочность?
— Идентификация преступника по группе крови.

Я кратко рассказала Марине про шантажиста, убийство и так далее.

— Это что, преступники? — Маринка перешла на шепот и указала глазами на притулившихся на диванчике в фойе мужчин.

Я рассмеялась:

— Скорее всего нет, они ни при чем. Успокойся. Этот анализ лишь для очистки совести.

Маринка увела моих подопечных и через некоторое время вернулась:

— У одного вторая, положительный резус. У другого третья, резус отрицательный. Какая группа у подозреваемого?

— Первая, отрицательный резус. К тому же преступник перенес гепатит «А».

— О-о! Тогда милиции следовало бы всех подряд мужчин, хоть каким-то образом общавшихся с девочкой, направить на анализ крови. И тогда преступник был бы сразу найден.

Я грустно покачала головой:

— Если бы все было так просто, как ты говоришь. Однако существует еще презумпция невиновности. То есть если у милиции нет никакой зацепки по поводу подозреваемого, то она не имеет права заставить человека пойти и сдать кровь, потому что изначально каждый человек считается невиновным. Вот так-то, эскулап.

— Но ведь это можно сделать по-умному, якобы сдавать для чего-то другого.

Я опять вздохнула:

— Просто у тебя, Маришка, все получается. Ведь неизвестно точно, кто убил Таню — знакомый или какой-нибудь чокнутый, живущий на другом конце Тарасова.

Не брать же кровь у всех мужчин города без разбору. Спасибо тебе, дорогая.

— Да не за что. Еще одного подозреваемого откопаешь — приводи. Помогу.

Мы распрощались.

Еще раз извинившись перед невинно пострадавшими мужчинами, я предложила подбросить их до дома.

* * *

Правы были косточки и насчет неожиданных волнений, и насчет шумного обсуждения событий. Вот так-то молитвы к сатане обращать, размышляла я, изничтожая третью подряд чашку ароматного кофе. Надо же! Хотя чему ж тут удивляться? Разве это в первый раз?

Моя рука невольно потянулась к замшевому мешочку с косточками.

4+20+25 — «В принципе, нет ничего невозможного для человека с интеллектом».

Вот так. Ни больше ни меньше. Оказывается, для того, чтобы решить эту систему уравнений, надо всего лишь как следует пораскинуть мозгами.

— Это-то, милые вы мои, — обратилась я к магическим двенадцатигранникам, — я и стараюсь сделать уже вторые сутки. Но пока совершенно безуспешно.

Я перебралась из кресла на диван и взяла в руки пульт дистанционного управления. Надо немного отвлечься. Иногда правильное решение приходит совершенно внезапно.

По телевизору шел триллер «Заживо погребенный». Но все эти страсти-мордасти меня совсем не волновали, я все думала и думала. И мне казалось, что мое несчастное серое вещество готово воспламениться от напряжения. Эх, блин. Вот бы Вульфа сюда. Или Коломбо.

Вульф бы губами пошлепал, опорожнил бы пару бутылок пива, и свежее решение готово. А что бы предпринял Коломбо?

Я не успела додумать, что бы предпринял сыщик,

поскольку вспомнила, что у меня в холодильнике есть бутылка баварского пива.

Во! Точно! Уподобимся Вульфу.

Пиво несколько затуманило голову и сняло дикое напряжение, которое накопилось за день.

* * *

Мы с Ленкой в коротких школьных юбочках и одинаковых светлых блузках бежим по коридору пятой школы и хохочем. В коридоре, в самом его конце, маячит одинокая фигура. Очертания расплывчаты, и я не могу понять, кто это. И мы бежим, бежим, догоняя человека в строгом костюме. Приблизившись, я пытаюсь заглянуть ему в лицо. Мужчина поворачивается, и я понимаю, что это — Роман Николаевич. И тут, совершенно неожиданно для себя, я громко кричу:

— Шизик-Физик-Динамит!

Он пытается схватить меня за руку. Но я ловко уворачиваюсь, и, хохоча, убегаю за угол. Ленка бежит следом за мной, дышит мне прямо в ухо.

Мы останавливаемся. Я продолжаю хохотать. А она вдруг строгим учительским тоном порицает меня:

— Нельзя так, Таня. Педагогика сотрудничества развивает в детях чувство ответственности.

Я досадливо машу рукой и крадусь к углу, чтобы выглянуть и посмотреть, что делает Динамит, и натыкаюсь прямо на него. Я вздрагиваю и... просыпаюсь.

Несчастный муж на экране телевизора уже давно вылез из могилы и начал активную деятельность по подготовке коварной мести своей неверной ветреной жене.

— Фу-у! — Я села на диване и потрясла головой. — Кошмар! Приснится же такое. Чушь какая-то.

Пошла на кухню. Закурила.

— Хм. Ерунда! Шизик-Физик-Динамит, — и усмехнулась. И тут моя рука с сигаретой застыла над пепельницей. А свободной левой я звонко шлепнула себя, родную, по лбу.

Шизик-Физик-Динамит. Шэфэдэ! Господи, как, оказывается, все просто. Почему я раньше не догадалась? «Шафэдэ». Вот как должно было звучать правильное название букв. Но станет ли девчонка обращать внимание на то, как правильно произносить букву Ш? Я и сама говорю «шэ». — Даже благозвучнее, на мой взгляд.

Если Роман Николаевич приходил к Тане Гавриловой домой заниматься, то он вполне мог видеть свинцовые шарики, один из которых шантажист рекомендовал положить в коробку с долларами.

Я кинулась к телефону и набрала номер своей подруги Ленки-француженки. Обычно она меня из постели вытаскивает, вот сейчас и мы отомстим за ее подлое поведение.

— Кто? — проворчал недовольный Ленкин голос.

— Лен, извини. Я тебя, наверное, разбудила. Но мне очень надо с тобой поговорить.

— А-а! — Ленка сладко зевнула. — Это ты, что ль, Тань?

Я тут же себе представила, как подруга стоит у телефонного аппарата босая, поджав одну ногу и ерошит и без того взлохмаченные волосы.

— Ну а кто ж еще?

— Ой, — она опять зевнула, — погоди. Дай немного проснуться.

— Лена, я обещаю, что ты сейчас проснешься. Возможно, Роман Николаевич, Динамит, и есть тот самый убийца и шантажист в одном лице.

Не знаю, как у нее трубка из рук не вывалилась.

— Ты с ума сошла, Таня! Случаем, не выпила лишнего?

— Я вообще не пила, да будет тебе известно. Ты лучше мне скажи, у Романа Николаевича сердце здоровое?

— Чего? — Ленка не могла понять, как можно связывать больное сердце с убийством и шантажом.

— Он корвалол пьет?

— А-а, ты во-от о чем, — в голосе подруги я уловила иронию. — А ты спроси сначала, кто из учителей без корвалола обходится? Я его тоже иногда литрами хлебаю, так что корвалол — не довод. И за что он мог убить Елизавету Ивановну, если он с ней даже не знаком?

Насчет корвалола она, конечно же, права. Я как-то не приняла во внимание, что учителям молоко бы неплохо было давать за вредную работу. И корвалол бесплатный в придачу к элениуму. А насчет знакомства... Кто знает? А вдруг дорожки Романа Николаевича и Елизаветы Ивановны все же пересеклись?

В принципе, взбодренная появлением новой, «гениальной» идеи, я действительно упустила некоторые несовпадения и несуразности, просто не заметив их с первого взгляда. Если Таня узнала, кто ее шантажировал, то она могла заявить в милицию или рассказать матери. Но этого не произошло. То же самое и с Елизаветой Ивановной.

Однако я совершенно точно знала, что в моем открытии что-то есть, а значит, надо все проверить. Тщательно. Чтобы потом не было мучительно больно и стыдно за свою недальновидность. Надо проверить, и в случае несостоятельности версии отбросить ее, как отбрасывают шелуху от семечек. Необходимо отделить зерна от плевел.

— Ладно, Лен. Ты пока никому ни слова. А я разберусь. Ты мне вот еще что подскажи: не болел ли Роман Николаевич гепатитом «А»?

Ленка хмыкнула:

— Ну ты даешь!

— Ясно. А его группу крови, случайно, не знаешь?

Она опять фыркнула.

— И с этим ясно. Тогда скажи мне, в какой поликлинике вы проходите медосмотр?

— В СПЗ, разумеется.

Разумеется. Это для нее «разумеется». А мне откуда знать?

— Фамилию-то, адрес и год рождения хотя бы знаешь?

— Это знаю. Мне, когда у нас профорг заболел, поручили однажды больничные листы оформлять.

Ленка выдала интересующую меня информацию. Фамилия у тридцатилетнего Романа Николаевича оказалась громкой, как у забавного киногероя из старой комедии: Огурцов.

— Ладно, Лен, спи спокойно. И виду завтра не подавай, что я тебе такое рассказала.

— Могла бы и не предупреждать, между прочим. Я глупые сплетни не распространяю. И ни капельки не...

Я не дала ей договорить:

— Спокойной ночи. До завтра, — и положила трубку.

Теперь я уже не могла уснуть, не выяснив группы крови Динамита. Я влезла в джинсы, натянула свитер, взяла ключи от квартиры и машины, фонарик и вышла в прохладную темноту.

Сейчас, пока ночь и пока в поликлинике хозяйничает «ночной директор», проще выцарапать медицинскую карточку Динамита и почерпнуть необходимую, как воздух, информацию.

* * *

Когда я постучала в стеклянные двери поликлиники СПЗ, шел первый час ночи. Стучать пришлось довольно долго. Крепко, однако, спит бесстрашный страж этой цитадели. Но мое упорство, как известно, непобедимо. Внутри зашаркали, закашляли.

Старческий голос из глубины фойе проскрипел:

— Кто тама?

— Это из милиции, дедушка.

Мужчина старческой шаркающей походкой медленно плелся к двери, не переставая ворчать:

— Из милиции. Щас че хошь наговорят. Только слушай. И из милиции, и из КГБ.

Он вплотную приблизился к двери и завершил свою речь словами:

— Ты документ покажь.

Я достала липовые корочки, предусмотрительно захваченный фонарик. Посветила им в раскрытые корочки.

Дед отодвинул засов и впустил меня:

— Что случилось-то, сердешная? Убили че ли кого?

— Убили, дедуль, — я прошла в вестибюль. — Где тут у вас свет включается?

— Щас-щас, милая. А телефон вон на стене висит. Ты ж позвонить, наверное?

— Нет, дедуль. Мне надо...

И я объяснила дедку, что мне необходимо сделать.

— Да ты што?! А вдруг че потеряешь или не туда, куда надо, положишь, мне ж несдобровать.

Я извлекла из сумочки сторублевую купюру и протянула ее деду.

— Это вам за добрую душу и за помощь милиции в поисках преступника. А про то, что я приходила и искала, можно никому не говорить. И я не скажу. Так никто и не узнает.

— И то верно, — согласился дед. — У них и без меня часто бумажки пропадают. Засунут куда-нибудь не на ту полку и ищут-ищут. Никакого порядка не стало. И правда, откуда кто узнает?

Я слушала его оправдания уже из-за стеклянной стены регистратуры, где занялась активными поисками карточки Романа Николаевича Огурцова.

Более часу ушло на бесплодные поиски. Принцип, по которому сортировались карточки, я поняла сразу. Но карточки Романа Николаевича в регистратуре не было.

Я вышла в вестибюль и цокнула губами.

— Не нашла? — сочувственно поинтересовался дед.

Я разочарованно покачала головой.

— Я и говорю, что нигде порядка не стало. А часто так бывает, что придет больной, а они ищут-ищут, да так новую и заведут. А тут еще недавно эта... как ее... перетурбация была. Карточки с одного места на другое таскали. Так теперь и пуще того ничего не сыщешь. А можа, этот человек к врачу какому ходил на прием, тогда карточка у врача в кабинете могла остаться. — Дед подобострастно заглядывал мне в глаза. Он явно боялся, как бы в связи с бесплодностью поисков я не затребовала назад его нечаянный калым.

— Ты утром приходи, дочка, да спроси. Авось найдется карточка. В чужой-то вотчине не всяк сориентируется.

Я благодарила старика и удалилась, сделав вывод, что утреннее посещение регистратуры вряд ли принесет больший успех, чем ночное.

Прямо из автомобиля по сотовому я позвонила Марине и вновь попросила ее о помощи:

— Ты же сама мне идею подала. Вот теперь и отдувайся.

* * *

Утренний кофе, как известно, бывает самым ароматным и вкусным. Я люблю пить первую чашку, сидя в постели, которая во время приготовления напитка предусмотрительно прикрывается одеялом.

Постель еще хранит тепло моего тела и манит в свои объятия так, словно в ней запрятан магнит небывалой мощности. Немудрено, ведь я спала всего-то каких-нибудь пару часов, а впереди трудный день, полный неожиданностей.

В том, что неожиданности сегодня будут иметь место, можно было не сомневаться.

Я поставила чашку на журнальный столик и сладко потянулась. На зарядку уже времени не оставалось. Лучше пожертвовать ею, чем макияжем.

Лениво тащусь в ванную, с сожалением смываю остатки сна и принимаюсь колдовать над своим лицом.

Надо позвонить Нине, узнать, что там у нее. Оказалось, что наш шантажист опять затаился и пока не проявляет себя.

Наконец наступает очередь магических двенадцатигранников — обычный утренний ритуал, который я нарушаю очень редко. Моральная поддержка магических костей мне сейчас нужна, как никогда.

— На правильном ли я пути, милые косточки? — Разумеется, именно этот вопрос меня волновал больше всего.

8+18+27 — «Существует опасность обмануться в своих ожиданиях».

А-яй, милые! Вот этого мне меньше всего хочется. Если мои ожидания не оправдаются, то я вообще не знаю, в каком направлении двигаться дальше. Тогда останется один-единственный шанс — выловить преступника в момент передачи денег.

А я даже не знаю пока, каким образом он хочет их заполучить. Ну что ж, поживем — увидим. Ждать оставалось недолго, всего-то... — я взглянула на часы. — Бог ты мой!

— Пора, Татьяна Александровна, — подбодрила я свое отражение в зеркале. — Удачи тебе.

Когда я подъехала к больнице, Марина ждала меня на крыльце.

— Тань, я договорилась с девчатами. Но ты знаешь...

Я знала: разумеется, кому это надо — по первому зову частного детектива тратить реактивы и так далее.

— Я поняла, Марин, не волнуйся. Они в обиде не останутся.

— Какая ты понятливая, — улыбнулась девушка. — Все бы такими были. Тогда мы и зарплату вовремя бы получали. Жди. Я сейчас.

Она скрылась в помещении больницы и минут через десять появилась с коллегой, такой же молодой девушкой, как она сама.

Катя, так звали Маринину подругу, несла картонную коробку с пробирками. Там же упакованные в плотную бумагу бежевого цвета другие инструменты. Маринка несла под мышкой объемистую потрепанную книгу.

— Вот, Тань, даже подобие регистрационного журнала в кладовке надыбала, чтобы все было тип-топ. Не подкопаешься!

Около девяти мы были в пятой школе. В школе тихо — шел урок.

Марина решительным шагом направилась в учительскую, а я к Ленке пережидать процедуру. У нее урок еще не начался. Я видела, как она прошествовала по коридору в свой кабинет.

— Дарья Михайловна, — обратилась к мывшей пол в коридоре нянечке выглянувшая из учительской завучиха. — Позовите сюда, пожалуйста, наших мужчин. Тут девушки из военкомата.

Лена хотела закрыть дверь, чтобы обсудить со мной ночной разговор, но я ее остановила: мне не терпелось видеть, как будут развиваться события.

Вскоре в учительскую потянулись мужчины сдавать кровь: проковылял престарелый трудовик, важно проплыл физкультурник в спортивном костюме.

Динамита пока не было.

— Ты что это здесь устроила? — строго поинтересовалась подруга.

Я улыбнулась.

— Мы от военкомата. Нам поручили провести медосмотр ваших драгоценных мужчин.

Ленка фыркнула и довольно ядовито поинтересовалась:

— Таким образом ты решила заполучить кровь подозреваемого на анализ?

Я довольно кивнула.

— Не пойму, что ты к нашему Огурцу, — тут подруга смутилась и поправилась, — то есть к Огурцову, прицепилась? Ты ведь сама сказала, что у преступника должны быть царапины на лице.

— Должны, — задумчиво кивнула я, — а может, и не должны.

— И как же это понимать?
— Сама пока не знаю.

И я действительно не знала. Появились у меня кое-какие догадки, но если они подтвердятся... Поживем — увидим.

— Лена, он с Гавриловой дома у нее занимался?
— Не знаю. Но, по-моему, нет.

А, вот наконец и Динамит, собственной персоной.

— А с какой это стати медосмотр? — удивленно спросил он у физкультурника, который вышел из учительской и направился в спортзал.

— Кто их знает, — отозвался тот. — На СПИД, наверное, проверяют. — И довольный своей дубовой шуткой, хохотнул.

Я в напряжении ждала. Мое нервное состояние передалось и Елене Михайловне:

— Ой, Тань, не дай бог у него окажется кровь первой группы. Я представить себе не могу, что в нашей школе такое может случиться. Это же кошмар! Сенсация!

— Кошмар, — согласилась я. — Лен, чтобы не терять времени, ты не могла бы по журналам посмотреть, у кого из девчонок заметно улучшилась успеваемость по физике?

— Так ведь журналы на уроках у преподавателей. А почему тебя это интересует?

— Мысль одна пришла. С царапинами связанная. Может, царапины и были, только на спине?

— Ой, господи, Танька, с тобой не соскучишься! Ты что хочешь сказать... — Ленку осенило. Даже не знаю, как она могла угадать мои мысли. Наверное, это оттого, что мы с ней слишком хорошо знаем друг друга. А потому порой читаем мысли друг друга. Она ужаснулась:

— Ты хочешь сказать, что они эти оценки купили за определенные услуги?!

Я пожала плечами. Я сама еще ни в чем пока не была уверена...

Наконец-то все было кончено. Динамит отправился продолжать урок. Я вышла из кабинета и направилась к учительской.

— У последнего мужчины, Огурцова Романа Николаевича, кровь первой группы. Резус-фактор отрицательный. А на антитела к гепатиту «А» я проверю в лаборатории. Давай вези нас обратно, и в больнице все сразу станет ясно.

Мы мигом погрузились в машину и помчались в восьмую горбольницу.

Анализ на антитела не занял много времени.

Я слушала «Русское радио», когда Марина вышла на крыльцо и направилась к моей машине.

— Можешь не сомневаться, Таня, Огурцов и есть

тот человек, которого ты ищешь: он перенес гепатит «А». — Взгляд Марины был немного испуганным.

Я не знала, радоваться мне или огорчаться. Таню убил он. Теперь уже — однозначно. Изнасилования, — сделала я вывод, — не было. Все совершилось по согласию. А факт изнасилования был имитирован после смерти девочки. Из-за денег, которые она, скорее всего, от него потребовала. Стало быть, наоборот, это она его шантажировала! Ведь ей так хотелось иметь компьютер!

Вот тебе и насильник, воспользовавшийся презервативом. И насчет царапин на спине можно не сомневаться. Видимо, юная Таня к тому времени вполне познала суть сексуальных развлечений, понимала в этом толк и могла получать от этого удовольствие.

* * *

Ленка была в шоке. Она не сразу поверила, что среди ее коллег могут встретиться такие вот отморозки.

— Твоя задача, Лена, осторожно побеседовать с девчонками, про которых я тебе говорила. Ты же их лучше знаешь.

— Тань, и шантаж, и убийства, и совращение — это же перебор, тебе не кажется?

— Кажется.

Мне действительно показалось, что все не так, как мне подсказывало воображение ночью. Скорее всего поиски шантажиста снова надо начинать с нуля. Бег по кругу. Ну, посмотрим. Он у меня расколется как миленький. И пальчики с телефона-автомата довершат начатое.

* * *

Звонок на перемену я всегда воспринимаю как начало конца света. Это не красочный эпитет. В данной школе, находившейся на окраине Заводского района, так и есть. Тут в коридоре надо смотреть в оба, чтобы невинно резвящиеся отроки не протаранили тебя насквозь.

Учитель физики пробирался сквозь ревущий поток школьников к учительской, когда я его окликнула:

— Роман Николаевич!

Он остановился, и в него тут же вписался несущийся на бешеной скорости малец лет десяти от роду.

— Здравствуйте, Татьяна Александровна. Чем обязан? — поморщившись от боли, спросил он.

— Мне надо с вами переговорить. Давайте пройдем в мою машину — свободных кабинетов нет.

— Но у меня сейчас урок.

— Не волнуйтесь. Вас подменят.

Ленка обещала мне потрудиться на два класса одновременно. Он пожал плечами и стал спускаться вслед за мной по лестнице.

Глава 9

Шок — великое дело. Главное не дать преступнику опомниться, а взять и с размаху опрокинуть на него ушат холодной воды. Пока опомнится, он уже у меня в кармане. Психическая атака — я так это называю.

— Я все про вас знаю, — решительно сказала я, когда захлопнулась дверца автомобиля.

Он молча смотрел на меня во все глаза, и я всеми фибрами почувствовала, как он внутренне напрягся.

— Вы убили Таню Гаврилову. Под ее ногтями...

Я изложила ему все, что доказывает его причастность к делу.

— Состав крови у вас очень редко встречающийся, так что вам отвертеться не удастся.

Я решила напугать его еще больше и продолжала:

— Вы посылали письма, в которых угрожали похитить и изнасиловать невинных девчонок. И многие вам платили, не понимая, что делают только хуже для своего ребенка. Танина нелепая смерть это подтверждает. А потом вы убили старуху, которая каким-то образом узнала про ваш бизнес.

Тут я немного перегнула палку, пошла ва-банк. Я хорошо знаю психологию преступника — доводилось изучать в юридическом институте. К тому же я в свое время собиралась на психологический факультет и активно готовилась, зачитываясь трудами известных психологов.

Так вот, когда на преступника «повесишь» не только его деяния, но и деяния других, и при этом назовешь неоспоримые улики, он предпочтет сознаться в содеянном, лишь бы всех собак не повесили. В том, что некоторые «собаки» были лишними, я была почти уверена. Но главное не дать ему опомниться:

— А кроме того, оперативники нашли презерватив. Будет проведена спермограмма.

— Они не могли его найти, — одними губами прошелестел Роман Николаевич. Но на пленке моего высокочувствительного магнитофона, лежавшего в бардачке — неужели я об этом не позабочусь? — запись будет вполне приличной. Теперь ему не удастся отвертеться. Слово — не воробей.

— В ваших интересах рассказать все как было по доброй воле.

Слезы покатились у него из глаз, он закрыл их руками. Слезы катились, просачиваясь между пальцами, и капали на брюки.

— Вся моя жизнь пошла кувырком. Вся моя жизнь. Боже мой...

— Хватит бабских истерик. Вы сами выбрали свою судьбу. На остальных новоявленных пятерочниц еще предстоит открыть глаза ваших коллег.

— Только не это, Татьяна Александровна! Только не это! Ни с кем больше ничего не было, только с Таней. Но она сама этого захотела.

Ага, значит, она виновата. Глупая ветреная девчонка, а он, взрослый мужчина, ни при чем! Он беленький и пушистенький.

— Я прошу вас, не надо говорить ничего коллегам хотя бы сейчас. Я вам все расскажу. Все.

Ну и что изменится, если коллеги узнают о его преступлении часом или днем позже?

— Она сама назначила мне свидание в тот вечер. А потом, когда... Словом, она потребовала денег. Пятьсот долларов. И пригрозила, что все расскажет матери. Я не мог этого допустить. И не мог допустить, чтобы распалась моя семья. А денег у меня нет. Откуда у простого учителя могут быть такие деньги? Уговоры на нее не подействовали... Ну, войдите в мое положение.

Мне стало так мерзко, так противно на душе, что ком к горлу подкатил, казалось, еще секунда, и меня вырвет.

— Вы не простой учитель, — с нескрываемым отвращением сказала я. — Вы — шантажист и убийца.

— Я никого не шантажировал, Татьяна Александровна. Таня Гаврилова — величайшая ошибка в моей жизни.

Я невольно зло усмехнулась:

— Слишком дорого ей обошлась ваша ошибка. Она стоила девочке жизни. Думаю, вам необходимо поставить администрацию школы в известность, что уроки проводить вы больше не можете, потом пойдете в милицию и сделаете добровольное признание. Вам зачтется.

Я поверила, что к шантажу он не причастен. Несуразности и несостыковки даже Ленка заметила. Отпечатки пальцев, снятые с трубки, надеюсь, расставят окончательно все точки над «и». А значит, как я уже говорила, все надо начинать сначала. С нуля. А Романа Николаевича я должна под белы рученьки доставить в отделение к полковнику Григорьеву. Вот уж он порадуется! Хоть одним «глухарем» меньше станет.

Честно говоря, мне жутко не хотелось ехать с Динамитом в одной машине. Это все равно что находиться в грязной квартире, кишащей тараканами.

Но частный детектив, хоть и живет по своим собственным законам, все же основных законов нашего государства должен придерживаться. Добросовестный детектив, я имею в виду.

Пусть читатель не сочтет меня тщеславной и глуповатой, я отношу себя именно к таким. Это не только мое личное мнение, это мнение моих многочисленных благодарных клиентов, которых я в свое время вытащила из неприятностей и помогла чем могла.

— Короче, так, любезный Роман Николаевич, сейчас вы идете, как я уже сказала, отпрашиваетесь с уроков, и мы с вами едем в отделение. Я жду вас здесь, в салоне автомобиля.

Он кивнул, вылез из машины и тяжелой, шаркающей походкой мгновенно постаревшего человека поплелся в здание школы.

Пару минут я ждала спокойно. И вдруг меня словно что-то кольнуло. Возникла такая смутная, совершенно непонятная тревога. Не знаю, бывает ли так у других, когда на одно, совершенно неуловимое мгновенье вас ослепляет озарение. Вы вдруг отчетливо видите какую-то картину и еще не понимаете, что стряслось, но совершенно уверены, что это когда-то уже было. И сразу жуткая, непонятная тоска мохнатой лапой больно сдавливает ваше сердце.

Именно в этот момент из широко раскрытого окна школы на втором этаже вырвался дикий, душераздирающий вопль, похожий на рычанье огромного по размерам раненого чудовища. Вслед за ним истеричный женский визг. К нему присоединился вопль еще одной женщины. И тут уж вся школа загудела, как потревоженный улей.

Что это там у них произошло? — невольно пронеслось в голове. И тут же я ответила сама себе: кажется, что-то ужасное. Надо скорее узнать! Я выскочила из машины.

Я мчалась по лестнице, попав в лавинообразный поток школьников, которые почему-то неслись в одном направлении.

— «Скорую» вызывайте, «Скорую»! Света, позвони быстро в «Скорую»! — свесившись через перила, кричала молодая учительница.

Дверь Ленкиного кабинета была распахнута настежь, но ее самой не было видно. Я быстрым шагом направилась в кабинет Динамита.

Умей вертеться

Кое-как растолкав любопытных школьников и преподавателей, я с трудом протиснулась в кабинет.

На полу посредине класса лежал Роман Николаевич. Глаза его закатились, в уголках приоткрытого рта скопилась бурая пена.

— Что произошло? — обратилась я к собравшимся, бросившись к пострадавшему. Взяв его запястье, я с величайшим трудом прощупала пульс. Слегка нажимаю, и пульс тут же исчезает. Наполняемости нет. Плохой симптом, малообнадеживающий.

Из толпы отделилась рыдающая учительница:

— Татьяна Александровна, он вошел ко мне в кабинет и попросил соляную кислоту. Сказал, что ему надо припаять что-то в транзисторе. И я дала. Разве я знала, что он собрался ее выпить?! О господи!

Завучиха обняла ее за плечи и попыталась успокоить:

— Руфина Валерьевна, успокойтесь. Этого же никто не мог знать.

Поражаюсь, честное слово! Мало того, что он жил столь недостойно, так он себе еще и смерть выбрал такую, какую, на мой взгляд, могла выбрать только женщина. Не мужское это дело — кислоту хлебать. Уж лучше бы из окна выбросился.

А может быть, испивая кубок смерти, он таил надежду все-таки остаться в живых? Как ни фигова жизнь в его ситуации, жить все равно хорошо?

За окном раздалась сирена «Скорой».

Я начала вытеснять столпившийся в классе народ в коридор.

— Пожалуйста, разойдитесь. Здесь вам не цирк.

— Где больной? — высокий субтильный врач с тонкими чертами лица протиснулся в кабинет. — Разойдитесь немедленно! Не мешайте работать! Миш, давайте носилки сюда.

— Он будет жить? — продолжала рыдать несчастная учительница химии, чувствовавшая себя виноватой во всех смертных грехах.

— Ничего хорошего обещать не могу. Мы не боги, — отрезал доктор и склонился над физиком.

Мои магические двенадцатигранники, предсказав опасность обмануться в ожиданиях, очень смягчили удар, предназначенный мне судьбой, мало того, что Роман Николаевич оказался хоть и мерзким, но не совсем тем типом, поисками которого я активно занималась уже третьи сутки, так еще и такой финт с кислотой не могли заранее предсказать. Ну, могли хоть про «чью-то раннюю смерть» заикнуться, я бы наготове была... Но, увы, те мгновения, что прожиты, никто не в силах повернуть вспять.

* * *

Когда Огурцова увезли, я отправилась к полковнику Григорьеву.

— А-а, Танечка! Надеюсь, что больше никто не получил угрожающего письма? — голос Сан Саныча звучал немного насмешливо.

— Это вам должно быть лучше известно, чем мне. Меня не каждый нанять сможет, а к вам все сразу же бегут со своими несчастьями, — в тон ему съязвила я.

Полковник улыбнулся и почти ласково назвал меня «ершистой».

— Вы, конечно, по поводу отпечатков?

Я кивнула, не решаясь сразу рассказать, как лихо лопухнулась.

— Ну что вам сказать? Ничего хорошего, собственно говоря. Во-первых, все они расплывчатые. Их трудно использовать для идентификации. А во-вторых, в картотеке ни одни из них не значатся. Вот так.

— Что ж, — пожала я плечами, — нулевой результат — тоже результат. А у меня для вас тоже новости имеются.

— Хорошие или плохие? — Григорьев опустил кипятильник в банку с водой и включил его в розетку. — Сейчас мы с вами чаю сообразим.

— Я, вообще-то, пожевать бы чего-нибудь не отказалась. Дома позавтракать не успела, — чистосердечно призналась я. — Ребят никого послать в магазинчик нельзя? Хоть булочку купить.

— Да у меня пирожки с капустой есть.

Он выдвинул ящик стола, достал полиэтиленовый пакет.

— Угощайтесь, Таня.

Я не спеша откусила пирожок и выдала:

— Я вычислила убийцу Тани Гавриловой.

— Да?! Замечательно. И кто же он?

— Динамит.

— Динамит?! — полковник недоуменно посмотрел на меня.

— Учитель физики пятой школы, как его там прозвали, Физик-Шизик-Динамит.

Как только я произнесла священное слово «учитель», Сан Саныч сразу настроился на скептический лад:

— И у вас, конечно, имеется достаточно доказательств, чтобы привлечь его?

— Есть. Гемограмма[1] Огурцова, а на пленке запись его голоса. Этот доморощенный Песталоцци, взявший на вооружение педагогику сотрудничества, так досотрудничался с ученицей, что у нее появилось желание его пошантажировать. Чтобы денег на компьютер хватило.

— Какой компьютер? Ты что такое говоришь? — полковник от возмущения перешел на «ты». — Давай все по порядку.

— Сначала послушайте вот это.

Я поднялась и выдернула из розетки кипятильник, извлекла из полиэтиленового пакета портативный магнитофон, включив его.

Григорьев даже про чай забыл. Он схватил телефонную трубку, но я его остановила жестом:

— Он сейчас в реанимации.

— ?..

— Я отпустила Романа Николаевича буквально на минутку, чтобы он отпросился с уроков. Намеревалась его

---

[1] Запись состава крови, включающая данные о количестве в ней различных клеток и их особенностей.

привезти к вам для оформления явки с повинной, а он в это время успел раздобыть и выпить соляную кислоту.

— Едрен корень! Какая самоуверенность! Чисто женская! Да тебя выпороть мало!

Все теплые слова, которые мне еще довелось услышать от Григорьева, я терпеливо выслушала. Что ж, заслужила.

Можно было бы, конечно, повернуться, хлопнуть дверью. Но у меня был свой корыстный интерес. Я придумала еще кое-что, осуществить же идею самой — слишком долгая история, а Григорьеву — раз плюнуть.

— Сан Саныч, у меня еще одна просьба. Надо бы сделать запрос в паспортный стол и выяснить, кто переселился в этот дом, в турищевский то есть, приблизительно три года назад. Именно три года назад в Центральном районе действовал тот же шантажист.

— Опять непоколебимая уверенность, — усмехнулся Григорьев.

— Не каждый день, согласитесь, встречаются шантажисты, которые требуют со своих «подопечных» смехотворные суммы.

Григорьев поднял руки вверх, словно собрался сдаваться:

— Согласен. Железная логика.

* * *

Я взглянула на часы и горестно вздохнула: обеда мне сегодня не видать как своих ушей. Времени оставалось в обрез — только заехать за Алинкой и мчаться с ней на кладбище.

Но вот в удовольствии кинуть кости я себе отказать не могла. Мне хотелось узнать, сумею ли я завершить сегодня это, пардон, тухлое дело?

13+30+10 — «Держите под контролем свое настроение».

Если кости советуют держать настроение под контролем, то вряд ли стоит сегодня ждать положительных результатов. Жаль. Но ничего, пробьемся. Не в первый раз.

Я набрала номер Свеклы и договорилась с ним о встрече прямо у дома Антонины Васильевны Истоминой. На минутку заскочила домой и прихватила видеокамеру. Она мне пригодится. На кладбище соберется пусть и небольшое, но определенное количество народу. Вполне может прийти и убийца.

Словом, я решила записать церемонию похорон, а потом просмотреть и попытаться методом научного тыка хотя бы наметить нового подозреваемого. А уж потом взяться за разработку.

Ну и денек сегодня! Слава богу, хоть Алинке ничего объяснять не придется: это сделал Игорь. Если бы еще и эта неприятная миссия, то мои дамские силы точно бы кончились. Вообще не люблю приносить печальные вести — я слишком эмоциональна и переживаю, когда незаслуженно страдают хорошие люди. А уж дети тем более.

Когда я подъехала к дому, машина Свеклы уже стояла во дворе под раскидистым каштаном, который только начинал распускаться.

Свекла, завидев меня, вышел из машины:

— Привет, Танюх. Ну как твои дела? Разгребла маленько свою кучу-малу?

— А-а! — Я безнадежно махнула рукой.

— Ну а как «Шефеде»? Ведь это он? Я прав?

Я иронически покачала головой:

— Нет. Шурбанов со своим охранником тут вовсе ни при чем, но ты мне подал идею, и я нашла «Шефеде».

Васька тут же возгордился своим незаурядным умом, тем, что и он не лыком шит, как говорится, и даже может давать полезные советы столь известному детективу, как Таня Иванова.

Однако не удержался: надо же полюбопытствовать, какой из его советов оказался мудрым, чтоб и в другой раз показать себя с лучшей стороны.

— Какого-нибудь Шарапова Федора надыбала, что ли?

— Нет. Но с аббревиатурой ты оказался прав.

Слово «аббревиатура» оказалась не только невоспроизводимым для Свеклы, но и совершенно непонятным. Однако он и виду не подал. Покашлял и спросил:

— Ну где объект-то? Может, подняться стоит?

— Подымись. Что-то они и впрямь долго возятся.

* * *

— Алинка, возьми кофточку, возьми, на кладбище небось ветер, — раздался из подъезда голос не в меру заботливой Антонины Васильевны.

Я не стала с ней спорить и взяла из рук Ленкиной мамы пуховую Алинкину кофточку.

— С богом, — проговорила добрая женщина и перекрестила нас, когда мы направились к автомобилям.

— Алина, ты поедешь с Василием Петровичем. Он будет с тобой рядом все время. Старайся от него не отходить.

— Теть Тань, а может, мне лучше в вашей машине поехать? — Алинка чувствовала себя не совсем уютно в компании Свеклы, но я считала, что за тонированными стеклами Васькиной «девятки» девочке будет гораздо безопаснее.

— Нет, малышка, — я погладила ее по голове, — так надо. Понимаешь? Но скоро все это кончится. Я тебе обещаю.

* * *

Мы отправились к Гусевым-Турищевым. Уже почти около их дома я вдруг увидела Мишку, шагавшего по улице.

Остановив машину, я окликнула его:

— Миш, садись, подброшу.

Он сел рядом со мной:

— Ты тоже на похороны?

Я кивнула.

Разговаривать не хотелось: я думала о своем, Мишка, по-видимому, тоже.

Мы въехали во двор и остановились напротив подъезда.

Я подошла к Васькиной «девятке» постучала в стекло. Окна машины в целях безопасности были закрыты.

Он приспустил стекло и недовольно спросил:

— Ну, чего тебе?

Я была удивлена столь суровым тоном:

— Ты чего грубишь?

— Ничего, — огрызнулся Свекла. — Че сказать хотела?

— Хотела сказать, что из машины Алинке выходить не стоит. Пусть сидит в салоне и выйдет только на кладбище.

— Сам не дурак. — Васька закрыл окно.

Я пребывала в полном недоумении, отчего у Свеклы вдруг так резко изменилось настроение, но размышлять над столь незначительным фактом у меня не было никакого желания.

Я подошла к Мишке:

— Ты не будешь туда подниматься?

— Да вот думаю, наверное, надо. Может, нести что-то придется.

— Может быть, — согласилась я. — У меня к тебе просьба: ты видел вон того сурового товарища? — я указала в сторону Васькиной машины.

— Ну?

— С ним Алинка. Ты на кладбище постарайся держаться рядом с ними. Хорошо?

— Понял. Не волнуйся. — Миша улыбнулся и обхватил меня за плечи.

И тут случилось то, чего я меньше всего ожидала. Я даже среагировать не успела, как Мишку отбросило в сторону, и он влетел в открытую дверь мусоропровода так, что задетая им эта самая дверь едва не слетела с петель. — Он рухнул на благоухающую отбросами кучу, и у него невольно вырвалось крепкое словцо.

Вокруг валялись полиэтиленовые мешки, клочья бумаги, газетные свертки. Разъяренный Свекла потирал ушибленный кулак с татуировкой «Вася».

Один из свертков наполовину развернулся, ветер тут же захлопал свободным краем газеты, и... моим глазам предстало нечто.

Этим «нечто» оказалась использованная лента от пишущей машинки. Мысли мгновенно закружились в голове: скорее всего преступник живет в гусевском подъезде. Хотя почему? Любой прохожий мог забросить в открытую дверь мусоропровода этот занятный сверток.

Ленту я осторожно с помощью платочка опустила в

чистый полиэтиленовый пакет и убрала в сумочку. Пригодится. Если добиться проведения экспертизы — долгая и дорогостоящая процедура, — то можно точно установить, использовалась ли лента для печатания угрожающего письма Гусевым-Турищевым.

Но добиться проведения этой самой экспертизы весьма и весьма сложно. При ее проведении для исследования берутся микрочастицы. С ее помощью можно даже установить тот или иной вид пыли, присущий жилому или же производственному помещению.

Васька снова набычился и метнулся в сторону Михаила, и я на какое-то время забыла про ленту.

— Вась, ты что?

— Ниче! Я этому кенту рога посшибаю.

— Какая тебя муха укусила, Василий Петрович? Это Михаил, он будет вместе с тобой охранять девочку.

— Сам справлюсь. Нужен мне твой хахаль.

Я все поняла и рассмеялась:

— Михаил — друг Алинкиного отца Игоря. Я с ним познакомилась совсем недавно.

— Тань, да кто он такой, что ты перед ним распинаешься? — Мишку задело, что я, как ему показалось, оправдываюсь перед Свеклой.

— А тебя не тарабанит, кто я такой! Между прочим, как только Татьяна закончит это дело, она выйдет за меня замуж. Она мне обещала. Скажи, Танюх?

Господи! Ну что возразить сейчас этому балбесу? Тут критический момент приближается, а он жениться собрался! Пора вспомнить совет костей и держать настроение под контролем. Воистину кости никогда не ошибаются.

— Вась, если ты и дальше так будешь справляться со своими обязанностями, то мне никогда не удастся завершить это дело. Оно закончится тем, что ребенка похитят, и тогда я тебя возненавижу.

Свеклу столь решительная отповедь привела в чувство, и он уже вполне миролюбиво поинтересовался, обращаясь к Мишке:

— Ты в моей тачке поедешь, что ли?

— Так будет надежнее, — ответила я.

* * *

Церемония похорон прошла мирно, без эксцессов. Ничто не напоминало о том, что где-то рядом бродит опасный преступник, готовый на подлость и даже на убийство.

Я прилежно снимала все, что происходило около свежевырытой могилы, видеокамерой, спрятавшись за деревом и очень близко к нему росшим кустом. Дерево и куст росли на небольшом холмике — возможно, это была старая могила. Отличная позиция! Мне было видно все, я же практически оставалась невидимой.

Плачущая Нина обняла за плечи всхлипывающую Алинку, рядом с которой, как цербер, крутился Свекла. Он беспокойно озирался, выискивая глазами в толпе похитителя. Мишка тоже старался ни на шаг не отходить от Алинки. Рядом с ним — хмурый как туча Игорь. Вокруг толпа благообразных старушек, смахивающих платочками скупые слезы. В стельку пьяные могильщики, вытаскивая крест из катафалка, уронили его прямо на покойницу, отчего одна перекладина креста тут же отвалилась, и трое вынырнувших из толпы мужиков принялись ее заново приколачивать. А старушки все шептались, потом перекрестились в последний раз, бросили в могилу по горсти земли. Как и все остальные.

Потом двинулись к выходу. Идущий последним мужчина нагнулся, что-то поднял с земли, догнал остальных и слился с толпой.

* * *

На поминальном обеде Васька сидел рядом с Алинкой. Старушки негромко переговаривались, обсуждая поломку креста на кладбище:

— Ой, нехорошая примета, бабоньки! Нехорошая!

Все эти разговоры влияли даже на мою устойчивую психику, а что уж говорить о ребенке, между прочим, уши развесившем и готовом просидеть тут до утра.

Несколько старушек поднялись из-за стола, перекрестились, пожелали — если это можно назвать пожеланием покойной — земли пухом — и удалились.

Покинули квартиру Нины и Мария Ивановна с сыном Иваном, широкоплечим статным шатеном; не верилось, что в этом мощном молодом теле поселилась такая жестокая болезнь.

Я жестом показала Свекле, чтобы ложкой побыстрее орудовал и девочку поторопил. Васька с поставленной задачей справился достойно.

Выйдя их проводить, я не успела закрыть за ними дверь, как она тут же открылась снова: Васька держал в руках плоскую коробку, величиной со средних размеров книгу, обвязанную шнуровой резинкой. Под резинку был засунут свернутый лист бумаги.

— Тань, это на коврике перед дверью лежало. — Свекла чувствовал себя героем дня. — Это он? Преступник подложил? Да, Танюх?

Я взяла коробку, положила ее на тумбочку в прихожке.

— Давайте я вас провожу до машины. Вам с Алинкой лучше побыстрее отсюда уехать.

— А когда мы с тобой увидимся, Танюх? — спросил Свекла, усадив Алинку в автомобиль.

— Ой, Вась, ты опять за свое? Знаешь же, что у меня куча проблем.

Вернувшись на площадку, я позвонила в дверь к Марии Ивановне.

— Вы уходили последними. Не видели, случайно, никого у лифта или на лестнице?

— Нет, а что-нибудь случилось?

— Кто-то подложил коробку на коврик у Нининой квартиры.

— Нет, не видели. Ничего не было, когда мы с Ванюшкой выходили. А что в этой коробке? — взгляд старушки казался испуганным.

— Нина еще не смотрела, — уклончиво ответила я.

* * *

Я поманила пальчиком Нину в спальню, куда уже под свитером принесла коробку.

— Что это? — глаза Нины округлились.

— Сейчас посмотрим.

Я вытащила листок и развернула его. Та же выбивающаяся из ряда буква «о».

«В семь часов вечера я вам позвоню и сообщу способ передачи денег. Не вздумайте привлекать милицию. Неизвестный».

Я внимательно осмотрела коробку. Плоская, вроде бы картонная, а тяжелая. Я взяла ножницы и осторожно отковыряла угол картонки на крышке, которая показалась мне более тяжелой, чем сама коробка. Под картонкой металлическая пластина. Для чего? Наверное, преступник на сей раз заранее о противовесе позаботился. Ведь Алинка — девочка, и ее комната не завалена свинцовыми шариками, коих без меры расплодил у себя на рабочем столе разгильдяй Олежка.

— Боже, как все это не вовремя! Там люди, их надо накормить, — посетовала Нина.

— А завтра было бы в самый раз? — невольно усмехнулась я. — Ладно, ты занимайся своими делами, а я займусь своими.

Глава 10

Дальше все закрутилось, как в калейдоскопе, и я с трудом успевала следить за событиями. А ведь мне приходилось играть первую скрипку.

Я примчалась в милицию к Григорьеву, который не преминул мне напомнить, что подозреваемый Игорь Турищев завтра будет задержан по подозрению в убийстве собственной тещи.

— Но это будет только завтра. Сегодня есть дела поважнее, чем обсуждение задержания Игоря, — невольно поморщилась я. — Если мы сумеем поймать шантажиста, то я уверена, что сумею доказать его вину в гибели Гусевой. Просто сердцем чую. Давайте лучше решим, как нам действовать.

— Вы же, Танечка, утверждали, что как только разыщете убийцу Гавриловой, так сам по себе весь клубочек и размотается. И что? Лопнула ваша версия как мыльный пузырь?

— Как он, кстати?

— Никак. Пока без изменений. Уходите от ответа?
— Все ошибаются. Не боги горшки обжигают. Итак, о сегодняшнем вечере. Телефон-автомат, из которого преступник звонил в прошлый раз, находится на углу соседнего дома. Необходимо установить там «жучок», чтобы слушать все разговоры, которые ведутся с таксофона. Там же надо кого-нибудь подставить — семечки продавать или еще что-нибудь. Словом, надо обложить преступника со всех сторон.

— В коробку маячок, конечно, — полковник перестал издеваться надо мной и увлекся обсуждением засады.

— Это я уже оформила. О приемных устройствах для ваших сотрудников я, разумеется, позабочусь. Думаю, что преступник может повторить свой трюк с подвальным окошком. Так что необходимо и там ребят поставить.

— Ты думаешь, что у меня народу хренова туча? Одного, думаю, в подвале будет достаточно. Можно, конечно, ОМОН подключить.

— Не стоит. Мы вспугнем преступника и ничего не добьемся. В квартире Гусевых-Турищевых и в их телефоне я тоже оставила прослушивающие устройства. Ни мне, ни вам на момент общения с преступником по телефону там находиться не стоит.

— Думаю, вы правы.

— Да, кстати, чуть не упустила из виду, — спохватилась я. — Я нашла ленту от пишущей машинки. В мусоропроводе около подъезда Турищевых. Может оказаться, что преступник живет в их подъезде. — Я извлекла катушку, упакованную в полиэтиленовый мешочек, и положила на стол.

— А может, в соседнем подъезде. Или в соседнем доме. Или выбросили по дороге на работу. Или вообще это лента совсем от другой машинки...

— Все может быть, — согласилась я. — Если проведете экспертизу ленты, станет ясно...

— И через месяц узнаем, та ли эта машинка, — съязвил полковник.

— Если не будет другого выхода, то придется подождать.

— Разве что на катушке пальчики остались, — возмечтал Григорьев. — Кстати, по поводу запроса в паспортный стол, Танечка. Три года назад из Центрального района не переселялся никто. Два года назад в дом вселились две молодых семьи, но одна из них переехала из Волжского района, а другая из Фрунзенского.

* * *

Я крутилась как белка в колесе. Сначала проинструктировала Нину, потом надо было переписать кладбищенскую запись на видеокассету, чтобы ее можно было просмотреть на видике.

Я была почти уверена, что сегодня преступник попадет в ловко расставленные сети, что ему никуда не деться.

Уже перед самым выходом, перекусив холодной копченой курицей, я уселась с чашечкой кофе и кинула кости: 20+25+5 — «Не слушайте его, он блефует».

Совет, конечно, интересный. Только вот как им воспользоваться? Кто блефует?

Я мудро решила, что блефует Григорьев, пугая меня тем, что задержит Игоря Турищева.

Таким вот не вполне честным способом он пытается меня активизировать, рассудила я. Но несколько позже поняла, что просто-напросто беспечно отмахнулась от мудрого совета моих магических многогранников.

Просмотреть до конца сделанную на кладбище запись я не успела: наступило время «альфа».

* * *

Скрипучий надтреснутый голос монотонно диктует условия: «Деньги положите в коробку, которую вам передали. Ее обвяжите бечевкой в точности так же, как она была обвязана. В девятнадцать тридцать вы выходите на балкон. Телефонный шнур протяните до балкона и трубку держите около уха. Коробку держите в правой вытянутой руке. Только по моей команде по телефону вы бросите коробку вниз».

Я переобулась в сапоги, благоразумно прихваченные из дома, спустилась в подвал и затаилась за одной из клетушек, на которые разгорожено подвальное пространство. У меня, я считала, была довольно выгодная позиция. Преступник, который по всем расчетам должен подойти к лестнице, будет мне виден, зато не увидит меня.

Тусклое освещение — одна запыленная лампочка на весь подвал — тоже играло мне на руку. Мой коллега разместился неподалеку от меня. Подвал снаружи заперли на замок, дабы не вызвать подозрения у преступника.

И началось томительное ожидание. Наконец раздается телефонный звонок. Нина берет трубку.

— Але?

Голос спрашивает, приготовлена ли коробка, как он требовал, и обвязала ли она ее резинкой.

— Да, — голос у Нины немного дрожит.

— Хорошо. Теперь выходите с телефоном на балкон и вытяните руку с коробкой. Бросать будете по моей команде. Внимательно смотрите вниз, куда лучше бросить.

И тут происходит совершенно неожиданное. Я слышу в наушниках какое-то металлическое цоканье. Нина кричит, что коробка почему-то улетела. Я бросилась к лестнице, взлетела на последнюю перекладину и попыталась через вентиляционное окошко увидеть, что там происходит снаружи. Успели ли схватить наглого преступника, который даже в подвал поленился спуститься, а у всех добрых людей на виду подобрал упавшую, как я сначала подумала, коробку.

Коллега, то есть напарник мой, молодой сержантик, бросился вслед за мной.

— Я что-то не понял, Татьяна Александровна, чертовщина какая-то! Кажется, произошло непредвиденное. Ну, что там?

По улице шли прохожие. Убегающего преступника и преследующих милиционеров мне увидеть не удалось.

— Не знаю. Сама не въехала. Смею предположить, что ему удалось нас самым наглым образом надуть. Вызывай своих по рации и спроси, что случилось.

Сержантик по имени Коля включил рацию:

— Тридцать первый — Тридцать второму!

— Тридцать второй на связи. Пока не до вас, ребята. Придется вам посидеть взаперти.

Коля бросился к запертой снаружи двери и принялся в нее колотить со всей дури, надеясь, что найдется добрая душа и выпустит нас из мокрой темницы, густо населенной грызунами.

— Коля, давай сюда. Зря стучишь. Им, кажется, не до нас. Давай вылезать через окошко.

Видели бы кто-нибудь из наших, сколь колоритно смотрелись мы, заляпанные грязью, в резиновых сапогах, вылезающие из вентиляционного окошка. Прохожим, кажется, сцена понравилась, поскольку некоторые из них останавливались и с любопытством наблюдали за нашими с Колей акробатическими трюками. Разве что только пальцами не показывали.

С Колей пришлось повозиться. Он несколько крупнее меня — пришлось практически выволакивать его, поскольку он не мог в столь ограниченном пространстве двинуть даже рукой. Смех, ей-богу!

Однако самое интересное заключалось в том, что мы потеряли своих.

Коля стал вызывать коллег по рации, и пока все прояснилось, было уже поздно что-либо предпринимать. Оказалось, что преступник экспроприировал коробку с крыши дома, бросив на нее сильный магнит на веревке, и утянул ее наверх, на крышу.

Коллеги бросились по сигналу маячка на чердак и нашли там лишь пустую коробку, с которой преступник расстался сразу же, как только завладел деньгами. Открытыми оказались аж шесть люков на чердак, в какой подъезд вылез из люка преступник, выяснить практически было невозможно, особенно если учесть тот факт, что лестница, как я уже упоминала ранее, находится в закутке. И желающих прогуливаться пешком до девятого этажа не так уж и много. Вот такие пироги: хочешь ешь, хочешь под стол бросай. Ничего более нелепого придумать нельзя. Вот, Татьяна Александровна, голубушка, и блеф, предсказанный косточками.

Григорьев матерился, как сапожник, распекал своих подчиненных так, что мои дамские уши не выдерживали нагрузки. А меня тем временем грызла странная мысль: казалось, что это уже было — когда-то, где-то при мне такое уже было... А вот где и когда, я так и не смогла вспомнить, несмотря на свою феноменальную память.

Поэтому я плюнула на все и уехала домой. Пусть себе пережевывают. Для меня нулевой результат — тоже результат. Он не должен меня выбивать из колеи, а, совсем наоборот, должен подстегнуть и заставить действовать еще активнее.

К тому же, может быть, в домашней обстановке, в тишине я вспомню, где и когда такое было, тем более что надо просмотреть видеозапись, сделанную на кладбище.

И вообще, теперь необходимо заново определиться, наметить новые планы и выстроить новые версии.

* * *

Отрицательные эмоции всегда можно нейтрализовать положительными. А положительные у меня появляются во время приема вкусной и здоровой пищи.

Я не обжора, упаси бог, но отнести себя к разряду гурманов я могу вполне. Поэтому решила побаловать себя зразами телячьими и хрустящими рогаликами.

А видеокассета подождет, никуда не убежит. И я увлеклась так, что даже несколько подпорченное настроение поднялось. Моя маленькая уютная кухонька наполнилась восхитительными запахами.

Наконец все было готово. Я поставила тарелки на блюдо, туда же бокал с красным вином и, сгрузив все это на журнальный столик, включила видеомагнитофон.

Мясо таяло во рту. Я с наслаждением отхлебнула немного вина и вновь принялась за мясо.

— Нет, кажется, сегодня мне не удастся поправить свое настроение. Весь мир против меня, — чертыхнулась я, когда зазвонил телефон.

Звонил Свекла, и голос его звучал взволнованно:
— Танюх, меня замели. Еле позвонить разрешили. Выручай. А то вообще, в натуре, всех собак повесят.

Только этого мне и не хватало для полного счастья!
— Ты где?
— Да говорю ж, в ментовке.
— Это я поняла. Район какой?
— Заводской. Какой же еще? На Курской, знаешь?

Еще бы мне не знать. За последние три дня я оттуда, можно сказать, не вылезала. Я вздохнула: невезуха. Подогретые зразы — это уже не то. И рогалики потеряют неповторимый вкус, который имеют, пока они свежие.

Мне пришлось дожевывать на ходу, по дороге в «девятку».

* * *

Коллеги выяснили, что преступник звонил с сотового. Абонентом данного мобильника был не кто иной, как Васька Свекла. Это только в рекламе распинаются, что-де звонки с сотового прослушать нельзя, и номер абонента установить невозможно.

Ложь все это. Милиция может все, если захочет, а в данном случае очень захотела. Нельзя ж «глухарями» до бесконечности обвешиваться.

Итак, как стало ясно позже, мои коллеги установили владельца мобильника. Через своего осведомителя, которых у них хватает, выяснили они также, что незадачливый хозяин Васька мобильник потерял. Сегодня. А где потерял — не знает.

Ваське бы все это им вежливо объяснить. Но ведь это же — Свекла, дурья башка. У него оказалась патологическая ненависть к защитникам правопорядка. И вопрос про мобильник ему не понравился конкретно. Тем более задали его в совсем неподходящий момент: Вася после изрядной порции «Абсолюта» изволил откушивать пиво со сгущенкой. К тому же был почти на сто процентов уверен, что мобильник его в машине.

В итоге Васька нахамил. Самым безобразным образом. За что и был задержан. За хулиганство.

А все знают, как наша родная милиция не любит хамов.

Дело усугубил тот факт, что Васькины отпечатки пальцев хранились в банке данных. Когда-то в дикой молодости Васька, оказывается, провел год в местах не столь отдаленных по обвинению в мелкой краже.

На злополучной коробке, брошенной на чердаке, разумеется, были отпечатки пальцев Свеклы — ведь это он ее нашел на коврике. А коробку, само собой разумеется, коллеги проверили на наличие отпечатков.

Чем больше кипятился Васька, доказывая, что он не верблюд, тем меньше ему верили. И пытались раскрутить на добровольное признание. Тогда он и позвонил мне.

Пришлось обращаться к Григорьеву, который уже отбыл домой, и объяснять ситуацию. От полковника я услышала весьма нелестное:

— Твоего приятеля, Таня, вообще в зоопарке держать надо.

* * *

— Ну, ты крендель, я тебе скажу! — кипятилась я, когда, с трудом урегулировав вопрос, села в Свеклину «девятку» для обсуждения инцидента.

— Танюх, да они наглые как танки. Их вообще мочить всех надо. Дышать легче станет. Моя милиция меня береге-ет.

— Бережет, — машинально поправила я.

— Какая, хрен, разница? Главное, что они — козлы. Давай в кафешку завалимся и расслабимся. Мое освобождение отпразднуем. Я опять тебе задолжал. Второй раз меня из дерьма вытаскиваешь. Ну, че? Как насчет кафе?

Я покачала головой:

— У меня еще куча работы.

— Какая, на фиг, работа в десять вечера?

— Домашнее задание. Ты лучше вспомни, где ты мобильник потерял?

— Откуда я знаю? — он хрястнул кулаком по рулю. — Я им не пользовался с самого обеда.

— А на кладбище мог потерять?

Васька призадумался, прокручивая в голове свои действия.

— Наверное, мог. Он у меня с собой, кажется, был. Точно, был. Когда этот чертов крест упал, меня самого пот прошиб: ведь чуть покойнице череп не проломили! А бабоньки как зашуршали, примета, мол, плохая. Короче, когда я из кармана платок доставал — труба на месте была.

— Надо же какой ты суеверный. В приметы плохие веришь.

— А ты нет?

— Ладно. Не об этом речь. Когда платок на место клал, мобильник был?

— А у меня платок так в руке и остался, он до сих пор в тачке валяется.

* * *

Повезло, конечно, шантажисту, размышляла я, тщательно пережевывая остывшие зразы. Без мобильника ему бы посложнее пришлось. Надо было мухой долететь до телефона-автомата, позвонить и потом подняться на чердак. Это не менее пяти минут. А впрочем, он ведь подчеркнул, чтобы коробку не бросали до его команды по телефону. Понадобилось бы, так Нина и пять минут простояла с коробкой долларов в вытянутой руке. И десять тоже.

Кассета уже заканчивалась. Вот этот мужчина нагнулся и поднял что-то. Кто-то из присутствовавших на похоронах поднял это самое нечто, но я не могла разглядеть лица. Его почти не видно. А поднял он, скорее всего, именно Васькин мобильник.

Прокрутив это место еще раз, я подумала, что, может быть, предмет с земли поднял Иван, сын Марии Ивановны, соседки Турищевых. Клетчатая рубашка, светлые волосы. Высокий. Надо показать кассету Турищевым и спросить их. И неплохо это сделать прямо сейчас. Я им позвонила, трубку взяла Нина.

— Ты извини, что так поздно. Но мне не терпится. Можно к вам приехать?

— Какие вопросы? Если это поможет в поисках преступника, что ты спрашиваешь? Приезжай.

* * *

— Одет, как наш сосед, Иван. Кажется, это он... Вроде он.

— Сын Марии Ивановны?

— Кажется, да.

— Да что кажется? Это он, — вмешался Игорь. — Ну точно! Это он! А что, это чем-то поможет расследованию?

— Вероятно, он поднял с земли мобильный телефон, а звонили вам с мобильника, утерянного скорее всего именно на кладбище.

— Ты что, Тань! Хочешь сказать, что звонил Иван?! — Глаза моей подруги округлились.

Я пожала плечами.

— Не может быть! Это вообще чушь собачья. Он больной человек, я же тебе говорила.

— Вялотекущая шизофрения. Я знаю. Только люди при таком заболевании порой умнее и талантливее нас, простых смертных, не отмеченных богом. Так-то вот. Приходилось мне сталкиваться с людьми, больными вялотекущей шизофренией. Да их, если хочешь знать, среди гениев полно, если не половина. Среди музыкантов, писателей, художников...

— Уму непостижимо, — Нина устало потерла виски. — Игорь, ну скажи хоть ты, что такого быть не может. Мы их столько лет знаем.

Игорь тоже пожал плечами.

— Ладно. Не будем гадать на кофейной гуще. Пока никому ни слова. И виду не показывать. Если письма и убийство — дело их рук, я сумею вывести их на чистую воду. Отдыхайте.

И я отправилась домой пить кофе с рогаликами.

* * *

Ароматный кофе всегда имеет потрясающие свойства — освежать усталое серое вещество. И еще за чашечкой кофе рождаются новые идеи, осмысливаются некоторые непонятные события... Я размышляла, просматривая кассету еще и еще раз. Вновь прокрутила в голове все события сегодняшнего дня: лента от пишущей машинки, похороны, поминки, все эти люди. Глупейшая история с попыткой взять шантажиста с поличным.

И вдруг... Боже мой! Я вспомнила, почему история с экспроприацией коробки мне так знакома. Когда-то я читала детектив авторов с такой же пролетарской фамилией, как у меня, братьев Ивановых, «Свинцовый сюрприз». Именно в этой книге выкуп за похищенную любимую собачку мафиозника изъяли столь необычным способом, с крыши и с помощью магнита. И я видела покетбук Ивановых в квартире Марии Ивановны на столе. Получается, это их настольная книга?..

Мысль хорошая, только результаты моих логических измышлений никого не заинтересуют. И книга отнюдь еще не улика.

Тут мне вспомнился еще один, показавшийся сначала незначительным, эпизод: следы от жвачки на глазке одной из трех квартир левого крыла.

Допустим, мать и сын — скорее всего они и действовали сообща — печатали и рассылали эти письма. Разумеется, всегда, закончив работу, прятали пишущую машину. Когда занимались сим «литературным» творчеством, дверь никому не открывали.

Елизавета Ивановна, рассорившись с зятем, словно озверела. Тот хлопнул дверью и ушел. Ей некуда было девать свою энергию, и она зарулила к соседке поплакаться. Вышла на площадку. От сквозняка приоткрылась дверь в квартиру Марии Ивановны — не была закрыта. Почему?

Или Мария Ивановна, или ее сын — кто-то из них вышел на минутку. Куда? Да хоть мусор выбросить. А что? Вполне возможно. Ведь говорила же ворчливая соседка из правого крыла, что слышала, как хлопнула крышка мусорного бака. А перед этим шумел лифт. Вполне возможно, что в лифте как раз спустился Игорь.

Итак, допустим, Елизавета Ивановна входит в квартиру, где совсем не ждали гостей, и видит... Что она видит, я не знаю — либо письмо, либо машинку. Либо кого-нибудь из них двоих за работой. И все понимает. И даже, возможно, успевает сказать что-то по этому поводу. Второй член семьи в этот момент возвращается... И ничего не остается делать как... иначе про их деятельность узнают все. В ход пошли подручные средства типа молотка.

Наверное, они звонили в ее дверь, чтобы убедиться, что в квартире никого нет. Если бы кто-то оказался дома, они бы избавились от трупа по-другому. Но дома никого не оказалось. Плечистому Ивану ничего не стоило на руках перенести старушенцию в ее квартиру и положить в ее собственную постель. А для подстраховки надо лишить третью соседку возможности увидеть через дверной глазок то, что происходит на площадке. И его заклеивают жвачкой.

Ключи от квартиры у Елизаветы Ивановны, конечно, были с собой.

Труп переносят в квартиру Гусевых-Турищевых, ключи вешают на гвоздик, дверь захлопывают — замок же английский. Жвачку с глазка снимают.

Вот так. Почти гениально. Особенно если учесть, что это всего лишь мои домыслы, плод буйной фантазии. Бабушка-насильник — такого в моей практике еще не бывало. Конечно, очень хочется, чтобы я оказалась права и шантажист-убийца будет наконец-то разоблачен и обезврежен.

Если я все же окажусь права, то становится вполне понятным, почему шантажист требовал столь малые суммы и почему эти суммы всегда были разными. Во-первых, действовали по принципу: от каждого по возможности. Старушка и ее сын таким образом в некотором роде пытались себя обезопасить: не каждый же побежит в милицию из-за незначительной для бюджета семьи суммы. Лучше заплатить.

В нашей стране непуганых дураков народ вообще простой и душевный. И, чем отстаивать свои права и защищать свое кровное, он лучше отдаст чуть ли не последнюю рубашку, только б его не трогали. «Только б не было войны», как выразился один из известных юмористов.

Но и на случай проколов у них имелись неплохие подстраховки. Взять хотя бы случай с Гавриловыми. Если бы вмешалась милиция, она бы отправилась по ложному следу. А уж последний случай вообще на грани фантастики. Так рисковать! Ай да комсомольский вожак! В организаторских способностях Марии Ивановне — я была почему-то уверена, что главную скрипку играет именно она, — явно не откажешь.

Самое главное, что для старушки сбор информации о финансовых возможностях и тонкостях быта соседей не составлял труда. Да любую старушку из любого дома спроси, и они тебе все про жильцов-соседей выложат. Все мелочи! Вплоть до свинцовых шариков на столе у разгильдяя Олежки.

И письмо потому слабо корвалолом попахивало. От старых людей часто пахнет корвалолом. А уж если ты письмо жуткое печатаешь, да еще соседям любимым, какое уж тут сердце выдержит. От жалости к Алинке, наверное, сердечко и прихватило.

Ну, это я так. Уже юродствую.

А как же алиби? А никак. Кто его проверял? Они просто не открывали дверь, словно никого нет дома. Сестра, конечно, может и подтвердить, что Мария Ивановна с Ванюшкой в тот вечер были у нее.

И все-то ты, Танечка, мудрая моя, по полочкам разложила. А как же шантажист из Центрального района? С ним как быть? Или это опять из другой оперы?

Хотя... Ведь Мария Ивановна сама обмолвилась, что пришлось жить у сестры почти год, когда та болела. Времени познакомиться с местными старушками и потенциальными «спонсорами» для талантливого человека вполне достаточно. А в том, что Мария Ивановна в своем роде человек талантливый, я не сомневаюсь. Надо бы узнать адрес ее сестры.

Я взглянула на часы. Звонить еще раз Нине просто неприлично. Время за полночь.

Что ж, версия неплохая. Улик, правда, кот наплакал. А значит, надо выработать определенную тактику. Надо идти ва-банк.

Посоветуюсь-ка я по этому поводу с косточками, пусть потрудятся на благо хозяйки.

34+12+18 — «Не зацикливайтесь на жизненной рутине. Ловите момент. Определите жизненные приоритеты, и вас ждет удача».

Вот так. Я совет костей восприняла как руководство к неординарным действиям. Милиция на такое не пойдет — противозаконно. А значит, черновая работа — моя.

Еще час на разработку планов и подготовку к их осуществлению. А потом сон, чуткий и неспокойный. Будто бы стремительный полет в космическом пространстве среди звезд.

Глава 11

Около девяти я позвонила Гусевым-Турищевым:
— Нина, подскажи, есть ли у Марии Ивановны определитель номера? — Я подстраховалась. Скорее всего нет. Так оно и оказалось:
— Да нет.
— Это я на всякий случай. Ты будь пока дома. Я тебе, кажется, через несколько часов очень интересное кино покажу.
— Какое кино?
— Говорю ж, интересное. Если все получится, как я задумала. Жди.
— Хорошо. Только Игорь уже ушел.
— Неважно. Главное, что пока он еще на свободе.
— Ой, Тань, ну и шутки у тебя.
— Это не шутки. Если мое кино не состоится, то его задержат по подозрению в убийстве твоей матери. Так что не удивляйся методам, к которым мне придется прибегнуть.

— Я уже ничему, наверное, не смогу удивиться, — вздохнула Нина.

— Ну вот и ладненько. Давай мне номер телефона Марии Ивановны, назови их фамилию и отчество ее сына.

Я даже записала на всякий случай данные, хоть на память и не жалуюсь.

— До встречи.

И я повесила трубку. Потом сложила все необходимое в объемистый полиэтиленовый пакет и вышла из дома.

Прежде всего мне надо было заскочить к Крокодилу. Крокодил, в виду своей совершенно неординарной внешности, вполне заслуживал свою кличку. Маленькие, хитрые, как у поросенка, глазки и огромный рот с крупными зубами.

Крокодил работает в одной из частных мастерских по изготовлению ключей. Как ему удалось туда устроиться, учитывая его небезупречное прошлое, я не знаю. Этот малый отмотал срок за квартирные кражи.

Ему по зубам любой замок, прошу прощения за каламбур. Будь он хоть суперповышенной секретности. Я и сама по замкам неплохой спец, но в данном случае лучше не рисковать. Замок у Марии Ивановны не совсем обычный, я могу с ним долго провозиться, а это не в моих интересах. Да и ни в чьих.

Не буду же я средь бела дня целый час колупаться у чужой двери. А Крокодилу это раз плюнуть. Тем более берет он с меня за подобные услуги совсем недорого.

— Открыть замок, Татьяна Александровна, — Крокодил меня величает всегда исключительно по имени-отчеству, — дело нехитрое. Сложнее его потом закрыть.

— У них английский. Дверь потом можно просто захлопнуть, а на дополнительные обороты не закрывать. Ничего страшного. Это даже лучше.

— Ох, Татьяна Александровна, — заворчал Крокодил, снимая фартук, — подведешь ты меня под монастырь когда-нибудь.

— Ладно, Коль, не ной. Я ж не грабить собираюсь. А преступника разоблачать. Ну нет у меня другого выхода, понимаешь?

* * *

Я припарковалась во дворе за самопальными ракушками.

— Сейчас, Коля, очистим сцену. А потом твой выход.

Я извлекла сотовый, откашлялась и набрала номер Арефьевых. Трубку взяла Мария Ивановна.

— Добрый день. Вас беспокоят с телестудии. Мы готовим к выходу в эфир передачу «Миг удачи», — стрекотала я тонюсеньким голоском со скоростью «тысяча слов в минуту». — Наш спонсор — компания телефонной и радиосвязи «Шанс».

«Миг удачи» проводит розыгрыш денежных призов по телефонным номерам. Ваш телефонный номер выиграл денежный приз в размере пятидесяти тысяч рублей. Вы не могли бы приехать на телестудию всей семьей прямо сейчас? Запись передачи начнется в десять тридцать. — Не стоит ей давать много времени на размышления. — Вы сможете приехать?

— Что-то я никогда не слышала о такой передаче.

— Это новая передача. Она впервые готовится к выходу в эфир. И ваша семья оказалась в десятке счастливчиков. Так вы сможете приехать на запись?

— Я даже не знаю, ни разу в телестудии не была.

— Это неважно. На проходной вас будет ждать светловолосая девушка. Ее зовут Катя. Назовете свою фамилию, и она проведет вас в студию.

— Минуточку, девушка. Не кладите трубку. Я посоветуюсь, — ее голос зазвучал приглушенно, видимо, она, прикрыв трубку рукой, советовалась с сыном. А если еще и к Нине советоваться побежит? У меня даже мурашки по телу побежали. Надо было предупредить подругу, что ей могут задать такой вопрос.

— Девушка, мы далеко живем. Можем не успеть к назначенному времени.

— Ой, какая жалость. А приехать на такси вы не смогли бы?

Еще пара томительных минут. И, наконец, решение принято:

— Мы выезжаем. Пусть Катя ждет на проходной, как вы сказали.

Я облегченно вздохнула и на всякий случай предупредила обо всем Нину.

— Вот и все, Николай. Теперь будем уповать на господа, чтобы она поехала не одна, а с сыном.

— А если они вообще не поедут?

— Вряд ли. Кто откажется ни за что ни про что получить денежки дармовые? Плохо же ты знаешь людскую сущность. Мне однажды по почте послание пришло. Якобы мой адрес занесен в компьютер, участвовал в розыгрыше призов и выиграл телевизор. Надо было всего лишь перевести на указанный абонентский ящик сто семьдесят рублей. — Я вышла из машины, оставив дверку открытой, и встала так, чтобы подъезд хорошо просматривался.

— И что? Телевизор получила? — Крокодил был удивлен до невозможности.

— Я с такими трюками, как ты только что должен был понять, хорошо знакома. А вот старушка соседская послала. До сих пор пытается свои несчастные сто семьдесят вернуть. Ведь поверила же. А тут денег с них никто не просит. Наоборот, обещают. Выгорит не выгорит, а не попробовать грех. Плохо будет, если она решит поехать одна. Тогда придется еще что-то и для сыночка изобретать.

Мне повезло. Мария Ивановна вышла из подъезда вместе с сыном. Они быстрым шагом направились в сторону остановки. Выждав десять минут для подстраховки, мы вошли в подъезд и поднялись в лифте на шестой этаж.

Нину я отправила в квартиру, у которой в день убийства был залеплен глазок. Ей надлежало побеседовать с Еленой Матвеевной — так звали старушку, — дабы она в неподходящий момент не вышла из квартиры или не посмотрела в дверной глазок.

Как я уже говорила, Крокодил просто виртуоз. Ему и пяти минут не понадобилось для мирного вторжения в чужую обитель. После чего я с ним рассчиталась.

Я обшарила всю квартиру. Молоток я отыскала в ящике для инструментов, который спокойно себе стоял в прихожке. Ящик был изготовлен в виде пуфика. Снимаешь стеганое сиденье — а под ним откидная крышка. Тот ли это был молоток, я, разумеется, не знала. Для меня сейчас это не играло существенной роли. Когда готовишь психическую атаку, не обязательно заботиться о подлинности той или иной вещи. Главное, чтобы вещь была похожа на оригинал.

Совсем другое дело печатная машинка. Она главная улика. И ее не найти я не имела права.

Она оказалась в массивном, старого образца, диване. Та самая, с выпадавшей из строки буквой «о». Там же и пачка белых листов.

* * *

— В ожидании кино неплохо было бы что-нибудь перекусить, — бессовестно заявила я Нине.
— Да господи! Какие проблемы, сейчас сообразим. После поминок полно всего осталось. Пойдем на кухню.
— На кухню мы не пойдем, — решительно отвергла я Нинино предложение.

У меня были причины так говорить: я не могла пропустить момент появления Марии Ивановны с сыночком — надо было вовремя включить видик на запись.

Квартиру старушки я нашпиговала электроникой, как в американских триллерах.

Есть у меня один хороший знакомый, который изготавливает спецаппаратуру по моим спецзаказам. Мастер Левша ему в подметки не годится. Правда, Виктор Иванович Валентинский страдает излишней болтливостью и общаться с ним порой трудно, зато какие классные вещи делать умеет.

С его помощью я обзавелась потрясающей техникой, в том числе миниатюрными видеокамерами, позволяющими передавать изображение с хорошим качеством и на довольно большие расстояния на одном из дециметровых каналов. А что говорить про квартиру на одной лестничной площадке? Видимость — как на ладони.

До начала интересных событий мы успели пообедать. И вот...

Я сразу позвонила Григорьеву:

— Сан Саныч! Подошлите своих пинкертонов к гусевскому подъезду. Только по-тихому, без мигалок и сирены. Пусть будут как мышки.

— А что случилось, Танечка?

— Пока не случилось, но думаю, через полчасика преступник побежит кое-что прятать. И тогда ему не отвертеться.

— А если не побежит?

— А если не побежит, то мы позвоним к нему в квартиру и попросим сами показать все, что нас заинтересует.

— Шутите!

— Нет, вполне серьезно. Я нашла машинку, на которой печатались письма. И еще кое-что.

* * *

— Вроде бы я дверь на два поворота ключа закрывала, Вань.

— Может, просто забыла?

Старуха с сыном вошли в гостиную. Теперь они были не только слышимы, но и видимы. И остолбенели, замерев перед пишущей машинкой, которая стояла на столе. Там же лежал молоток.

— А это что?! — голос Марии Ивановны дрожал. — Машинка же была убрана, Ваня! Тут кто-то побывал!

— Это я и сам вижу.

Мария Ивановна выдернула из машинки листок:

— Ваня, что это?!

Тот ошеломленно молчал.

— Прочти. Я не знаю, куда очки дела.

Не обратив внимания на просьбу матери, Иван кинулся искать в квартире автора записки. И не нашел, конечно.

— Здесь кто-то был, — повторил он слова матери. — Кто-то все знает про письма.

Мария Ивановна судорожно продолжала искать очки. Иван взял листок в руки.

— Что там? — дрожащим голосом спросила старушка.

Иван прочел вслух мою записку: «Вам лучше сдаться милиции и все рассказать про угрожающие письма, про убийство вашей соседки. Деньги верните. Неизвестный».

— Господи! — Мария Ивановна испуганно озиралась, словно ожидала, что этот самый неизвестный предстанет сейчас пред ее ясны очи.

— Ваня, сыночек, — старушка заплакала. — Это нам специально позвонили, чтобы войти в квартиру. Наверное, в милиции теперь все знают про наш бизнес.

— Вряд ли милиция будет действовать так. Просто кто-то хочет нас напугать. А может быть, даже заработать.

— Наверное, ты прав. Кстати, следовало обратить внимание на то, что сразу после нашего письма Алинка пропала. Может быть, та девка долговязая все подстроила? — Нелестный комплимент в мой адрес.

— Какая девка?

— На поминках, помнишь? Она еще этого борова, который рядом с Алинкой сидел, поторапливала. Она сразу после письма крутиться тут начала. Как я сразу не сообразила! Господи! Она еще к нам за корвалолом приходила. Может быть, она все и подстроила?

— Ты, мать, ерунду какую-то говоришь.

Старушка не обратила внимания на возражения сына:

— Что же делать? Что делать? Надо выкинуть печатную машинку и молоток. Если мы избавимся от этих вещей, никто ничего не сможет доказать. И надо же было Елизавете войти в тот момент, когда ты понес мусор! Это свыше. За все в жизни приходится отвечать.

Вот тут она права. Я полностью согласна: за все надо отвечать. Бог все видит. И хоть я не утруждаю себя утренними и вечерними молитвами, а также посещением церкви, все же я верю в существование неких сил, которые свыше контролируют жизненные процессы на земле.

Тихо переговариваясь и строя догадки, каким образом некто неизвестный проник в их жилище, они упаковали машинку в рюкзак, туда же сунули молоток.

Машинку решили спрятать пока в гараже арефьевской сестры. А молоток бросить в пруд около заводского клуба. Я быстро собрала свои вещи и вышла от Турищевых.

* * *

Ивана я подождала у лифта.
— На дачу собрались? — с улыбкой спросила я.
— Да, знаете ли. Погода солнечная. Решили с приятелем на природу съездить. — В его глазах при виде меня отразился ужас. Но кинуться назад в квартиру он не решился.

А я строила из себя ничего не ведающую беззаботную девушку, возжелавшую поболтать с приятным молодым человеком на ни к чему не обязывающие темы:
— Это хорошо. У вас, кажется, рюкзак тяжеленный? Может, вам помочь?
— Нет, спасибо. Я кое-какие железяки обещал другу привезти. Вот и мучаюсь, — он тоже улыбнулся. Только его улыбка ни капельки не походила на мою: она была вымученной.

Он вышел из подъезда и бодрым шагом направился на остановку. И мне показалось, что я услышала его облегченный вздох.

Я осмотрелась в поисках коллег.

Из-за ракушек, где я припарковала свою «девятку», вынырнули мои вчерашние напарники. Я поманила их рукой и указала на удаляющуюся фигуру Ивана.

* * *

— Здравствуйте, Мария Ивановна, — я обворожительно улыбнулась, ожидая приглашения войти.

Старушка, видимо, уже почти оправилась от шока, в который я их ввергла. Она кивнула мне и пригласила.

А что ей оставалось делать? Надо же узнать, есть ли у меня камень за пазухой.

И тут я продемонстрировала ей свои липовые корочки:

— Я из милиции. Ваш сын задержан по подозрению в убийстве соседки и шантаже. Он дает показания. — Я тоже часто блефую.

Она тихо опустилась на тот самый пуфик, который служил ящиком для инструментов.

Отпираться было бессмысленно, поскольку я поставила ее в известность о видеозаписи их действий после моего незаконного вторжения.

— Я никому не хотела зла. Никому не хотела. Просто мне было невозможно трудно жить. Невозможно! Пенсии моей не хватает. Ванюшку на работу нигде не берут.

— Дворником бы взяли, — резонно заметила я.

— Дворником?! Моего мальчика дворником? У него слабое здоровье. И вообще... В нашем роду никогда не было дворников. Я в свое время занимала весьма значительный пост. А потом все полетело кувырком, спасибо нашим бездарным правителям. Разве эти люди обеднели бы от потерь тех сумм, которые мы у них просили? Для них они ничего не значили. А у меня еще и сестра больная. И мне надо всех тянуть. Где взять денег?!

Она решительно вытерла слезы.

— Пишите. Я все расскажу. Елизавету Ивановну убила я. Ваня тут ни при чем. Я вышла вынести мусор и не закрыла дверь. Она вошла и увидела печатную машинку...

Я знала, что она лгала, взяв все на себя и защищая сыночка.

* * *

Когда полковник Григорьев узнал, что я свои предположения выстроила в основном на романе братьев Ивановых, увиденном на столе у Арефьевых, на нечеткой кладбищенской видеозаписи да липком от жвачки дверном глазке, он расхохотался.

— Я бы не отказался, если бы у меня работали такие проницательные люди, как вы, Танечка.

Я скромно улыбнулась:

— Вы меня за мои методы работы давно бы вышвырнули из своей конторы.

Мы оба рассмеялись.

* * *

Вечером, когда я уютно расположилась на диване и возмечтала расслабиться у родного «ящика», меня, грубо говоря, забодали телефонные звонки.

Сначала позвонила Ленка-француженка. Ей не терпелось узнать, как развернулись события дальше и нашла ли я убийцу.

Я пообещала ей подробный отчет, но только попозже.

Потом позвонил Аякс.

— Таня, твой слоник принес мне удачу: я выиграл в моментальную лотерею тысячу рублей! — Голос Аякса захлебывался от восторга. — А еще Васек устроил меня на работу в рюмочную. Теперь заживу.

Я мысленно хмыкнула, потому что точно знала, что при любых раскладах Венчик никогда не сможет зажить по-другому. Деньги он завтра же раздарит друзьям по «бомжевству», а работу бросит. Свободный художник не станет терпеть неволи.

После звонка Аякса я включила автоответчик. Больше не буду поднимать трубку, кто б ни позвонил.

Но тут позвонил Васька. И умолял взять трубку. Решив, что дома меня все-таки нет, слезно попросил связаться с ним. Соскучился.

Проблему я нажила, это точно.

Чтобы избавиться от столь прилипчивого парня, надо обладать недюжинным умом. Можно, конечно, просто послать его. Но он мне почему-то был немного симпатичен. Так что придется и тут разрабатывать стратегию и тактику.

А может, не надо? Может, стоит обзавестись наконец-то мужем? Муж с тремя прямыми извилинами — самый удобный в хозяйстве. Буду я для него днем пирожки стряпать, а вечером в трактире на Крымской пить пиво со сгущенкой. Романтика!

Содержание

ПО ЗАКОНУ ПОДЛОСТИ 5
КИРПИЧ НА ГОЛОВУ 131
УМЕЙ ВЕРТЕТЬСЯ 269

Литературно-художественное издание

Серова Марина Сергеевна
ПО ЗАКОНУ ПОДЛОСТИ

Ответственный редактор *О. Рубис*
Редактор *В. Турбина*
Художественный редактор *А. Стариков*
Технический редактор *Н. Носова*
Компьютерная верстка *С. Кладов*
Корректор *Н. Хасаия*

В оформлении использованы фотоматериалы *А. Артемчука*

Налоговая льгота — общероссийский классификатор продукции ОК-005-93, том 2; 953000 — книги, брошюры

Подписано в печать с готовых диапозитивов 15.06.2001.
Формат 84х108 $^1/_{32}$. Гарнитура «Таймс».
Печать офсетная. Усл. печ. л. 21,84.
Тираж 15 000 экз. Зак. № 3658.

ЗАО «Издательство «ЭКСМО-Пресс». Изд. лиц. № 065377 от 22.08.97.
125190, Москва, Ленинградский проспект, д. 80, корп. 16, подъезд 3.
Интернет/Home page — www.eksmo.ru
Электронная почта (E-mail) — info@ eksmo.ru
Книга — почтой: Книжный клуб «ЭКСМО»
101000, Москва, а/я 333. E-mail: bookclub@ eksmo.ru

Оптовая торговля:
109472, Москва, ул. Академика Скрябина, д. 21, этаж 2
Тел./факс: (095) 378-84-74, 378-82-61, 745-89-16
E-mail: reception@eksmo-sale.ru

Мелкооптовая торговля:
117192, Москва, Мичуринский пр-т, д. 12/1
Тел./факс: (095) 932-74-71

ООО «Медиа группа «ЛОГОС». 103051, Москва, Цветной бульвар, 30, стр. 2
Единая справочная служба: (095) 974-21-31. E-mail: mgl@logosgroup.ru
contact@logosgroup.ru

ООО «КИФ «ДАКС». Губернская книжная ярмарка.
М. о. г. Люберцы, ул. Волковская, 67.
т. 554-51-51 доб. 126, 554-30-02 доб. 126.

Книжный магазин издательства «ЭКСМО»
Москва, ул. Маршала Бирюзова, 17 (рядом с м. «Октябрьское Поле»).

Сеть магазинов «Книжный Клуб СНАРК» представляет самый широкий ассортимент книг издательства «ЭКСМО».
Информация в Санкт-Петербурге по тел. 050.

Всегда в ассортименте новинки издательства «ЭКСМО-Пресс»:
ТД «Библио-Глобус», ТД «Москва», ТД «Молодая гвардия», «Московский дом книги», «Дом книги на ВДНХ»

ТОО «Дом книги в Медведково». Тел.: 476-16-90
Москва, Заревый пр-д, д. 12 (рядом с м. «Медведково»)

ООО «Фирма «Книинком». Тел.: 177-19-86
Москва, Волгоградский пр-т, д. 78/1 (рядом с м. «Кузьминки»)

ООО «ПРЕСБУРГ», «Магазин на Ладожской». Тел.: 267-03-01(02)
Москва, ул. Ладожская, д. 8 (рядом с м. «Бауманская»)

Отпечатано с готовых диапозитивов в Тульской типографии.
300600, г. Тула, пр. Ленина, 109.